Mit den Augen eines Kindes

Petra Hammesfahr

Mit den Augen eines Kindes

SAGA Egmont

Überarbeitete Neuauflage

Die Erstausgabe erschien 1991 unter dem Titel „Marens Lover"
in der BasteiLübbe AG, 2004 im Rowohlt Verlag
unter dem Titel „Mit den Augen eines Kindes"

© 2023 by SAGA Egmont
im Vertrieb bei Egmont Verlagsgesellschaften mbH

© 2023 by Petra Hammesfahr

Covergestaltung: Stephanie Weischer
Coverabbildungen: Shutterstock
Satz aus der Minion Pro: Karol Kinal
Druck und Bindung Mazowieckie Centrum Poligrafii, Marki

ISBN 978-3-98750-038-1

Dieser Titel erscheint auch als E-Book und Hörbuch.

OLIVER

Es war eine schlimme Nacht, er konnte gar nicht schlafen, weil
so viel passierte und er nicht wusste, was er davon halten sollte.
Zuerst fuhr Papa weg, und Mama weinte ganz lange. Wie lange,
ließ sich nicht feststellen. Er konnte zwar schon die Uhr ablesen,
aber er besaß keine, war im März fünf geworden, und Mama fand,
eine Uhr bräuchte man erst nach der Einschulung.

Ein kleiner Widder war er, ein bisschen dickköpfig und überaus durchsetzungsfähig. Normalerweise gab er den Ton an, in
seiner Kindergartengruppe, bei seinem Freund Sven, bei Oma
und Opa. Bei Mama und Papa nicht so sehr. Vor allem Mama ließ
sich ganz gemeine Methoden einfallen, um ihm Paroli zu bieten,
Fernsehverbot zum Beispiel. Und das bedeutete jedes Mal, dass er
auch nicht mit Opa fernsehen durfte, weil Oma aufpasste, wenn
Mama ihr das gesagt hatte. Manchmal konnte er sie deswegen
gar nicht gut leiden. Aber weinen hören konnte er sie auch nicht.
Davon bekam er Herzklopfen und ein seltsames Gefühl im Hals,
das sich nicht runterschlucken ließ.

Angst.

Er hatte noch nie Angst gehabt und musste eigentlich auch
keine haben, weil Papa Polizist war und Verbrecher verhaften
konnte. Papa durfte die sogar totschießen, wenn sie ihm oder

anderen Leuten etwas Bösen taten und nicht damit aufhören wollten.

Aber jetzt war Papa nicht da. Bestimmt war er noch mal zur Arbeit gefahren. In den letzten Tagen hatte Papa viel arbeiten müssen, war meist spät nach Hause gekommen oder noch mal weggefahren, wenn es schon dunkel war.

Da sein Zimmer gleich neben der Wohnungstür lag, hörte er immer, wenn Papa kam oder ging. Auch wenn er schon schlief, hörte er das und wachte davon auf. Und jetzt konnte er nicht schlafen, weil das Weinen kein Ende nahm.

Als er es nicht mehr aushielt, stand er auf und tat so, als müsse er noch mal Pipi machen. Mama war im Badezimmer. Sie kniete in der Wanne, als hätte sie sich mit der Brause die Haare gewaschen oder den Badeschaum vom Rücken gespült. Aber sie hielt die Brause nicht in der Hand. Und ihre Augen waren rot vom Weinen, ihr ganzes Gesicht war rot und verquollen.

„Warum weinst du denn?", fragte er.

„Ich weine doch gar nicht", schniefte sie. „Ich hab mir blöderweise Seife ins Auge gerieben."

Das war bestimmt gelogen. Zwar brannte es höllisch, wenn man Seife ins Auge bekam. Aber dass Mama sich selbst welche ins Auge rieb, hielt er für ausgeschlossen. Wie sollte das denn passiert sein? Sie wusch sich ihr Gesicht doch nie mit Seife, hatte dafür extra Tücher. Abgesehen davon: Wenn Mama sich wehtat, weinte sie nicht. Sie fluchte stattdessen, sagte: „Mist", oder verbotene Worte. Und wenn Erwachsene nicht die Wahrheit sagten, dann schämten sie sich, oder sie hatten Angst und wollten nicht, dass ein Kind ebenfalls Angst bekam. Das wusste er, Opa hatte es ihm erklärt.

Dass Mama sich schämte, konnte er sich nicht vorstellen. Sie hatte weder etwas kaputt noch schmutzig gemacht, aufgeräumt hatte sie auch. Da glaubte er schon eher, dass sie Angst haben könnte. Vielleicht Angst, dass Papa nicht mehr wiederkam, weil Papa ein Weib fickte. Was das bedeutete, wusste er nicht, hatte den Ausdruck bei Oma und Opa aufgeschnappt. Opa hatte ihm nicht erklären wollen, was es hieß. Und Oma hatte nur gesagt: „Dieses Weib kann gar nichts anderes als alles kaputtmachen."

„Geh wieder ins Bett", verlangte Mama.

„Ich muss aber mal", behauptete er, was ein bisschen gelogen war. Aber wirklich nur ein kleines bisschen, als er sich aufs Klo setzte, kamen ein paar Tröpfchen.

Als er die Hose wieder hochzog, fragte Mama: „Magst du bei mir schlafen?"

Er schüttelte heftig den Kopf, hatte noch nie bei ihr geschlafen. Da hätte er sich ja in Papas Bett legen müssen. Wo sollte Papa denn schlafen, wenn er nach Hause kam? Er ging zurück in sein Zimmer, die Tür ließ er offen. So hörte er, dass Mama sich kurz darauf die Zähne putzte und ins Schlafzimmer ging. Sie weinte nicht mehr.

Eine Weile war es still in der Wohnung und dunkel natürlich, weil nirgendwo mehr Licht brannte. Er wäre beinahe eingeschlafen, aber dann klingelte das Telefon im Wohnzimmer. Mama stand wieder auf und ging hinüber. Dass Papa anrief, um zu sagen, dass er bald nach Hause käme, konnte eigentlich nicht sein. Papa rief Mama immer auf ihrem Handy an, damit sie nicht ins Wohnzimmer laufen musste.

Mit wem sie telefonierte, erfuhr er nicht, hörte nur, dass sie sagte. „Ich hab noch nicht geschlafen." Dann fragte sie: „Wo bist du denn?" Und sagte noch: „Nein, kein Problem, wirklich nicht."

Danach ging Mama noch mal ins Bad und ließ Wasser laufen, bis es an der Tür klingelte. Da kam sie eilig durch die Diele. Sie hatte nur ein Höschen an, nachts trug sie immer nur Höschen. Sie nahm den Hörer von der Gegensprechanlage, die sich an der Wand direkt neben seiner Zimmertür befand. Wahrscheinlich

7

drückte sie auch gleich den elektrischen Türöffner und fragte: „Ist unten offen?"

Eine verzerrt klingende Stimme antwortete: „Ja", nicht mehr und nicht weniger.

Vielleicht war es doch Papa, der seine Schlüssel vergessen und gedacht hatte, Mama säße vor dem Fernseher. Und deshalb hatte er ausnahmsweise auf dem Wohnzimmertelefon angerufen. Er war sehr froh in dem Moment, ungeheuer froh und erleichtert. Damit es so aussah, als schliefe er längst, machte er die Augen fest zu.

Mama öffnete die Wohnungstür einen Spalt und lief schnell nach hinten zum Schlafzimmer. Sie sah wahrscheinlich nicht, wer hereinkam, aber er sah es. Nicht Papa, wie er gehofft hatte. Es waren zwei Verbrecher, schlimme Verbrecher, das wusste er genau, weil er gesehen hatte, wie sie der Mutter seines besten Freundes wehgetan hatten.

MARENS LOVER

Es war ein regnerischer Mittwoch Anfang Mai, als mein Sohn eins der gefährlichsten Raubtiere kennenlernte, das vor vielen Millionen Jahren die Erde beherrscht und unsicher gemacht hatte. Es hieß Scharfzahn und war der König der Urzeit. Ein Tyrannosaurus Rex, der alles verschlang, was seinen Weg kreuzte. Es soll ja schon damals noch viel gefährlichere Tiere gegeben haben. Später gab es die garantiert, sie hielten sich allerdings nicht für Tiere. Denen begegnete er dann auch noch.

Aber welcher Erwachsene hätte ihm das auf Anhieb geglaubt und ernsthaft in Betracht gezogen, ein fünfjähriger Junge könnte, gute zwei Wochen nachdem er einen Zeichentrickfilm gesehen hatte, reale Monster bei einem Verbrechen beobachtet haben und in Lebensgefahr schweben?

Ich will mich damit nicht entschuldigen, weiß Gott nicht. Was ich angerichtet und versäumt habe, ist nicht zu entschuldigen. Für meinen Kleinen war ich der Größte. Papa, der alles heile machte und alles richten konnte. Er lebte in der festen Überzeugung, ich könne Ordnung in der Welt schaffen, die Bösen hinten Gitter bringen oder notfalls totschießen, und dafür sorgen, dass die Guten in Frieden leben durften.

„Mein Papa ist Polizist!" Wenn Oliver das sagte, schwang in seiner Stimme eine Intensität mit, als spräche er von Supermann.

Das war ich für ihn. Und als er mich brauchte, zum ersten Mal wirklich und dringend brauchte, war ich nicht da. Ich hatte ihm nicht einmal richtig zugehört, solange noch Zeit gewesen wäre, das Schlimmste zu verhindern.

Olli, so nannte ich ihn oft, obwohl er das gar nicht mehr gerne hörte, seit er bei meinen Eltern einen Film mit Dick und Doof gesehen hatte, war mit einer überschäumenden Phantasie gestraft. Manche behaupteten schlicht und ergreifend: „Er lügt das Blaue vom Himmel herunter." Das tat er eigentlich nicht. Er würzte nur seine täglichen Berichte mit ein paar effektvollen Details, um seinen Alltag etwas farbiger zu präsentieren und vor dem Einschlafen mindestens noch eine halbe Stunde Zeit zu schinden.

Wenn er den Nachmittag bei meinen Eltern verbracht hatte, musste man sich nur fragen, welchen Film Opa mit ihm angeschaut hatte, während Oma Einkäufe machte und dabei ein kleines Schwätzchen hielt oder schnell auf einen Sprung zu einer ihrer zahlreichen Bekannten ging, was dann meist den ganzen Nachmittag in Anspruch nahm, sodass sie daheim nicht eingreifen konnte.

Mein Vater verfügte über eine beachtliche Filmsammlung. In jungen Jahren war er Stammgast in einer Videothek gewesen. Er hatte zwei Videorecorder besessen und fleißig alles kopiert, was er sich auslieh, um es später noch mal anzusehen. Was sollte man als Ehemann und Vater auch sonst mit seinem Feierabend und den Wochenenden anfangen, wenn das Geld für Kneipenbesuche nicht reichte und Ausflüge mit kleinen Kindern eine nervenaufreibende Sache waren?

Als die Videotheken ebenso ausstarben wie die Dinosaurier und Vaters Recorder wegen Altersschwäche ihren Geist aufzugeben drohten, war mein älterer Bruder ihm behilflich, seine Schätze auf DVDs zu überspielen, sofern das möglich war. Wenn nicht, wurde der betreffende Titel eben gekauft oder als x-te Wiederholung von einem Fernsehsender neu aufgenommen.

Mein Vater liebte Helden und Katastrophen, egal ob sie in der Gegenwart, Vergangenheit oder Zukunft spielten. Die meisten Filme waren in den siebziger, achtziger oder neunziger Jahren gedreht worden. Filmen jüngeren Datums sprach er – mit wenigen Ausnahmen – die Qualität ab. Aber er konnte sich Streifen, die er längst auswendig kannte, auch beim fünfzigsten Mal noch mit Genuss reinziehen. Vielleicht machte das sogar den besonderen Reiz aus, genau zu wissen, was in der nächsten Sekunde passieren würde, Dialoge mitzusprechen oder vorherzusagen. Und warum sollte man einem kleinen Jungen, der sich ebenfalls dafür begeistern konnte, keine Spur von Furcht zeigte und nicht zu Albträumen neigte, diesen Genuss vorenthalten?

Oliver kannte sie alle: Die tapferen Feuerwehrmänner aus *Flammendes Inferno*, den wasserscheuen Polizeichef aus *Der weiße Hai*. Unzählige Stewardessen, die über sich selbst hinauswuchsen und einen schwer beschädigten Flieger mitsamt überlebenden Passagieren und toten oder zumindest schwer verletzten Piloten sicher wieder an die Erde brachten. Und nicht zu vergessen all die abgesoffenen U-Boote, deren Besatzungen nur teilweise mit einem DSRV gerettet werden konnten.

Besonders schätzte er Kapitän Marko Ramius, der mit seinem Großvater an einem Fluss geangelt hatte und dann dieses Prachtexemplar *Roter Oktober* sicher durch Unterseegräben schipperte und sogar unbeschadet an Thors Zwillingen vorbeikam. Als tragisch empfand er, dass Vasili Borodin es nicht nach Amerika geschafft hatte, wo er doch so gerne Montana gesehen hätte.

Ein verantwortungsloser Großvater? Nein. Oliver zog seine Lehren aus den Nachmittagen mit Opa. Pilot wollte er keinesfalls werden, die wurden ja meist von Flugzeugentführern erschossen oder kamen sonst wie ums Leben. Das *Flammende Inferno* lehrte ihn, seine kleinen Finger von Zündhölzern und Feuerzeugen zu lassen. Wir mussten im Urlaub an der Nordsee auch nicht befürchten, dass er zu weit ins Wasser ging. Er ließ nicht mal seine Zehen von Wellen umspülen. Es hätte ja ein weißer Hai auftauchen können. Die schwammen gerne da, wo es flach war.

Aus Stephen Kings *Cujo* zog er den Schluss, dass man um große Hunde besser einen weiten Bogen machte und immer ausreichend Getränke griffbereit im Auto haben sollte. Der Kasten Apfelsaft im Kofferraum nutzte einem nämlich gar nichts, wenn draußen ein tollwütiger Bernhardiner verhinderte, dass man noch ungebissen zum Kofferraum kam.

Auf seine Weise hat mein Vater ihn mit den oft blutrünstigen Schinken besser auf Leben und Tod vorbereitet als ich. Er hat ihm gezeigt, dass unsere schöne, bunte Welt an keiner Stelle heil ist und überall das Böse lauern kann. Nur die Sache mit dem Helden, der meist in letzter Minute auftaucht, um die gesamte Erde oder wenigstens die bedrohte Menschheit zu retten, hätte Opa vielleicht korrigieren müssen.

Ein Held war ich nie. Zuletzt war ich ein Feigling, ein verantwortungsloser Dreckskerl, der alles aufs Spiel setzte, obwohl er den Einsatz hätte kennen müssen. Ich will mich wirklich nicht herausreden. Ich will es nur erklären, um vielleicht selbst zu begreifen, wie ich es so weit kommen lassen konnte.

Vielleicht hatte Oliver uns einfach schon zu viel geboten, als er verlauten ließ, dass in unserer beschaulichen Kleinstadt ein Dinosaurier sein Unwesen trieb. Ein gutes Jahr zuvor hatte er einen weißen Hai im Neffelbach entdeckt. Ein Bach wie gesagt, kein reißender Strom. In heißen Sommern rinnt der Neffelbach über die Kiesel dahin. Nach tagelangem Dauerregen kommt er vielleicht auf eine Wassertiefe von etwa einem Meter, hin und wieder kann es auch ein Meter zwanzig sein.

Opa, der mit Olli an den Gestaden des haiverseuchten Gewässers spazieren gehen musste, sah den Hai natürlich nicht, weil er sich gerade bückte, um seinen Schuh zuzubinden. So war es immer, es gab nie Zeugen für die unglaublichen Vorfälle, von denen mein Sohn pro Woche im Durchschnitt drei erlebte, seitdem er alt genug war, um zusammenhängend berichten zu können.

Keiner sah E.T., der beim Kindergarten um Kleingeld bettelte, weil er nach Hause telefonieren wollte. E.T. versteckte sich immer, wenn Leute kamen. Nur zu Olli fasste er Vertrauen. Und das flammende Inferno in Omas Küche verhinderte Olli, weil er geistesgegenwärtig seine neue Wasserpistole lud und löschte, was das Zeug hielt. Logischerweise waren anschließend keine Brandspuren zu sehen, es war nur alles ein bisschen nass.

Solche Geschichten hatten meist nur einen wahren Kern: Oliver mochte nicht Zeugnis einer Schandtat ablegen. Oder er war noch gar nicht müde und sah nicht ein, dass er sich nun ganz allein in seinem Zimmer langweilen sollte, während Mama und Papa es sich auf der Wohnzimmercouch gemütlich machten und sich etwas wahnsinnig Spannendes genehmigten. Womöglich aßen sie dazu auch noch Chips, Schokolade oder ein Eis.

Es gab auch andere Storys, durchaus realistisch geschildert, die einem einen gehörigen Schreck einjagen konnten, wenn man sie für bare Münze nahm. Damit präsentierte er für gewöhnlich nur einen Sündenbock für eigene Missetaten oder ein Missgeschick, das er als furchtbar peinlich empfand, weil es einem Jungen in seinem Alter einfach nicht mehr hätte passieren dürfen.

Hanne und ich konnten damit leben, dass ihm in der ruhigen Straße am Stadtrand, in der sein Freund Sven Godberg wohnte, wo nun wirklich kein Mensch mit bedrohlichen Vorfällen rechnete, ein tollwütiger Hund ein Loch in die neue Jeans gebissen hatte. Natürlich hatte Cujo auch Ollis Knie erwischt, das war aber nicht so schlimm. Ein Pflaster dafür brauchte er nicht und ganz bestimmt keine Spritze gegen Tollwut, die Mama für angebracht hielt, um ihm zu zeigen, dass man nicht ungestraft lügen durfte.

Wir trugen es mit Fassung, dass Rockerbanden vormittags den Kindergarten heimsuchten, nachdem mein Vater sich eine Reportage über die Aktivitäten der Hell's Angels angeschaut hatte, während Oliver ihm Gesellschaft leistete.

Tags darauf verwüsteten die Rocker den Gruppenraum und zwangen die friedlich in der Sandkiste spielenden Kinder unter Androhung brutaler Gewalt, sich dermaßen mit Sand zu bewerfen, dass es noch Stunden später wie die Wüste Gobi aus Haaren und Schuhen rieselte und zwischen den Zähnen knirschte.

Auf vorsichtige Nachfragen hieß es, unser sanftmütiger Sohn, dem wir noch diverse Ängste unterstellten, habe zusammen mit seinem Freund Sven die Bude auf den Kopf gestellt und sich anschließend kopfüber in die Sandkiste gegraben.

Wir mussten uns – ob es uns gefiel oder nicht – damit abfinden, dass kurz darauf ein rücksichtsloser Autofahrer viel zu schnell in die Kurve ging und unserem Sohn mit seinem nagelneuen Fahrrad ohne Stützräder, mit dem er gar nicht allein unterwegs sein sollte, nur einen Fluchtweg ließen, den viel zu hohen Kantstein der Gosse. Sodass er mit blutender Nase, aufgeschürften Knien und demoliertem Rad in der Polizeiwache abgeholt werden musste. Hanne weigerte sich jedoch, ihm zu glauben, er sei auf der Flucht vor zwei wüsten Motorrad-Rockern gewesen.

Hanne war übrigens meine Frau, das heißt, verheiratet waren wir nicht. Nachdem sich die Auflösung meiner ersten Ehe geraume Zeit hingezogen hatte, eine Zeit, in der trotz längst überholtem Schuldprinzip verdammt viel und ausschließlich meine dreckige Wäsche gewaschen worden war und ich ein Vermögen an Anwaltshonoraren und Gerichtsgebühren hatte hinblättern müssen, war ich in diesem Punkt etwas vorsichtiger geworden. In einem anderen Punkt leider nicht.

Dieser andere Punkt war Maren. Das Weib, wie meine Mutter sie zu bezeichnen pflegte. Wie viele schlaflose Nächte Maren mich seit meinem achtzehnten Lebensjahr gekostet hat, weiß ich wirklich nicht mehr.

Maren Koska und Konrad Metzner. Da konnte man in jungen Jahren so schön mit den Anfangsbuchstaben der Namen spielen. Später spielten wir mit anderen Dingen. Zuletzt um das Leben meines Sohnes. Ich habe es nur viel zu spät begriffen.

Es gibt ein Foto aus der Zeit, in der meine verhängnisvolle Affäre begann. Darauf bin ich nur ein Jahr älter, als Oliver es bei seiner Begegnung mit einem leibhaftigen Monster war. Ich ging seit zwei oder drei Monaten zur Schule. An einem Vormittag wurden wir alle hinaus auf den Pausenhof gescheucht. Bitte im Halbkreis Aufstellung nehmen fürs Gruppenbild mit Dame – sprich unserer Lehrerin. Die Kleinen nach vorne, bitte hinsetzen, damit man von der mittleren Reihe auch etwas sieht.

Maren war damals eine von den Kleinen. Wie eine kostbare Puppe sitzt sie auf dem Foto mitten in der ersten Reihe. Im Schneidersitz, das weißblonde Haar umrahmt ein feines Gesicht. Der zierliche Körper ist umhüllt von einem hellblauen Gespinst, das andere Mütter ihren Töchtern wahrscheinlich nur zu Hochzeitsfeierlichkeiten angezogen hätten. Maren trug solch kostbare Gewänder jeden Tag und nie öfter als dreimal.

Während das Proletariat – also ich und meinesgleichen – jeden Morgen bei Wind und Wetter zu Fuß antrabten, wurde Maren Koska von Mami im Mercedes vorgefahren, nach Schulschluss natürlich auch wieder abgeholt. Und wehe, es fiel mal eine Stunde aus, und Mami wurde nicht rechtzeitig informiert. Dann kam am nächsten Tag Papi und machte der Schulleitung die Hölle heiß.

Einmal habe ich das erlebt. Die gesamte Lehrerschaft war danach so klein mit Hut, dass sie bequem alle zusammen zwischen aneinandergelegten Daumen und Zeigefinger Platz gefunden hätten. Nun gut, Familie Koska wohnte etwas außerhalb, umgeben von sehr viel Grün, nahe einer Bundeswehr Kaserne am Rand des Gewerbegebiets. Das war ein weiter und gefährlicher Schulweg für ein kleines Mädchen in Lackschuhen, das Papi und Mami am liebsten unter eine Glasglocke gesetzt hätten.

Zu der Zeit muss Maren ein verdammt einsames Kind gewesen sein. Mit ihr spielen wollte niemand, weil sie daran gewöhnt war, immer zu bekommen, was sie haben wollte, und alle zu kommandieren. Es durfte auch niemand mit ihr spielen. Das ging nicht von ihren Eltern aus.

Mami hätte sich wohl erbarmt und nachmittags irgendein kleines Mädchen mit dem Mercedes abgeholt, um dem Töchterlein ein wenig Unterhaltung zu verschaffen. Aber falls eine unserer Mitschülerinnen bereit gewesen wäre, sich einige Stunden lang schikanieren zu lassen, da spielten die anderen Eltern nicht mit.

Es kursierte nämlich das Gerücht, Mami habe in jungen Jahren als Callgirl gearbeitet. Keine Ahnung, wer das in Umlauf gebracht hatte, vielleicht einer, der sich früher gerne eine halbe Stunde mit Mami geleistet hätte, aber nicht genug dafür hinblättern konnte.

Marens Vater galt ebenfalls als zwielichtige Figur. Er betrieb einen schwunghaften Handel mit Gebrauchtwagen. Später kamen noch Baumaschinen hinzu. Seine Gewinne investierte Koska in Häuser wie beispielsweise das, in dem mein Vater für drei Zimmer, Küche, einen schmalen Flur und ein winziges Bad Miete zahlte. Da fiel schon mal der Begriff „Halsabschneider".

Koska galt als reicher Mann, fühlte sich als König der Stadt und des Landkreises und führte sich auch so auf. Zuerst kaufte er, um nur ein Beispiel zu nennen, nahe der Kaserne ein Stück Land mit Bäumen, das eigentlich nicht zur Bebauung vorgesehen war. Zu Anfang stellte er auch nur ein paar alte Autos zwischen die Bäume, von denen er dann etliche fällen ließ, um mehr Platz für mehr alte Autos und ein neues Bürogebäude zu erhalten. Aus dem Bürogebäude wurde jedoch ein klotziges Wohnhaus. Die Stadtoberhäupter nahmen es zähneknirschend hin und besorgten ihm im Nachhinein die Baugenehmigung, um nicht einen guten Gewerbesteuerzahler zu verlieren. Damit soll er gedroht haben.

Maren war sein einziges Kind, spät geboren, erst nach zwanzig Jahren Ehe, hieß es, es kann auch noch länger gedauert haben. Koska war schon Mitte fünfzig, seine Frau nicht wesentlich jünger, als sie wider Erwarten doch noch Mutter wurde. Zu Anfang habe Mami die Schwangerschaft für Wechseljahresbeschwerden gehalten, erzählte Maren mir einmal.

Unter diesen Voraussetzungen war es kaum verwunderlich, dass dem Töchterlein nie ein Wunsch abgeschlagen wurde. Und wer alles im Überfluss hat oder haben kann, wer von Papi schon in frühester Kindheit lernt, wie man mit anderen Leuten umspringen muss, um seinen Kopf durchzusetzen, weiß bald vor lauter Langeweile und Überdruss nicht mehr, was er sich noch wünschen oder anstellen könnte.

Bis zum dritten Schuljahr hatte ich nichts mit Maren zu tun. Wir saßen zwar in derselben Klasse, aber ich nahm sie nicht zur Kenntnis und sie mich nicht. Ich hatte einen Freund, Peter Bergmann, mit dem ich in den Pausen und auch nachmittags zusammen war. Bis zu dem Tag, als das mit der Katze passierte.

An dem Morgen kamen wir zu dritt vor der Schule an. Mein jüngerer Bruder war auch dabei, er ging gerade ins erste Schuljahr. Am Straßenrand war ein Pulk von Kindern versammelt. Ein

Mädchen weinte und schrie: „Lass das sein! Das darf man nicht tun! Du bist ein Schwein! Das arme Kätzchen!"

Eine junge Katze lag in der Gosse, dem Anschein nach war sie angefahren worden. An einem Hinterbein ragte der Knochen aus dem zerfetzten Gewebe. Sie fauchte zum Gotterbarmen. Maren hockte bei dem verletzten Tier und stocherte mit einem Zweig in der scheußlichen Wunde herum.

Mit Ausnahme des Mädchens, das nur schrie, wagte es keiner, etwas gegen Maren zu unternehmen. Peter Bergmann lief los, um unserer Lehrerin zu holen. Und mir hatte man beigebracht: „Quäle nie ein Tier zum Scherz, denn es fühlt wie du den Schmerz."

Dass Gewalt keine Lösung sei und man immer zuerst versuchen solle, mit Worten zu überzeugen und schändliches Tun zu beenden, wusste ich damals noch nicht. Vermutlich hätte das bei Maren ohnehin nichts gebracht.

Ohne mir großartige Gedanken über die Folgen zu machen, riss ich Maren den Zweig aus der Hand und schlug ihr damit ins Gesicht. Auf ihrer Wange zeichnete sich ein zuerst weißer Striemen ab, der sich rasch rot färbte, aber nicht so rot wie das Blut der Katze, das sich vom Zweig in Spritzern auf Marens Haut verteilte.

Plötzlich herrschte Totenstille, das schreiende Mädchen verstummte abrupt, als hätte ich ihr eine gewischt. Auf allen Mienen zeichnete sich Unbehagen oder Entsetzen ab. Mein jüngerer Bruder war ganz weiß um die Nase geworden und brachte flüsternd zum Ausdruck, was vermutlich alle dachten: „Das sagt die ihrem Vater, und dann sperren sie dich ein."

Ich rechnete ebenfalls damit, dass Maren nun auf mich losging, nicht unbedingt mit ihren kleinen Fäusten, nur verbal, dass sie mir mit Papi und schlimmen Konsequenzen drohte. Tat sie aber nicht. Sie schaute mich irgendwie verwundert an, tastete ihre Wange ab, verrieb die Blutspritzer mit den Fingern, richtete sich auf und sagte: „Das wäschst du ab."

Das tat ich dann auch. An dem Morgen war ich zum ersten Mal mit ihr im Mädchenklo. Während unsere Lehrerin dafür sorgte, dass die verletzte Katze weggeschafft, wahrscheinlich zu einem Tierarzt gebracht wurde, wusch ich das Blut aus Marens Gesicht und trocknete es mit meinem Hemd, weil kein Handtuch da war. Ich schätze, das war der erste Schlag, den sie eingesteckt hatte. Und wie ich vergaß sie ihn niemals.

Von dem Tag an hing sie wie eine Klette an meinen Fersen – zumindest in der Schule. Ich war etwas größer als die meisten unserer Mitschüler und hatte kurz zuvor bei einem Sportfest mit der höchsten Punktzahl für unseren Jahrgang abgeschnitten. Hinzu kam, dass ich bedingt durch das ständige Training mit zwei Brüdern aus Raufereien meist als Sieger hervorging. Und für Maren kam schon damals nur ein Sieger in Frage. Einer, der keine Angst vor Papi hatte, vielleicht einer, der sie aufhalten, festhalten, bremsen und bändigen konnte, der sich jedenfalls nicht von ihr kommandieren oder schikanieren ließ.

Peter Bergmann konnte sie nicht leiden, natürlich nicht, er war eifersüchtig. Nachmittags hatte ich zwar immer noch Zeit, mit ihm in der Gegend herumzustromern oder wenn das Wetter nicht danach war, Sammelbildchen von Autos und Fußballspielern zu tauschen oder Comic-Hefte durchzublättern.

Aber in den Pausen am Vormittag gab ich mich mit einem Mädchen ab. Und dann noch mit einer, von der die Hälfte aller erwachsenen Einwohner unserer Stadt sagte, es nähme mal ein schlimmes Ende mit ihr – und mit jedem, der sich mit ihr einließ. Wiederholt drohte Peter mir, es meiner Mutter zu erzählen. Das konnte ich verhindern, indem ich ihm drohte, nachmittags nicht mehr zu ihm zu kommen.

Ab der fünften Klasse gingen wir drei aufs Gymnasium. Dort wurde Maren auch ohne Tüllgewänder rasch die Prinzessin. Sie war immer nach der neusten Mode gekleidet, hatte stets eine gut gefüllte Geldbörse in der Schultasche. Mit dem Inhalt ging sie äußerst großzügig um. Sogar Peter arrangierte sich mit ihr, weil sie ihm den einen oder anderen Kinobesuch spendierte. Aber ich war und blieb ihr einziger Freund. Anfangs nannten wir das noch so. Später nannten mich andere Marens Lover.

Schon mit vierzehn lernte ich von ihr alles über weibliche Anatomie, was ein Mann wissen sollte. Mit fünfzehn kannte ich die gängigen Methoden, mit denen man eine Frau – auch eine Jugendliche – zum Höhepunkt brachte und verhütete, was in dem Alter mindestens ebenso wichtig war.

Damals war ich der Mann mit dem Zauberbesen, vor dem der gefallene Engel demütig fordernd in die Knie ging. Ich hatte Macht über sie, das war nicht zu leugnen. Unser gesamter Jahrgang begegnete mir mit Hochachtung, weil sich kein anderer getraut hätte, seine Hände nach ihr auszustrecken.

Wenn wir uns während der Pausen draußen aufhielten, bildete sich automatisch ein undurchdringlicher Ring aus Leibern, der uns vor den Blicken der Lehrerschaft schützte. Zogen wir uns in die Toiletten zurück, stand immer einer Schmiere. Für Maren war das ein wichtiges Zubehör. Sie brauchte Publikum, Nervenkitzel und einiges mehr. Die fortwährende Demonstration zum Beispiel, dass ich ihr gehörte. Mein Ding waren Zuschauer nicht unbedingt, aber solange es sich nur um unsere Mitschüler handelte, konnte ich damit leben.

Damit es nicht eintönig wurde, probierte Maren sämtliche ihr bekannten Praktiken aus, und das waren viele. Ich schätze, sie hatte das Kamasutra auswendig gelernt. Oft hatte ich schon vor der ersten Schulstunde nach allen Regeln der Kunst entspannen dürfen. Dann kam die große Pause, in der sie ihren Teil einforderte, wobei ich natürlich ebenfalls noch mal voll auf meine Kosten kam.

Nachmittags sah die Sache nicht so rosig aus. Mami hatte sich in den Kopf gesetzt, aus Maren eine höhere Tochter zu machen. Ballettstunden, Geigenunterricht, Klavier spielen musste sie auch lernen. Dazwischen war gerade noch Zeit, sie regelmäßig neu einzukleiden, zum Friseur oder einer Kosmetikerin zu kutschieren, die dafür zu sorgen hatte, dass Prinzessin Silberhaar nicht von einer vulgären Akne entstellt wurde.

Aber für die Nachmittage hatte ich immer noch Peter Bergmann. Und ehrlich gesagt, hätte ich es auch nicht gewagt, mich nachmittags mit Maren in der Stadt zu zeigen. Eine halbe Stunde später wäre meine Mutter informiert gewesen und hätte mich garantiert sofort von der Schule genommen, um mich zur Vernunft zu bringen.

An den Wochenenden und in den Ferien sahen wir uns nicht. Samstags und sonntags musste Maren ihren Eltern Gesellschaft leisten, damit Papi auch etwas von ihr hatte. Die Ferien verbrachte sie regelmäßig im Süden, meist nur mit Mami, Papi war mit seinem Unternehmen zu beschäftigt für einen Urlaub. Die Sommerferien waren für mich eine Tortur, sechs Wochen Enthaltsamkeit. Aber die Vormittage in der Schule waren einsame Spitze.

Es gab kein Tabu, über das Maren sich nicht mit ihrem typischen Lächeln hinweggesetzt hätte. Sie hatte eine unnachahmliche Art zu lächeln, mit leicht heruntergezogenen Mundwinkeln und Augen, die mehr als jedes Wort deutlich machten, wie sie über unsere Mitmenschen dachte. Blöde Spießer allesamt, nur ich war die große Ausnahme, der Einzige, der Beste.

Seit sie zum ersten Mal ihr Höschen für mich ausgezogen hatte, erlebte ich mit ihr den sexten Himmel auf Erden. Sie war unersättlich und hatte ein Vokabular, von dem allein man schon rote Ohren bekam. Während des Unterrichts schrieb sie auf Zettel, wie sie sich das Programm für die nächste gemeinsame halbe oder Viertelstunde vorstellte.

Da wir nicht unmittelbar nebeneinandersaßen, gingen diese Zettel durch einige Hände, ehe sie mich erreichten. Wenn ich endlich las: „Wo willst du heute mein Döschen nachpudern?" oder: „Gleich will ich auf deiner Flöte spielen", hatten das vor mir schon ein paar andere gelesen. Und die gaben sich während der Pause redlich Mühe, wenigstens zu sehen und zu hören, wenn sie schon nicht selbst pudern und spielen lassen konnten.

Mit achtzehn galten wir als ein Paar für die Ewigkeit. Aber dann kam das Ende – aus heiterem Himmel, wie es meist kommt. Wir wurden in der Sporthalle erwischt, wo wir uns an der Sprossenwand eingehend mit Biologie beschäftigten. Und von einem Lehrer beim Geschlechtsverkehr ertappt zu werden, wie ein begossener Pudel mit heruntergelassener Hose dazustehen und sich anzuhören: „Was werden eure Eltern dazu sagen?" Hinzu kam die Drohung, wir würden beide von der Schule fliegen. Sonderlich erbauend fand ich das nicht, die körperliche Reaktion war entsprechend und Maren zum ersten Mal bitter enttäuscht von mir.

Ihr Vater ließ seinen Einfluss spielen und verhinderte, dass wir beide ohne Abitur blieben. Was mich betraf, stellte er allerdings die Bedingung, dass ich ab sofort die Finger und alles andere von seiner Tochter ließ. Für seine Einzige hatte Papi etwas Besseres im Sinn als mich, den mittleren Spross eines Schlossermeisters, der bei Ford am Fließband stand und sich krummlegte, damit die Kinder eine vernünftige Ausbildung bekamen und es einmal besser hatten.

Zu allem Überfluss spielte Koska auch noch seine Macht als Hausbesitzer aus. Er drohte tatsächlich damit, die gesamte Familie Metzner an die frische Luft zu setzen, falls das zweitjüngste Mitglied noch einmal Anlass zu Klagen gab. Etwas Schlimmeres hätte man meinen Eltern gar nicht antun können. Sie lebten in der Wohnung, seit sie verheiratet waren. Hier waren wir Kinder aufgewachsen, hier wollten sie alt und irgendwann mit den Füßen voran hinausgetragen werden.

Wie nicht anders zu erwarten, gab es mächtigen Ärger. Da meine Brüder es beide nicht aufs Gymnasium geschafft hatten, war meinen Eltern bis dahin gar nicht bekannt gewesen, warum ich jeden Morgen mit heller Begeisterung meine Schultasche schnappte und aus der Wohnung stürmte. Warum ich nachmittags, an den Wochenenden und in den Ferien nichts Besseres mit mir anzufangen wusste, als zu büffeln. Peter Bergmann hatte inzwischen auch eine Freundin und keine Zeit mehr für mich.

Meine Eltern hatten mich schon für einen Streber gehalten. Und nun das! Unser Konrad und dieses verkorkste Weib, über das sich alle die Mäuler zerrissen. Mutter bestand darauf, dass ich mich umgehend von Kopf bis Fuß beim Hausarzt untersuchen ließ. Wer wusste denn, was für unaussprechliche Krankheiten ich mir bei Maren geholt hatte? Vater hielt mir einen nicht enden wollenden Vortrag, in dem immer wieder der Satz fiel: „Schuster, bleib bei deinem Leisten."

Im ersten Schock war ich durchaus zu Kompromissen bereit. Ich wollte Maren um keinen Preis der Welt verlieren. Und es hätte Möglichkeiten gegeben. In aller Heimlichkeit, in verschwiegenen Winkeln, sich nicht mehr erwischen lassen. Doch das war nicht in Marens Sinn. Sie erwartete, dass ich mich nun erst recht in aller Öffentlichkeit zu ihr bekannte. Am Sonntagvormittag auf dem Platz vor der Kirche zum Beispiel, genau um die Zeit, wenn die honorigen Bürger nach dem Hochamt ins Freie traten.

Natürlich wollte sie auf dem Kirchplatz nicht einfach Händchen mit mir halten. Es gab da ein Mäuerchen, da wollte sie sich für mich drüberbeugen. Anschließend sollte ich hocherhobenen Hauptes die Konsequenzen tragen.

„Wenn du mich wirklich liebst, Konni, tust du das für mich. Anschließend hauen wir ab. Die sollen uns doch alle kreuzweise."

Ich konnte sie nicht auf einem Mäuerchen vor der Kirche … Beim besten Willen nicht, da hätte sich bei mir nichts gerührt. Und mit ihr abhauen, guter Gott, ich hatte andere Pläne für die Zukunft. Nach dem Abitur wollte ich zur Polizei und nicht mit ihr Bonnie und Clyde spielen. Wovon hätten wir denn sonst leben sollen?

Ich war nicht dazu erzogen worden, mich über sämtliche moralische Werte und Regeln der Gesellschaft hinwegzusetzen, mein Frühstück im Supermarkt zu klauen oder alten Damen die Handtaschen zu entreißen. Mal ein Tabu brechen, okay, aber ich konnte nicht von einem Tag auf den anderen alles aufgeben und mich jagen lassen von Leuten, die ich lieber als meine Kollegen gesehen hätte. Und dann war ich eben von einem Tag auf den anderen für Maren weniger als Luft. Eine feige Sau, ein Verräter, ein blöder Spießer, der sich von alten Säcken einschüchtern ließ. Und Spießer konnte Maren auf den Tod nicht ausstehen.

Es war ein Weltuntergang für mich und nicht leicht zu begreifen, weil Maren in den letzten drei, vier Jahren quasi nach meiner Pfeife getanzt hatte, regelrecht besessen von mir gewesen war. Und plötzlich saß ich stundenlang drei Plätze hinter ihr und durfte sie nicht mehr anfassen, von anderen Dingen ganz zu schweigen. Die meiste Zeit hatte ich nur ihr Haar vor Augen, immer noch weißblond. Färben musste sie es nicht, es war von Natur so hell und reichte ihr bis auf die Hüfte.

Manchmal zeigte sie mir ein wenig Profil, wenn sie sich ihrer Sitznachbarin zuwandte, um sich von Brigitte Talber Unterstützung in Mathe, Deutsch, Bio, Englisch, Geografie und sämtlichen anderen Fächern zu holen. Eine Leuchte war Maren nicht. Aber sie war schon in sehr jungen Jahren ein Vollblutweib, das einem Mann den Verstand völlig ausschalten konnte.

In meinem Hirn kreisten die Erinnerungen an den Pausenhof und das Mädchenklo. Und darüber schwebte die Gewissheit, dass es vorbei war. Nach all den Jahren, immerhin mein halbes Leben damals, aus und vorbei. Es war ein kleiner Tod.

Um mir in aller Deutlichkeit vor Augen zu führen, dass ich von ihr nichts mehr zu erwarten hatte, flirtete Maren hingebungsvoll mit Willibald Müller, einem schwabbeligen Widerling, der erst ein knappes Jahr zuvor mit seiner Mutter in unser Städtchen gezogen war und nicht zu Unrecht den Spitznamen Porky trug. Müller hatte daheim nichts zu befürchten, sein Vater war tot, seine Mutter hatte keine Ahnung vom schlechten Ruf der Familie Koska und lebte nach dem Motto: Liebe geht durch den Magen.

Schon mit achtzehn brachte Porky gut und gerne drei Zentner auf die Waage, später gab es vermutlich keine Waage mehr, die ihn ausgehalten hätte. Und Maren blätterte in der großen Pause mit lüsterner Miene zerfledderte Pornoheftchen mit ihm durch.

Maren fragte, wenn ich in Hörweite war: „Sag mal, Willibald, wenn ein Mann so dick ist wie du, ist er dann überall so? Ich meine, hat er auch einen so voluminösen Schwanz? Das wäre ja ein irres Gefühl. Als ob man gesprengt wird. Das würde ich gerne mal ausprobieren."

Dabei vergewisserte sie sich mit einem langen, eiskalten Blick, dass ich es auch wirklich mitbekam. Und nach Schulschluss klemmte sie sich dann vor meinen Augen hinter Porky auf sein Mofa. Man hatte immer die Befürchtung, sie müsse runterfallen, sobald er anfuhr. Aber sie fiel nicht. Unter einem Arm eine Decke, den anderen Arm um seinen Schwabbelbauch geschlungen, verschwand ihre Hand in den Speckfalten, als fände sie dort einen Griff zum Festhalten.

Nur um mich verrückt zu machen, versuchte ich mir verzweifelt einzureden. Sie hatte Porky während der Pause aufgezogen, etwas anderes konnte, durfte sie gar nicht getan haben. Sie doch nicht! Ihn heißgemacht hatte sie, bis ihm die Spucke im Hals verdampfte. Und wenn er gleich sein Mofa irgendwo anhielt, wenn die Decke ausgebreitet war, sagte sie wahrscheinlich: „So ein Mist, jetzt habe ich gerade meine Tage bekommen."

Wahrscheinlich. Und wenn nicht? Wenn Porky nun doch einen Größeren hatte als ich? Wenn seine Wampe kein unüberwindbares Hindernis darstellte? Wenn sie die Abbildungen aus seinen Heftchen wirklich in Natura mit ihm nachstellte? Meine Phantasie machte mich halb wahnsinnig. Vor allem, als Maren sich dann auch noch mit Porky für ein Wochenende in der Eifel verabredete.

Ich stand direkt daneben, als sie sagte: „Mein Vater hat ein Wochenendhaus in der Nähe von Nideggen. Da sind Balken an den Wänden, das müsste ungefähr der gleiche Effekt sein wie an der Sprossenwand in der Sporthalle. Du musst nicht die ganze Zeit dein eigenes Gewicht stemmen, damit du mich nicht erdrückst. Da können wir es uns richtig gemütlich machen und haben viel mehr Zeit, um einiges auszuprobieren, Willibald."

Damals fing es an mit den schlaflosen Nächten. Wochenlang lag ich nachts im oberen Etagenbett, von Kopf bis Fuß zu Stein geworden, einen Ring aus glühendem Eisen um die Brust und in der Kehle einen Schmerz wie ein Messer. Ich wartete nur darauf, dass mein jüngerer Bruder endlich einschlief. Der ältere war damals beim Bund und übernachtete nur am Wochenende daheim.

Wenn ich unter mir die ersten Schnarchtöne hörte, legte ich los, heulte Rotz und Wasser ins Kopfkissen, bis der glühende Ring erkaltet war und ich wieder durchatmen konnte. Gott, tat das weh. Es tat so weh, dass ich allen Ernstes überlegte, ob die Sache nicht doch ihren Preis wert sei. Ein Leben auf der Straße, manchmal wahrscheinlich auch hinter Gittern, plus Obdachlosigkeit der gesamten Familie Metzner für Maren Koska. Ich müsse ihr ja nur einmal in aller Öffentlichkeit demonstrieren, dass ich mich von niemandem einschüchtern ließ und auf bürgerliche Werte pfiff, dachte ich.

Was mich damals bewog, das Abitur und das Dach über den Köpfen meiner Lieben einem Geschlechtsakt auf dem Kirchplatz vorzuziehen, war nicht etwa Vernunft. Es war mein älterer Bruder. Er nahm sich einen ganzen Sonntag lang Zeit für ein ausführliches Gespräch unter Männern. Seine gesamte zwanzigjährige Lebenserfahrung warf er in das Spiel um meinen Seelenfrieden. Er erzählte grauenhafte Geschichten, die er angeblich mit eigenen Augen gesehen oder zumindest von überaus glaubwürdigen Zeugen gehört hatte.

Maren an einem Samstagabend im vergangenen Jahr – zu einer Zeit wohlgemerkt, als ich mich noch für ihren Einzigen hielt –, in einer Kölner Diskothek, die sie stündlich mit einem anderen Typ verließ und ganz bestimmt nicht, um draußen den Vollmond zu bewundern.

Maren an einem Nachmittag im letzten Sommer – während ich sie im Ballettunterricht, mit der Geige unterm Kinn oder bei Klavierübungen wähnte – im Gebüsch neben dem Fußballplatz. Bei ihr gleich zwei andere, beide etwas älter als ich, selber Jahrgang wie mein Bruder. Einer puderte aus Leibeskräften. Der Zweite hing über Marens Gesicht und ließ sie nach Lust und Laune musizieren. Dann kam noch ein Dritter dazu.

An der Stelle winkte mein Bruder ab. „Den Rest erspar ich dir lieber. Du kommst nie im Leben darauf, welche Stelle sie für den freigemacht hat."

Natürlich kam ich darauf, mir hatte sie die Stelle auch mehrfach dargeboten. Selbstverständlich glaubte ich kein Wort. Aber zusätzlich erstellte mein Bruder diese Liste, nach Lebensjahren und Erfahrungen gestaffelt.

Mit siebzehn ist der Mann zu blöd, um zu begreifen, mit was für einem moralisch verkommenen Flittchen er sich eingelassen hat. Mit achtzehn müsste ihm eigentlich ein Licht aufgehen, tut es aber nicht, weil er meint, jetzt ginge die Welt unter. Und gesetzt den Fall, der Mann macht nun eine Dummheit, um dem Flittchen zu imponieren und es zurückzugewinnen, dann verliert der Mann zuerst sein Zuhause, danach seine Zukunftsaussichten. Die Polizei würde ihn nicht mal mehr Streife fahren, geschweige denn etwas anderes tun lassen. Die brauchen nämlich Leute ohne Fehl und Tadel. Und zu guter Letzt verliert der Mann seine Selbstachtung. Das habe ich noch im Kopf, als sei es gestern gewesen.

Nach dem Abitur verlor ich Maren für lange Jahre aus den Augen. Ihr Vater schickte sie in die USA, aus Sicherheitsgründen, denke ich, weil ich immer noch hinter ihr her war wie der Teufel hinter der armen Seele. Dass ich es trotz meiner erfolglosen Jagd zu einem passablen Schulabschluss brachte und die Prüfungen der polizeilichen Aufnahme- und Weiterbildungsstätte NRW mit Sitz in Münster bestand, mich sogar für den gehobenen Dienst qualifizierte, muss als Wunder betrachtet werden.

Für mich war es eine neue Erfahrung. Wenn Maren mich absorvierte, beflügelte mich das zu Höchstleistungen auf anderen Gebieten. Irgendwie musste ich den Schmerz ja kompensieren, die Gedanken ausschalten oder in eine andere Richtung lenken.

Mit dreiundzwanzig lernte ich meine erste Frau kennen, Karola. Kein Vergleich mit Maren. Ein eher hausbackener Typ, sexuell etwas verklemmt, jedenfalls vor der Hochzeit, viel leidenschaftlicher wurde sie danach nicht, was mich jedoch nicht störte. Im Gegenteil, ich hielt es für besser, unsere Beziehung auf eine andere, spricht eine solide Grundlage zu stellen.

Zwei Jahre später heirateten wir, nahmen eine Hypothek auf, kauften uns eine Wohnung, richteten sie ein und besprachen, wann und wie viele Kinder wir haben wollten. Beim Zeitpunkt für das erste Kind waren wir uns schnell einig. Wenn wir die Hypothek zum Teil getilgt hatten und nicht mehr darauf angewiesen waren, dass Karola Vollzeit arbeitete.

Und vier Jahre später starb Marens Mutter. Zur Beerdigung kam sie aus Florida nach Hause, immer noch weißblond und so sonnengebräunt, als läge sie den lieben langen Tag am Strand. Wir trafen uns zufällig im Hallenbad. Da geht man nach einem Begräbnis ja für gewöhnlich hin.

Ich war jeden Donnerstagabend da – mit meiner Frau. Manchmal trieb auch Willibald Müller fast reglos im Becken, Fett schwimmt ja bekanntlich oben. Da musste er sich nicht anstrengen. An dem Abend war er nicht da. Aber an der Beerdigung hatte er teilgenommen – und Maren im Anschluss vermutlich brühwarm erzählt, wie ich mir mein Leben ohne sie eingerichtet hatte.

Karola wusste von meiner Schulzeit bis dahin nur, dass ich aufs Gymnasium gegangen und mit Peter Bergmann befreundet gewesen war. Sie war in Köln aufgewachsen und dort bei einer Versicherung angestellt. Wenn wir am Wochenende bei meinen Eltern einen Kaffee tranken, hätte meine Mutter sich vermutlich eher die Zunge abgebissen, als meine jugendlichen Verirrungen anzusprechen. Von den restlichen Familienmitgliedern wurde Maren ebenfalls totgeschwiegen. Man darf den Teufel bekanntlich nicht an die Wand malen, sonst holt er einen.

So gab es für Karola nur ein unverfängliches Hallo zwischen zwei Leuten, die zusammen in eine Grundschulklasse gegangen waren und am Gymnasium dieselben Kurse belegt hatten. Natürlich wurde viel erzählt, hauptsächlich über ehemalige Mitschüler, aber auch ein bisschen übers Private.

Maren erwähnte beiläufig, dass ihr Vater seine Geschäfte aus Altersgründen nun gerne in ihre Hände legen wolle. Aber mit ihm unter einem Dach, nein, das könne sie nicht. Das würde sie nicht mal für ein paar Stunden aushalten.

„Er hat mir vor Jahren etwas weggenommen, woran ich mit Leib und Seele hing", erklärte sie mit einem schwermütig sehnsüchtigen Blick auf meine Badehose. „Das kann ich ihm nie verzeihen. Ich habe in Köln ein Hotelzimmer genommen. Vielleicht sehen wir uns mal, wenn du zufällig in Köln zu tun hast, Konni", sagte sie in Gegenwart meiner Frau.

Zufällig hatte ich in Köln überhaupt nichts zu tun. Aber ich dachte, ein Kaffee an einer Hotelbar sei noch kein Ehebruch und ein Drink in Marens Zimmer kein Verbrechen. Wir könnten uns dabei über Schweinchen Dicks Pornohefte unterhalten und klären, ob sie wirklich ein Wochenende mit Porky im Ferienhaus ihres Vaters in der Eifel verbracht hatte. Vorstellen konnte ich mir das längst nicht mehr. Aber da waren ja auch noch die drei vom Fußballplatz, von denen mein älterer Bruder erzählt hatte, und die Typen aus der Kölner Diskothek.

Maren lachte mich aus. „Was denkst du von mir? Hältst du mich für eine Nymphomanin, Konni?"

Sie gestand freimütig, dass sie nach unserer Trennung nicht gelebt hatte wie eine Nonne. Davor habe es aber keine anderen gegeben, keinen einzigen. Die Sache mit Porky war ihren Worten zufolge genau das gewesen, was ich mir gedacht hatte. Die Demonstration, dass sie nicht auf mich angewiesen war. Was aber noch lange nicht hieß, dass sie den guten Willibald tatsächlich rangelassen hatte.

„Du hättest sein Gesicht sehen müssen, wenn ich ihn auflaufen ließ", erklärte sie. „Der Ausdruck war zu köstlich. Ich wusste gar nicht, dass Mastschweine eine so lebhafte Mimik haben."

Es kam, wie es kommen musste. Maren war eben Maren, ein Naturereignis. Sie konnte Gedanken lesen, wenn es darum ging, die manchmal unerfüllten Wünsche und Sehnsüchte aufzuspüren, die ein Mann mit sich herumtrug. Karola war auch vier Jahre nach der Hochzeit noch nicht in der Lage, einmal Bedürfnisse oder Verlangen zu bekunden. Sie wies mich nur selten ab, wenn ich das tat, aber oft hatte ich das Gefühl, mich ihr aufzudrängen.

Maren dagegen bestand aus Intuition und Bereitschaft, aus Gier und Unersättlichkeit, aus Opium, Morphium, hochprozentigem Rum und reinem Heroin, eine Mischung, die unweigerlich süchtig machte.

Vier Monate lang traf ich sie mindestens dreimal die Woche in dem Kölner Hotelzimmer und verfiel dem Wahn, dass letztlich zusammenfindet, was zueinander gehört und füreinander bestimmt ist. Mit neunundzwanzig lässt man sich von den Eltern nichts mehr verbieten. Genaugenommen brauchte man in dem Alter keine Eltern mehr, fand ich. Sollte es zum Bruch mit meiner Familie kommen, auch gut. Wenn Maren den immer noch schwunghaften Handel ihres Vaters mit Gebrauchtwagen und Baumaschinen übernahm, könnten wir uns eine Luxuswohnung in Köln leisten.

Maren sprach oft von solch einer Wohnung und der Hoffnung ihres Vaters, die Verantwortung für sein Imperium bald abgeben zu dürfen. Der alte Koska hatte die achtzig überschritten. Angeblich sah man ihm das nicht an, er sollte zwanzig Jahre jünger wirken. Aber trotzdem, andere in seinem Alter saßen auf Parkbänken oder in Seniorenheimen herum und er noch jeden Tag im Büro.

Zwar hatte er inzwischen einen Geschäftsführer, doch der verstand gar nichts von Baumaschinen und von Gebrauchtwagen nicht viel mehr. Maren schwankte, weil ich kein freier Mann war und meinen Beruf liebte. Nur fürs väterliche Unternehmen wollte sie nicht bleiben. Obwohl ihre beruflichen und privaten Kontakte in Florida durch den langen Aufenthalt in der Heimat arg ramponiert sein müssten, wie sie meinte. Den Job drüben sei sie auf jeden Fall los. Und hier erledigte der Geschäftsführer die Dinge nicht eben in ihrem Sinne.

„Gib deinem Herzen einen Stoß, Konni. Als Polizist verdienst du nun wirklich nicht die Welt. Ich bin sicher, du gibst einen guten Geschäftsmann ab. Du musst es nur wollen."

Den Beruf wechseln wollte ich eigentlich nicht, aber schließlich hatte sie mich so weit. Und dann legte sie mir eine Hand auf den Arm und sagte: „Du musst das verstehen, Konni."

Sie hatte noch einmal über alles nachgedacht und war zu der Erkenntnis gelangt, nach den Jahren Freiheit und Weite in Florida nicht mehr in den kleinkarierten deutschen Mief zu passen. Vier Monate hatte sie investiert, um systematisch meinen Untergang zu betreiben.

Der verheiratete Konrad Metzner, der seine Frau nach Strich und Faden belog, sogar einen Kollegen einspannte, um sich Alibis für die Stunden im Hotelzimmer zu beschaffen, der Mann, der sich mit seinem Beruf einen Jugendtraum erfüllt hatte, war genau der Richtige, der Einzige, der Beste gewesen.

Für den armen Trottel, der mit einer Flasche Sekt ins Hotelzimmer stürmte und verkündete: „Ich hab gekündigt und meiner Frau die Scheidung angeboten", hatte Maren nur ein müdes Lächeln. Da mochte ich betteln und winseln. Sie rekelte sich derweil auf dem Laken, rauchte gelangweilt eine Zigarette, schaute genervt zur Zimmerdecke hinauf. „Du musst das verstehen, Konni."

Ich verstand es nicht und ging zum zweiten Mal durch die Hölle. Meine Kündigung war von meinem Vorgesetzten zum Glück erst mal zur Seite gelegt worden in der Hoffnung, ich möge mir das noch einmal gut überlegen. Meine Ehe war nicht mehr zu retten, keine Aussicht auf Versöhnung, nur dreckige Wäsche.

Die Eigentumswohnung wurde mit beträchtlichem Verlust verkauft. Karola behielt einen Teil der Einrichtung und zog zurück nach Köln. Ich behielt die Schulden und musste zurück in das Zimmer mit Etagenbett und Klappcouch in der Wohnung meiner Eltern, weil ich mir in den ersten zwei, drei Jahren nicht mal mehr ein möbliertes Zimmer hätte leisten können. So viel verdient ein Polizist in dem Alter wirklich nicht, dass er locker einen Berg Schulden abtragen und nebenher noch angenehm leben könnte.

Monatelang hörte ich endlose Vorträge von Vater, Mutter und dem älteren Bruder. Der jüngere meinte inzwischen auch, er müsse seinen Senf dazugeben. „Dass du nicht eher begriffen hast, worauf die es anlegte, du Idiot. Für so eine lässt man doch nicht alles sausen. Du kannst vom Glück sagen, dass dein Chef mehr Verstand hatte als du. Stell dir vor, deine Kündigung wäre angenommen worden. Dann hättest du komplett im Regen gestanden."

Alle waren sie einhellig der Meinung, dass Maren es nur darauf angelegt hatte, mich völlig fertigzumachen. Und nun, wo ich am Boden zerstört war, flog sie wieder auf der Suche nach Siegern um die Welt.

Man sollte annehmen, ich hätte daraus eine Lehre gezogen und es nicht so weit kommen lassen, dass mein Bruder die Liste, die er mit zwanzig erstellt hatte, um mich zur Einsicht zu bringen, erweitern musste: Mit achtunddreißig verliert der Mann die Frau, mit der er alt werden wollte, und seinen Sohn, der ihm wichtiger war als sonst etwas auf der Welt.

HANNE

Nachdem Maren mir zum zweiten Mal den Laufpass gegeben hatte, war ich monatelang krank, richtig krank. Ich stürzte mich mit Magengeschwüren, Bluthochdruck und manchmal unerträglichen Kopfschmerzen in sämtliche Fortbildungsmaßnahmen, die ich ergattern konnte, und hielt mich damit wenigstens psychisch einigermaßen über Wasser.

Dann lernte ich Hanne kennen. Hanne Neubauer, Arzthelferin in der Praxis, in der ich Dauergast geworden war. Acht Jahre jünger als ich, frisch und unkompliziert, selbstbewusst und natürlich, tüchtig und selbstständig. Sie war das, was ich gerne gewesen wäre, obwohl oder gerade, weil das Leben nicht eben zimperlich mit ihr umgesprungen war.

Ihre Eltern waren ein Kapitel für sich, Bärbel und Siegfried. Hanne nannte beide nur bei den Vornamen und machte auf diese Weise deutlich, dass sie erwachsener war als die beiden Menschen, die zwar älter waren als sie, aber nicht mal imstande, Verantwortung fürs eigene Leben zu tragen, geschweige denn für ein gemeinsames Kind.

Bärbel und Siegfried konnten nicht mit-, aber auch nicht ohne einander. Wenn sie zusammen waren, fetzten sie sich wie kleine Kinder, weil die Versöhnung anschließend immer so schön war. Siegfried hatte die Familie verlassen, als Hanne zwölf Jahre alt gewesen war. Er sei das jetzt leid und wolle endlich seinen Frieden, hatte er gesagt, als er seine Sachen packte.

Bärbel war ihm augenblicklich hinterhergereist, ohne Sachen, so schnell hatte sie nicht packen können. Nach drei Tagen war Bärbel zurückgekommen, allerdings nur, um etwas Kleidung zu holen und Hanne mit zweihundert Mark auszustatten, damit sie sich etwas zu essen kaufen konnte. Miete, Strom und die Telefonrechnung wurden abgebucht, darum musste Hanne sich nicht kümmern.

Beim ersten Mal blieb Bärbel für zwei Monate ihren Pflichten als Mutter fern, rief jedoch regelmäßig an, um sich zu erkundigen, ob Hanne noch Geld hatte, und schickte ihr etwas, wenn sie blank war. Das hatte sich in den folgenden Jahren mehrfach wiederholt. Hanne hatte es nie einem Menschen erzählt, aus Furcht, man könne sie in einem Kinderheim unterbringen.

Mit sechzehn hatte sie ihre Ausbildung begonnen, mit achtzehn ein möbliertes Appartement bezogen. Siegfried und Bärbel waren längst geschieden und lebten in Hannover wie ein Liebespaar. Jeder hatte seine eigene Wohnung, das war auch bitter nötig, wenn es wieder mal tüchtig gekracht hatte.

Geschult durch unzählige Stunden, in denen Bärbel das Drama ihrer Ehe mit der Tochter erörtert hatte, war Hanne mit nichts mehr zu erschüttern, die geborene Zuhörerin für Leute, denen man das Herz aus dem Leib gerissen hatte. Und wenn man wieder mal frühmorgens auf einem Stuhl sitzt, die Manschette des Blutdruckmessgerätes um den Arm oder die Nadel zur Blutabnahme drin, wenn man anteilnehmend gefragt wird, ob es mit den Kopfschmerzen immer noch nicht besser geworden ist oder was die letzte Magenspiegelung ergeben hat, gerät man ins Plaudern.

Wir gingen ein paarmal aus. Nicht auf meine Initiative. Hanne wusste, was sie wollte, und sagte das freiheraus. „Was machen Sie eigentlich, wenn Sie nicht krank sind?"

„Dann bin ich im Dienst."

„Aber doch nicht jeden Abend und jedes Wochenende."

Doch, im Prinzip immer. Was hätte ich sonst anfangen sollen mit meiner Zeit? Aus der elterlichen Wohnung flüchten, mich in der Dienststelle verschanzen und Strategien austüfteln, mit denen man Einbrechern das Leben schwermachen konnte. Bei einigen Handwerksbetrieben war ich überaus beliebt. Ich organisierte Ausstellungen für Türen und Fenster, die Einbruchswerkzeugen länger standhielten, beriet Bürger, wie sie ihre Häuser und Wohnungen sicherer machen konnten. Damit verbrachte ich meine Abende und die Wochenenden. Ich schob einen Berg von Überstunden vor mir her.

Ein paar feierte ich dann mit Hanne ab. Wir machten lange Spaziergänge, tranken auch mal irgendwo einen Kaffee, obwohl ihr Chef mir den wegen meinem Blutdruckhochdruck verboten hatte. Aber Hanne meinte, es sei nur psychosomatisch und käme wieder auf die Reihe, wenn ich mein Privatleben in den Griff bekäme und einen rosa Schimmer für die Zukunft sähe.

Ich bemühte mich, ihr auszureden, was sie sich in den Kopf gesetzt hatte. *Such dir lieber einen Mann in deinem Alter, mit dem du glücklich werden kannst. Du bist noch so jung und hast es verdient, glücklich zu sein. Häng dich nicht an ein ausgebranntes Wrack.* So sagte ich das natürlich nicht. Stattdessen erzählte ich ihr zur Abschreckung von Maren, was immer ich über die Lippen brachte.

Aber Liebe, Lust, Leidenschaft und diverse Querelen waren Hanne bestens vertraut. Abgestoßen fühlte sie sich davon nicht, im Gegensatz zu meiner Familie zeigte sie vollstes Verständnis. So etwas könne jedem passieren, meinte sie. Gegen Gefühle sei nun mal kein Kraut gewachsen. Das habe sie bei ihren Eltern erlebt und erlebe es immer noch, wenn nun auch aus der Ferne.

„Und in Ihrem Fall", meinte sie – als wir darüber sprachen, waren wir noch nicht zum Du übergegangen –, „liegen die Dinge doch günstiger. Sie haben jedenfalls nicht alles stehen und liegen lassen und sind der Dame hinterhergeflogen. Sie haben nur eine bittere Erfahrung gemacht."

Hanne hielt mich tatsächlich für einen Mann, der aus trüben Erfahrungen eine Leere zieht und denselben Fehler nicht zweimal macht. Ob ich davon so überzeugt war wie sie – ich weiß es nicht. Aber mit Maren in weiter Ferne und dieser jungen Frau in meiner unmittelbaren Nähe, die mich für wert befand, geliebt zu werden, offen und ehrlich geliebt, nicht verrückt oder besessen, lohnte es nicht, sich den Kopf zu zerbrechen, was geschehen könne, wenn.

An Hannes Seite erholte ich mich langsam, Magen, Blutdruck und Kopf, alles kam wieder in den grünen Bereich, das gespannte Verhältnis zu meiner Familie ebenso, dafür sorgte sie ebenfalls. Meine Brüder fanden Hanne übereinstimmend einsame Spitze. Vater war stark beeindruckt von ihrer Tüchtigkeit und sehr angetan von der Aussicht, in Zukunft nicht mehr mit jedem Zipperlein zum Arzt gehen und ohne Termin stundenlang im Wartezimmer sitzen zu müssen. Mutter hielt Hanne anfangs für zu jung, erkannte jedoch schon beim zweiten Kaffeenachmittag mit selbstgebackenem Streuselkuchen, dass Jugend in bestimmten Fällen von Vorteil sein konnte. Sollte sich das verfluchte Weib jemals wieder in der Heimat blicken lassen, wäre sie im Vergleich mit Hanne ja eine ältere Frau.

Nach sechs Monaten schlug Hanne vor, ich solle meine Habseligkeiten in ihr Apartment bringen, da könnte ich ebenso mietfrei wohnen wie bei meinen Eltern. Und wir beide könnten feststellen, ob es im Alltag mit uns funktionierte. Das tat es. Trotzdem blieb ich bei meinen Eltern gemeldet, damit Hanne keinen Ärger mit ihrem Vermieter bekam. Ihr Appartement war nur für eine Person konzipiert.

Heiraten wollten wir beide nicht. Ein Trauschein sei keine Garantie, ohne müssten wir uns mehr Mühe geben und könnten viel Geld sparen, wenn es schiefginge, meinte sie. An ihrer Einstellung änderte sich auch nichts, als Oliver sich ankündigte.

Für mich war schon die Schwangerschaft ein Erlebnis, das ich nicht missen möchte. Ich weiß noch, wie es war, als ich Hanne das erste Mal zu ihrer Gynäkologin begleitete und auf dem Ultraschallgerät seine Konturen sah. Das Köpfchen, die winzige Faust vor dem Mund, die Wölbung seines Rückens. Da wuchs ein Mensch heran, und ich hatte meinen Teil dazu beigetragen. Schon in dem Moment hätte ich mich für Oliver vierteilen lassen und schwor mir, alles zu tun, damit er behütet aufwachsen könnte, in geordneten Verhältnissen, wie man so schön sagt.

Natürlich war ich bei der Geburt dabei, durfte die Nabelschnur durchschneiden, ihn Hanne auf den Bauch legen und eine Weile halten, nachdem er gebadet und angezogen war. Er war ein Sonntagskind und der lebende Beweis, dass es nicht nur um Lust und Befriedigung ging. Er war das, was von mir übrigbleiben sollte, wenn es mich eines Tages nicht mehr gäbe.

Wenn ich bei irgendeiner Sache Zweifel hatte, reichte ein Blick auf ihn, um die Dinge geradezurücken. Bevor es ihn gab, war ich nur Konrad Metzner gewesen. Erst Oliver stellte mich auf meinen Platz im Leben und verlieh den Tagen, die bis dahin einer wie der andere vergangen waren, eine Intensität, von der ich nicht gewusst hatte, dass man so tief empfinden konnte.

Während ich noch vollauf mit dem Wunder des neuen Lebens beschäftigt war und in der Dienststelle Kollegen nervte, zuerst mit Abzügen vom Ultraschall, nach der Geburt mit Fotos, ging Hanne die Sache pragmatisch an. Das führte dazu, dass ich mich noch einmal mit Dingen auseinandersetzen musste, die ich weit hinter mir glaubte. Nein, nicht mit Maren, nur mit Willibald Müller, mit dem Maren in den Monaten vor dem Abitur genüsslich Pornoheftchen durchgeblättert hatte.

Von unserem Abiturjahrgang waren nur Porky, Peter Bergmann und ich in der Stadt geblieben. Peter arbeitete in der Kreissparkasse. Schweinchen Dick saß in der Stadtverwaltung und verteilte seine Massen im Amt für sozialen Wohnungsbau. Verheiratet oder sonst wie liiert war er nicht. Bei seinem Anblick musste jede Frau zwangsläufig befürchten, an seiner Seite elend zu verhungern.

Und offenbar bildete Müller sich ein, meine Frauen aufklären zu müssen. Während unserer Scheidung hatte er sich an Karola herangemacht und sie bis ins kleinste Detail über meine Entspannungsübungen am Gymnasium informiert. Vor Hanne machte er auch nicht Halt.

Kurz vor Olivers Geburt hatte sie sich auf eigene Faust um eine größere Wohnung für uns bemüht, leider vergebens. Danach probierte sie ihr Glück bei Müller, weil das Einzimmerappartement für drei Personen wirklich zu klein war. Der Kinderwagen stand vor der Tür im Hausflur, die Wiege immer im Weg.

Porky kümmerte sich intensiv. Nicht um eine größere und erschwingliche Wohnung für uns, nur um Hanne. Sie schaffte es mit Peter Bergmanns Hilfe über die Immobilienabteilung der Kreissparkasse, einen Mietvertrag für frei finanzierte drei Zimmer, Küche, Bad, Balkon und eine kleine Diele zu ergattern.

Und da kam ich eines Nachmittags früher als sonst nach Hause, und wer saß auf der neuen Couch im Wohnzimmer und füllte den Dreisitzer gut zur Hälfte aus? Wem klappte das halbe Gesicht nach unten, als ich in der Tür auftauchte? Richtig, Schweinchen Dick.

Weil Hanne sich nicht mehr bei ihm gemeldet hatte, hatte er nur mal fragen wollen, ob sie immer noch an einer Sozialwohnung interessiert war. Das hatte er Hanne zuvor erklärt. Dass er sich dafür auf dem Einwohnermeldeamt hatte kundig machen müssen, hatte er geflissentlich verschwiegen.

Ächzend und schnaufend kam er von der Couch in die Höhe und brabbelte etwas von Überraschung. Er hätte ja nicht ahnen können, mit wem die alleinerziehende junge Mutter ein Techtelmechtel hatte.

Nachdem er das wusste, war er zwei Tage später wieder da, um Hanne darauf hinzuweisen, dass sie auch für eine freifinanzierte Wohnung einen Mietzuschuss beantragen könne. Vorausgesetzt, sie lebe mit ihrem Kind alleine, das sei ja wohl der Fall. Auch diesbezüglich hatte er sich im Einwohnermeldeamt kundig gemacht und in Erfahrung gebracht, dass wir nicht unter derselben Adresse gemeldet waren.

Von Datenschutz hielt Willibald Müller gar nichts. Er wusste sogar, dass ich auf Olivers Geburtsurkunde als Vater eingetragen war. Deshalb nahm er an, ich sei nur mal zu Besuch gekommen, um mein Kind zu sehen.

Bei den Formalitäten für den Mietzuschuss wollte er Hanne gerne behilflich sein. Momentan mochte ich ja noch zum Unterhalt meines Sohnes beitragen. Man könne aber nicht wissen, ob das ein Dauerzustand sei, meinte er. Er wollte nichts Nachteiliges über mich sagen, weiß Gott nicht. Aber Tatsache war nun einmal, dass ich jegliches Verantwortungsgefühl missen ließ und nur noch vom Unterleib gesteuert wurde, wenn eine bestimmte Frau meinen Weg kreuzte. Und da stand noch eine Beerdigung aus. Beim alten Koska könne das jetzt jeden Tag so weit sein, meinte Porky. Ich platzte mitten hinein in seinen Vortrag und warf ihn raus.

Meine Schulden waren weitgehend getilgt. In finanzieller Hinsicht konnte ich Müllers Vorhersage mühelos widerlegen. Ich kam für Miete und Nebenkosten auf und steuerte die Hälfte zum Haushaltsgeld bei, blieb aber offiziell Dauergast, gemeldet unter der Adresse meiner Eltern, wohin auch meine Post zugestellt wurde.

Hanne brauchte das Gefühl, Herrin im eigenen Reich zu sein und im Fall einer Trennung zu bleiben. Mit anderen Worten, mir im Notfall den Koffer vor die Tür stellen zu können. Dass es dazu kommen könnte, glaubte ich keine Sekunde lang. Mit Oliver im Arm und Hanne im Rücken hielt ich mich für stark genug, allen Anfechtungen zu widerstehen, falls der Notfall aus Florida oder einer anderen Ecke der Welt zur Beerdigung einfliegen sollte.

Fünf Jahre lang war ich rundum glücklich und zufrieden mit meinem kleinen Wunder und dieser wunderbaren jungen Frau. Hanne war ein Phänomen, vierteilte sich zwischen Arztpraxis, Haushalt, Kind und Partnerschaft, pflegte daneben soziale Kontakte, Freundschaften und familiäre Beziehungen, zeigte nie Ermüdungserscheinungen, ließ sich niemals von irgendetwas aus der Ruhe oder dem inneren Gleichgewicht bringen.

Ich entsinne mich nicht, dass sie einmal laut geworden oder aus irgendeinem Grund beleidigt gewesen wäre. Im größten Tohuwabohu behielt sie einen klaren Kopf. Wahrscheinlich hätte sie beim Weltuntergang noch schnell die Police der Hausratsversicherung eingesteckt, ehe sie die Wohnung verließ. Hanne hatte ihr Leben fest im Griff und meins ebenso. Alle Werte im grünen Bereich.

Mag sein, dass ich manchmal an Maren dachte, mich flüchtig fragte, in welcher Ecke der Welt sie sich herumtreiben mochte und mit wem. Aber genaugenommen wollte ich es gar nicht wissen. Ich wollte mein verflucht normales Leben genießen, ohne Höhen und Tiefen, nur mit den kleinen, alltäglichen Freuden und Widrigkeiten.

Maren hätte vermutlich die Nase gerümpft, hätte sie mich mal eine vollgeschissene Windel wechseln, mit Sohn in der Babyschale und Einkaufsliste bei Aldi gesehen oder mit Mutter darüber diskutieren hören, ob Olli schon alt genug für Spinatbrei war.

Hanne hatte nach der Geburt keine Elternzeit beantragt, nur sechs Wochen beruflich Pause eingelegt. Sie war in der Arztpraxis unentbehrlich und wollte um keinen Preis ihre finanzielle Unabhängigkeit aufgeben. Also teilten wir uns den Haushalt und unser Kind mit Oma und Opa. Meine Mutter stand mit ausgestreckten Händen bereit, Olli in Empfang zu nehmen und zu betüteln. Bei den Kindern meiner Brüder war ihr das höchstens mal für einen Nachmittag vergönnt.

Da meine Eltern nur drei Straßen von unserer neuen Wohnung entfernt lebten, war es kein Problem, Oliver morgens rasch bei ihnen vorbeizubringen. Dafür war in der Regel ich zuständig, weil Hanne meist schon um sieben Uhr in der Praxis antreten musste, um Blutproben zu entnehmen.

Ich hätte auch zwischendurch einen Abstecher nach Hause machen können, wenn Oliver krank geworden und meine Mutter damit nicht klargekommen wäre. Aber das passierte nie. Mutter hatte schließlich bei ihren drei Jungs genügend Erfahrungen mit Dreitagefieber, Brechdurchfällen und anderen Unpässlichkeiten gesammelt, um damit alleine fertigzuwerden.

Nachdem er drei geworden war, besuchte Olli den Kindergarten. Wir entschieden uns für eine Halbtagsbetreuung, weil mein Vater nach neunundvierzig Berufsjahren fand, er hätte sich die Rente mit dreiundsechzig redlich verdient und wolle auch noch was vom Enkel haben.

Er übernahm sogar freiwillig die Abholung um zwölf, damit Oma nicht um zehn vor zwölf alles stehen und liegen lassen musste und pünktlich um halb eins das Essen auf den Tisch kam. Auch ein Genuss, der meinem Vater erst als Rentner vergönnt war. An Wochentagen mittags eine warme Mahlzeit serviert zu bekommen.

Sehr zum Leidwesen von Oma und Opa freundete Olli sich ein Jahr später mit Sven Godberg an. Die Familie war neu in der Stadt und die beiden Knirpse bald unzertrennlich. Da konnte es geschehen, dass Opa mittags den Heimweg vom Kindergarten alleine antreten musste, weil Olli und Sven im Verbund bettelten, dass Olli bei Godbergs spielen durfte.

Zwei Nachmittage die Woche mindestens verbrachte Olli bei seinem Freund. Ella Godberg war nicht berufstätig und fand es strapaziöser, ein gelangweiltes Kind bei Laune zu halten, als hinter zwei kleinen Jungs aufzuräumen. Hanne begrüßte zwei garantiert fernsehfreie Nachmittage, drei oder vier wären ihr noch lieber gewesen. Mit Opa hatte Oliver schon einige Katastrophen angeschaut. Deshalb ging bei Godbergs auch nicht immer alles glatt.

Abgesehen vom tollwütigen Bernhardiner, der wohl nur erscheinen musste, weil Olli sich an Godbergs Gartenzaun ein Loch in die Hose gerissen und das Knie aufgeschürft hatte, gab es mal Kirschsaftflecken in einem Berberteppich, weil Olli seinem Freund zeigen wollte, welche Spuren ein erschossener Mann in einem Wohnzimmer hinterließ. Bei der Demonstration der Fluggeschwindigkeit eines Ufos ging ein Porzellanfigürchen zu Bruch, das sehr teuer gewesen sein sollte. Viel Aufheben machte Ella Godberg um solche Debakel aber nicht. Die Kirschsaftflecken entfernte sie mit Teppichreiniger. Für das Figürchen kam Hannes Haftpflicht auf.

Wenn es unter besten Freunden Streit gab, der sich nicht durch vermittelnde Worte beilegen ließ, auch das kam vor, rief Ella an, damit Hanne oder mein Vater unser Kind abholte, weil in den nächsten Stunden nicht mit einer Aussöhnung der zerstrittenen Parteien zu rechnen war. Sie waren beide kleine Dickköpfe und tags darauf wieder allerbeste Freunde.

Das mag nebensächlich erscheinen, ist es aber weiß Gott nicht.

Es müssen nach meiner Rechnung um die hundertzwanzig Nachmittage gewesen sein, die Oliver bei den Godbergs verbracht hat. Ich kannte Godbergs Haus, die ruhige Straße, den großen Garten mit dem kniehohen Zaun, der für tollwütige Bernhardiner wirklich kein Hindernis dargestellt hätte, den Papa von Sven und Tante Ella nur aus Olivers Erzählungen und dem, was Hanne hin und wieder berichtete. Wenn ich auch in diesem Punkt hart mit mir ins Gericht gehen würde, müsste ich jetzt sagen: „Ich habe mich nicht rechtzeitig darum gekümmert, bei wem mein Sohn spielte."

Aber welcher Vater hätte die Eltern vom besten Freund seines Sohnes unter die Lupe genommen? Man informiert sich vielleicht über Freunde, wenn die Kinder älter sind und die Gefahr besteht, dass sie in schlechte Gesellschaft geraten. Bei Fünfjährigen ist das kaum zu befürchten.

Und mich jetzt damit herausreden, ich sei zu beschäftigt, genauer gesagt zu abgelenkt gewesen, als es brenzlig wurde …

Das war ich, aber das soll weiß Gott keine Entschuldigung sein. Im Gegenteil.

Anfang März verschickte Peter Bergmann einen Packen Briefe: Einladungen zur zwanzigjährigen Abiturfeier. Ein gemütlicher Abend im Kreise ehemaliger Mitschüler, Lehrer wollte man nicht dabeihaben. Mich eigentlich auch nicht, wenn es nach einem der beiden Initiatoren gegangen wäre. Nicht Peter Bergmann, den ich seit ewigen Zeiten nicht mehr gesehen hatte, obwohl er inzwischen die Sparkassenfiliale leitete, bei der mein Girokonto geführt wurde, aber in Zeiten des Online-Bankings …

Willibald Müller wollte mich fernhalten. Er war mir auch nicht mehr unter die Augen gekommen, seit ich ihn nach Ollis Geburt aus unserer Wohnung geworfen hatte.

Gemeinsam hatten Peter und Porky das Treffen für den 24. Mai geplant und alles Notwendige in die Wege geleitet. Den Saal einer Gaststätte für den Abend gemietet, ein Menü zusammengestellt, damit die Küche nicht mit Sonderwünschen überfordert wurde. Sie hatten eine Menge Zeit investiert, um alle ausfindig zu machen, gelungen war ihnen das nicht ganz. Nach meiner Anschrift hätten sie nicht suchen müssen, ich war immer noch in der Wohnung meiner Eltern gemeldet. Und Porky hatte doch einen guten Draht zum Einwohnermeldeamt, aber möglicherweise war der zwischenzeitlich gerissen.

Der große Rest unseres Abiturjahrgangs war in alle Winde zerstreut. Der Einladung war eine Liste beigefügt, einige Namen wurden unter dem Begriff „verschollen" angeführt. Da baten Peter und Willibald um Hinweise. Wer Auskunft über den Verbleib der oder des Betreffenden geben könne, möge das bitte umgehend tun.

Aber das las ich erst später, deshalb war der März für uns relativ friedlich. Abgesehen vom Rockerüberfall auf den Kindergarten, den ich eingangs erwähnte. Wir feierten Ollis fünften Geburtstag bei Oma und Opa mit Freund Sven. Olli bekam ein neues Fahrrad ohne Stützräder. Eine knappe Woche später lernte er die Hell's Angels kennen, allerdings nur im Fernseher.

Ella Godberg besuchte an dem Nachmittag ihren Bruder, ihren Sohn nahm sie selbstverständlich mit. Unser Sohn wurde mittags von Opa beim Kindergarten abgeholt. Nach dem Mittagessen machte Oma Wochenend-Einkäufe, es war ein Freitag. Opa nutzte die Gelegenheit, mal kurz ins aktuelle Programm zu schalten. Und montags tauchten die Hell's Angels dann im Kindergarten auf. Oliver wurde als Haupttäter genannt. Hanne hielt ihm eine tüchtige Standpauke, damit betrachteten wir die Sache als erledigt.

Die erste Aprilwoche war aufregender. Dienstags gab es bei Godbergs wieder mal eine Kabbelei unter besten Freunden. Sie hatten leider nur ein Laserschwert, da konnte auch nur einer Luke Skywalker sein. Sven hatte nicht so viel Durchsetzungsvermögen wie unser Rabauke, war aber schneller beleidigt. Nun ja, wer wollte auch einen halben Nachmittag als Sandwurm durch den Garten kriechen und sich mit einem Plastikschwert attackieren lassen?

Der Gedanke an einen Rollentausch war Olli nicht gekommen. Und er vertrat noch abends die Überzeugung, im *Krieg der Sterne* gäbe es sehr wohl Sandwürmer. Hanne führte den *Wüstenplanet* als Heimat der riesigen Kriechtiere an. Keine Ahnung, wer recht hatte.

Aber nicht nur aus diesem Grund durfte Olli mittwochs nicht bei Sven spielen. Ella Godberg wollte erneut ihren Bruder besuchen und hätte das eigentlich gerne ohne Sven getan. Es gab wohl etwas zu besprechen, was für kleine Ohren nicht geeignet war. In solchen Fällen hatte Hanne schon mal die Kinderbetreuung übernommen, wenn sie es einrichten konnte. Meinen Eltern war das nicht zuzumuten. Und Hanne konnte diesmal nicht. Sie musste am Nachmittag bei einer ambulanten Operation assistieren. Dass Ärzte am Mittwochnachmittag frei haben, ist ein Ammenmärchen. In manchen Praxen mag das so sein, bei Hannes Chef aber nicht.

Olli sollte den Nachmittag bei Oma und Opa verbringen. Bevor ich ihn am Dienstagabend zu Bett brachte, nahm Hanne sich eine halbe Stunde Zeit, um ihm etwas anderes schmackhaft zu machen als Opas Filmesammlung. Opa hatte doch auch eine tolle Eisenbahn und Oma einen Nymphensittich, der richtig sprechen konnte und sich gerne mit Oliver unterhielt. Abgesehen davon konnte Oma tolle Plätzchen backen und sehr gut vorlesen.

Das wusste Olli, aber Oma las immer nur Geschichten für kleine Kinder, die waren nicht nach seinem Geschmack. Und wenn Opa den Fernseher anmachte und Oma es sah, meckerte sie immer sofort und sagte: „Mach die Kiste aus. Du weißt doch, wie der Kleine ist. Geh lieber mal mit ihm an die frische Luft."

Um Opa einen triftigen Grund zu verschaffen, mit dem Kleinen an die frische Luft zu gehen, statt sich mit ihm vor den Fernseher zu pflanzen, falls Oma die Wohnung verlassen musste, durfte Olli am Mittwochmorgen sein neues Fahrrad mit zum Kindergarten nehmen und plante für den Nachmittag eine Radtour entlang des Neffelbachs, vielleicht tauchte darin noch mal ein weißer Hai auf.

Opa hatte am Vormittag einen Termin bei einem Kardiologen, bei dem man eine längere Wartezeit einkalkulieren musste. Deshalb musste ausnahmsweise Oma den Gang zum Kindergarten übernehmen. Sie ließ die Uhr nicht aus den Augen, schälte schon mal die Kartoffeln, zerschnippelte den Blumenkohl und legte die Bratwürste bereit, damit sie nachher keine Zeit beim Kochen verlor. Zehn Minuten vor zwölf, also rechtzeitig, brach Oma auf, um ihren Enkel abzuholen.

Nun begab es sich aber, dass Oma unterwegs eine gute Bekannte traf und ein Weilchen plauderte. Dann stellte sie mit einem Blick auf ihre Armbanduhr fest, dass es allerhöchste Zeit wurde und der Kleine vermutlich schon ungeduldig auf sie wartete. Und da befand Oma sich im Irrtum. Gewartet hatte Olli im Höchstfall zwei Minuten.

Dann waren seinen späteren Worten zufolge zwei finster dreinblickende Höllenengel auf riesigen Motorrädern aufgetaucht, und er war zur Sicherheit losgeradelt. Nicht etwa zur Wohnung von Oma und Opa. Das Risiko wäre ja viel zu groß gewesen. Am Ende hätten die beiden Rocker Omas Küche zu Kleinholz gemacht und auch noch Opas Fernseher oder die Eisenbahn zertrümmert. Olli führte sie in die Irre, mitten hinein in die Stadt.

Während Oma in heller Aufregung unser gesamtes Viertel nach ihm absuchte und gar nicht wusste, wie sie uns das erklären sollte, erreichte Olli die große Kreuzung an der Kirche. Natürlich konnte er dort nicht abwarten, bis an der Ampel das grüne

Männchen aufleuchtete. Das galt ja auch bloß für Fußgänger. Er trat noch mal kräftig in die Pedale, fuhr mit Karacho über den Zebrastreifen. Ein Autofahrer musste bremsen, der zweite fuhr auf.

Die beiden Rocker machten sich natürlich sofort aus dem Staub. Die hatte außer Olli auch niemand gesehen. Und er wusste, was sich für Unfallzeugen gehörte, blieb vor Ort, hätte auch nicht weiterfahren können. Ihm war die gegenüberliegende Bordsteinkante zum Verhängnis geworden.

Der Besatzung des Streifenwagens erzählte er bereitwillig, wie er hieß, wo er wohnte, dass aber niemand zuhause war, weil Mama operieren musste und Papa bei der Kreispolizeibehörde in Hürth Einbrecher fing. Er war stolz, dass er das so genau wusste. Oma und Opa erwähnte er lieber nicht. Man nahm ihn mit auf die Wache und rief mich an.

Da saß er dann mit blutenden Knien, seine Nase hatte auch etwas abbekommen, doch das war für ihn nebensächlich. Körperliche Blessuren heilten nach seinen Erfahrungen von alleine. Da musste Mama bloß ein Pflaster draufkleben. Das schöne, neue Rad dagegen besaß solche Selbstheilungsmechanismen nicht. Der Lenker war verbogen, der Vorderreifen sah aus wie ein Ei. Aber Olli war überzeugt, dass Papa es heile machen könne.

Als ich mein tapferes Kerlchen – die Kollegen bezeichneten ihn so – mitsamt seinem demolierten Rad abholte, erfuhr ich, dass die gesamte Wache in der letzten halben Stunde so gut unterhalten worden war wie selten zuvor.

Olli hatte ihnen sein komplettes aufregendes Leben erzählt, einschließlich der Begegnung mit E.T., dem er etwas Kleingeld gegeben hatte, damit E.T. nach Hause telefonieren konnte. Den Überfall auf den Kindergarten hatte er selbstverständlich auch angeführt und die Vermutung geäußert, die beiden Rocker hätten ihm aufgelauert, weil sie einen Zeugen mundtot machen wollten. Aber darum brauchte sich die hiesige Polizei nicht zu kümmern, das machte Papa schon.

Es war im Prinzip alles geklärt, nur noch eine Frage offen. Wer für den Schaden aufkommen musste, Hannes Haftpflicht oder der zweite Autofahrer, der vielleicht einen Moment geträumt, zu dicht hinter seinem Vordermann, möglicherweise auch einen Tick zu schnell gewesen war. Im Zweifel sind immer die Autofahrer dran.

Ich brachte Olli rasch zu meinen Eltern. Während der kurzen Fahrt meinte er, wir sollten Mama und Oma vielleicht besser nicht erzählen, was passiert sei, sonst machten die sich am Ende noch fürchterliche Sorgen. Er hielt es für entschieden günstiger, zu behaupten, er habe nur mal bei seinem Freund nachschauen wollen, ob Sven noch traurig sei. Und er habe hoch und heilig versprechen wollen, dass Sven nie wieder Sandwurm spielen müsse.

Ich schätze, das war die Wahrheit.

Obwohl es glimpflich ausgegangen war und mein Vater tags darauf wieder bereitstand, hatte dieser Vorfall ärgerliche Folgen. Mutter stand Mitte April noch unter Schock und war nur noch unter großem Lamento bereit, die Verantwortung für Olli zu übernehmen, wenn er nicht bei seinem Freund spielen konnte.

Hanne musste sich einige zarte Anspielungen auf berufstätige Mütter und wilde Ehen anhören. So etwas hatte es ja früher nicht gegeben. Da war man ordnungsgemäß verheiratet gewesen, ehe man Kinder in die Welt setzte. Und dann hatte man sich mit dem begnügt, was der Mann verdiente.

Natürlich hatte man sich an allen Ecken und Enden einschränken müssen, als Frau kein eigenes Auto gehabt, nicht mal einen Führerschein. Man hatte die Schuhe zum Schuster gebracht und neu besohlen lassen, statt neue Schuhe zu kaufen. Aber man war immer da gewesen für die Kinder.

Man war auch für die Enkel da – jederzeit – wenn es unbedingt sein musste – in Notfällen. Nur wurde man ja älter. Mutter war sechsundsechzig, Vater achtundsechzig. Man war nicht mehr so flink. – Natürlich nicht, wenn man zwischendurch Päuschen einlegte, um vom Termin des Gatten beim Kardiologen zu erzählen. – Man hätte wochentags auch gerne mal seine Ruhe gehabt. – Das lasse ich gelten. – Und inzwischen hätten wir doch lange genug auf Probe gelebt, fand meine Mutter.

Ich war im Herbst des Vorjahres zum Ersten Kriminalhauptkommissar und Leiter des Kriminalkommissariats 13, zuständig für Wohnungseinbrüche, Raubdelikte und einiges mehr, befördert worden und verdiente ausreichend, um eine Familie alleine zu ernähren. Es wäre doch gar nicht mehr nötig, dass Hanne arbeitete, fand meine Mutter.

Hanne sah das anders und dachte gar nicht daran, ihren Job an den Nagel zu hängen. Da hätte ihr Chef sich wohl auch die letzten Haare vom Kopf gerupft aus lauter Verzweiflung. Und ihr wäre vermutlich bald die Decke auf den Kopf gefallen. Nur Partnerschaft, Kind und Haushalt? Man brauchte doch geistige Herausforderungen und soziale Kontakte; Patienten und Arbeitskolleginnen, mit denen man mal ins Kino, ins Theater oder in ein Restaurant ging. Hanne genehmigte sich alle zwei Wochen einen freien Abend. Mir hatte sie das gleiche Recht eingeräumt, aber ich nutzte es nicht, genoss nach Feierabend lieber das nicht immer beschauliche Familienleben.

Am 15. April war Hanne für den Abend verabredet. Sie wollte mit Esther, einer Arbeitskollegin, nach Köln fahren und ins Kino gehen. Als ich heimkam, war sie im Bad, fuhr noch mal mit dem Kamm durchs Haar, sprühte etwas Deo nach und war damit schon ausgehfertig.

Ehe sie die Wohnung verließ, wies sie mich darauf hin, es sei Post für mich gekommen. Neben dem Fernseher lag ein Kuvert. Meine Mutter hatte es nachmittags vorbeigebracht, ohne zu ahnen, was der Umschlag enthielt. Er sah aus, als käme er von der Kreissparkasse. Da kam er auch tatsächlich her, so konnte man Porto sparen. Hanne dachte wohl wie ich im ersten Moment, es handle sich um eines der üblichen Formschreiben, den Dispokredit oder sonst etwas betreffend. Aber in dem Kuvert steckte die Einladung zum Klassentreffen, dem ersten nach zwanzig Jahren.

Ich überflog den Text und wollte absagen. Sofort. Eine gute Ausrede zu bieten wäre kein Problem gewesen. Ich hätte dringende Ermittlungen als Vorwand nehmen können. Das klingt immer glaubwürdig bei einem Kriminalhauptkommissar. Dass ich seit dem letzten Herbst nicht mehr selbst ermittelte und längst keinen Bereitschaftsdienst mehr hatte, musste ich ja niemandem auf die Nase binden. In Fernsehkrimis sah das auch immer anders aus.

Bereits als ich den ersten Namen im Briefkopf las, sah ich einen überaus schwerwiegenden Grund – das meine ich wörtlich –, auf den gemütlichen Abend im Kreise ehemaliger Mitschüler zu verzichten. Den Fettwanst Willibald Müller. Es gab noch einen zweiten, nicht weniger triftigen Grund.

Schon die Anrede löste ein sonderbares Zittern im Innern aus, das Wut sein konnte, aber auch ganz etwas anderes.

„Lieber Konni."

Die Letzte, die mich Konni genannt hatte, war Maren gewesen – vor neun Jahren, in dem Kölner Hotelzimmer. Ich sah mich wieder im Auto sitzen. Auf dem Beifahrersitz lag die Sektflasche. Meine Finger trommelten einen Wahnsinnstakt aufs Lenkrad. Kleiner Stau in der Innenstadt. Und ich hatte doch keine Zeit, musste zu ihr, musste sie quer durchs Hotelzimmer lieben, meine Kündigung und den Gang zum Scheidungsanwalt mit ihr feiern.

An die Fahrt zurück kann ich mich nicht erinnern.

Mir war wirklich nicht danach, Maren wiederzusehen.

Ich brachte Olli ins Bett und hörte mir seine obligatorische Gute-Nacht-Geschichte an. Seit seiner Radtour durch die City und dem Zusammenstoß mit der Bordsteinkante hatte er nur noch ein Thema. Inzwischen befürchtete er, mit dem geplanten Abstecher zu Godbergs einen großen Fehler gemacht zu haben.

Wenn man nämlich genau darüber nachdachte, hatte er die beiden Rocker nicht in die Irre geführt, sondern in die Richtung, in der sein bester Freund wohnte. Und man durfte nicht vergessen, Sven war ebenfalls Zeuge des Überfalls im Kindergarten gewesen. Er hatte Olli doch geholfen, die Rocker aus der Sandkiste zu verscheuchen. Deshalb hatte die Betreuerin – Frau Ruhland – doch gemeint, Sven und Olli wären diejenigen welche gewesen.

„Kannst du die Rocker alle verhaften lassen, Papa?"

„Klar", sagte ich. „Die sind längst in der Fahndung."

„Es waren aber ganz viele."

„Weiß ich", sagte ich. „Aber wir kriegen sie alle."

Nachdem er eingeschlafen war, riss ich Kuvert und Einladung in kleine Fetzen, stopfte sie in den Mülleimer und suchte etwas zum Schreiben. „Liebe Freunde, es tut mir außerordentlich leid, dass ich an dem mit so viel Zeitaufwand arrangierten Treffen nicht teilnehmen kann." Ungefähr so wollte ich formulieren.

Aber unseren Schreibblock hatte Olli sich gekrallt und sehr bunt mit Rockern bemalt, damit ich Phantombilder in die Hand bekam. Es gab kein freies Blatt mehr. Da ich die Sache sofort aus der Welt haben wollte, dachte ich, ich könne es Peter Bergmann auch persönlich sagen.

Mittwochs schaffte ich es gerade noch, bevor die Sparkassenfiliale die Türen der Schalterhalle schloss. Peter saß noch vor einem Berg Arbeit in seinem Büro und war enttäuscht, als ich ihm wichtigen Ermittlungen auftischte. „Jetzt lass du uns nicht auch noch hängen, Konni. Es haben schon fünf abgesagt."

Einen hatten sie in Australien aufgetrieben, der hatte sich auch mit mangelnder Zeit entschuldigt, wahrscheinlich war ihm der

Flug zu teuer. Von drei weiteren hatten Porky und er die Anschriften nicht ausfindig machen können. Sieben hatten sich bislang noch nicht gemeldet. Und Maren – direkt nach ihr fragen mochte ich nicht. Das war auch nicht nötig.

Peter grinste plötzlich, als sei ihm gerade ein Kronleuchter aufgegangen. „Dein Orchester wird übrigens auch durch Abwesenheit glänzen. Sie lebt jetzt in Hamburg, das ist zwar nicht aus der Welt, trotzdem ist ihr die Fahrt zu weit, hat sie mir jedenfalls geschrieben. Bei Porky hat sie es etwas anders ausgedrückt, scheint, dass ihr Mann nicht begeistert ist, wenn sie einen Abend mit anderen verbringt."

„Sie ist verheiratet?" Was ich in dem Moment fühlte, ist schwer in Worte zu fassen. Einerseits war ich erleichtert, andererseits irgendwie enttäuscht, obwohl ich das nun wirklich nicht sein wollte.

Peter zuckte mit den Achseln. „Behauptet Porky."

„Seit wann?"

Noch so ein Achselzucken. „Frag doch nicht mich, ich war nicht dabei und kann es mir auch nicht vorstellen. Soll aber ein beeindruckender Typ sein, ihr Mann, behauptet zumindest Porky."

„Kennt er ihn?"

„Quatsch", sagte Peter. „Er verbreitet nur, was Maren ihm erzählt hat. Und davon würde ich mal die Hälfe streichen, mindestens die Hälfte. Einen Macker wird sie wohl haben, ohne Flöte und Puderquast hält die es doch nicht aus. Vielleicht hat der Typ zwei Schwänze, einen vorne, einen hinten und zwei Hörner auf dem Kopf, mit denen er es ihr ebenfalls besorgen kann. Ich tippe auf eine Art Luzifer."

Ganz nebenbei erfuhr ich, dass sie nach Marens Adresse nicht hatten fahnden müssen. Sie stand noch in losem Kontakt zu Schweinchen Dick, schickte ihm Postkarten und telefonierte gelegentlich mit ihm. Darüber hinaus offenbarte Peter mir, der gute

Willibald sei strikt dagegen gewesen, mich einzuladen. Deshalb hatte ich erst jetzt einen Brief von der Kreissparkasse bekommen. Das hatte Peter auf seine Kappe genommen, allerdings erst nach Marens Absage.

„Porky wollte dich keinesfalls dabeihaben", sagte er. „Bist du dem auf die Füße getreten?"

„Nein", sagte ich, getreten hatte ich ihn ja nicht.

„Ist ja auch egal", meinte Peter. „Ich hab ihm gesagt, das können wir nicht machen. Bei jedem anderen, aber nicht bei Konni, wo er im Ort lebt. Und unter dem Aspekt, dass Maren fehlt, kannst du deine wichtigen Ermittlungen vielleicht rechtzeitig abschließen. Sind ja noch fast sechs Wochen Zeit."

Ich versprach ihm, zu tun, was sich machen ließe, blieb aber bei meinem Vorsatz, es mir an dem Samstagabend mit Hanne auf der Couch gemütlich zu machen – vorausgesetzt, ihr Chef hatte keinen Bereitschaftsdienst, bei dem sie ihm Gesellschaft leisten sollte. Auch wenn Maren nicht dabei war, ich konnte mir lebhaft vorstellen, welche alten Geschichten an so einem Abend aufgewärmt wurden. Vielleicht erzählte Porky von meiner Scheidung, damit niemand im Unklaren blieb, wie es mit Maren und mir weitergegangen war. Ich wollte nicht zur Witzfigur mutieren, weder an Marens Sinnlichkeit und ihre Anziehungskraft noch an ihre Art, Rache zu üben, erinnert werden.

Deshalb hielt ich es für überflüssig, Hanne oder sonst wem von der Einladung zu erzählen. Hanne erfuhr trotzdem ziemlich bald von dem über ihrem Kopf schwebenden Damoklesschwert, dafür sorgte meine Mutter. Wie der Zufall so spielte, traf Mutter beim Lidl die Mutter von Brigitte Talber, die früher in der Schule neben Maren gesessen hatte.

Brigitte war seit zehn Jahren mit einem Arzt verheiratet, lebte in Potsdam, hieß nun Berger und hatte zwei süße kleine Kinder. Frau Talber zeigte meiner Mutter Fotos ihrer Enkel und ließ verlauten, Brigitte wolle das Treffen ihres Abiturjahrgangs für einen Familienausflug nutzen. Darauf freute Frau Talber sich schon sehr, weil sie ihre Enkel nur selten sah.

Meine Mutter freute sich überhaupt nicht, hörte sie doch zum ersten Mal von dem bevorstehenden Ereignis. Zuerst hielt sie Hanne einen Vortrag, der im Wesentlichen besagte, sie solle mich an dem Samstagabend festbinden, betäuben, mir notfalls beide Beine brechen, damit ich nicht in die Nähe des Weibs käme. Da ich das Klassentreffen bisher mit keinem Wort erwähnt hatte, müsse ich etwas im Schilde führen, meinte meine Mutter.

Da Hanne sich weigerte, mich mit Gewalt daran zu hindern – meinte sie doch tatsächlich, ich sei alt genug, um zu wissen, was ich tat, was Mutter für jugendliche Unvernunft hielt –, musste auch ich mir noch einen längeren Vortrag anhören. Mutter beruhigte sich erst wieder etwas, als ich sagte: „Jetzt reg dich ab, erstens will ich gar nicht hingehen, zweitens ist Maren inzwischen verheiratet, und drittens kommt sie gar nicht."

Zweitens schloss meine Mutter aus mit einem ihr logisch scheinenden Argument. „Die ist doch nicht verheiratet. Das wüsste ich aber." Dass sich in Hamburg ein Paar das Jawort gegeben haben könnte, ohne dass bei uns ein Mensch davon erfahren hatte, zog sie nicht in Betracht. Zwischen erstens und drittens sah sie einen unmittelbaren Zusammenhang, war aber trotzdem zufrieden.

Ich war es nicht. Tagelang gärte und brodelte es in mir. Obwohl ich mich wirklich nicht mit ihr beschäftigen wollte, kreiste Maren mir immerzu durchs Hirn mit Erinnerungen und diversen Vorstellungen. In Hamburg also. Und nicht allein. Ich sah keinen Luzifer an ihrer Seite. Mir drängte sich das Bild eines Herkules auf, eine Mischung aus Sylvester Stallone und Arnold Schwarzenegger, dem sie das Mark aus den Knochen saugte.

Ein paar Mal spielte ich mit dem Gedanken, mich bei den Hamburger Meldeämtern kundig zu machen, ob Peter Bergmann und meine Mutter mit ihrer Einschätzung richtiglagen. Als Polizist hätte ich nachfragen können. Aus Marens Anschrift hätte sich einiges ableiten lassen, zumindest in welchen finanziellen Verhältnissen sie lebte. Aber das tat ich dann doch nicht.

Ich bemühte mich nur darum, mir Maren wieder aus dem Kopf zu schlagen. Damit war ich so beschäftigt, dass ich mir daneben keine Gedanken über die Freundschaft meines Sohnes und die Familie Godberg machen konnte.

Es war der Montag Anfang Mai, der Wochentag, an dem kleine Jungs einen großen Nachholbedarf haben, weil sie übers Wochenende sowohl ihre Phantasie als auch ihren Tatendrang zügeln mussten. Den Vormittag im Kindergarten brachte Olli noch einigermaßen gesittet hinter sich, weil seine Gruppe die Polizeiwache besichtigte. Da kannte Olli sich ja schon bestens aus, traf auf gute Bekannte, wurde überschwänglich begrüßt und stellte allen seinen besten Freund vor.

Vielleicht wurde er auch aufgefordert, für die Kollegen, die seinen ersten Aufenthalt nicht persönlich hatten miterleben dürfen, noch einmal zu erzählen, wie überaus flink und raffiniert er vor einem Monat zwei bösartige Verfolger in die Irre geführt hatte. Polizisten sind auch nur Menschen und amüsieren sich lieber, als dass sie mit sorgenvollen Mienen ihren Dienst versehen.

Um zwölf nahm Ella Godberg ihren Sohn und unseren beim Kindergarten in Empfang. Olli bekam eine warme Mahlzeit und zum Nachtisch eine Banane, die er nicht aufessen mochte, weil das Ende schwarz-braun und matschig war. Statt diesen Rest ordnungsgemäß im Mülleimer zu entsorgen, warf Olli ihn achtlos in den Garten.

Und eine gute Stunde später rutschte Ella Godberg darauf aus, stürzte und zog sich an der Terrassenkante einen komplizierten

Armbruch zu. Das jedenfalls erzählte ihr Mann, als er Hanne gegen vier Uhr anrief.

„Zum Glück war ich daheim", sagte Alexander Godberg, kurz Alex genannt.

Er hatte Notarzt und RTW alarmiert, Ella war bereits auf dem Weg ins Krankenhaus. In der Aufregung nach dem Sturz habe er leider nicht auf Oliver geachtet, bedauerte er, unser Kleiner habe sich – vermutlich geplagt vom schlechten Gewissen – klammheimlich aus dem Staub gemacht.

Es passierte zwar zum ersten Mal, dass Olli vor Konsequenzen die Flucht ergriffen hatte. Aber angesichts der dramatischen Folgen seiner Nachlässigkeit zog Hanne das nicht in Zweifel. Ich ehrlich gesagt auch nicht, als ich davon hörte.

Zum Glück war Hanne schon daheim. Sie hatte wie meist um sieben in der Früh ihre Arbeit aufgenommen und die Praxis kurz nach drei verlassen. Sie stieg sofort in ihr Auto und fuhr den Weg ab, den Oliver nehmen musste, wenn er sich auf den Heimweg gemacht hatte. Das hatte er getan.

Auf halber Strecke kam er ihr entgegen und erzählte eine Geschichte, in der erst mal gar keine Banane vorkam. Seiner Version zufolge hatte er mit Sven im Garten gespielt, und plötzlich waren zwei fremde Leute im Wohnzimmer gewesen. Ein Hell's Angel mit seiner wüsten Rockerbraut.

Die hatten sich mit dem Papa von Sven gezankt und Tante Ella geschubst. Deshalb war Tante Ella auf den Wohnzimmertisch gefallen und hatte geschrien. Als Olli mal gucken wollte, ob Tante Ella sich sehr wehgetan hatte, sollte der Papa von Sven gebrüllt haben: „Schert euch zum Teufel!" Das hatte Olli als Rauswurf interpretiert und sich schmollend auf den Heimweg gemacht.

Wem sollte man glauben? Einem Erwachsenen oder einem fünfjährigen Knaben mit wildwuchernder Phantasie, der sich blendend darauf verstand, seine Sünden zu verschleiern?

Hanne konnte sich zwar vorstellen, dass Alex Godberg ihm Vorhaltungen gemacht, ohne das am Telefon zu erwähnen, und dass Olli deshalb die Flucht ergriffen hatte. Ausschimpfen ließ er sich nicht gerne. Von Mama musste er sich das gefallen lassen, aber nicht von anderen Leuten.

Vom Rest glaubte Hanne kein Wort, vor allem deshalb nicht, weil Olli in keinster Weise verstört wirkte und bei einer eindringlichen Befragung einräumte, den Rest seiner Banane in den Garten geworfen zu haben und von Tante Ella zweimal aufgefordert worden zu sein, sie doch bitte in den Mülleimer zu bringen. Aber er hatte gerade so schön mit Sven gespielt, da hatte er nicht unterbrechen und in die Küche gehen können. Und da lag die Vermutung nahe, dass Ella in den Garten gekommen war, um zu tun, wofür Olli die Zeit nicht fand.

Hanne war stinksauer auf ihn und verlangte, als ich nach Hause kam, ich solle ein ernstes Wort mit ihm reden. Aber sie hatte ihm schon ordentlich die Leviten gelesen und ihm diesen Deal vorgeschlagen: Stubenarrest oder die Wahrheit. Da sie keinen Zweifel daran ließ, welche Wahrheit sie akzeptierte, schloss Olli sich notgedrungen Alex Godbergs Fassung an. Und ich verzichtete darauf, ihm nachdrücklich ins Gewissen zu reden.

Es war ohnehin eine Tragödie für ihn. Wochen ohne Sven, nicht mal vormittags im Kindergarten zusammen. Alex Godberg musste arbeiten und brachte seinen Sohn zu Ellas Schwester nach Frankfurt. Auch seine Frau ließ er nach der Erstbehandlung im hiesigen Krankenhaus in eine Frankfurter Klinik verlegen, damit Sven seine Mama besuchen konnte und sich nicht so verlassen oder abgeschoben fühlte.

Für Hanne war es ebenfalls eine mittelschwere Katastrophe. Sie mochte sich gar nicht vorstellen, wie lange Ella nun ausfiel. Das war so eine tolle Lösung gewesen. Keine nörgelnde oder ob der Verantwortung lamentierende Oma. Kein Opa, der dem

Enkel nachmittags etwas Spannung bot und ihn damit eventuell zu weiteren Missetaten inspirierte. Und wenn wir Pech hatten, war Ella nach ihrer Genesung nicht mehr bereit, unserem Kind nachmittags Obdach zu gewähren. Der komplizierte Armbruch mochte nach anderen Debakeln der Tropfen sein, der das Fass zum Überlaufen brachte.

Dienstags holte Opa Olli wieder vom Kindergarten ab und beschäftigte ihn nach dem Mittagessen mit der Eisenbahn. Bei der Gelegenheit erfuhr mein Vater, wie spannend es am vergangenen Nachmittag bei Godbergs zugegangen war. Bei Opa musste Olli sich keine Zwänge auferlegen, schilderte in allen Details, sparte auch nicht mit Dialogen, was Hanne mit ihrem vehementen Beharren auf der Wahrheit unterbunden hatte.

Das soll kein Vorwurf sein. Vielleicht hätte sie ihm zugehört, hätte er nicht ausgerechnet die Hell's Angels ins Feld geführt. Mit Rockern hatten Alex und Ella Godberg nun wirklich nichts zu tun. Mein Vater kam auch nicht auf den Gedanken, Ollis Schilderungen mit Hanne oder mir zu besprechen.

Mittwochs musste Opa mit Oma nach Köln fahren, weil Oma in Ruhe – sprich ohne einen Fünfjährigen, der alles gebrauchen konnte und für den man nicht Augen genug hatte – ein paar Kleinigkeiten einkaufen wollte. Hanne ließ notgedrungen ihren Boss und die noch wartenden Vormittags-Patienten im Stich, machte sich um Viertel vor zwölf auf den Weg und gedachte, den Nachmittag mit Hausarbeit zu verbringen.

Aber wenn kleine Jungs mit Gewissensbissen – oder Groll, weil Mama nicht glauben wollte, was wirklich passiert war – nicht rausdürfen, kann das ganz schön stressig werden. Dass es regnete, hätte Olli nicht weiter gestört, er war ja nicht aus Zucker. Dass wir an einer verkehrsreichen Straße wohnten, trug er auch mit Gelassenheit. Er konnte doch aufpassen, wollte nur ein bisschen mit seinem geflickten Rad auf dem Bürgersteig hin und her fahren, um festzustellen, ob Papa es auch ordentlich repariert hatte. Er wollte nicht weit weg, ehrlich nicht. Und ganz bestimmt nicht runter zu Sven, um nachzuschauen, ob Tante Ella noch im Krankenhaus oder schon wieder da war.

Um sich wenigstens anderthalb Stunden Ruhe für einen Korb Bügelwäsche zu verschaffen, kramte ausnahmsweise Hanne mal in der DVD-Sammlung, die sich im Laufe der Zeit in unserem Wohnzimmerschrank aufgestapelt hatte. Es waren einige Zeichentrickfilme dabei, die Hanne für kindgerechter hielt als weiße Haie, lichterloh brennende Hochhäuser und die Jagd auf Roter Oktober.

Die hätte Olli sich gerne noch mal ungestört in voller Länge angeschaut. Wegen der jungen Russen, die so schön singen konnten und sich einbildeten, ihr Kapitän Ramius hätte die Amerikaner aus dem Wasser gescheucht. Das war aber die „Dallas" gewesen, deren Ersatzkapitän rief: „Flieg, meine Dicke, flieg."

Wie mein Vater kannte Olli den Streifen auswendig und konnte etliche Dialoge wortgetreu wiedergeben. „Turbulenzen, kalte Luft fällt nach unten, warme Luft steigt nach oben, Turbulenzen." Die Sätze über das gekaufte Brüderchen, die dicke, brockige Kotze und Pavarotti, der aber in Wirklichkeit Paganini gewesen war. Und: „Geben Sie mir ein Ping, Vasili, und bitte nur ein einziges."

Und ich frage mich heute noch, ob etwas anders gekommen wäre, hätte Hanne ihn das Spektakel noch einmal genießen lassen. Aber nein. Das war doch kein Film für Kinder. Sie stellte ihn vor die Wahl: „Das letzte Einhorn", „Dumbo, der fliegende Elefant" oder dieser Streifen, in dem es von Dinosauriern nur so wimmelte. „In einem Land vor unserer Zeit." Olli entschied sich für die Dinos.

Nach Jurassic Park und seinen Nachfolgern riss man mit einem Zeichentrickfilm bestimmt nicht mehr viele Leute vom Hocker.

Aber einen nörgelnden Fünfjährigen, der Benjamin Blümchen, Dumbo und das letzte Einhorn gleichermaßen doof fand, der gar keine Lust hatte, etwas zu malen oder mit Legosteinen ein Ufo oder Roter Oktober zu bauen, bis Mama alles gebügelt und Zeit hatte, mit ihm ein paar Runden Memory zu spielen, konnte man damit einen ganzen Nachmittag lang auf den Wohnzimmerteppich kleben. So viel Faszination hatte Hanne gar nicht erwartet.

Es blieb abgesehen vom Fernsehton mucksmäuschenstill im Wohnzimmer. Olli bekam weder Hunger auf ein Eis noch Durst auf Apfelsaft oder Kakao. Hanne bügelte nicht bloß die Wäsche, sie schaffte es auch, ihre komplette Gläsersammlung von Hand zu spülen, die Vitrine auszuwaschen, die Betten frisch zu beziehen und das Abendessen vorzubereiten. Zweimal hintereinander schaute Olli sich den Film an und hätte ihn sich wohl noch ein drittes Mal reingezogen, wäre ich nicht um halb sechs nach Hause gekommen.

Er war so begeistert, dass er den ganzen Abend von nichts anderem mehr sprach. Begeistert ist nicht der richtige Ausdruck. Scharfzahn Rex hatte etwas geschafft, was vorher keinem Bildschirmhelden oder Bösewicht gelungen war: meinen Sohn in seinen Grundfesten erschüttert. Ein Tyrannosaurus Rex, die lateinische Artbezeichnung hatte Hanne ihm genannt, die gefiel ihm gut, nahm aber beim Erzählen zu viel Zeit in Anspruch, sodass er der Einfachheit halber nur Rex sagte.

Und da er nicht mehr über Rocker sprechen durfte, machte er einen Dinosaurier zu seinem Intimfeind und verantwortlich für weitere Übel. Dachte ich.

An dem Mittwochabend hörte ich nur, dass der Rex Langhälse, Breitmäuler und Dreihörner gejagt und die Mama von Littlefoot, dem Langhalsbaby, gefressen hatte. Als ich ihn zu Bett brachte, wollte er wissen, ob die Rexe wirklich alle tot seien, wie Mama behauptet hatte.

„Ja, die sind alle ausgestorben", sagte ich.

„Warum?"

„Das weiß man nicht so genau", sagte ich. „Schuld daran könnte ein Meteoriteneinschlag gewesen sein."

„Was ist das?"

„Meteoriten sind Steine, die vom Himmel fallen", sagte ich.

„Aber die Rexe waren groß, die sind bestimmt nicht alle getroffen worden", meinte Olli. „Vielleicht sind noch welche da, und die verstecken sich gut, damit keiner sie sieht."

Wie kaum anders zu erwarten, entdeckte Olli schon donnerstags den ersten Rex am Ufer des Neffelbachs. Er war an dem Nachmittag wieder bei Oma und Opa. Mein älterer Bruder hatte ein gutes Wort für Hanne eingelegt. Nach den Mittagessen machte Opa mit Olli eine Radtour. Und dabei sah Olli das Untier, nur ganz kurz, es ging sofort wieder in Deckung.

Freitags sah Olli den zweiten Rex auf dem Parkplatz beim Getränkemarkt. Da schnappte die Bestie sich ein kleines Kind und fraß es mit einem Bissen auf. Mama lud gerade einen Kasten Apfelsaft in ihr Auto und bekam von dem scheußlichen Verbrechen nichts mit. Ehe Mama sich nämlich umdrehen konnte, war der Rex schon wieder weg. Die Rexe waren ja unheimlich schnell.

Montags erschien dann auch ein Rex im Kindergarten, biss Frau Ruhland in den Arm und vergrub den mitgebrachten Apfel von Mandy, einem kleinen Mädchen, das Olli als Heulboje bezeichnete, in der Sandkiste. Opa musste sich mittags anhören, dass unser Bengel wieder einmal tüchtig über die Stränge geschlagen war. Hanne hörte es Stunden später von meiner Mutter und verlangte von mir, ein Machtwort zu sprechen.

Aber ich hatte den Film nicht für ihn eingelegt und keine Lust, den Buhmann zu spielen. Wir lebten doch nicht mehr im Mittelalter, wo Mutter die Jungs so lange ins Kinderzimmer schickte, bis Vater von der Arbeit kam und sie verprügeln konnte. Wir führten eine unserer üblichen Auseinandersetzung. „Warum bist du nicht mit ihm zum Spielplatz gegangen?"

„Witzig", sagte Hanne.

Der Punkt ging an sie, nicht nur weil es in Strömen geregnet hatte. In der näheren Umgebung unserer Wohnung gab es nur einen Spielplatz, der für Kinder nicht geeignet war. Nachmittags versammelten sich dort Jugendliche, die von kleinen Jungs nicht gestört werden mochten und sich von jungen Müttern nichts sagen ließen. Hundebesitzer fanden sich dort auch gerne ein und gönnten ihren vierbeinigen Freunden etwas Auslauf in der Sandkiste. Für kleine Kinder wurde das oft zu einer ekelhaften Angelegenheit.

„Du hättest ja hier irgendwas mit ihm spielen können", sagte ich. „Dann hätte ich gebügelt und die Betten bezogen."

„Was denn, wenn er zu nichts Lust hat?"

„Mein Gott, da lässt man sich etwas einfallen", sagte ich. „Man setzt ein Kind nicht vor den Fernseher, damit man Ruhe hat. Über meinen Vater regst du dich auf, und dann machst du es genauso. Du weißt doch, wie er ist."

„Jetzt redest du schon wie deine Mutter. Ich verlange doch nicht, dass du ihm den Kopf abreißt. Du sollst ihm nur klarmachen, dass er nicht beißen darf und nicht lügen. Ich hasse es, wenn ich belogen werde. Nichts gegen eine lebhafte Phantasie. Aber wenn er etwas ausgefressen hat, will ich die Wahrheit von ihm hören."

Olli hörte mit großen Augen zu. Ihm war sehr wohl bewusst, dass Mama und Papa sich zankten, weil er etwas getan hatte, was man nicht tun durfte. Wir zankten uns eigentlich immer nur, wenn es um Erziehungsfragen ging. Hanne meinte oft, ich sei viel zu nachsichtig und fühle mich auch noch geschmeichelt, wenn es innerhalb der Familie hieß, unser Knirps gleiche mir nicht nur wie ein Ei dem anderen, er trete auch in Punkto Temperament und Durchsetzungsvermögen in meine Fußstapfen.

Um den häuslichen Frieden wieder herzustellen, gestand Olli, wie es tatsächlich gewesen war. Aber etwas Böses hatte er wirklich nicht getan. Er hatte im Kindergarten nur allen zeigen wollen, was so ein Rex anstellen könnte, wenn mal einer käme. Um Frau Ruhland zu versöhnen, malte er ein wunderschönes Blumenbild für sie. Die kleine Heulboje Mandy musste er mitsamt ihrer Mutter auf Hannes Anweisungen zu einem Eis einzuladen und fand sie nach einer Stunde in der Eisdiele gar nicht mehr so übel. Danach kehrte daheim vorübergehend noch einmal Frieden ein, vielmehr die Ruhe vor dem Sturm.

ALEX GODBERG

Beruflich war es etwas hektischer. Die guten Autobahnanbindungen sowie die Nähe zur niederländischen und belgischen Grenze machten unser Kreisgebiet zu einem beliebten Ausflugsziel für Einbrecherbanden und Bankautomatensprenger. Manchmal hatte man das Gefühl, sie fielen wie Heuschreckenschwärme ein. Aber das nur am Rande, ich will damit bloß zum Ausdruck bringen, dass ich während meiner Dienststunden keinen ruhigen Lenz schob und von den fünfzehn Frauen und Männern in meiner Abteilung auch niemand Däumchen drehte.

Maßgeblich am weiteren Geschehen beteiligt waren zwei von ihnen. Jochen Becker, Kriminalhauptkommissar, einige Jahre älter als ich. Ihm hätte theoretisch die Beförderung zugestanden, die an mich gegangen war, weil Jochen schon im Vorfeld abgelehnt hatte. Er wollte nicht die Verantwortung für ein Kommissariat übernehmen, obwohl er die damit verbundene Erhöhung der Bezüge gut hätte gebrauchen können.

Jochen war umfassend in meine persönliche Westside-Story eingeweiht. Er hatte es in den letzten Monaten meiner Ehe mit Karola hautnah miterlebt. Ihn hatte ich oft eingespannt, um meine Frau anzurufen, wenn ich zu Maren nach Köln fuhr und keine Zeit mehr hatte, mir eine Ausrede einfallen zu lassen.

Das hatte Jochen ohne Widerspruch übernommen, weil er sich nicht für Karola erwärmen konnte. In seinen Augen war sie eine verklemmte Zicke. Wegen meiner vorschnellen Kündigung hatte er mich allerdings einen hirnverbrannten Idioten genannt und mich keine Sekunde lang bedauert, als ich nach dem zweiten Tritt, den Maren mir verpasst hatte, am Boden zerstört war.

Wir arbeiteten trotzdem unverändert gut zusammen, verstanden uns auch privat ausgezeichnet. Gelegentlich besuchten wir uns gegenseitig am Samstagabend oder Sonntagnachmittag mit Frau und Kind. Jochen hatte eine achtjährige Tochter, von der Olli schwer beeindruckt war, weil sie einen Judo-Kurs besuchte. Und Jochen war von Hanne nicht weniger angetan als mein Vater und meine Brüder. Manchmal nannte er sie das große Los, das ich gezogen hatte.

Der Zweite, der ins weitere Geschehen nach Ella Godbergs Armbruch involviert war, war Kriminalkommissar Andreas Nießen. Er hatte von meiner Vergangenheit keine Ahnung, war erst seit einem halben Jahr dabei, fünfundzwanzig Jahre jung, ledig, Brillenträger und unser Spezialist am Computer, dem Jochen mit Ausdauer über die Schulter schaute.

Andy, wie er gerne genannt worden wäre, tat jedoch keiner, war ein Freak. Jochen vermutete, er sei bereits im Mutterleib nicht bloß durch eine Nabelschnur mit allem versorgt worden, was ein Mensch brauche, er müsse auch einen elektronischen Draht oder ein Kabel zur Datenübertragung gehabt haben.

Sonderlich beliebt war Andreas Nießen bei keinem Kollegen. Hinter seinem Rücken wurden manchmal Wetten abgeschlossen, wann er wohl aus dem Dienst entfernt wurde, weil er sich mal aus *Versehen* ins Verteidigungsministerium gehackt hatte. Aber er wollte auch nicht lange bei uns bleiben, fühlte sich zu Höherem berufen. Mindestens LKA, nach Möglichkeit BKA, da könne er Großes leisten, meinte er. Sein Metier war nun mal das *world wide web*. Da hoffte er stündlich auf große Entdeckungen, hätte gerne Kinderpornoringe und Terroristenzellen aufgespürt.

Sich draußen die Hacken krumm zu laufen, um simple Einbrüche aufzunehmen, davon hielt Andy nichts, kam mit allerlei phantasievollen Argumenten, wenn man versuchte, ihn in ein Fahrzeug zu setzen. Seiner Meinung nach brachte es nichts, Häuser oder Wohnungen nach einem Einbruch zu besichtigten. Man musste sich auf die Hintermänner konzentrieren.

Bei dem Einbruch, der uns wenige Tage vor dem Klassentreffen, an dem ich nicht teilnehmen wollte, gemeldet wurde, gab es eine Menge zu besichtigen. Betroffen war ein Einfamilienhaus in meiner Heimatstadt. Der Hausbesitzer hieß Alexander Godberg. Deshalb und weil die Kollegen vor Ort meinten, ich solle mir doch bitte mal persönlich ansehen, wo mein Sohn häufig spiele, fuhr an Andreas Nießens Stelle ich mit Jochen Becker hinaus.

Während der Fahrt unterhielten wir uns über Ella Godbergs Armbruch und Ollis Rockergeschichten. Über Letzteres schmunzelte wir beide. Mir verging das Schmunzeln jedoch rasch.

Die Godbergs bewohnten ein freistehendes Haus am Stadtrand, etwa drei Kilometer von unserer Mietwohnung entfernt. Das Anwesen lag am Ende einer kaum bebauten Straße, die in einen Feldweg überging. Nur sechs Häuser insgesamt, große Grundstücke, viel Grün, am Straßenrand geparkte Autos gab es vermutlich nur, wenn jemand Besuch hatte. Wer hier lebte, fuhr seinen Wagen entweder in die Garage oder in die Einfahrt.

Als wir ankamen, wirkte der Streifenwagen vor dem Grundstück wie ein störender Fremdkörper. Hinter der Gardine eines Fensters am gegenüberliegenden Haus waren zwei Gesichter auszumachen. Die Nachbarn schauten aufmerksam zu, wie die Polizei ihre Arbeit tat. Nur eine Zugehfrau war da, sie hatte die

Kollegen alarmiert. So konnten wir uns ungestört vom Hausbesitzer gründlich umschauen.

Vor dem Haus gab es gepflegten Rasen mit einigen Ziersträuchern. Am kniehohen Gartenzaun entlang war ein Streifen frisch geharkter Erde mit Stecklingen bepflanzt. Darin war deutlich ein Fußabdruck auszumachen. Glatte Sohle, nach vorn spitz zulaufend, für einen Männerschuh auffallend hohe Blockabsätze, die sich in die weiche Erde eingedrückt hatten. Schätzungsweise Schuhgröße zweiundvierzig, Cowboy-Stiefel, meinte Jochen.

Auf der Rückseite befand sich neben der Terrasse ein Kellerfenster mit einem Lichtschacht, das ursprünglich mit einem Gitter abgedeckt gewesen war. Das Gitter lag auf dem Rasen, am offenen Kellerfenster war eine Scheibe eingeschlagen worden.

Das Fenster gehörte zu einem Vorratsraum. Auf dem Boden dort verteilten sich Glasscherben, eine war mit etwas Blut verschmiert. Nach routinierten Einbrechern sah es nicht aus. Jochen tippte auf einen Amateur, der eine günstige Gelegenheit genutzt und Muffensausen bekommen hatte.

Mir wurde etwas mulmig. Ich hatte mich noch nie erkundigt, was der Papa von Sven denn beruflich machte. Hanne hatte mal erwähnt, Alex sei Kaufmann. Das war ein dehnbarer Begriff. Sie hatte auf Antiquitäten getippt, weil davon in den Wohnräumen einige herumstanden und Alex einmal versucht hatte, ihr eine wurmstichige Kommode zu einem Freundschaftspreis anzudrehen.

Nur dreihundert Euro.

„Dafür kriege ich zwei neue", hatte Hanne gesagt. Sie hielt nichts von alten Möbeln.

Der Raum neben dem Vorratskeller war damit vollgestopft. Und nicht nur mit alten Möbeln. Links neben der Tür standen zwei Regale, die mit einem Sammelsurium von Kostbarkeiten gefüllt waren. Besteckkästen, deren Inhalt größtenteils aus massivem Silber mit und ohne Goldauflage bestand. Nostalgische Kristallgläser, Pokale, Holzskulpturen, Porzellan, das Otto Normalverbraucher sich niemals auf den Tisch gestellt hätte, es hätte etwas zerbrechen können. Dazwischen verteilten sich unauffällig mindestens zwei Dutzend Nippesfiguren aus der Meissner Manufaktur.

Ich erinnerte mich noch gut, was Hannes Haftpflicht für das von Olli zerbrochene Figürchen gezahlt hatte. Aber dass Alex Godberg den Rest seiner Sammlung im Keller untergebracht hätte, um weitere Schäden dieser Art zu vermeiden, konnte ich mir nicht so recht vorstellen.

Der Fußboden in dem Kellerraum war dreifach belegt. Weitere wertvolle Teppiche standen zusammengerollt aufrecht in einer Ecke. Achtzehn zählten wir insgesamt, des Weiteren fünfzehn gerahmte und mit Filzdecken geschützte Kunstwerke, Ölgemälde, Lithografien, auch einige Kohlezeichnungen hinter Glas, die man nicht unbedingt als Altertümer bezeichnen konnte.

An einer Kleiderstange hingen Pelzmäntel und Jacken, in der Hauptsache Nerz. Aber es waren auch ein Gepard und ein Zobel dabei. Und die waren bestimmt nicht antik.

Dieser Kellerraum hatte kein Fenster und eine feuerfeste Tür, wie man sie gemeinhin bei Heizungskellern einsetzt. Die Tür war offen, der Schlüssel steckte außen zum Gang hin. Auch alle anderen Türen im Haus waren offen.

Im Arbeitszimmer stand unangetastet der Computer des Hausherrn. An einer Wand hing ein Bild schief, dahinter befand sich ein Wandsafe. Er war unversehrt.

Bei den Schränken in den Wohnräumen war nicht mal ein Schubfach aufgezogen. Auch im Wohnzimmer hingen einige Bilder an den Wänden. Der Parkettboden wurde von drei Teppichen geschützt. Ein Fernseher und weitere der Unterhaltung dienende Geräte standen auf ihren Plätzen.

In offenen Schrankfächern standen ein paar Kostbarkeiten und oben auf einem Schrank eine Uhr, wie ich noch nie eine gesehen hatte. Über einem echtgoldenen Sockel erhob sich ein vergoldetes Zifferblatt. Darüber gestülpt war eine Glaskuppel mit Goldrand, unter der sich eine Sonne drehte, um die herum Merkur, Venus, Erde, Mars, Jupiter, Saturn und die anderen Planeten unseres Systems mit ihren Monden an hauchdünnen Goldfäden rotierten.

Ein einmalig schönes Stück. Ich gestand mir ein, dass ich Schweißausbrüche bekommen hätte, wäre Olli dieser Uhr so nahe gekommen, dass sie zu Bruch hätte gehen können.

Im Schlafzimmer entdeckte Jochen eine lederbezogene Schmuckkassette mit aufgestecktem Schlüsselchen und beachtlichem Inhalt. Ein halbes Dutzend Ringe und Armbänder, etliche Halsketten, darunter ein Collier – silberfarbenes Metall und grüne Steine, sah aus wie Platin und Smaragde. Und all den winzigen Stempeln nach zu urteilen, war der gesamte Schmuck echt.

Jochen wunderte sich, warum die Sachen nicht im Wandsafe lagen, und spekulierte, welche Kostbarkeiten wohl darin verwahrt werden mochten, wenn ein Vermögen an Schmuck in einer simplen Kassette lag, die sich jeder ohne weiteres unter den Arm hätte klemmen können.

Ich ließ den Erkennungsdienst anrücken, den Sohlenabdruck draußen sichern, Fingerabdrücke vom zerbrochenen Fenster und sämtlichen Türklinken nehmen, die blutverschmierte Glasscherbe eintüten und alle Wertgegenstände ablichten. Vor allem von den gerahmten Kunstwerken, den Pelzen, den Meissner Figürchen und den Schmuckstücken versprach ich mir eine rasche Feststellung der eigentlichen Besitzer. Dass alles den Godbergs gehören sollte, konnte ich mir beim besten Willen nicht vorstellen.

Jochen unterhielt sich derweil mit der Putzfrau. Doch sie konnte oder wollte ihm nicht viel sagen. Sei sie im Hause Godberg nur aushilfsweise tätig, erklärte sie, weil Ella wegen Armbruch ausgefallen und auch in den nächsten Wochen noch nicht wieder voll einsatzfähig sei. Für eine Aushilfe war sie aber sehr vertraut mit der Familie, nannte auch den Hausherrn nur mit Vornamen.

Am Freitag sei Ella aus der Klinik entlassen worden, erzählte sie. Das Wochenende habe sie noch bei ihrer Schwester in Frankfurt verbringen wollen, weil sie sonst alleine mit dem Kind gewesen wäre. Alex habe arbeiten müssen, und Ella könne sich alleine noch nicht mal die Haare waschen.

„Bisher war Alex immer daheim, wenn ich saubergemacht habe", sagte sie. „Erst am Freitag hat er mir einen Hausschlüssel gegeben, weil er Ella heute nach Hause holen will. Sie kämen wahrscheinlich am Nachmittag so gegen vier Uhr an, meinte er. Ich sollte noch Torte besorgen, um Ellas Heimkehr zu feiern."

Ob Alex sehr früh an diesem Morgen oder am vergangenen Abend nach Frankfurt gefahren war, wusste sie nicht, tippte jedoch auf den Sonntagabend. Sonst hätte er den Einbruch bemerken müssen.

Ob etwas fehle, fragte Jochen.

Sie zuckte mit den Achseln. In den Wohnräumen sah alles aus wie immer. Den Kellerraum hatte sie an diesem Morgen angeblich zum ersten Mal betreten, und das auch nur, weil die Tür offen gewesen war. Die sei sonst immer abgeschlossen, und den Schlüssel verwahre Alex im Schreibtisch. Mit anderen Worten, sie hatte gewusst, wo der Schlüssel zu finden war.

Die Kollegen der örtlichen Wache hatten in der Zwischenzeit die Nachbarn befragt, wobei sie sich auf das ältere Ehepaar von gegenüber beschränken mussten. Die Leute aus den ersten vier Häusern schienen alle berufstätig.

Von dem Einbruch hatte das ältere Paar, Kremer hießen sie, nichts bemerkt. Aber in der vergangenen Woche war ihnen zweimal ein Jugendlicher aufgefallen. Jedenfalls schlossen sie aus Körpergröße und Statur, es sei ein Halbwüchsiger gewesen. Und der hatte ihrer Meinung nach in der Straße nichts zu suchen gehabt, aber ein offenkundiges Interesse an Godbergs Haus gezeigt. Er sei auch hinten herumgeschlendert und habe sich alles genau angeschaut.

Der Beschreibung nach ein südländischer Typ, höchstens einen Meter fünfundsechzig groß, zierlich, kurze, dunkle Haare, bekleidet mit einer Blousonjacke, wahrscheinlich Leder, einer speckigen Jeanshose und hochhackigen Stiefeln. Was zu dem Abdruck im frisch geharkten Blumenbeet passte.

Wir überließen es den Kollegen, ein Polizeisiegel anzubringen und dafür zu sorgen, dass Alex Godberg nach seiner Heimkehr nicht den Keller leerräumte. Sie sollten ihm ausrichten, er möge sich bitte umgehend im KK 13 in Hürth melden.

„Was hältst du davon?", fragte Jochen, als wir zurückfuhren. Das musste ich ihm nicht erklären. Wir waren einer Meinung. So wie es aussah, war Godbergs Keller und nicht nur der vollgestopft mit Hehlerware. Und mein Sohn ging bei ihm ein und aus. Jochen fand es köstlich, ich nicht.

Die Fotos der abgelichteten Wertgegenstände wurden umgehend von Andreas Nießen in sein Arbeitsgerät eingespeist. Unser Computerfahnder mailte sie auch sofort an die Kriminalhauptstelle Köln und – falls die Kölner Kollegen daran nicht denken sollten – sicherheitshalber persönlich ans LKA nach Düsseldorf mit der Bitte um Auskunft, ob und wo die betreffenden Sachen als gestohlen gemeldet waren. Seiner Ansicht nach hatten wir einen Hintermann kalt erwischt und einen ganz großen Fisch an der Angel. Mit so einem Fang hatte Andy bei uns nicht gerechnet, nun bedauerte er, nicht dabei gewesen zu sein.

Alex Godberg meldete sich am frühen Nachmittag in Hürth. Frau und Sohn hatte er notgedrungen bei einem Café abgesetzt, weil die Kollegen vor Ort auch die hilflose Ella und den kleinen Sven nicht ins Haus gelassen hatten. Darüber war Alex ein wenig erzürnt. Aber auf den ersten Blick war er ein sympathischer Mann Anfang dreißig mit jungenhaftem Charme, Lachfältchen um die Augen und einem Grübchen am Kinn. Typ Sunnyboy. Wie ein großer Fisch sah er nicht aus. Aber wem stand schon auf der Stirn geschrieben, was er trieb?

Ich saß dabei, überließ jedoch Jochen das Feld und hütete mich, meinen Namen laut werden zu lassen. Mein Gesicht konnte Alex nicht bekannt sein. Es war jedoch anzunehmen, dass Oliver ihm schon oft erzählt hatte, wie sein Papa hieß und welchen Beruf er ausübte. Ich wollte ihn nicht auf den Gedanken bringen, wir könnten die Sache unter Freunden regeln.

Alex gab an, sein Haus am Sonntagnachmittag verlassen zu haben. Demnach musste es in der Nacht zum Montag passiert sein. Das Warenlager in seinem Keller – ach, Gott. Er lachte verlegen, konnte sich denken, wie das auf Polizisten wirken musste. Aber es war völlig harmlos, in keiner Weise kriminell.

Er kaufte Nachlässe und verkaufte, was sich noch verscherbeln ließ. Ein Ladenlokal betrieb er nicht, hatte nur eine Lagerhalle gemietet. Dort waren minderwertige Sachen untergebracht, die er meist an Händler weitergab, die Trödelmärkte belieferten. Für wertvolle Gegenstände suchte er die Käufer selbst.

„Ich nehme an, das können wir alles in Ihren Geschäftsunterlagen überprüfen", sagte Jochen.

Ja, konnten wir, wenn wir das für notwendig hielten. Mit Ausnahme der Pelze, darüber gab es keine Unterlagen. Die hatte Alex nur für Freunde in Verwahrung oder in Zahlung genommen. Sein Ton war nicht mehr so locker, als er uns das erklärte. Wenn ein Freund finanziell in die Klemme geriet, half er gerne, und wenn ihm eine Sicherheit geboten wurde, sagte er nicht nein. Er nannte einige Namen und bat, seine Angaben zu überprüfen. Darum hätte er nicht bitten müssen.

Er behauptete nachdrücklich, ihm sei nichts gestohlen worden. Die Beobachtungen des Ehepaars Kremer von gegenüber waren ihm bekannt. Sie hatten ihn in der vergangenen Woche darauf hingewiesen, dass sich ein schmächtiges Kerlchen in Lederblouson und hochhackigen Stiefeln für sein Anwesen interessiere. Das hatte er nicht ernst genommen. Nur weil ein Teenie zweimal durch die Straße schlenderte und an den Gärten vorbeiging, musste ja noch keine unlauteren Absichten dahinterstecken.

Nun meinte Alex, der Jugendliche könne sehr wohl observiert und am Wochenende eine günstige Gelegenheit genutzt haben. Vermutlich hatte der Junge sich angesichts der Werte im Keller so überfordert gefühlt, dass er die oberen Räume erst gar nicht mehr besichtigt und auch nichts mitgenommen hatte. Was sollte ein Jugendlicher auch mit Teppichen, Pelzen, Gemälden und Meissner Porzellan anfangen?

So ähnlich beurteilte Jochen es auch. Alex Godberg betrachtete die Sache damit als erledigt. Dass wir uns nun auf die Suche nach dem jugendlichen Einsteiger machen wollten, hielt er für Zeitverschwendung. Eine zerbrochene Fensterscheibe kostete nicht die Welt, und mehr Schaden war ja nicht entstanden. Aber da wir es für unsere Pflicht hielten, wenigstens die gesicherten Spuren auswerten zu lassen, um den Übeltäter damit vielleicht beim nächsten Einbruch überführen zu können, unterschrieb er widerwillig eine Anzeige wegen Sachbeschädigung.

Jochen wies ihn darauf hin, dass vorerst keine Pelze an Freunde zurückgegeben werden durften. Und dass wir eine Liste sämtlicher Freunde brauchten, Namen und komplette Anschriften. Darüber hinaus wäre eine kurze Notiz zu jedem Freund hilfreich, damit wir Herrn Meier nicht um den Kaufbeleg für den Zobel bitten mussten, den Herr Schmidt seiner Frau geschenkt hatte.

Mir schien, dass Alex von diesem Ansinnen leicht schockiert war. „Muss das unbedingt sein?"

„Es muss", sagte Jochen.

Nach drei Sekunden Bedenkzeit fügte Alex sich. „Na schön, geben Sie mir Ihre E-Mail-Adresse."

„Brauchen wir nicht", sagte Jochen. „Ich komme morgen zu Ihnen, dann können wir an Ort und Stelle prüfen, ob Sie jemanden vergessen haben."

Es war sein Fall, daran gab es nichts zu rütteln. Was mich betraf, hatte ich anderes zu tun. Und da gab es ja auch noch die persönliche Betroffenheit. Man kann nicht unvoreingenommen in den Angelegenheiten von Leuten wühlen, die einem beim Abendessen als nett, gebildet, freundlich, gar nicht nachtragend und überaus kinderlieb geschildert werden.

Abends versuchte ich, von Hanne etwas mehr als das Übliche über die Godbergs zu erfahren, ohne dabei selbst mehr als nötig zu verraten. Über berufliche Belange sprach ich sonst nie mit ihr, sie fragte auch nie. Und in diesem speziellen Fall wollte ich sie nicht beunruhigen oder außer Fassung bringen. Vielleicht stellte sich die Sache bald als harmlos heraus. Nachlässe aufkaufen, damit erklärte sich vermutlich ein Großteil dessen, was wir gesehen hatten. Mit Ausnahme der Schmuckstücke in der lederbezogenen Kassette vielleicht. Wer so etwas erbte, behielt es in der Regel oder bot es einem Juwelier zum Kauf an. Aber wenn Alex gut verdiente, warum sollte er seiner Frau keinen wertvollen Schmuck schenken? Manche Leute betrachteten kostbare Pretiosen als Alterssicherung.

Mit dem Abstand der inzwischen vergangenen Stunden konnte ich mir nicht mehr vorstellen, dass ein Hehler den Sohn eines

Polizisten mit seinem Kind spielen ließ und seiner Frau den freundschaftlichen Umgang mit der Mutter des Polizistensohnes gestattet. Hanne hatte schon häufig erzählt, sie habe mit Ella noch einen Kaffee getrunken, wenn sie Oliver abgeholt hatte. Den hatte sie ja bestimmt nicht an der Haustür serviert bekommen.

In den Keller war sie verständlicherweise nie geführt worden, hatte sich jedoch im Laufe der Zeit aus Ellas Bemerkungen und eigenen Beobachtungen einiges zusammengereimt. Und ihrer Meinung nach war es um die Finanzlage der Familie längst nicht so rosig bestellt, wie ich mir das dachte.

„Alex kann nicht mit Geld umgehen", sagte Hanne. „Wenn er welches hat, gibt er es aus. Ende April hat er sich ein neues Auto gekauft. Dabei war sein Wagen noch kein halbes Jahr alt. Ella sagte, er hätte einen kleinen Unfall gehabt. Klein."

Sie machte eine bedeutsame Pause, ehe sie weitersprach: „Einen kleinen Schaden an einem fast neuen Auto lasse ich doch reparieren. Aber ein repariertes Auto zu fahren ist vermutlich unter seiner Würde. Er macht Ella auch oft teure Geschenke, meist Schmuck. Den bekommt er zu einem Vorzugspreis, glaube ich, sein Onkel ist Goldschmied. Was Ella manchmal an den Fingern hat, wenn sie ein Fenster putzt, würde ich höchstens zu einem Silvesterball tragen. Aber regelmäßig Haushaltsgeld ist nicht drin. Ich hab mal zufällig mitbekommen, dass sie ihn danach fragen musste. Er gab ihr zwanzig Euro. Damit wäre ich nicht losgefahren. Ella druckste auch herum, das wäre zu knapp. Aber mehr konnte er ihr nicht geben. Ich hatte ein richtig schlechtes Gewissen und hab ihr angeboten, etwas für Olivers Betreuung zu zahlen. Er bekommt ja immer Mittagessen, wenn sie ihn mitnimmt. Und wenn sie Sven ein Eis gibt, muss sie Oliver auch eins geben. Aber Geld wollte sie nicht. Ich schätze, es war ihr peinlich."

Dann kam die Frage, auf die ich schon die ganze Zeit wartete: „Warum warst du denn heute bei ihnen?"

„Einbruch", sagte ich nur.

Hanne legte entsetzt eine Hand vor den Mund. „Guter Gott, das auch noch, die arme Ella. Hoffentlich sind sie gut versichert."

„Gestohlen wurde offenbar nichts", sagte ich. „Und ich wäre dir dankbar, wenn du ihr nicht gleich dein Mitgefühl ausdrückst."

Dass ich überhaupt in Betracht zog, sie könne eine derartige Indiskretion begehen, veranlasste Hanne zu einem tadelnden Blick und der Bemerkung: „Ich werde gleich morgen früh in Frankfurt anrufen und ihr Bescheid sagen. Ich muss nur erst rausfinden, in welcher Klinik sie liegt."

„Alex hat sie heute nach Hause geholt", sagte ich.

„Nach nur zwei Wochen?", wunderte Hanne sich. „Das soll doch eine komplizierte Sache gewesen sein mit ihrem Arm. Ein offener Bruch heilt nicht in so kurzer Zeit."

„Sie wird einen Gips tragen", meinte ich. „Damit muss man nicht wochenlang in einem Krankenhaus liegen."

Am Dienstagmorgen wurde Sven Godberg wieder in den Kindergarten gebracht – vom Vater. Sie trafen zur selben Zeit ein wie Hanne und Olli. Hanne wechselte ein paar Worte mit Alex, fragte nach Ellas Befinden und erfuhr, dass sie die Klinik auf eigenen Wunsch und eigener Verantwortung verlassen habe. Ella habe Sehnsucht nach ihrem Mann und ihrem Zuhause gehabt.

Olli erkundigte sich hoffnungsvoll, ob er nachmittags wieder bei seinem Freund spielen dürfe. Alex vertröstete ihn auf später. Ella sei noch nicht in der Verfassung und mit ihrem eingegipsten Arm auch nicht beweglich genug, um zwei aktive Fünfjährige in Schach zu halten, erklärte er. Das mochte zutreffen. Als ich es abends hörte, tippte ich jedoch eher darauf, dass sich diese Absage in der angekündigten Buchprüfung durch die Polizei begründet hatte.

Jochen Becker fuhr kurz nach neun an dem Morgen hin. Alex zeigte sich kooperativ, seine Geschäftsbücher lagen ebenso zur Einsicht bereit wie die gewünschte Liste der Freunde, denen er aus der Klemme geholfen hatte. Jochen gab Namen und Anschriften telefonisch durch und prüfte bis zum späten Nachmittag vor allem die Sparte Einkauf.

Andreas Nießen klärte derweil bei diversen Einwohnermeldeämtern ab, dass Alex Godberg nicht die halbe Nacht Freunde erfunden hatte. Keiner der Aufgelisteten lebte in unmittelbarer Nähe, also wurden Kollegen an den jeweiligen Wohnorten um Amtshilfe gebeten. Die ersten Rückmeldungen kamen bereits im Laufe des Nachmittags. Von den Leuten, die sie angetroffen hatten, war den Kollegen Godbergs Version bestätigt worden. Man hatte ihnen sogar Kaufbelege für die jeweiligen Pelze gezeigt. Aber das bewies noch nicht viel. Die Belege konnten an irgendeinem Computer entstanden sein.

„Darum kümmern wir uns morgen", sagte Jochen, als er zurückkam. Er war kein Wirtschaftsprüfer, meinte jedoch, es sei wohl so weit alles in Ordnung mit Godbergs Geschäften. Unzählige Kaufverträge mit Erblassern hatte er eingesehen. In vielen waren Wertgegenstände einzeln angeführt. Alle waren handschriftlich unterzeichnet. Und anzunehmen, Alex habe all diese Signaturen gefälscht, wäre eine böswillige Unterstellung gewesen. Abgesehen davon gab es einen ganzen Stapel von Rechnungen einer kleinen Spedition, die für Alex Transporte übernahm.

Als Hanne mir abends von ihrer Unterhaltung beim Kindergarten und einer längeren telefonischen mit Ella berichtete, sah ich keinen Grund, ihr die Erleichterung wieder zu nehmen. Sie hatte Ella gute Besserung gewünscht und aufgeatmet. Es schien nicht, dass die Godbergs wegen einer achtlos weggeworfenen Banane sauer auf unseren Sprössling waren und ihn fortan nicht mehr auf oder in ihrem Anwesen mit Sven spielen lassen wollten.

Mittwochs kam Jochen bei den Pelzen einen großen Schritt weiter. Er erfuhr nicht nur, dass die Kaufbelege echt waren. Er hörte auch von Kollegen, die Amtshilfe geleistet hatten, wo Alex seinen *Freunden* hauptsächlich aus der Klemme half: in Spielkasinos. Dort verlieh Alex Godberg kurzfristig Geld an Leute, die aussahen, als könnten sie es zurückzahlen. Wenn seine Kunden sehr viel Glück hatten, erledigte sich das wohl noch an Ort und Stelle. Wenn nicht, nahm Alex zur Sicherheit einen Schuldschein oder ein Pfand wie einen Pelzmantel oder ein Collier.

Es war anzunehmen, dass er seine Kasinokundschaft telefonisch vorgewarnt hatte, sie bekämen womöglich bald Besuch von Ordnungshütern. Und er wäre ihnen sehr verbunden, wenn sie nicht auf den Ort verweisen würden, an dem ihre Freundschaft entstanden sei. Bei den meisten hatte das funktioniert, nicht jedoch bei einer Dame, die immer noch maßlos verärgert war, weil ihr glückloser Gatte ihren Nerz versetzt hatte statt seiner Armbanduhr. Zu mehr Auskünften als dem Hinweis, es sei in Aachen passiert, war die Dame leider nicht gekommen. Der Gatte war dazwischengegangen.

Als kriminelle Tätigkeit konnte man das noch nicht bezeichnen. Öffentliche Pfandhäuser waren auch legale Einrichtungen. Bei einem Privatmann stellte sich nur die Frage, ob er seine Einnahmen ordnungsgemäß versteuerte. Es war anzunehmen, dass Alex sich seine Hilfsbereitschaft großzügig mit einem üppigen Zinssatz honorieren ließ. Zu beweisen war das aber erst, wenn jemand offen darüber sprach.

Und dem nachzugehen, sei nicht unser Bier, meinte Jochen. Es war eine Ermessensfrage, ob man Godberg die für Wirtschaftskriminalität zuständigen Kollegen oder gar das Finanzamt auf den Hals hetzte. Jochen hielt das für überflüssig. In seinen Augen schröpfte Vater Staat seine Bürger ohnehin wie ein überdimensionierter Blutegel und verschenkte unsere sauer verdienten Kröten in aller Welt.

Polizisten wurden auch geschröpft. Wenn Vater Staat klamm war, sollten sie sogar auf einen Teil ihrer Bezüge verzichten. Aber war jemals ein Abgeordneter auf die Idee gekommen, sich die Diät zu kürzen? Sagte mal einer, der eine Legislaturperiode lang Minister gewesen war: „Ich will nicht bis an mein Lebensende weiterbezahlt werden. So viel habe ich ja gar nicht getan."

Das war nicht zu erwarten. Die Damen und Herren saßen an der Quelle und sackten ein, was sie bekommen konnten. Und unsereins durfte nicht mal offen aussprechen, was er davon hielt.

Andreas Nießen entdeckte an dem Mittwoch im Internet drei Teppiche, etwas Nippes und das Smaragdcollier, das wir in Ellas Schmuckkassette gesehen hatten. Alex bot die Sachen bei Ebay zur Versteigerung feil. Für das Collier erwartete er ein Mindestgebot von vierzigtausend Euro. Die Auktion dafür lief seit Montag. Die Teppiche und Porzellanfigürchen standen schon seit Mitte der vergangenen Woche im Netz.

Bei Ebay rangierte Alex als Powerseller, was bedeutete, dass er unzählige Verkäufe auf diese Weise tätigte. Da brauchte er natürlich keinen Laden, in dem er von morgens bis abends auf Kundschaft warten und Miete zahlen musste. Er war als sehr zuverlässig eingestuft, bot Safetrade an – mit Kostenerstattung.

Ich hatte von solchen Dingen nicht viel Ahnung. Andreas Nießen erklärte mir, im Normalfall müsse der Käufer zuerst zahlen und anschließend hoffen, dass die ersteigerte Ware auch kam und in Ordnung war. Man könne aber zur Sicherheit die Summe bei Ebay hinterlegen, die dann erst an den Verkäufer auszahlten, wenn man den Empfang bestätigt hatte. Das war Safetrade und kostete extra. Dafür kam in der Regel der Käufer auf.

Dass Herr Godberg die Zusatzkosten übernahm, müsse man als außergewöhnlich bezeichnen. Und so was passte eigentlich nicht zu einem Hehler, gewiss nicht zu einem großen Fisch, räumte Andreas Nießen ein.

Ein integrer Kaufmann also, der seine Kundschaft nicht übers Ohr haute, nur seiner Frau ihren Schmuck wegnahm, wenn er knapp bei Kasse war. Jochen drückte sein Bedauern für Ella Godberg aus. Sympathische Frau, meinte er und vermutete im gleichen Atemzug, dass Alex in Spielkasinos auch Schmuck in Zahlung nahm.

So was trug *Frau* gerne, wenn sie Roulette, Black Jack oder sonst etwas spielte. Und im Winter trennte man sich eher von der Armbanduhr oder einem Collier als von einem Pelz. Es reizte Jochen ungemein, einen Blick in den Wandsafe zu werfen. Nur war nicht anzunehmen, dass Alex den Safe ohne Durchsuchungsbeschluss öffnete. Und für solch einen Beschluss hatte Jochen keine Handhabe.

Vom Anfangsverdacht der Hehlerei war schon donnerstags nichts mehr übrig. Das LKA und die Kölner Kollegen hatten bisher noch nicht auf Andreas Nießens Anfragen reagiert. Er fragte nach und erfuhr, dass die fotografierten Sachen offenbar nirgendwo schmerzlich vermisst wurden.

Jochen schloss inzwischen mit an Sicherheit grenzender Wahrscheinlichkeit aus, dass es im Hause Godberg Diebesgut gab. Was den Einstieg durchs Kellerfenster anging, sah er zwei Möglichkeiten. Entweder der Jugendliche in Stiefel und Lederblouson. Dass der sich zufällig zweimal in die Straße verirrt hatte, glaubte Jochen nicht.

Er vermutete das Bürschchen im Umfeld der Putzfrau. Sie mochte bei ihrer Familie oder im Bekanntenkreis von der stets abgeschlossenen Kellertür erzählt und Begehrlichkeiten geweckt haben. Vielleicht hatte sie auch mal mitbekommen, dass ein Mantel oder sonst etwas ausgelöst wurde.

Die zweite Möglichkeit wäre ein Kunde, der ein hinterlegtes Pfand ohne Kostenaufwand zurückgeholt hatte. Wie hätten wir feststellen sollen, ob etwas fehlte, wenn Alex das Gegenteil behauptete?

Jochen fuhr am Freitagnachmittag noch einmal los, um etwas über das Umfeld der Putzfrau in Erfahrung zu bringen. Er wollte sich anschließend auch unter vier Augen mit Ella Godberg unterhalten. Bis um fünf arbeitete Alex daheim am Computer. Das wusste ich von Hanne. Danach war er meist unterwegs. In seiner Abwesenheit war mit Ella vielleicht eher zu reden. Etwas Druck, ein dezenter Hinweis aufs Finanzamt, vielleicht öffnete sie den Safe dann freiwillig.

Als er vor Godbergs Haus anhielt, war das ältere Ehepaar von gegenüber im Vorgarten beschäftigt. Herr Kremer winkte Jochen heran. Ihnen war noch etwas Bedeutsames eingefallen, das am Montag in der Aufregung untergegangen war.

Ende April, genauer gesagt in der Woche, als Alex sich nach einem *kleinen Unfall* ein neues Auto gekauft hatte, waren Herr und Frau Kremer des Nachts von beträchtlichem Lärm aus dem Schlaf gerissen worden. Über den genauen Tag, vielmehr die Nacht konnten sie sich nicht einigen. Er schwor auf den Dienstag, sie beharrte auf dem Mittwoch. Aber das war nebensächlich. Es war jedenfalls zwei Uhr nachts und zu dunkel gewesen, um eine exakte Beschreibung der Akteure abzugeben.

Herr Godberg sei wohl gerade erst nach Hause gekommen, meinte das Ehepaar Kremer. Er kam immer sehr spät von der Arbeit, hatte sein Auto in die Einfahrt gesteuert. Das Garagentor war zweiflügelig und nicht per Fernbedienung zu öffnen. Man musste aussteigen, für einen Flügel den Schlüssel benutzen und am zweiten die Arretierungen per Hebel lösen, ehe man ein Auto in Sicherheit bringen konnte.

Dazu war Alex in der besagten Nacht nicht mehr gekommen. Ob ihm jemand vor der eigenen Haustür aufgelauert hatte oder ob er auf dem Heimweg verfolgt worden war, konnten Herr und Frau Kremer nicht sagen. Ein Motorrad hatten sie gesehen und einen Mann mit Integralhelm in Lederkluft, der Herrn Godbergs Auto mit einem Hammer bearbeitete.

Diese Aussage sowie Godbergs Nebenerwerb warfen ein anderes Licht auf Ellas gebrochenen Arm und Olivers Rockerstory, von der ich Jochen erzählt hatte. Auch darüber wollte er sich nach dem kleinen Plausch am Vorgartenzaun mit Ella unterhalten. Doch wider Erwarten war Alex noch daheim und bereit, einem neugierigen Ermittler den Wandsafe zu öffnen.

Darin lagen eine beachtliche Münzsammlung, ein Päckchen Betriebskapital, etliche Schuldscheine und Schmuckstücke, auch das Smaragdcollier, das wir montags in Ellas lederbezogener Kassette im Schlafzimmer gesehen hatte.

Da Jochen nun über die Geschäfte in Spielbanken Bescheid wusste, räumte Alex ein, gewisse Einnahmen aus Nebenerwerb zu erzielen. Doch die versteuere er ebenso wie andere Einkünfte. Unterlagen konnten bei seinem Steuerberater eingesehen werden. Aber das sollte vielleicht besser jemand tun, der auch etwas davon verstand, meinte er.

Ärger mit einem Kunden bestritt er. Jochen wollte nicht zu deutlich werden, um Oliver nicht erwähnen zu müssen. Er führte nur das Ehepaar Kremer als Zeugen der Hammerattacke aufs Auto an. Doch das war laut Alex eine private Angelegenheit gewesen.

„Ich hatte eine kurze Affäre", erklärte er. „Meine Frau hat davon erfahren und sich bei ihrem Bruder ausgeweint. Mein Schwager lauerte mir daraufhin hier vor der Tür auf und machte mir Vorwürfe. Als ich mir das verbat, ließ er seine Wut an meinem Wagen aus."

Ella bestätigte das und bedauerte, ihren Bruder zu einer Gewaltaktion veranlasst zu haben. Als Entschädigung hatte sie Alex angeblich das nun zur Versteigerung angebotene Collier überlassen. Von irgendwas musste man das neue Auto ja bezahlen. Und da es mehr oder weniger ihr Verschulden gewesen sei, habe sie ihrem Mann das Schmuckstück förmlich aufdrängen müssen. Es sei ohnehin zu aufwändig, um es häufig zu tragen.

Das konnte man glauben oder nicht. Jochen glaubte den beiden kein Wort, kam aber leider nicht auf die Idee, auch noch einen Blick in die Schmuckkassette im Schlafzimmer zu werfen.

Mit seiner privaten Pfandleihe bewegte Alex sich hart am Rande der Legalität. Da lag der Verdacht nahe, dass er auch mal über die Kante oder jemandem auf die Füße trat. Vielleicht hatte ein verärgerter Schuldner, der mit dem verlangten Zinssatz nicht einverstanden gewesen war, seinem Unmut mit einem Hammer Ausdruck verliehen.

In solchen Fällen wurde meist erst verhandelt, dann gedroht, anschließend nahm man sich das Auto vor. Wenn das immer noch nichts fruchtete, stattete man dem Widerspenstigen einen Hausbesuch ab und schubste die Ehefrau zur Seite, als sie dazwischengehen wollte. Dass sie sich den Arm brach, war vielleicht keine Absicht gewesen, hatte aber vermutlich bei Alex eine gewisse Nachgiebigkeit zur Folge gehabt.

So sah Jochen die Sache, ich schloss mich seiner Einschätzung an. Aber wenn Alex und Ella Godberg übereinstimmend behaupteten, es sei anders gewesen, waren uns die Hände gebunden. Man konnte sie nicht zwingen, Anzeige wegen Sachbeschädigung und Körperverletzung zu erstatten. Wenn sie nicht das Bedürfnis hatten, den Verursacher per Gesetz zur Rechenschaft ziehen zu lassen, war das ihre freie Entscheidung und ihr gutes Recht.

Als er zurückkam und berichtete, meinte Jochen, ich müsse mir wahrscheinlich keine Sorgen machen, wenn mein Sohn wieder bei seinem Freund spielen durfte.

„Der gebrochene Arm seiner Frau hat Godberg offenbar veranlasst, die Angelegenheit schnellstmöglich zu bereinigen. Bei

Gefahr im Verzug hätte er seine Familie kaum nach Hause geholt", sagte Jochen.

Damit waren die Ermittlungen im Fall Godberg für ihn abgeschlossen. Nur unser Computerfreak Andreas Nießen sah die Sachlage wesentlich komplizierter und vertrat die Überzeugung: „Wartet mal ab. Da kommt noch ein dicker Hund nach. Außer der Putzfrau dürften einige hundert Leute wissen, was bei Godberg zu holen ist. Im Laufe der Zeit hat er garantiert mehr als die genannten Kasinokunden bedient."

Für Andreas Nießen war der südländische Typ in Lederblouson und hochhackigen Stiefeln ein Kundschafter gewesen, vorgeschickt von Hintermännern, die ganz groß abräumen wollten.

Wenn es nach Andy gegangen wäre, hätten wir Godbergs Computer beschlagnahmt, um ihm einen Überblick über sämtliche Geschäftsverbindungen zu verschaffen. Außerdem hätten wir einen Staatsanwalt davon überzeugt, dass Godbergs Haus Tag und Nacht unter Beobachtung stehen müsse.

Leider ging es nicht nach Andreas Nießen.

Nach Andys düsterer Prophezeiung ging ich an dem Freitagnachmittag mit gemischten Gefühlen ins Wochenende. Mein Unbehagen begründete sich ausschließlich in der Freundschaft meines Sohnes. Während der Heimfahrt tickte mir unentwegt Jochens *wahrscheinlich* im Hinterkopf. Das war mir nicht sicher genug für Olli. Ich war fest entschlossen, mit Hanne zumindest darüber zu sprechen, dass Alex sich Ende April nicht freiwillig ein neues Auto gekauft hatte.

Wenn Alex tatsächlich fremdgegangen war und Ella deswegen im April ihren Bruder lieber alleine besucht hätte als zusammen mit dem kleinen Sohn, vielleicht hatte Ella auch bei Hanne mal eine Andeutung gemacht – so von Frau zu Frau. Sie verstanden sich doch gut.

Wenn Ella nie eine Bemerkung über treulose Männer verloren hatte, wollte ich zu bedenken geben, dass unser phantasiegestrafter Knabe sich vielleicht nicht jede Geschichte aus den Fingern saugte und man ihn in nächster Zeit besser nicht zu seinem Freund lassen sollte. Es hätte ja auch sein können, dass Ella im April mit ihrem Bruder über geschäftlichen Ärger hatte sprechen wollen und ihren Sohn aus dem Grund lieber bei uns untergebracht hätte. Kleine Kessel haben große Ohren, wie meine Mutter zu sagen pflegte, wenn es um kindliche Wissbegier ging.

Momentan lief es auch prima bei meinen Eltern. Hanne hatte an dem Freitag bis halb sechs arbeiten müssen, danach Oma und Opa von der Verantwortung befreit und noch ein Weilchen mit meiner Mutter geplaudert. Als ich hereinkam, war sie damit beschäftigt, ihre Mutter zu trösten. In Hannover hatte es mal wieder tüchtig Zoff gegeben.

Hanne lief während des Gesprächs im Wohnzimmer auf und ab. Olli saß mit einem Buch am Küchentisch und klärte mich auf: „Oma Bärbel weint. Opa Siegfried hat sie wieder rausgeworfen. Jetzt will sie uns besuchen. Aber Mama hat schon gesagt, wir haben gar keinen Platz und auch keine Zeit."

Dann zog ein Strahlen über sein Gesicht. Er vergaß Oma Bärbels Kummer, hob das Buch an und ließ mich einen Blick auf den bunten Einband werfen, auf dem sich ein paar Dinosaurier tummelten. „In einem Land vor unserer Zeit", las ich.

Olli sprudelte los wie ein kleiner Wasserfall. „Guck mal, Papa. Ich wusste gar nicht, dass es von dem Film auch ein Buch gibt. Oma hat das herausgefunden und für mich bestellt. Es ist heute gekommen. Wir haben es sofort abgeholt. Oma hat mir schon was vorgelesen. Liest du mir gleich auch was vor?"

„Klar", sagte ich.

„Oma hat nämlich gesagt", ratterte er weiter, „Bücher sind viel besser als Filme. Da steht mehr drin und alles ganz genau. Jetzt kann ich Sven zeigen, wie der Rex aussieht. Am Montag darf ich nämlich wieder kommen. Ich hab seinen Papa heute Mittag gefragt. Tante Ella ist nicht mehr schlimm krank."

„Darüber reden wir noch mal", sagte ich.

Im Wohnzimmer beendete Hanne ihr Telefongespräch mit dem Hinweis, ich sei gerade nach Hause gekommen und sie müsse noch kochen. Dann hörte ich mir von ihr an, wie glücklich ich mich schätzen musste, eine normale Familie zu haben, und was meine Lieben zurzeit so trieben.

Mein älterer Bruder hatte zwei brandneue Filme aus dem Internet gezogen und wollte sich einen neuen CD-Brenner kaufen. Mein jüngerer Bruder und seine Frau dachten über die Anschaffung eines neuen CD-Players nach. So teuer waren die ja nicht, man konnte sich trotzdem zwei Wochen Sommerurlaub leisten. Mein Vater hatte endlich die Hügellandschaft seiner Modelleisenbahn mit neuem Gras beklebt und Mutter von Aldi zwei argentinische Rindersteaks, Kräuterbutter und Salatherzen für uns mitgebracht, die im Nullkommanix auf dem Tisch wäre.

„Willst du Brot dazu oder lieber Pommes? Ich weiß gar nicht, ob ich welche habe."

„Brot reicht", sagte ich.

Hanne warf die Steaks in die Pfanne. Ich machte den Salat und deckte den Tisch für uns beide. Olli bekam abends immer nur ein Butterbrot mit Leberwurst, weil Oma warme Mahlzeiten vor dem Schlafengehen für ungesund hielt. Damit war der Verdauungsapparat die ganze Nacht beschäftigt. Wenn Erwachsene sich das antaten, war das ihre Sache. Kindern durfte man es nicht zumuten.

Während wir aßen, blätterte Olli weiter in seinem reich bebilderten neuen Schatz und kommentierte einige Szenen. Ich stellte mein Anliegen zurück, weil kleine Kessel tatsächlich große Ohren haben und am Montag nicht die gesamte Kindergartengruppe erfahren musste, dass der Papa von Sven und Tante Ella vielleicht Probleme miteinander, vielleicht aber auch Ärger mit anderen Leuten gehabt hatten. Über so etwas spricht man erst, wenn die Kinder im Bett sind.

Hanne ermahnte ihn mehrfach, über den Rex nicht sein Leberwurstbrot zu vergessen, und erinnerte mich an den für morgen anstehenden gemütlichen Abend im Kreise ehemaliger Mitschüler. Peter Bergmann hatte am Vormittag bei meinen Eltern angerufen und ausgerechnet Mutter gebeten, mir gut zuzureden.

Hanne grinste. „Sie sollte dir ausrichten, dass es hundertprozentig sicher keine Musik gibt."

Mutter hatte den Satz so genommen, wie er gesprochen wurde. Hanne tat das nicht, dafür hatte ich ihr zu viel über Marens Vorliebe fürs Flötenspiel erzählt.

„Ich bleibe trotzdem hier", sagte ich. „Ich muss mir doch nicht freiwillig die Gesellschaft von Willibald Müller zumuten."

Dass ich wegen einer missliebigen Person einen netten Abend mit ehemaligen Mitschülern sausen lassen wollte, konnte Hanne nicht nachvollziehen. „Ich würde mich freuen, wenn meine Klasse mal so was veranstalten würde. Von denen ist noch keiner auf die Idee gekommen, ist wohl auch eine Menge Arbeit, so einen Abend zu arrangieren. Über Müller kannst du doch hinwegsehen."

„Das wird schwierig bei drei oder vier Zentnern", sagte ich.

Hanne lachte. „Inzwischen dürften es fünf sein. Ich habe ihn neulich vor dem Getränkemarkt gesehen. Ihm fiel der Autoschlüssel aus der Hand. Er konnte sich nicht bücken, um ihn wieder aufzuheben. Das hat Oliver für ihn getan. Weißt du noch, Schatz, wie du dem dicken Mann geholfen hast?"

Olli erinnerte sich offenbar sehr gut, er nickte. Mir fiel seine Geschichte von dem Rex ein, der auf dem Parkplatz beim Getränkemarkt ein kleines Kind gefressen hatte. Ich musste grinsen, weil ich dachte, Porky hätte ihn dazu inspiriert.

„Als er sich dann hinters Steuer legte", fuhr Hanne fort, „er lag wirklich, Konrad, hatte das Lenkrad in der Wampe stecken. So kann man doch nicht Auto fahren. Stell dir nur mal vor, da läuft plötzlich ein Kind auf die Straße und er müsste bremsen und ausweichen. Der Mann ist ein Risiko für jeden, der in der Stadt unterwegs ist. Dem müsste man den Führerschein wegnehmen."

Damit hakte sie Müller ab und griff das Thema Klassentreffen erneut auf mit der Bemerkung: „Tu Peter Bergmann den Gefallen, Konrad. Er war mal dein bester Freund. Und noch was, wenn du dich nicht blicken lässt, heißt es garantiert, du kommst nicht, weil Maren nicht da ist."

„Was es heißt, muss mich nicht kümmern", sagte ich.

Sie zuckte mit den Achseln. „Ich finde, du solltest hingehen, schon wegen deiner Mutter. Du hättest sie eben hören müssen. Peter Bergmann hat ihr wohl mehrfach versichert, dass Maren nicht dabei sein wird. Das hat sie ihm aber nicht geglaubt. Ich möchte nicht wissen, was für einen Vortrag sie ihm gehalten hat, weil er sich erdreistete, sie zu bitten, dich ins Verderben zu schicken. Erdreistet, den Ausdruck hat sie tatsächlich benutzt."

Und so sprachen wir an dem Freitagabend nicht über Ella Godbergs Ehe, nur über die Einstellung meiner Mutter zu einem gewissen Weib und ihrem Vertrauen in meine Person.

Samstags schliefen wir wie meist am Wochenende etwas länger, frühstückten gemütlich, wobei Olli natürlich mit von der Partie war. So kam ich wieder nicht dazu, das Thema Godberg anzuschneiden. Nach dem Frühstück teilten wir uns die anliegende Hausarbeit, für Hanne den Staubsauger, für mich die Einkaufsliste.

Olli klemmte sich wie üblich an meine Fersen. Ich nutzte die Gelegenheit, ihn noch einmal zum Auftauchen der beiden Rocker bei Godbergs zu befragen und in einem Aufwasch etwas über Ellas Bruder zu erfahren. Den kannte Olli nicht, er wusste nur, dass Sven seinen Onkel nicht gerne besuchte.

„Der Onkel Manfred trinkt nämlich viel Bier und sagt immer Heulsuse zu Sven. Er ist doch kein Mädchen."

„Fährt Onkel Manfred ein Motorrad?", fragte ich.

Das wusste Olli auch nicht. „Er darf Tante Ella nicht besuchen. Der Papa von Sven will das nicht. Manfred ist ein Prolet, hat er mal gesagt. Was ist ein Prolet?"

„Ein Mann, der zu viel Bier trinkt", erklärte ich.

Was das Auftauchen der Rocker betraf … Inzwischen waren fast drei Wochen vergangen und die Zeit nicht unbedingt mein Bundesgenosse. Olli beteuerte zwar, alles noch ganz genau zu wissen, war nun jedoch der Ansicht, es seien eigentlich liebe Rocker gewesen. Ein Mann und eine Frau.

Die Frau hatte geschimpft und verlangt, die Männer sollten sich nicht so anbrüllen. Da bekämen die Kinder Angst. Dann hatte sie den Rocker aufgefordert: „Lass uns gehen, Schatz."

Der Rocker hatte Tante Ella auch nicht wehtun wollen. Da war Olli ganz sicher. Als Tante Ella nämlich auf den Wohnzimmertisch gefallen war und laut geschrien hatte, hatte er gesagt: „Sorry, das wollte ich nicht."

Dann wollte er Tante Ella aufhelfen und hatte gesehen, dass ihr Arm kaputtgegangen war. Da hatte er gesagt: „Um Gottes willen, sie braucht einen Arzt!"

Und weil der Papa von Sven sich nicht sofort bewegte, hatte der Rocker ihn angebrüllt: „Steh nicht da wie ein Ölgötze, du Arsch! Ruf einen Krankenwagen."

„Was ist ein Ölgötze?", wollte Olli wissen.

„Einer, der nur dasteht, wenn jemand einen Arzt braucht", sagte ich. Olli gab sich damit zufrieden und erzählte weiter.

Die Rockerbraut hatte geweint und gejammert: „Sieh mal, was du angerichtet hast."

Da war der Papa von Sven zu dem Telefon gelaufen, das in seinem Zimmer neben dem Computer stand. Der Rocker hatte Tante Ella so lange im Arm gehalten, ihr über den Kopf gestreichelt und gesagt: „Keine Angst, Kleines, der Krankenwagen kommt gleich. Das wird wieder. Tut mir wirklich leid."

„Und das konntest du im Garten alles ganz genau verstehen?", fragte ich.

„Ich war doch im Zimmer", sagte Olli. „Ich hab die Halskette reingebracht."

„Welche Halskette?", fragte ich.

„Die der Rocker vorher in den Garten geworfen hat", sagte Olli. „Die war schön, ehrlich, Papa, ganz aus Silber und überall kleine grüne Steine drin. Aber der Rocker wollte die nicht. Er hat gesagt, die soll ich dem Arsch hinten reinschieben. Ich hab sie aber nur auf den Tisch gelegt."

Kleines und Arsch, das klang viel eher nach einem wütenden Bruder und Schwager als nach einem Fremden. Bei der in den Garten geworfenen Kette hatte es sich möglicherweise um das Smaragdcollier gehandelt. Aber das konnte Olli auch bei einer anderen Gelegenheit gesehen haben. Ich war nicht sicher, ob und wie viel ich ihm glauben durfte. Vielleicht wollte er bezüglich seines Montagnachmittags bei Sven kein Risiko eingehen und ließ sich etwas einfallen. In der Hinsicht nahm er es locker mit einem Zehnjährigen auf.

„Warum hast du das Mama nicht genauso erzählt?", fragte ich.

„Hab ich doch", versicherte Olli. „Da hat sie gesagt, wenn ich noch mehr lüge, darf ich nie mehr bei Sven spielen. Aber das war nicht gelogen, Papa, ehrlich nicht. Frag Opa."

„Der war doch nicht dabei", sagte ich.

„Aber ich hab es ihm sofort erzählt", erklärte Olli. „Und Opa hat gesagt, der Papa von Sven hat bestimmt nur gesagt, ich wäre schuld wegen der Banane, weil er sich geschämt hat.

Wenn sie sich schämen, lügen große Leute nämlich oft, hat Opa gesagt."

Die Ansicht meines Vaters zur Wahrheitsliebe bestimmter Personengruppen traf es zwar auf den Punkt, war aber noch kein Beweis für die Wahrheit in diesem Fall. Ich nahm jedoch an, dass Olli meinen Vater wahrheitsgemäß über das tatsächliche Geschehen informiert hatte. Da war es noch frisch gewesen, und Opa konnte er alles erzählen, das hatte er schon früh verinnerlicht. Also machten wir noch einen Abstecher zu meinen Eltern.

Mutter wies darauf hin, so früh hätte sie uns nicht erwartet. Ich wusste nicht, wie sie das meinte, fragte auch nicht nach, ließ mir nur von Vater bestätigen, was Oliver ihm vor drei Wochen vom Rockerüberfall erzählt hatte.

Vater zerbrach sich den Kopf über die Dialoge, die Olli wiedergegeben hatte. Wörtlich bekam er nicht mehr alles zusammen. Aber an Schatz, Kleines und Arsch daran erinnerte er sich, ebenso an die in den Garten geworfene Halskette. Ihm fiel auch noch ein, dass der vermeintliche Rocker, als er das Schmuckstück nach draußen befördert hatte, etwas von „Weiber aufs Kreuz legen" gebrüllt haben sollte. Olli segnete das mit eifrigem Kopfnicken ab. Opa hatte seine Erinnerung aufgefrischt.

Weiber aufs Kreuz legen. Manche bezeichneten es so, andere nannten es flachlegen. Ich nahm an, Alex habe versucht, Ella mit einem Schmuckstück für seine Affäre zu entschädigen. Ihren Bruder habe er damit jedoch nicht besänftigt, den habe erst Ellas gebrochener Arm zur Räson gebracht. Und vielleicht war die Kette nun bei Ebay gelandet, um ein Ärgernis loszuwerden.

Als wir heimkamen, war die Wohnung sauber. Unser Mittagessen hatte ich von McDonalds mitgebracht. Das Thema Godberg hatte sich für mich erledigt. Hanne kam erneut auf den Abend zu sprechen, drängte den ganzen Nachmittag und rückte dabei scheibchenweise mit dem wahren Grund heraus, warum sie es für besser hielt, wenn ich Peter Bergmann den Gefallen tat.

Die Arbeitskollegin, mit der sie hin und wieder ausging, wollte nämlich an diesem Abend zusammen mit ein paar anderen ein japanisches Restaurant in Köln besuchen. Hanne wäre liebend gerne dazugestoßen. Oliver könnte bei meinen Eltern übernachten. Das hatte sie schon geklärt. Und wenn ich alleine zuhause saß, hatte sie ein schlechtes Gewissen.

„Ich sitz ja nicht alleine, wenn Olli hierbleibt", sagte ich.

„Er freut sich aber schon darauf, bei Oma und Opa zu schlafen", behauptete Hanne. „Nicht wahr, Schatz?"

Mir hatte Olli noch nichts von seiner Freude erzählt, aber er nickte pflichtschuldigst.

„Du musst ja nicht lange bleiben, Konrad", arbeitete Hanne sich weiter vor in Richtung Sushi. Danach eine garantiert störungsfreie Nacht zu haben sei auch nicht zu verachten, meinte sie.

„Ich bin so gegen elf wieder hier. Dann könnte ich mich noch für ein halbes Stündchen in die Badewanne legen und lesen. Esther hat mir ein Buch geliehen, soll umwerfend gut sein, seitenweise zwischen fünf und sieben."

Zwischen fünf und sieben lag sechs, in dem Fall mit x geschrieben, wie soll man es sonst ausdrücken, wenn ein Fünfjähriger in Hörweite ist? Hanne lächelte mich verführerisch an. „Dann wäre ich genau in der richtigen Stimmung, wenn du nach Hause kommst. Und morgen könnten wir richtig ausschlafen."

„Jetzt hast du mich überredet", sagte ich.

Um halb acht brachte sie Olli zu meinen Eltern, holte Esther ab und fuhr mit ihr nach Köln. Ich verließ die Wohnung eine halbe Stunde später. Große Lust hatte ich immer noch nicht. Den Wagen ließ ich stehen, um mir ein paar Bierchen leisten zu können. Dann schlenderte ich gemütlich – mitten hinein ins Verderben.

NOCH EINMAL ZUM ABSCHIED

Gegen halb neun betrat ich den Saal der Gaststätte und war fast schon der Letzte. Die Tische waren u-förmig aneinandergestellt und eingedeckt. Aber sie standen alle noch in Grüppchen beisammen. Von den Frauen erkannte ich einige auf Anhieb wieder. Bei anderen brauchte ich zuerst den Mädchennamen. Brigitte Talber, die nun Berger hieß, hatte ich zierlich in Erinnerung und sah mich einer fülligen Matrone gegenüber. Bei den Männern war es nicht viel anders. Nur nennt man Bauch und Doppelkinn da eine stattliche Figur.

Und immer wieder das Schulterklopfen. „Konrad Metzner. Mensch, Konni. Du hast dich ja überhaupt nicht verändert."

Ich kam mir ziemlich blöd vor, der Oberprimaner im Kreise der Manager und Macher. Jeder, der die Stadt nach dem Abitur, spätestens nach einem Studium verlassen hatte, war in der Ferne etwas Bedeutsames geworden und wurde nicht müde, seine Wichtigkeit zu offenbaren.

Einer leitete ein Kernkraftwerk in Süddeutschland, behauptete er jedenfalls. Ein anderer bezeichnete sich als Radiologen. Und Peter Bergmann wisperte mir zu: „Das klingt nach Röntgenarzt, aber er repariert die Dinger nur, weiß ich von seiner Mutter."

Ein Dritter trainierte Wirtschaftsbosse und Politiker für öffentliche Auftritte. Ein Vierter bildete Sicherheitsfachleute aus und schwärmte von seinem Hobby, er sammelte Oldtimer. Angereist war er in einem älteren Kleinwagen, weil man so kostbare Stücke wie einen fünfzigjährigen Bugatti nicht den Risiken der Autobahn aussetzte.

Willibald Müller zu übersehen war einfacher, als ich mir das vorgestellt hatte, obwohl Schweinchen Dick sich mächtig in Szene setzte. Er beförderte sich kurzerhand zum Amtsleiter. Und Peter Bergmann fragte: „Sollen wir uns nicht auch befördern, Konni? Du zum Kriminal- und ich zum Bankdirektor.“

Peter hielt sich an meiner Seite, er freute sich wirklich, dass ich mich über den ausdrücklichen Willen meines Hausdrachens, so bezeichnete er meine Mutter, hinweggesetzt hatte. „Sonst hätte ich hier allein als kleines Würstchen gesessen.“

Wir setzten uns an ein Ende der Tafel. Aus einem unerfindlichen Grund blieben die Plätze in unserer unmittelbaren Nähe frei. Nachdem auch alle anderen endlich Platz genommen hatten, ging ein großformatiges Foto wie ein böses Omen von Hand zu Hand.

Unser Jahrgang bei der Abiturfeier. Ich ganz hinten mit so tief gesenktem Kopf, dass man fast nichts von mir sah. Maren in der ersten Reihe, eine überirdische Erscheinung mit dieser wallenden, weißblonden Mähne. Wie eine Elfe stand sie da, trug ein schulterfreies, weinrotes Kleid. Es sah schlicht aus, war es aber nicht gewesen. Das wusste ich noch genau. Das Oberteil war so eng, dass man auf den Atemzug wartete, der es sprengen musste. Und der Rock war geschlitzt fast bis zum Ende des Oberschenkels.

Vom Foto lächelte sie mich an – ungefähr so wie Hanne am vergangenen Abend, als sie von Esthers Buch erzählt hatte. Und ich wusste auch noch genau, dass Maren mir damals, als das Gruppenfoto entstanden war und die Horde sich auflöste, einen langen Blick zugeworfen hatte, in den man alles Mögliche und

Unmögliche hineininterpretieren konnte. Ihre Stimme klang mir noch im Ohr: „Hast du einen Moment Zeit für mich, Konni? Ich möchte dir etwas zeigen."

Dann ging sie zu den Toiletten. Ich natürlich hinterher. Im Mädchenklo streifte Maren das Oberteil ab, schob den geschlitzten Rock auseinander, Unterwäsche trug sie nicht. Und mit einem Gesicht wie aus Eis gemeißelt erklärte sie: „Schau dir das alles noch einmal genau an. Das sind Dinge, die du nie wieder anfassen wirst. Nie wieder, Konni."

Nun, ich hatte die Dinge danach noch mal angefasst, sogar häufig und über einen längeren Zeitraum. Aber um welchen Preis? Im Geist sah ich sie auf dem Bett im Hotelzimmer liegen, die Zigarette in der Hand, den gelangweilten Blick zur Decke gerichtet. „Du musst das verstehen, Konni. Ich passe einfach nicht mehr hierher. Und wir beide ..."

Bei dem Wort hatte sie sich aufgerichtet, den Oberkörper mit einem Ellbogen auf dem Laken abgestützt und leise gelacht. „Ich bin verrückt nach dir, Konni. Aber ich liebe dich nicht, tut mir leid."

Wenn sie wenigstens gesagt hätte: „Ich liebe dich nicht genug, um hier mit dir zu versauern." Das wäre gnädiger gewesen.

Und dafür hatte ich meine Ehe mit Karola riskiert und verloren. Nicht unbedingt eine übermäßig glückliche Ehe, durchschnittlich, provinzmäßig, Gott sei Dank kinderlos. Nun sah die Sache anders aus. Hanne war keine Traumfrau, aber auch kein Durchschnitt, in keiner Weise provinzmäßig. Und nicht nur verglichen mit denen, die sich um die Tafel im Saal verteilten, war sie ein Goldstück.

Eine aufgeschlossene, selbstbewusste, selbstständige, mitfühlende Frau Ende zwanzig, keine ausgesprochene Schönheit, aber hübsch, offen und ehrlich. Ein schmales Gesicht, das nur zu besonderen Anlässen mit ein wenig Wimperntusche und etwas

Rouge in Berührung kam. Das dunkle Haar pflegeleicht kurz, frühmorgens immer in einem verschlissenen Bademantel, den sie um keinen Preis der Welt gegen einen neuen eintauschen wollte, immer in Eile und seit Olivers Geburt ständig gegen ein Speckröllchen am Bauch kämpfend, das jedem Diätversuch trotzte. Aber Hanne hielt auch keine Diät länger als zwei Stunden durch.

„Ich esse heute Abend nur einen Salat." Tat sie auch, und um halb zehn fragte sie mich: „Hast du Lust auf ein Eis, Konrad? Ich hab so kleine für Oliver mitgebracht. Und ich könnte jetzt noch was essen."

Ich stellte mir vor, wie sie um elf nach Hause kam, sich in die Badewanne legte und in Esthers Buch schmökerte, seitenweise zwischen fünf und sieben. Als ob wir das gebraucht hätten.

Gut, es war mit einem kleinen Kind im Nebenzimmer nicht immer so, wie man sich das vorher ausgemalt hatte. Da konnte es schon passieren, dass Olli plötzlich in der Tür stand und sich erkundigte: „Was macht ihr da?"

Und wenn wir sicherheitshalber den Schlüssel umgedreht hatten, wollte er wissen: „Warum habt ihr euch eingeschlossen? Lasst mich rein, ich will mal gucken, was ihr macht."

Ehe man ihn dann wieder schlafend im Bett hatte, war die Lust meist beim Teufel. Aber trotzdem hatten wir, wie man so schön sagt, ein sehr erfülltes Sexualleben.

Nach dem Essen wollte ich heimgehen.

Es gab gutbürgerliche Küche. Überall begannen die Unterhaltungen im kleinen Kreis. Ein paar von den Frauen versuchten, ihre ehemaligen Mitschüler zu übertrumpfen. Das taten sie mit den Berufen ihrer Männer, als hätte keine von ihnen es selbst zu etwas gebracht. Eine war mit dem Generaldirektor der Sowiesowerke verheiratet. Brigitte Berger hatte ihre beiden süßen Kinder nicht etwa von einem simplen Allgemeinmediziner bekommen. Nein, ihr Mann war Professor für Nuklearmedizin. Sie lebten in Potsdam in einer Villa.

Peter amüsierte sich ebenso wie ich über die Angeberei und mehr noch über den dicken Müller. Porky unterhielt seine Sitznachbarn zwischen den Häppchen, die er in sich hineinschaufelte, mit der Beschreibung eines komfortablen Wohnmobils, das er sich kürzlich zugelegt haben wollte. Wasserreservoir, luxuriöses Bad, Einbauküche, es war alles da.

„Davon träumt er", erzählte Peter. „Das Schlitzohr hat einem Arbeitslosen einen umgebauten alten VW-Bus abgeschwatzt. Die Kiste hat einen Wassertank auf dem Dach. Da braucht er nicht lange in der Sonne zu stehen, um Durchfall zu bekommen. Aber ein Campingklo ist auch drin und ein Spiritusbrenner und eine Luftmatratze natürlich. Damit hat sich der Komfort. Letzte Woche hat er mir sein Wohnmobil vorgeführt. Jetzt plant er eine Abenteuerreise quer durch die Bickelsteiner Heide. Da soll es herrliche Sonnenuntergänge geben. Er sucht nur noch was Schnuckeliges zum Mitreisen."

„Er soll lieber ein paar Pornohefte mitnehmen", sagte ich. „Die brauchen nicht so viel Platz. Und damit kann er sich zur Not sogar den Hintern abwischen."

Peter grinste. „Auf den Vorschlag hätte ich mal kommen sollen. Jetzt ist es zu spät. Er hat eine Anzeige in die Werbepost gesetzt, hat mir auch gezeigt. Ich hab mich gekringelt, als ich es las. *Romantischer Schmusebär sucht Wildkatze.* Da mag tatsächlich eine anbeißen. Schmusebären wollen sie heute ja alle. Die Sonnenuntergänge wird er trotzdem alleine bewundern müssen. Wenn er drin liegt, ist die Kiste proppenvoll."

Wir waren bereits beim Dessert, als Peter mir plötzlich auf den Oberschenkel schlug. „Das hätte ich jetzt vor lauter Schmusebär beinahe vergessen. Dreimal darfst du raten, welche Wildkatze ihn heute kurz vor sieben noch angerufen hat."

Ich musste nicht raten. Ihr Name zog sich mit dem abfälligen Grinsen quer über sein Gesicht. „Angeblich hat ihr Mann hier zu tun. Jetzt will sie vielleicht doch mal kurz reinschauen."

Ich war ganz ruhig in dem Moment, wirklich, absolut ruhig. Wie ein Soldat, wenn es nach Wochen der Kriegstreiberei endlich in die Schlacht geht. Man weiß, es wird Verluste geben, auch in den eigenen Reihen. Vielleicht fällt man selbst schon im ersten Gefecht. Aber nur vielleicht, man kann ja in Deckung bleiben. Man darf sich nur nicht feige verkrümeln, sonst kommt man vors Kriegsgericht.

In meinem Fall hätten sich wohl nur ein paar der Anwesenden die Mäuler zerrissen. Ich hätte gehen können nach dem Essen, wie ich es vorgehabt hatte, aber ich tat es nicht. Ich konnte nicht. Ich musste wissen, wie sie aussah, ob sie sich sehr verändert hatte in den letzten neun Jahren, vielleicht ebenso in die Breite gegangen war wie Brigitte. Ob ich sie jetzt abstoßend fand.

Die Zeit bis zu ihrem Eintreffen nutzte ausgerechnet Porky für eine eindringliche Mahnung unter Freunden. Er kam zu uns ans Ende der Tafel, um meine Verluste in Grenzen zu halten. *„Tu dir selbst einen großen Gefallen, Konrad. Kein Wort über Hanne. Sie ist so eine nette Frau, du willst sie doch sicher behalten."*

Das sagte Müller natürlich nicht, weil er nicht wusste, ob wir noch zusammen waren. Das wusste niemand im Saal, höchstens Brigitte, die es möglicherweise von ihrer Mutter gehört hatte.

Der gute Willibald war zwar, nachdem ich ihn aus unserer Wohnung geworfen hatte, einige Male in der Arztpraxis aufgetaucht, um sich von Hanne den Blutdruck oder sonst was messen zu lassen und zu erfahren, ob die junge Mutter inzwischen mit ihrem Kind alleine war. Von Hanne hatte er jedoch keine Auskunft erhalten und von ihrem Chef nur einen Diätplan. Danach hatte er es vorgezogen, wieder zu seinem bisherigen Hausarzt zu gehen.

Das Gespräch war ihm ziemlich peinlich, musste er doch einräumen, dass er es mit der Wahrheit nicht immer so genau nahm. Von ihm wusste Maren nämlich nur, dass ich vor neun Jahren in einem schmutzigen Ehekrieg zerbrochen war und seitdem wie ein Einsiedler bei meinen Eltern hauste.

„Jedes Mal, wenn sie anruft, fragt sie, wie es dir geht und was du machst", erzählte Willibald und geriet ins Stammeln. „Woher soll ich das wissen? Ich meine, beruflich hab ich nichts mit dir zu tun. Und privat, ich dachte, was geht es sie an, dass du ein Kind mit Frau Neubauer hast? Und nun, wo sie selbst verheiratet ist, muss man ja nicht unnötigen Ärger heraufbeschwören, finde ich."

Peter lauschte aufmerksam. Von meiner Scheidung wusste er selbstverständlich, hatte das Desaster auf meinem Konto miterlebt. Aber wie ich aus den Miesen wieder rausgekommen und welchen Trost ich gefunden hatte, das hörte er zum ersten Mal, und er hätte gerne mehr darüber erfahren. Er war nämlich Patient von Hannes Chef und kannte sie gut.

„Das glaub ich jetzt aber nicht", warf er mit fassungslosem Unterton dazwischen. „Hanne Neubauer und du? Hat aber nicht lange gehalten, was?" Die Antwort gab er sich selbst, meine Mutter hatte ihm schließlich am Freitag den besten Beweis geliefert, dass sie kein weibliches Wesen in meiner Nähe duldete. Und eine tüchtige Person wie Hanne Neubauer ließ sich so etwas seiner Meinung nach nicht bieten.

Willibald sah sich nach Peters Erguss in seiner Einschätzung meiner persönlichen Verhältnisse bestätigt und brachte seine Mahnung zum Abschluss mit der Versicherung: „Ich garantiere dir, Konrad, als freier Mann bist du für Maren uninteressant."

„Da sprichst du aus eigener Erfahrung, was?", fragte Peter.

„Ich meine es nur gut", hielt Porky dagegen.

Und ich sagte: „Danke, Willibald, du hast völlig recht. Wenn man Ärger vermeiden kann, sollte man das tun."

Sie kam kurz nach zehn – nicht gar so aufreizend wie vor neun Jahren, als sie nach der Beerdigung ihrer Mutter in einem schwarzen Badeanzug – sie trug ja Trauer – im Hallenbad aufgekreuzt war. Nun trug sie ein dezentes, dunkelblaues Kostüm, der Rock endete direkt über den Knien. Die unverändert weißblonde Mähne war auf Schulterlänge gestutzt und schlicht gescheitelt. Ihr Make-up war so perfekt wie ihr Nagellack.

Ich saß mit dem Rücken zur Tür und sah sie nicht hereinkommen. Aber ich sah das Gesicht von Porky, dem plötzlich die Lider zu flattern begannen und der Unterkiefer herunterklappte. Sogar seine Tränensäcke gerieten in Bewegung. So schnell das bei seiner Masse möglich war, sprang er vom Stuhl auf, wabbelte um die Tische herum zur Tür und streckte beide Arme aus, als sei ihr Erscheinen allein sein Verdienst.

Einige Augenpaare richteten sich auf mich. Irgendeiner pfiff und versuchte krampfhaft den Ton einer Blockflöte zu treffen. Peter nahm sein Glas und erhob sich.

„Setz dich wieder hin", zischte ich.

Er zog erstaunt die Augenbrauen hoch. „Soll ich nicht ..."

„Nein", unterbrach ich ihn.

„Aber ihr habt euch sicher eine Menge zu erzählen", meinte er. „Ich schätze, du willst zumindest wissen, mit welchem Satansbraten sie das Bett teilt."

„Nein", sagte ich noch einmal.

Peter ließ sich mit einem Achselzucken zurück auf den Stuhl sinken. Maren klopfte Porky kameradschaftlich auf die gut gepolsterte Schulter und strahlte ihn an. „Willibald, noch ganz der Alte." Dann schritt sie die Tafel ab.

Sie schritt tatsächlich. Mit achtzehn die Prinzessin der Oberstufe, mit achtunddreißig die Königin beim Klassentreffen. Gott im Himmel, sah sie gut aus, rank und schlank wie vor Jahren. Wespentaille, flacher Bauch und Fesseln wie eine preisgekrönte

Stute. Mein gefallener Engel, meine Nixe, die in einer gefüllten Badewanne tauchen konnte, bis mir die Luft ausging. Warum fallen einem solche Details immer in unpassenden Momenten ein?

Länger als eine halbe Stunde war sie unterwegs rund um die Tische herum, lächelte, schüttelte Hände, stellte die üblichen Fragen und kommentierte die Antworten. Etliche Minuten lang unterhielt sie sich mit Brigitte, bekam Fotos der süßen Kinder, wahrscheinlich auch vom Professor für Nuklearmedizin und der Villa in Potsdam gezeigt und hielt Brigitte ihre rechte Hand hin, um zu zeigen, dass sie ebenfalls gebunden war.

Da sie am anderen Schenkel der U-Form begonnen hatte, kamen Peter und ich zuletzt an die Reihe. Als sie endlich seinen Stuhl erreichte, lief bereits die Stereoanlage, und einige tanzten auf der freien Fläche zwischen den Tischen.

Sie schüttelte Peters Hand, bedankte sich für die Einladung und die Mühe, die er sich gemacht hatte. Er winkte ab, die Mühe bei ihr hatte sich der gute Willibald gemacht. Hätte der nicht Kontakt gehalten, hätte man sie gar nicht anschreiben können.

Nachdem das gesagt war, bemerkte sie endlich, dass Peter nicht allein am Ende der Tafel saß. Aber mir reichte sie nicht die Hand zur Begrüßung, weil alle zu uns hinschauten. „Hallo, Konni", sagte sie nur lässig und neutral, ihr Lächeln war ebenso.

„Hallo, Maren", sagte ich und betrachtete ihre rechte Hand. Einen Ehering trug sie nicht, stattdessen einen protzigen Klunker, der kitschig und billig aussah. Ein Rubin in Herzform, so was passte gar nicht zu ihr.

„Willst du dich setzen, Maren?", fragte Peter und zog den freien Stuhl zu seiner Linken ein wenig vom Tisch ab.

Sie schüttelte den Kopf. „Ich habe den ganzen Nachmittag im Auto gesessen. Ein bisschen Bewegung wäre mir lieber. Tanzt du?" Sie lächelte ihn an, dass es einen Stein zurück in glutflüssige Lava verwandelt hätte.

Peter schüttelte den Kopf. „Lieber nicht, Willibald hat uns eben noch reihum gewarnt, dass wir uns mächtigen Ärger mit deinem Mann einhandeln könnten, wenn wir dir zu nahe kommen."

Sie lachte amüsiert, schaute mich an. „Was ist mit dir, Konni? Traust du dich auch nicht?"

„Ich bin Ärger gewohnt", sagte ich und erhob mich.

Es war schließlich nichts dabei, wenn ich einmal mit ihr tanzte. Die Musik erlaubte ohnehin nicht mehr, als sich ein bisschen die Füße zu vertreten. Doch kaum hatte ich ihr den Arm um die Taille gelegt, hetzte einer zur Musikanlage und brüllte dabei quer durch den Saal: „Achtung, Leute, es geht los. Wetten werden keine mehr angenommen."

Gleich darauf erklang ein Tango. Damit hatten wir vor mehr als zwanzig Jahren die gesamte Oberstufe in Raserei versetzt. Unser Tango war einsame Spitze gewesen, um Längen schmutziger als das, was die jungen Leute in *Dirty Dancing* veranstaltet hatten. Das wollte ich nicht unbedingt wiederholen. Maren offenbar auch nicht. Sie blieb auf Distanz und signalisierte mit der Hand an meiner Schulter, dass sie von mir das Gleiche erwartete.

Ein paar Takte lang schwieg sie, dann erkundigte sie sich: „Wie geht es dir denn nun wirklich? Von Willibald höre ich immer nur Dinge, die mir das Herz umdrehen müssten."

„Du willst mir jetzt aber nicht weismachen, dass du ein Herz hast", sagte ich. „Aber um deine Frage zu beantworten, mir geht's gut." Das tat es doch, und es bezog sich wahrhaftig nicht auf die momentane Situation. Wie ich die bezeichnen sollte, wusste ich noch nicht.

Es war ein unwirkliches Gefühl, sie wieder im Arm zu halten. Ihr Parfüm stieg mir in die Nase, ihre Wärme spürte ich durchs Hemd auf der Haut. Mein Jackett hatte ich schon vorher ausgezogen. Und sie trug unter der Kostümjacke ein Nichts aus weißer Spitze.

Noch ein paar Takte Schweigen, dann lachte sie leise. „Sei nicht so steif, Konni. Ich werde dich bestimmt nicht beißen, habe auch nicht vor, dich zu küssen."

Sie war erwachsen geworden, fand ich, reifer, zurückhaltender, keine Gefahr mehr für meinen Seelenfrieden. Nach drei Tänzen gingen wir zurück ans Tischende. Peter war mitsamt seinem Bierglas umgezogen. Maren setzte sich auf seinen Platz.

Dann saßen wir da wie abgeschnitten, beide auf Vorsicht bedacht. Sie trank hauptsächlich Kaffee. Ich blieb beim Bier. Beides drückte wohl gleichermaßen auf die Blase. Sie ging mehrfach aufs Klo. Ich verkniff mir das aus Furcht, sie könne mir folgen. Dem Eindruck zum Trotz, den sie mir vermittelte, traute ich ihr nicht so ganz. Wahrscheinlich traute ich mir ebenso wenig.

Sich nur keine Blöße geben und keinen Anlass für Spötteleien oder deftige Bemerkungen bieten. Wir unterhielten uns in harmlosem Plauderton. Sie erzählte, wo sie die letzten neun Jahre verbracht hatte. In Florida sei sie nach ihrer Rückkehr nicht mehr lange geblieben.

„Nur noch ein knappes Jahr, dann habe ich es nicht mehr ausgehalten", sagte sie. „Wenn man genau hinschaut, sind die Amerikaner noch prüder und spießiger als die Deutschen. Vielleicht bin ich aber auch nur ein ruheloser Geist."

Das war sie mit Sicherheit, viel in der Welt herumgekommen, bis runter nach Singapur. „Ein halbes Jahr habe ich dort gelebt", erzählte sie. „Aber das weißt du bestimmt längst. Ich habe Willibald immer eine Karte geschickt, wenn ich meine Zelte abgebrochen und irgendwo neu aufgeschlagen hatte."

„Wann sehe ich Willibald denn mal", erwiderte ich. „Nur wenn wir unsere Pornohefte tauschen."

Sie lächelte spöttisch. „Armer Konni. Ich hatte fest einkalkuliert, dass du es schaffst, wenigstens deine Frau wieder zu versöhnen. Ich habe sie zwar nur einmal gesehen, aber ich fand, sie passte gut zu einem Spießbürger."

„Eben", sagte ich. „Deshalb habe ich mich gar nicht um eine Versöhnung bemüht. Ich dachte, sie sollte sich besser einen Spießer suchen. Mir gefiel die Rolle des einsamen Wolfs."

„Und du hast nie den Versuch unternommen, etwas Neues zu finden?" Da schwang Ungläubigkeit mit. Ich meinte auch, einen lauernden Unterton zu hören. Vielleicht hatte Brigitte ihr eben schon etwas erzählt, was mit Müllers Herz-Schmerz-Version nicht in Einklang zu bringen war.

Es war anzunehmen, dass meine Mutter beim Zusammentreffen mit Brigittes Mutter im Lidl auch ein paar Worte über ihre Enkelkinder verloren hatte. Den Auffahrunfall an der Kreuzung bei der Kirche hatte sie garantiert erwähnt.

Vielleicht hatte Müller aber auch auf Marens Karten geantwortet und sie vor fünf Jahren erfahren, dass ich ihn aus der Wohnung einer jungen Mutter geworfen hatte. Und jetzt tat sie, als hätte sie keine Ahnung, nur um festzustellen, ob sich ein Versuch lohnte, mir einen Nachschlag vom bitteren Ende zu verpassen.

„Warum sollte ich?", fragte ich. „Ich hab's bequem bei Mutter. Sie kocht gut und meckert nur, wenn ich meine Socken oder die Bierflaschen vor dem Bett liegen lasse."

Maren nickte versonnen und erzählte weiter von sich. Ihren Worten zufolge war sie vor zwei Jahren in Hamburg gestrandet, hatte sich dort als Immobilienmaklerin selbstständig gemacht und vor einem Jahr ihren Mann kennengelernt. Bei der Vermittlung einer hübschen Wohnung an der Außenalster hatte es gefunkt.

„Dann bist du noch nicht lange verheiratet", stellte ich fest.

Sie drehte mit verträumter Miene den roten Klunker an ihrem Finger. „Seit November. Aber ich muss es nicht aller Welt zeigen. Ich finde auch, so ein schlichter Ehering passt nicht zu mir."

Und plötzlich begann sie zu schwärmen. Verliebt bis über beide Ohren, auf jeden Fall sehr beeindruckt von ihrem Mann. Er sei zwei Jahre jünger als sie und habe sich bei der Trauung für ihren Namen entschieden, erklärte sie. Offenbar war er eine Stütze des Hamburger Nachtlebens. Angeblich gehörte ihm ein gut florierender Club.

Darunter konnte man sich einiges vorstellen: ältere Herren in gedeckten Anzügen mit Zeitungen am Kamin ihren Drink genießend. Halbnackte junge Frauen, die ihre biegsamen Körper um eine Stange wandten, oder Nackedeis, die auf Satinlaken Schampus schlürften. Ich dachte an Letzteres, weil es mit den Gerüchten harmonierte, die damals über Marens Mutter in Umlauf gewesen waren. Zurück zu den Wurzeln. Der kitschige Klunker passte vortrefflich ins Rotlichtmilieu. Da stellte sich nur noch die Frage, was ein Hamburger Clubbesitzer zurzeit in einer Kleinstadt voller Spießer zu suchen hatte.

„Will er hier einen Puff aufmachen?", fragte ich.

Für zwei, drei Sekunden ging sie auf meinen Spott ein. „Keine schlechte Idee. Bedarf wäre sicher vorhanden. Ich kann das ja mal zur Sprache bringen, wenn mein Mann sich einen Überblick verschafft hat." Bei den letzten Worten überzog sich ihre Stimme mit Trauerflor. „Momentan nimmt er mir noch den Papierkram nach dem Tod meines Vaters ab."

Dass der alte Koska kürzlich gestorben sein sollte, hörte ich zum ersten Mal. So etwas sprach sich normalerweise sehr schnell herum, zumindest bis zu meiner Mutter. Aber dass die mich nicht gefragt hatte: „Weißt du schon, wer tot ist?", war nicht weiter verwunderlich.

Vielleicht hätte ich Maren mein Beileid aussprechen müssen. Doch für mich war ihr Vater immer noch wie geschaffen für ein Feindbild. Der skrupellose Unternehmer mit dem Gesicht einer Bulldogge, der kleine Leute wie Mücken an die Wand klatschte. Es erstaunte mich, zu hören, die Firma sei praktisch pleite.

„Ich weiß", seufzte sie. „Es ist kaum zu glauben. Aber es gibt wohl nichts daran zu rütteln. Mit Gebrauchtwagen war schon lange kein gutes Geschäft mehr zu machen. Um die Baubranche ist es noch schlechter bestellt. Und Immobilien, da braucht es nur ein paar Mieter, die nicht zahlen. Los wird man sie nicht so leicht, wenn sie Kinder haben, schon gar nicht. Und wenn du bei Leerständen nicht sofort neu vermietest, setzt das Sozialamt dir Asylanten rein. Dann dauert es kein halbes Jahr, bis alle soliden Mieter weg sind. Mit drei Objekten ist es ihm so ergangen. Das war sein Ende, nicht mehr Herr im eigenen Reich zu sein, hat er nicht verkraftet. Wir haben ihn in aller Stille beigesetzt."

Zweiundneunzig war er geworden, ein biblisches Alter, fand ich und hörte noch einen wehmütigen Seufzer. „Ich wäre vor neun Jahren besser geblieben. Er konnte sich ja schon zu der Zeit nicht mehr persönlich um alles kümmern. Und dieser Geschäftsführer." Sie schüttelte frustriert den Kopf. „Der Mann hat eine sehr soziale Ader, aber keine Ellbogen. Nur dachte ich damals, ich wäre hier erstickt. Und jetzt ist es nicht mehr zu ändern. Mein Mann ist schon seit Anfang der Woche hier, um sich einen Überblick zu verschaffen. Ich wollte nicht auch noch das Wochenende ohne ihn verbringen und dachte, ich überrasche ihn. Aber er hat keine Zeit für mich."

Damit wandte sie sich noch einmal meinem Leben zu. Da ich offenbar kein privates hatte, erkundigte sie sich nach dem Beruf. Dass ich immer noch bei der Polizei war, erstaunte sie anscheinend. „Du hattest doch gekündigt."

„Das ließ sich leicht rückgängig machen", sagte ich. „Fähige Köpfe lässt niemand gerne gehen. Ich kann sehr gut ohne Frau leben, aber nicht ohne meinen Job."

Nun lächelte sie. „Von dir eingenommen bist du gar nicht, du fähiger Kopf. Was klärst du denn auf?"

„Ich bin auf der Karriereleiter nach oben gestiegen und leite ein Kommissariat", wich ich aus.

Damit war ihre Neugier offenbar befriedigt. Fragen stellte sie keine mehr. Danach sprachen wir über Gott und die Welt. Über den Unterschied zwischen Immobilien in einer Großstadt wie Hamburg, wo man noch die letzte Schrottbude für einen Horrorpreis an den Mann oder die Frau brachte, und einer Kleinstadt in der Provinz, wo die Leute mehr Wert auf Behaglichkeit als auf Kultur legten. Es war nicht anders, als hätte ich mich mit Peter Bergmann darüber unterhalten. Alles ganz normal.

Erst kurz nach zwölf dachte ich an Hanne. Bis dahin war die Zeit wie im Flug vergangen, wie man so sagt. Es war kurzweilig und unterhaltsam gewesen. Nun fragte ich mich, ob Hanne schon wie als *voraussichtlich* angekündigt zuhause war und mit Esthers Buch in der Wanne oder bereits im Bett lag und auf mich wartete.

Ich überlegte, mich zu verabschieden und heimzugehen. Aber wenn Hanne nach dem Sushi mit ihrer Kollegin noch woanders hingegangen war, was niemand ausschließen konnte – hin und wieder brauchte Hanne etwas Kultur oder einen Hauch vom Nachtleben in einer Großstadt –, hätte ich alleine in der Wohnung gesessen und mich vielleicht geärgert, weil im Saal das eingetreten war, womit Hanne mir den Abend schmackhaft hatte machen wollen. Es war gemütlich geworden.

Niemand hatte mehr das Bedürfnis zu protzen oder über Vergangenes zu lästern. Ich konnte neben Maren sitzen, ohne etwas anderes zu fühlen als den Druck auf die Blase. Wir waren nur noch zwei Erwachsene, die während der gemeinsamen Schulzeit ihre Finger nicht voneinander hatten lassen können. Aber das war zwanzig Jahre her. Das Zwischenspiel in einem Kölner Hotel zählte nicht, das war ja nur ein Racheakt gewesen.

Gegen eins begann sich der Saal allmählich zu leeren. Die einzelnen Grüppchen rückten enger zusammen. Wir setzten uns zu Peter Bergmann, Willibald Müller und zwei Frauen ans Kopfende der Tafel. Ich kam endlich mal aufs Klo, als der gute Willibald Maren zu einem langsamen Walzer aufforderte. Länger hätte ich es auch nicht mehr ausgehalten.

In der Herren-Toilette hätte ich beinahe gelacht über meine Furcht, Maren könne mich begleiten oder mir folgen. Sie war erst seit November verheiratet, quasi noch in den Flitterwochen, vermutlich mit einem Tarzan oder einem Gorilla, auf jeden Fall mit einem, der sie bestens bediente.

Ob ich enttäuscht war? Nein, wirklich nicht. Ich hatte doch alles, was ich brauchte, und spielte keine Sekunde lang mit dem Gedanken, Hanne zu betrügen.

Während meiner Abwesenheit erfuhr Maren dann doch noch, dass ich vor fünf Jahren Vater geworden war. Nicht von Brigitte, die war mit der ersten Gruppe aufgebrochen. Willibald Müller passte einen Moment lang nicht auf, schäkerte mit den beiden Frauen. Und schon begann Peter Bergmann auszuplaudern, was er selbst erst vor wenigen Stunden erfahren hatte. Stark angetrunken, um nicht zu sagen: schwer besoffen erzählte er von dieser tüchtigen Arzthelferin, die sich aus lauter Mitleid von einem Waschlappen einen Braten in die Röhre hatte schieben lassen und deshalb eine größere Wohnung brauchte.

Als ich zurückkam, war Porky gerade aufmerksam geworden und meisterte die Lage brillant. Er haute mir sein Patschhändchen auf die Schulter und dröhnte: „Konrad, du alter Schwerenöter, was höre ich denn da? Du hast Nachwuchs? Was ist es denn geworden, ein Junge oder ein Mädchen? Oder weißt du das gar nicht?"

„Ein Junge", sagte ich.

Maren erkundigte sich, warum ich die Mutter meines Sohnes nicht geheiratet hätte.

„Sie wollte nicht", antwortete ich wahrheitsgemäß.

„Siehst du den Kleinen denn wenigstens mal?", fragte sie. „Oder will sie das auch nicht?"

„Ich sehe ihn sogar regelmäßig", sagte ich, zog das neuste Foto von Olli aus der Brieftasche und fügte hinzu: „Sie schickt mir jeden Monat eins, dafür zahle ich etwas mehr als den üblichen Satz."

Das musste so klingen, als würde ich meinen Sohn nur von Fotos kennen. Maren betrachtete ihn mit einem Anflug von Rührung und stellte fest. „Er sieht aus wie du."

„Kannst du doch gar nicht beurteilen", lallte Peter. „Als Konni so alt war, wusste er noch nicht, dass es zwei Sorten Menschen gibt. Da war er noch ein echt guter Freund." Er wandte sich mir zu. „Weißt du noch, wir beide und Mickey Maus. Und du hattest ein Bildchen von Uwe Seeler, das gab es nirgendwo mehr. Und du hast es mir geschenkt, hab ich dir hoch angerechnet."

„Das war aber zwei Jahre später", sagte ich.

„Ist doch egal", meinte Peter. „Wir hatten jedenfalls mit Weibern nichts am Hut. Die kannst du doch alle in einen Sack stecken, wenn du draufhaust, triffst du immer die Richtige. Ich hab vielleicht einen Drachen zuhause, sag ich euch. Was meint ihr, was die mir erzählt, wenn ich gleich zur Tür reinkomme?"

Als das nächste Grüppchen sich verabschiedete, warf Maren einen Blick auf ihre Armbanduhr und meinte: „Für mich wird es auch Zeit. Mein Mann will morgen früh zurück nach Hamburg. Ich sollte zusehen, dass ich noch etwas Schlaf bekomme."

Sie schüttelte reihum die übriggebliebenen Hände, verlor die üblichen Floskeln. *War ein netter Abend, sollten wir in drei, vier oder fünf Jahren wiederholen.* Mir empfahl sie zum Abschied: „Mach's gut, Konni."

„Mach's besser", sagte ich.

Als sie zur Tür ging, fühlte mich ganz leicht und frei. Der Soldat nach einer gewonnenen Schlacht. Und er saß noch aufrecht, war unverwundet, konnte heimgehen und seine Lieben in die Arme schließen. Ich blieb noch eine Weile, um nicht doch noch Anlass für Gerede zu bieten und Peter zu versöhnen. Aber er war nicht mehr aufnahmefähig, verstand nur, dass Hanne drei Straßen von meinen Eltern entfernt eine Wohnung gemietet hatte und mit meiner Mutter sehr gut auskam.

„Weiber", lallte er. „Die machen immer gemeinsame Sache, tun meine auch. Ich trink mal ein Bier, eins, verstehst du? Dann hab ich drei von den Biestern im Nacken. Die gönnen mir nicht die kleinste Freude. Da kannst du nichts machen."

Dann erzählte er mir das Drama seiner Ehe. Frau, Mutter und Schwiegermutter steckten alle unter einer Decke und machten ihm das Leben sauer. Zu allem Überfluss hatte er auch noch zwei Töchter. Noch waren sie zu jung, aber nicht mehr lange, dann wären es fünf Weiber, die ihm das letzte Hemd auszogen.

Als ich den Saal verließ, war es zwei Uhr vorbei und ich überzeugt, Maren läge längst in den Armen ihres Mannes. Oder – falls der noch Unterlagen durchsah, unter dem Schreibtisch, um auf seiner Flöte zu spielen.

Es regnete. Ich schlug den Kragen vom Jackett hoch, zog den Kopf ein und ging zügig zur Kreuzung bei der Kirche. Dort wechselte ich trotz roter Ampel am Fußgängerüberweg eilig auf die andere Straßenseite. Ich dachte unwillkürlich an den Auffahrunfall, den Olli hier verursacht hatte, der für ihn glücklicherweise so glimpflich abgegangen war. Hätte auch ganz anders kommen können. Durfte man sich nicht vorstellen. Peters bierselige Schilderung hatte mir noch einmal sehr deutlich vor Augen geführt, wie viel Glück ich hatte.

Dem einsamen roten VW-Golf auf dem Parkstreifen vor einem alteingesessenen Fachgeschäft für Damen- und Kinderkleidung schenkte ich keine Beachtung. Ich hörte wohl, dass ein Motor gestartet wurde, kümmerte mich aber nicht darum, bis der Golf quer über die Straße kam und dicht vor mir anhielt.

Es war ein älteres, vergammeltes Modell mit Schrammen und einer Delle in der Fahrertür und dem HH für Hamburg im Kennzeichen. Etwa die Preisklasse, die der alte Koska zu seinen Lebzeiten vertrieben hatte. Das nahm dem roten Klunker an ihrer Hand jedes Gewicht in Karat und strafte ihre Angaben zum florierenden Club ihres Mannes und der lukrativen Immobilienmaklerei Lügen.

Sie hatte wohl nur sichergehen wollen, dass ich allein auf dem Heimweg war, kurbelte die Seitenscheibe herunter und fragte: „Kann ich dich ein Stück mitnehmen, Konni?"

Ich schüttelte den Kopf und antwortete: „Lieb gemeint. Aber du hättest nicht so lange auf mich warten müssen. Ich geh lieber zu Fuß. Die frische Luft tut mir gut."

Sie lachte. „Vor wem hast du Angst, vor dir oder vor mir? Jetzt sei nicht albern, Konni. Du hast es stundenlang ausgehalten, ohne mir die Kleider vom Leib zu reißen. Zwei Minuten schaffst du auch noch. Dann habe ich wenigstens nicht umsonst gewartet. Oder willst du völlig durchnässt zuhause ankommen?"

Wollte ich eigentlich nicht. Und es lief mir den gebeugten Nacken entlang schon in den Hemdrücken. Als sie dann noch sagte: „Jetzt zier dich nicht, steig ein."

Da stieg ich ein, und sie fuhr los. Die Richtung stimmte. Sie brauchte nicht mal zwei Minuten bis zu dem alten Wohnblock, in dem meine Eltern lebten. Am Straßenrand hielt sie an, ließ den Motor laufen, lächelte wieder spöttisch: „Siehst du, die Hose ist nass, aber noch zu. Mami wäre stolz auf dich. Wirst du ihr erzählen, dass du zu dem Schmuddelkind ins Auto gestiegen bist?"

Ihr darauf zu antworten, hielt ich für überflüssig. Ich wollte ohne weitere Abschiedsworte aussteigen, da legte sie mir eine Hand auf den Arm und sagte in ernstem Ton. „Moment noch,

Konni. Ich weiß, ich bin ein garstiges Weib. Aber die Sache mit deiner Scheidung tut mir wirklich leid. Ich wollte es nicht auf die Spitze treiben. Zuerst wollte ich dich nur noch einmal schnuppern lassen, deine Erinnerung auffrischen und dir dann einen Tritt geben, so wie du mir einen verpasst hattest. Aber nachdem wir einmal angefangen hatten, kam ich so schnell nicht von dir los. Ich habe mir die Sache nicht leichtgemacht. Ich habe ernsthaft überlegt, ob ich bei dir bleiben ..."

„Ich habe dir nie einen Tritt verpasst", unterbrach ich sie. „Ich war nach der Sache in der Sporthalle durchaus bereit, mich weiter mit dir zu treffen. Nur heimlich, nicht unbedingt nach dem Hochamt vor der Kirche, wie es dir vorschwebte."

Im Schein einer Straßenlampe sah ich sie mit den Achseln zucken. „Vergessen wir das. Ich war ein dummes Ding damals, und dumme Dinger denken nicht über den nächsten Tag hinaus. Ich wollte eben aller Welt zeigen, dass du zu mir gehörst."

Ich sah, wie sie den Blick senkte, und fühlte förmlich, wie ihre Augen von meinem Gesicht über den Hals nach unten wanderten.

„Vielleicht war es nur diese verfluchte Sprossenwand", fuhr sie fort. „Ein irres Gefühl war das. Und mittendrin war es vorbei. Es war das erste Mal, dass ich bei dir nicht auf meine Kosten kam. Ich fand, du warst mir noch etwas schuldig."

„Na, dann habe ich meine Schulden vor neun Jahren in Köln ja doppelt und dreifach bezahlt", sagte ich.

Es klang leider nicht halb so lässig, wie ich es mir wünschte. Ich hatte Herzklopfen und wusste nicht, ob aus Furcht oder Verlangen. Völlig resistent geworden war ich wohl doch nicht in den letzten Jahren. Der Motor lief noch. Ihr Blick strich über die Gürtelschnalle meiner Hose und erreichte den Stoff darunter. Ich fühlte ihn wie eine Hand.

„Ich habe mir so eine Wand ins Schlafzimmer setzen lassen", sagte sie. „Aber Rex hat nicht dein Standvermögen. Und er würde mich lynchen, wenn er wüsste, dass ich hier mir dir über alte Zeiten plaudere." Ihr Blick hatte sich regelrecht festgesaugt.

„Dann lass es", sagte ich. „Zwingt dich ja niemand."

Sie seufzte vernehmlich. „Wenn das so einfach wäre, Konni. Was ich mit dir hatte, habe ich bei keinem anderen gefunden. Mich juckt es schon seit Stunden in den Fingern. Und nicht nur dort. Hältst du immer noch so lange durch? Wahrscheinlich nicht. Du musst ja völlig aus der Übung sein."

Ich wollte irgendetwas Läppisches erwidern, aber mir fiel nichts ein. Ich wollte aussteigen, drei Straßen weitergehen, zu Hanne ins Bett kriechen und hoffen, dass sie aufwachte und genug über Sex gelesen hatte, um in der richtigen Stimmung zu sein. Ich wollte Hannes gepressten Atem hören, ihre Haut riechen und wissen, dass ich alles hatte, was ich brauchte.

Da sagte Maren: „Noch einmal zum Abschied, Konni. Jetzt bin ich dir etwas schuldig. Du findest schon wieder eine, der du es regelmäßig besorgen kannst. Du musst nur anfangen zu suchen. Das tust du bestimmt, wenn ich dich wieder auf den Geschmack gebracht habe."

Bevor ich reagieren konnte, gab sie Gas. Sie fuhr nicht weit, hielt wenig später mitten auf dem Parkplatz beim Rathaus. Links von uns lag eine Häuserzeile, auf der Straße fuhr ein Auto vorbei. Maren löschte die Scheinwerfer, stellte den Motor ab, rutschte über Schaltknüppel und Handbremse zu mir herüber und weiter in den Fußraum hinunter.

„Bist du wahnsinnig?", protestierte ich. „Mitten in der Stadt ..."

Das war nun wirklich nicht das richtige Argument, um ihr klarzumachen, dass ich eigentlich nicht wollte. Aber was heißt eigentlich?

Sie legte mir eine Hand auf den Mund. „Kehr nicht wieder den Spießer hervor, Konni. Niemand wird uns stören."

Es ging auf fünf zu und wurde schon hell, als ich wieder auf der Straße vor dem alten Wohnblock stand und dem Golf hinterherschaute. Unwillkürlich warf ich einen Blick zu den Fenstern im zweiten Stock hinauf. Dahinter schliefen wohl noch alle. Auch Olli.

Vor ein paar Monaten hatte er uns von einem Spielgefährten aus dem Kindergarten erzählt. „Der Tobias darf seinen Papa jetzt überhaupt nicht mehr immer sehen, nur alle zwei Wochen sonntags. Dann fahren sie in den Zoo und essen Eis. Seine Mutter lässt sich nämlich scheiden. So was macht ihr aber nie, oder?"

Hanne hatte ihm erklärt, dass wir uns gar nicht scheiden lassen konnten, weil wir nicht verheiratet waren. Das hatte ihn beruhigt. Mich beruhigte es nicht, im Gegenteil. Ich war doch nur ein Dauergast, dem man jederzeit den Koffer vor die Tür stellen konnte. So etwas fällt einem immer erst dann wieder ein, wenn das Kind in den Brunnen gefallen ist. Nur hätte ich vorher gar nicht darüber nachdenken können. Wie mein älterer Bruder damals gesagt hatte: Es gab Situationen, da dachte ein Mann nicht mit dem Kopf.

Das Bier war keine Entschuldigung. Ich wusste nicht genau, wie viel ich getrunken hatte, zehn, zwölf Gläser, auf jeden Fall zu viel, um einen klaren Kopf zu behalten. Aber nicht der Promillegehalt in meinem Blut hatte dafür gesorgt, dass ich so lange durchgehalten hatte. Maren verstand sich eben darauf, die Erregung hochzupeitschen und im entscheidenden Moment abflachen zu lassen, um sie beim nächsten Ansteigen noch etwas höher zu treiben.

Maren kannte etliche Tricks, die Hanne nicht kannte. M. K. und K. M. hatten wir früher auf die Türen im Mädchenklo geschrieben. Jetzt fühlte es sich so an, als hätte ich das M. K. mit den Zähnen eingraviert bekommen. Eine Flöte mit Monogramm.

Es regnete immer noch. Trotzdem ging ich langsam, fühlte mich so dreckig, hundeelend, ausgepumpt wie eine Waschmaschine nach dem letzten Schleudergang. So ist das, wenn vom Rausch nur noch der schale Nachgeschmack bleibt.

Ich hätte alle Zeit der Welt gehabt, auszusteigen. Schon beim ersten Halt und beim zweiten ganz bestimmt. Ich hätte sagen können: „Schlag dir das aus dem Kopf" oder: „Fahr zu deinem Mann." Ich hätte sie auch auslachen können: „Gib dir keine Mühe. Porky hat dich aufgezogen. Ich wollte ihm den Spaß nicht verderben. Ich bin nicht solo, und mit meiner Frau kannst du nicht mehr konkurrieren. Sie ist zehn Jahre jünger als du."

Ich bin sicher, diese Sprache hätte sie verstanden. Aber gesagt hatte ich nichts davon. Nun hockte mir das schlechte Gewissen wie ein ekelhafter Gnom im Hinterkopf, bearbeitete den Schädelknochen mit einem kleinen Hämmerchen und schrie dabei unentwegt: „Wie konntest du nur, du Idiot? Und auch noch so lange? Wenn Hanne nun in den nächsten Tagen von irgendwem hört, dass Maren doch da war und um welche Zeit du den Saal verlassen hast? Diesmal steht entschieden mehr auf dem Spiel als damals. Und das riskierst du für einmal zum Abschied."

Zuhause angekommen, ging ich ins Bad, zog die nassen Klamotten aus, duschte lange und viel zu heiß, wusch mir sogar die Haare, putzte mir gründlich die Zähne und gurgelte minutenlang mit einem scharfen Mundwasser. Aber ich wurde Marens Geschmack nicht los.

Im Schlafzimmer war der Rollladen unten, es war stockdunkel, als ich hereinkam. Hanne schlief, erwachte jedoch, als ich unter meine Decke kroch. „Wie spät ist es?", murmelte sie träge.

Vielleicht hätte ich sie belügen können, aber wenn sie zum Wecker blinzelte. „Halb sechs", sagte ich wahrheitsgemäß. „Ich hoffe, du hast nicht die halbe Nacht auf mich gewartet."

„Nur bis eins", nuschelte sie ins Kissen. „Ich bin selbst erst nach zwölf heimgekommen. Wie war es denn?"

„Ganz nett", murmelte ich und drehte mich auf die Seite, mit dem Rücken zu ihr. In meinem Schädel pochte es nicht mehr, es knisterte nur noch. Als ich die Augen schloss, tauchte aus dem Nichts Marens Kopf über meinem Schoß auf. Und meine Hände, in ihre weißblonde Mähne verkrallt. Und statt sie an den Haaren wegzureißen, hatte ich sie runtergedrückt.

Wie ich es schaffte, Hanne an dem Sonntag ins Gesicht zu schauen, weiß ich nicht mehr. Sie war schon um neun auf den Beinen und holte Oliver bei meinen Eltern ab. Mich ließ sie bis nach Mittag schlafen, dann brachte sie mir einen Kaffee ans Bett.

Olli folgte dichtauf, das *Land vor unserer Zeit* unter den rechten Arm geklemmt. „Stehst du heute gar nicht auf, Papa? Guck mal, ich hab ein Zeichen reingelegt, damit du weißt, wie weit Oma gestern gekommen ist. Sie hat mir ganz lange vorgelesen."

Damit saß er auch schon neben mir, schlug seinen Schatz auf. „Guck, hier kannst du weiterlesen."

„Später", sagte ich. „Lass mich erst mal richtig wach werden."

Hanne bemerkte sehr wohl, dass etwas nicht stimmte. „Du bist ziemlich verkatert", meinte sie und ließ es damit bewenden. Ob sie zu dem Zeitpunkt schon einen Verdacht hatte ... Ich weiß es nicht.

Am frühen Nachmittag machte Hanne mir eine Rindfleischsuppe aus der Tüte, kippte tüchtig Suppenwürze hinein, weil ich keinen Appetit hatte, aber ihrer Meinung nach etwas Salziges gegen den Kater brauchte. Nur half gegen meinen Kater keine salzige Brühe.

Den Rest des Tages verbrachte sie mit Esthers Buch in einem Sessel. Ich saß mit einer Flasche Mineralwasser, Olli und seinem Buch auf der Couch. Und selbst das erinnerte an die Nacht, weil Maren ihren Mann Rex genannt hatte.

Olli drückte seinen Kopf unter meine Achsel und beide Knie in meine Seite. Ich las vor bis zu der Stelle, wo Scharfzahn bei einem fürchterlichen Erdbeben in eine Schlucht stürzte.

„Aber der Rex ist nicht tot, Papa", erklärte Olli. „Er kommt wieder und will Littlefoot und Cera fressen. Und alle anderen auch. Der Rex ist viel schlimmer als die Rocker. Was meinst du, wie das blutet, wenn der beißt? Dann ist aber der ganze Arm ab."

Über den abgebissenen Arm kam er im Eifer des Gefechts noch einmal auf Ella Godbergs gebrochenen Arm und den tatsächlichen Ablauf des Geschehens. Hanne ließ ein aufforderndes „Konrad" hören. Aber wie hätte ich ihm den Mund verbieten können, nachdem ich ihn am vergangenen Vormittag dazu ermuntert hatte, den vermeintlichen Rockerüberfall noch einmal ausführlich zu schildern. Ich war auch überzeugt, dass er zumindest aus seiner Sicht die Wahrheit sagte.

Doch kaum hatte ich eine Andeutung in die Richtung gemacht, erklärte Hanne: „Wenn das so ist, kann er morgen nicht bei Sven spielen."

„Aber ich muss ihm doch den Rex zeigen", protestierte Olli. „Und sein Papa hat gesagt, ich darf morgen kommen."

„Daraus wird leider nichts." Hanne zeigte sich gnadenlos. „Ich kann dich doch nicht irgendwo spielen lassen, wo Rocker ein- und ausgehen und Frauen die Arme brechen. Das ist zu gefährlich."

„Nein", jammerte Olli. „Die kommen bestimmt nicht wieder. Die wollten Tante Ella doch gar nichts tun, frag Papa und Opa."

Er schaute mich an, wartete auf eine Bestätigung, wohl auch darauf, dass ich ein gutes Wort für ihn einlegte.

„Es war eine familiäre Auseinandersetzung", sagte ich und kam mir so mies vor. Wer im Glashaus sitzt, sollte nicht mit Steinen werfen. „Alex hatte mit außerhäuslichen Aktivitäten zwischen fünf und sieben Ellas Bruder gegen sich aufgebracht."

Hanne runzelte kurz die Stirn, schüttelte dann energisch den Kopf. „Blödsinn! Alex käme nicht im Traum auf die Idee, sich etwas außer Haus zu suchen. Er ist mit Ella zusammen, seit sie fünfzehn waren. Er betet sie an. Meinst du, er würde sie wie einen Christbaum behängen, wenn er nebenher etwas laufen hätte?"

„Vielleicht deshalb. Wiedergutmachung nennt man das", sagte ich und wünschte mir, ich hätte die Nacht gutmachen können – nein, nicht gut, rückgängig.

„Woher willst du das überhaupt wissen?", fragte Hanne.

„Von Jochen", sagte ich. „So haben sie es ihm erklärt."

Hanne schüttelte erneut den Kopf, misstrauisch und verständnislos diesmal. „Und wieso hat Jochen danach gefragt? Schnüffelt ihr nach einem Einbruch immer in den persönlichen Verhältnissen der Betroffenen herum?"

„Es gab eine Aussage von den Nachbarn, das praktisch neue Auto und einen Hammer betreffend. Der Sache musste Jochen nachgehen", sagte ich.

Nun gab Hanne einen ungläubig klingenden Laut von sich. Olli konnte unserer Unterhaltung nicht mehr folgen, sah nur ein, dass er sich in die Klemme gebracht hatte, und versuchte, seinen Montagnachmittag mit einem Kompromiss zu retten. „Vielleicht hab ich meine Banane im Wohnzimmer liegenlassen."

„Das ändert aber nichts daran, dass Tante Ella geschubst wurde, oder?", fragte Hanne ihn.

Er zog eine Schnute, heftete die Augen wieder auf mich. Sein Blick ging mir durch Mark und Bein. *Nun hilf mir doch, Papa.* Ich konnte ihm nicht helfen. Es war Hannes Entscheidung. Ich zog ihn nur fester an mich.

Ihn hergeben zu müssen …

Darüber hatte ich noch nie nachgedacht. Es war bisher alles in Ordnung gewesen. Nun dröhnten mir meine eigenen Worte aus der vergangenen Nacht in den Ohren. Nur noch ein Zahlvater, der Fotos geschickt bekam. Wenn Hanne mich hinauswarf, hätte ich wohl noch ein Umgangsrecht, mehr aber auch nicht.

Wir gingen früh zu Bett, Hanne mit merklichem Zögern. Sie war unsicher und wachsam. Vielleicht kannte sie mich einfach zu gut, jedenfalls entschieden besser als meine Exfrau. Karola hatte monatelang jede Geschichte geglaubt, die Jochen oder ich ihr auftischten. Nur hatte ich Hanne bisher noch gar nichts aufgetischt, kein Wort über den netten Abend verloren. Vielleicht war das mein Fehler, aber ich hätte nicht irgendwas erfinden können.

Sie legte sich hin und zog sich gleich die Decke über die Schultern. Ich zog die Decke wieder fort und schaute sie an. Ich kannte jeden Zentimeter ihrer Haut, das kleine Muttermal unter ihrer linken Brust, die, auch wenn sie frisch rasiert waren, leicht stoppeligen Achselhöhlen, jeden einzelnen der inzwischen verblassten Dehnungsstreifen auf ihrem Leib, Überbleibsel der Schwangerschaft, Zeugnisse eines Wunders, das wir gemeinsam geschaffen hatten. Maren hatte kein Muttermal, keine Streifen, nur straffe, leicht gebräunte Haut und Achselhöhlen so glatt wie ihre Stirn. Keine Ahnung, wie sie das erreichte, bestimmt nicht mit einem Damenrasierer, wie Hanne ihn benutzte.

Sie folgte meinen Blicken aufmerksam. Auch als ich mich über sie beugte, schloss sie die Augen nicht. „Sie war doch da", stellte sie ruhig fest.

Ich nickte und sah, wie sie die Unterlippe einzog. Sie sah so verletzlich aus in dem Moment. Zwei, drei Sekunden vergingen. Dann sagte sie: „Pech gehabt. Man sollte sich eben nicht auf das verlassen, was andere erzählen. Du wolltest nicht gehen, ich hab dich geschickt, da darf ich mich jetzt nicht beschweren, oder?"

Sie setzte voraus, dass es passiert war, setzte es einfach voraus. Aber ich hatte ihr vor Jahren auch ausführlich genug erzählt, was mit mir geschah, wenn Maren Koska in meiner Nähe auftauchte. Der Verstand rutschte in die Hose, das Hirn blutete aus.

„Ich liebe dich", sagte ich.

„Das weiß ich, Konrad", erwiderte sie. „Du hast mich auch in der vergangenen Nacht geliebt, da bin ich völlig sicher. Was passiert ist, hatte überhaupt nichts mit uns beiden zu tun."

Ich wollte sie nicht belügen, nur beruhigen, als ich erklärte: „Es ist nichts passiert. Ich habe nur mehr getrunken, als ich sollte."

Dann erzählte ich ihr, was ich von Maren gehört hatte. Dass sie verheiratet, sehr beeindruckt von ihrem Mann und schon um halb zwei gegangen war. Das war doch die Wahrheit. Ich sagte auch, dass ich wusste, wohin ich gehörte. Auch das war die Wahrheit.

„Das hoffe ich", sagte Hanne.

Wenn sie mich dabei nur nicht so erleichtert angeschaut hätte. Ihre Schulter roch nach der Duschlotion, die sie seit langer Zeit benutzte. Es war ein leichter, vertrauter Duft, sauber und appetitlich. Dann schloss sie die Augen doch noch, legte beide Hände in meinen Nacken und zog meinen Kopf über ihr Gesicht.

„Zeig es mir, Konrad."

Es hatte nichts mit Liebe zu tun und nichts mit Lust. Es war die Flucht aus der stürmischen See in den Heimathafen, zur Ruhe kommen in stillen Gewässern. Als ich schließlich wieder neben ihr lag, war Maren ein wenig von mir abgerückt. Ihren Geruch überlagerte Hannes Duschlotion, ihren Geschmack hatten Hannes Küsse vertrieben. Den großen Rest hoffte ich, so schnell wie möglich hinter mir zu lassen.

Die wundgescheuerte Haut brannte. „Die kleinen Sünden bestraft der liebe Gott sofort", hatte meine Mutter früher oft gesagt. Nur noch einmal zum Abschied musste eine kleine Sünde gewesen sein. Ein zweites, drittes oder gar viertes Mal sündigen könnte ich gar nicht, dachte ich.

Wo nun auch Marens Vater unter der Erde lag und nur noch die Konkursmasse aufgelöst werden musste, gab es keinen Grund mehr, der alten Heimat einen Besuch abzustatten. Für die Grabpflege reiste sie bestimmt nicht persönlich an. Noch einmal zum Abschied! Diesmal wirklich und endgültig, dazu war ich fest entschlossen. Und ich hätte es geschafft, wenn Maren wirklich nur für ein Wochenende in der Stadt gewesen wäre.

ÄRGER BEI GODBERGS

Am Montagmorgen war ich körperlich wieder einigermaßen fit, aber seelisch längst noch nicht wieder im Lot. In meinem Hirn kreisten tausend Zufälle, die mir zum Verhängnis werden konnten. Peter Bergmann musste sich nur einen blauen Montag genehmigen, um seinen Kater auszukurieren, der garantiert heftiger ausgefallen war als meiner.

In so einem Fall schaut man kurz beim Arzt rein und lässt sich krankschreiben. Hannes Chef war diesbezüglich für seine Großzügigkeit bekannt. Davor oder danach plauderte man ein Weilchen mit der tüchtigen Arzthelferin über das gelungene Klassentreffen. Dass Peter nichts erzählen konnte, was Hanne nicht bereits wusste oder vermutete, wurde mir nicht wirklich bewusst. So ist das, wenn das schlechte Gewissen die Regie übernimmt.

Hanne musste in der Woche nicht schon um sieben im Labor antreten. Wir hatten Zeit für ein gemeinsames Frühstück. Dabei bettelte Olli noch einmal inbrünstig um seinen Nachmittag bei Sven und schöpfte seine letzte Möglichkeit aus. „Und wenn ich sagte, dass gar keine Rocker da waren?"

Hanne ließ nicht mit sich handeln. Heute nicht. Egal wie viele Versionen von Ella Godbergs Armbruch er erzählen möchte, es konnte nur eine den Tatsachen entsprechen. Und das wäre vermutlich die von Alex, meinte Hanne. Strafe musste sein, sonst lernte Olli ja nie, wie sehr sie es verabscheute, belogen zu werden. Das konnte sie nicht einmal einem Fünfjährigen nachsehen.

Wie hätte sie mir da verzeihen können? Über den Betrug hätte sie vielleicht hinweggesehen, aber nicht darüber, dass ich mich herausgeredet hatte.

Ich hatte scheußliche Angst und brauchte dringend einen Menschen zum Reden. Es kam nur einer in Frage, Jochen Becker. Er durfte mich anschließend auch wieder einen hirnverbrannten Idioten, von mir aus auch ein hundsgemeines Arschloch oder einen elenden Schweinehund nennen. Ich wusste ja, dass ich einer war.

Am Vormittag war keine Zeit für eine Beichte. Übers Wochenende war einiges los gewesen, nicht nur auf dem Rathausparkplatz einer Kleinstadt voller Spießer. Sieben Wohnungseinbrüche, sechs von Profis verübt, keine unnötigen Beschädigungen, keine vermeidbare Verwüstung, keine Spuren. Nur in einem Fall hatten zwei üble Vandalen ein frisch renoviertes Wohnzimmer mit Spraydosen verschandelt und Mobiliar zertrümmert oder aufgeschlitzt. Nicht zum ersten Mal, die Handschrift kannten wir bereits von drei anderen bisher unaufgeklärten Einbrüchen.

Doch diesmal hatten aufmerksame Nachbarn, vom Lärm aufgeschreckt, die Polizei alarmiert. Die beiden Täter waren auf der Flucht gestellt worden und hatten sich ein Handgemenge mit der Besatzung eines Streifenwagens geliefert. Einer war entkommen, der andere verletzt worden, er lag im Krankenhaus. Jochen brach auf, um ihm den Namen seines Komplizen zu entlocken.

Andreas Nießen erschien erst um die Mittagszeit zum Dienst. Er hatte vormittags einen Augenarzt aufsuchen müssen, brauchte eine stärkere Brille, das brachte sein Arbeitsplatz mit sich. Aber einen halben Tag brauchte man dafür garantiert nicht. Vermutlich war er zuhause im Internet versumpft und sein Augenarzt ähnlich patientenfreundlich eingestellt wie Hannes Chef.

Als Andy in meinem Büro auftauchte, um mir ein Attest für die Fehlzeit vorzulegen, eröffnete er mit der Auskunft, die von Alex Godberg bei Ebay angebotenen Teppiche und Meissener Figuren seien weg. Und das Smaragdcollier stehe inzwischen bei zweiundvierzigtausend.

„Hat Herr Becker sich dafür einen Kaufbeleg oder ein Echtheitszertifikat zeigen lassen?", fragte Andy.

Das wusste ich nicht. Im Grunde hatte es keine Veranlassung gegeben, derartige Belege zu verlangen. Hätte Alex Godberg ein Schmuckstück als gestohlen deklariert, hätte das anders ausgesehen. „Warum?", fragte ich meinerseits.

Andy zuckte bedeutsam mit den Achseln. „Es könnte sein, dass Godberg seine Kunden mit falschem Schmuck betrügt. Man händigt ihm ein Pfand aus, bekommt aber nicht das Original zurück."

„In welchem Chatroom haben Sie das entdeckt?", fragte ich.

Mir darauf zu antworten war unter seiner Würde. Wer war ich denn? Nur ein unbedeutender Kommissariatsleiter in der Provinz. Andy pflegte sogar Kontakt zum FBI – hatte er Jochen neulich anvertraut. Aber auf dem Weg hatte er nicht in Erfahrung gebracht, was er loswerden wollte.

Er ließ sich ausführlich über sein Wochenende aus. Ihn hatte es offenbar mächtig gewurmt, dass die alten Hasen – sprich Jochen Becker und ich – nicht willens oder in der Lage waren, ihm Godbergs Computer zur Verfügung zu stellen, damit er den gesamten Kundenstamm auf der Suche nach dem Auftraggeber für den Einbruch durchforsten konnte. Deshalb hatte er auf eigene Faust – und ausnahmsweise nicht im Cyberspace – ein paar Erkundigungen eingezogen.

Äußerst dienstbeflissen hatte Andreas Nießen den Samstag- und den Sonntagabend geopfert und hundert Euro riskiert. Aber das Glück war den Tüchtigen hold, er hatte seinen Einsatz verdreifacht. Samstags war er in Aachen gewesen, sonntags in Bad Neuenahr, das war mit dem Auto ja auch schnell zu erreichen. Und tatsächlich kannte man Alex Godberg auch im dortigen Kasino. Man sah Herrn Godberg in Bad Neuenahr sogar gerne. Half er doch den Spielwilligen, ihren Aufenthalt zu verlängern, wenn das Eigenkapital zur Neige gegangen war.

Dem eigentlichen Zweck seiner Bemühungen war unser guter Andy nur bedingt nahegekommen. In Aachen hatte niemand ein nachteiliges Wort über Alex Godberg geäußert und keinen seiner Kunden preisgeben wollen. In Bad Neuenahr dagegen hatte Andy mit einem Gläschen Champagner und einem üppigen Trinkgeld eine Angestellte becirct und gehört, dass es einmal mächtigen Ärger gegeben hätte.

Mitte April sollte Alex Godberg in Bad Neuenahr einer jungen Dame namens Katja mit etwas Kleingeld ausgeholfen haben, nachdem Katja ihr Taschengeld verspielt hatte. Dafür hätte Alex ein Schmuckstück als Pfand genommen, das Katja aber nur leihweise am Leib trug. Der rechtmäßige Besitzer war ihr Freund, an und für sich ein großzügiger Mann, solange es nur um Geld ging. Bei Pretiosen dagegen war er kleinlich, die reichte er vielleicht von einer Gespielin zur nächsten weiter.

Deshalb hatte Katja sich bemüht, mit dem geliehenen Kapital ordentlich Gewinn zu machen und das Schmuckstück sofort wieder auszulösen. Als ihr das nicht gelang, waren ein paar Tränen geflossen und diverse Befürchtungen geäußert worden. Danach hatte man sie einige Wochen lang im Kasino nicht gesehen. Vielleicht hatte sie ein Veilchen gehabt oder zuerst ihre Zähne wieder in Ordnung bringen lassen müssen.

Erst Mitte Mai sei Katja wieder aufgetaucht, hatte Andreas Nießen von der Angestellten gehört. Katja habe dem Croupier eine, wie Andy fand, höchst bemerkenswerte Geschichte erzählt.

Dieser Geschichte zufolge war ihr Freund nicht bereit gewesen, sechstausend Euro zu zahlen, wo sie nur fünftausend bekommen hatte. Godberg habe auf stur geschaltet, erst Bares sehen wollen, und zwar die verlangten sechstausend, ehe er den Schmuck herausrückte. Das habe Godberg auch noch als Großzügigkeit bezeichnet. Er habe mit Katja schließlich einen Zinssatz für zwei Tage vereinbart, sollte er gesagt haben, es wären aber bereits einige Tage mehr vergangen.

Erst als ihr Freund seiner Forderung Nachdruck verliehen hatte, sei Godberg scheinbar zur Einsicht gekommen. Es habe sich jedoch schnell herausgestellt, dass er nicht den echten Schmuck zurückgegeben hatte.

Ob es sich bei besagtem Schmuck um eine Halskette oder sonst etwas gehandelt hatte, wusste Andreas Nießen nicht. Und was er vorbrachte, nannte man Hörensagen, in dem Fall auch noch um drei Ecken. Vor Gericht hatte es keinen Wert, schon ein Staatsanwalt würde müde lächelnd abwinken. Die von Andreas Nießen interviewte Angestellte hatte es nur vom Croupier gehört, der es seinerseits von Katja erfahren haben sollte, jedoch nicht bereit gewesen war, das zu bestätigen.

Mit dem zusätzlichen Hinweis auf einen Goldschmied in der Familie Godberg, den ich vor einer Woche von Hanne erhalten hatte, und mit einer in den Garten geworfenen Halskette, die mal in einer Schmuckkassette und mal im Wandsafe gelegen hatte, bewertete ich die Geschichte jedoch anders.

Ich sprach Andreas Nießen meine Anerkennung für seinen Diensteifer aus und schickte ihn in die ruhige Straße, in der mein Sohn am Nachmittag so gerne mit seinem Freund gespielt hätte.

Begeistert von meinem Ansinnen war Andy nicht. „Wir haben doch keinen Durchsuchungsbeschluss, sollte nicht erst mal Herr Becker mit der Staatsanwaltschaft …"

„Herr Becker ist unterwegs", unterbrach ich ihn. „Und Sie sollen nichts durchsuchen. Sie werden nicht einmal bei Godberg klingeln. Sie reden nur mit seinen Nachbarn. Gegenüber wohnt ein älteres Ehepaar, Kremer heißen die Leute. Sie haben gesehen, wie Godbergs Auto demoliert wurde. Da war es nur zu dunkel, um den Täter zu erkennen. Fragen Sie nach dem fünften Mai, das war auch ein Montag. An dem Nachmittag müssen bei Godberg ein Notarzt und ein RTW vorgefahren sein. Der Einsatz der Rettungskräfte ist den Kremers bestimmt nicht entgangen. Vielleicht haben Sie auch gesehen, wer vorher zu Besuch war."

„Das hat Herr Becker doch bestimmt schon ...", brachte Andreas Nießen den nächsten Einwand vor.

„Nein, hat er nicht", unterbrach ich ihn erneut und wunderte mich ein wenig darüber, weil die alten Leutchen nicht von selbst eine entsprechende Beobachtung zum Besten gegeben hatten. „Sie tun es, und zwar sofort. Morgen will mein Sohn bei Godbergs spielen. Ich möchte sicher sein, dass er dort sicher ist."

Mit Hannes Unnachgiebigkeit am Frühstückstisch wähnte ich Oliver zu diesem Zeitpunkt beim Mittagessen mit Oma und Opa und hätte darauf geschworen, dass er am Nachmittag vor Sehnsucht nach seinem Freund und einer ausgiebigen Toberei verging, sich aber große Mühe gab, ganz lieb zu sein.

Wie hätte ich denn ahnen sollen, dass Oma und Opa viele gute Worte für ihn eingelegt hatten und Hanne es sich mit ihnen nicht verderben wollte? Vielleicht schmolz auch ihr Mutterherz um halb drei unter den treuherzigen Blicken aus dunklen Kulleraugen.

Kurz vor drei rief sie Ella Godberg an, ließ sich noch einmal bestätigen, dass unser Sohn willkommen und niemand böse auf ihn war. Das durften sie nach Lage der Dinge, wie sie sich mir darstellten, auch nicht sein. Und dann fuhr Hanne ihn hin.

Sie wurde noch auf ein Tässchen Kaffee eingeladen, den sie selbst aufbrühen musste, weil Ella mit ihrem eingegipsten Arm arg gehandicapt war. Hanne blieb bis etwa Viertel vor vier. Das Thema Ehebruch brannte ihr auf der Zunge. Nur konnte sie das nicht offen zur Sprache bringen, ohne mich als Quelle anzugeben. So beließ sie es bei der allgemeinen Feststellung, dass man Männern nicht trauen könne. Wenn man sie längere Zeit allein ließ, sei das Risiko noch größer. Ella nickte dazu.

Als Hanne sich verabschiedete, saßen Oliver und Sven friedlich im Kinderzimmer und schauten sich *In einem Land vor unserer Zeit* an. Kurz darauf muss Ella sie in den Garten geschickt haben. Was danach geschah … hätte Andreas Nießen wahrscheinlich noch mitbekommen, wenn er meiner Anweisung Folge geleistet hätte. Hatte er aber nicht.

Als ich um halb sechs Feierabend machte, saß er an seinem Platz und erklärte knapp: „Ich habe die Leute nicht erreicht."

„Was ist mit anderen Nachbarn?", fragte ich. „Haben die etwas beobachtet?"

Woher hätte er das wissen sollen? Er war nämlich gar nicht weggewesen, hatte nur bei den Kremers angerufen. Als niemand abhob, hatte er den Schluss gezogen, sie seien nicht da.

Meine Frage beantwortete er ein wenig tölpelhaft. „Ach, hätte ich auch andere Nachbarn befragen sollen? Davon haben Sie aber nichts gesagt."

Aber meinen Sohn hatte ich erwähnt. Und für dessen Sicherheit zu sorgen, fand unser Internetfahnder, sei allein meine Sache. Damit hatte er nicht einmal unrecht.

Der Tag, genauer gesagt die Informationen zu möglichen Betrügereien bei Godbergs Spielbankgeschäften, hatten meinen Abstand zum Rathausparkplatz vergrößert. Es heißt wirklich nicht umsonst, Arbeit sei die beste Medizin. Ausgeschwitzt hatte ich die Stunden mit Maren noch nicht völlig. Aber es lenkte ab, sich den Kopf über Alex und seinen Ärger zu zerbrechen und zu grübeln, wie ich Hanne beibringen sollte, dass es besser sei, wenn unser Sohn vorerst nicht mehr bei Sven spielte. Bis ich genau wusste, ob und wie viel Dreck Godberg am Stecken hatte.

Während der Heimfahrt hoffte ich inständig, dass meine Mutter im Laufe des Tages nirgendwo ein Schwätzchen gehalten und etwas erfahren hatte, was mir zum Verhängnis werden konnte. Ich versuchte, mich innerlich auf eine zärtliche Stunde mit Hanne einzustimmen. Wenn Oliver im Bett lag und endlich eingeschlafen war, wollte ich tun, woran mich die Rückkehr in den Heimathafen in der vergangenen Nacht gehindert hatte; sie wirklich lieben, nicht nur in ihren Armen Zuflucht suchen. Doch daraus wurde nichts.

Die Tür zu Ollis Zimmer stand offen, als ich die Diele betrat. Sein Zimmer war nun mal das erste, wenn man hereinkam, übersehen konnte ich ihn schwerlich. Er saß auf dem Fußboden vor seinem Bett, saß einfach nur da, ohne sich mit irgendeinem Spielzeug oder seinem neuen Buch zu beschäftigen.

Er schaute nicht einmal auf, als ich die Wohnungstür hinter mir schloss. Statt mit seinem sonst üblichen „Hallo, Papa" begrüßte er mich mit dem trotzigen Hinweis: „Mama hat gesagt, ich darf erst rauskommen, wenn ich sage, was ich gefressen habe."

Er meinte ausgefressen. Sein Stimmchen schwamm in Tränen.

Ich hockte mich zu ihm, legte ihm einen Finger unters Kinn und hob seinen Kopf an. „Was hast du denn angestellt?"

„Gar nix." Er schniefte, seine Unterlippe zitterte. „Ich bin doch kein Verbrecher."

„Nein, ganz bestimmt nicht", versicherte ich.

„Aber Mama sagt das. Wer lügt, der stiehlt auch, hat sie gesagt. Und dann kommen die Fahnder und werfen mich ins Gefängnis."

„Aber du stiehlst doch nicht", sagte ich. „Oder hast du irgendwo etwas mitgenommen, was da vielleicht einfach nur lag?"

„Nein. Ich hab auch nicht gelogen", jammerte er. „Ich hab die Vase nicht kaputtgemacht. Tante Ella hat sie umgeworfen."

„Hast du doch bei Sven gespielt?", fragte ich.

Ich darf nicht einmal behaupten, mir sei im Nachhinein mulmig geworden. Er saß ja heil und gesund vor mir, nickte, schlang in der nächsten Sekunde beide Arme um meinen Hals und drückte sein Gesicht so fest gegen meine Schulter, dass ich dachte, er wolle sich ersticken.

Die nächsten Sätze kamen nur stockend und von heftigen Schluchzern unterbrochen. „Und jetzt darf ich nie mehr kommen."

„Wer hat das gesagt?", fragte ich.

„Der Papa von Sven", schluchzte er. „Aber ich hab doch mein Buch bei Sven im Zimmer liegenlassen, als Tante Ella gesagt hat, wir sollen im Garten spielen und nicht so viel Krach machen."

Hanne stand längst in der offenen Tür, ging aber freiwillig zurück in die Küche, als ich ihr ein Zeichen gab. Nachdem die ärgsten Schluchzer verebbt waren, schloss ich die Tür, setzte mich aufs Bett und hob ihn auf meinen Schoß.

„So, nun sind wir unter uns", begann ich. „Jetzt erzähl mal der Reihe nach. Was war denn los?"

„Das darf ich nicht sagen", murmelte er.

„Wer hat dir das verboten?", fragte ich.

„Der Papa von Sven", schniefte Olli. „Er hat mich über den Zaun gehoben und gesagt, ich muss ganz schnell nach Hause gehen und darf kein Mensch etwas erzählen, sonst macht der Rex alle tot. "

Ich dachte an die Zeichentrickfigur und konnte mir nicht vorstellen, dass Alex Godberg etwas in dieser Art zu ihm gesagt haben sollte. Und es gab ein paar Tricks, auch das Letzte aus Olli herauszuholen. Man musste nur entsprechend formulieren. „Was darfst du denn keinem Menschen erzählen?"

Diesmal funktionierte es nicht. Er dämpfte zwar die Stimme, als läge ein heimlicher Lauscher in seinem Bettkasten. Aber ein Geheimnis wollte er mir nicht anvertrauen, erkundigte sich nur wispernd, ob ich auch Leute verhaften lassen könnte, die andere gehauen hatten.

„Klar", sagte ich. „Wer hat dich denn gehauen?"

„Keiner", nuschelte er, nestelte an einem Zipfel seines Shirts und fügte hinzu. „Tante Ella hat geweint."

„Ist sie geschlagen worden?", fragte ich. „Waren wieder die Rocker da?"

Er schüttelte den Kopf, ob sich das auf Ella oder ungebetenen Besuch bezog, brachte ich nicht in Erfahrung. Ich probierte es einige Minuten lang mit allen erdenklichen Fragestellungen. Aber er wiederholte nur mehrfach, er dürfe keinem Menschen etwas erzählen. Mehr war beim besten Willen nicht drin.

Natürlich hätte mich das hellhörig machen müssen, weil es in krassem Widerspruch zu Olivers sonstigem Mitteilungsbedürfnis stand. Andererseits, wenn er etwas Schwerwiegendes angestellt hatte, passte seine Verschwiegenheit auch. Vielleicht hätte ich anders darüber gedacht und ihm gut zugeredet, mit der Sprache herauszurücken, wäre ich nicht noch so sehr mit meinem Gewissen und der Furcht vor Entdeckung beschäftigt gewesen.

Hanne ergänzte Olivers mysteriösen Andeutungen kurz darauf. Klüger als ich war sie nicht, nur sehr aufgebracht, in erster Linie erzürnt über Ella, mit der sie vereinbart hatte, Oliver um sieben abzuholen. „Ich hab noch zu ihr gesagt, wenn es dir vorher zu viel wird, ruf an, dann komme ich sofort. Und dann kam er vor einer halben Stunde alleine heim."

Sie war überzeugt, er hätte etwas angestellt. Und es müsse etwas Gravierendes gewesen sein, weil er sich zuerst geweigert hatte, überhaupt eine Erklärung für sein frühes Heimkommen abzugeben. Erst nachdem sie ihm eine volle Woche Fernseh-verbot angedroht hatte, war er mit der zu Bruch gegangenen Vase herausgerückt, hatte aber sofort beteuert, er sei das nicht gewesen.

Doch selbst wenn er wie ein Berserker durch das Warenlager im Keller getobt wäre und sämtliches Meissener Porzellan zerdeppert hätte, wäre das kein Grund gewesen, ihn alleine quer durch die Stadt laufen zu lassen, fand Hanne. Dem konnte ich nur zustimmen. Ein kurzer Anruf hätte genügt. Dass Ella nicht zum Telefon gegriffen hatte, bezeichnete Hanne als verantwortungslos. Sie verstand es nur nicht. Ella war beim Kaffee so erleichtert gewesen und glücklich, wieder daheim zu sein.

„Für mich klang das so, als hätte Alex Godberg ihn rausgeworfen", sagte ich.

„Der war doch gar nicht da", meinte Hanne.

„Nicht um Viertel vor vier, als du dich verabschiedet hast", sagte ich. „Aber er kann kurz darauf nach Hause gekommen sein."

Dem stimmte Hanne zu. Aber dass Alex seine Frau oder Oliver geschlagen haben könnte, wie ich es in Betracht zog, schloss sie vollkommen aus. Gegen Ella würde Alex niemals die Hand heben, davon war sie felsenfest überzeugt. Sie wiederholte noch einmal, was sie über die große Liebe zwischen den beiden erzählt hatte. Auch mit den Kindern hätte Alex im Normalfall eine Engelsgeduld, nähme das unsrige sogar in Schutz, wenn sein eigenes gar zu zimperlich auf Olivers Attacken reagierte.

Nur befand Alex Godberg sich zurzeit nicht im Normalfall, meinte ich. Er hatte vermutlich Ärger mit einem Kunden. Die Polizei hatte in seinen geschäftlichen Transaktionen geschnüffelt. Er musste befürchten, dass wir nicht lockerließen und vielleicht etwas ans Licht brachten, was er lieber im Verborgenen halten wollte. In solch einer Situation reagierte man vielleicht nicht wie sonst auf die Streiche eines Polizistensohnes.

Mir blieb nichts anderes übrig, als Hanne in den Stand der Dinge einzuweihen. Damit brachte ich sie erst recht auf die Palme. „Warum erfahre ich das erst jetzt?", brauste sie auf. „Hast du einen Knall? Warum erzählst du mir, Ellas Bruder hätte Alex das Auto zerdeppert? Du lässt zu, dass ich Oliver hinbringe, wo du genau weißt, dass da Leute auftauchen können, die ..."

„Ich weiß überhaupt nichts genau", unterbrach ich sie. „Es steht nicht fest, dass Alex versucht hat, einen Kunden zu betrügen. Momentan ist das nur Hörensagen, und ich habe erst vor ein paar Stunden davon ..."

„Dass Alex krumme Geschäfte macht, weißt du aber schon seit letzter Woche", schnitt Hanne mir ihrerseits das Wort ab. „Und Ella muss das auch wissen. Dass sie mir das nicht auf die Nase bindet, kann ich nachvollziehen. Aber du, von dir kann ich ja wohl erwarten, dass du mich einweihst, wenn es um Oliver geht."

„Soweit Jochen bisher festgestellt hat, sind es keine krummen Geschäfte", versuchte ich sie zu beschwichtigen. „Jedermann darf Geld verleihen, wenn er genug hat. Es darf auch jeder eine Leihgebühr nehmen, wenn er die anschließend versteuert. Diese Schmuckgeschichte ist nicht bewiesen. Vielleicht hat das Mädchen, das im Kasino davon erzählt hat, nur Ärger mit ihrem Freund bekommen und die Sachlage anders dargestellt. Warum hast du Ella nicht angerufen und gefragt, was los war?"

„Was meinst du, was ich in der letzten halben Stunde getan habe? Fünfmal hab ich es probiert, es ging keiner ran."

Nach dem Abendessen griff Hanne erneut zum Handy, legte es nach etlichen Sekunden wieder ab und fluchte auf die Technik. Da sah man ja, wer einen zu sprechen wünschte. Und wenn einem das nicht gelegen kam, nahm man das Gespräch eben nicht an.

„Vielleicht sind sie nicht da", sagte ich.

„Ella muss da sein", bekam ich zur Antwort. „Ich fahr gleich mal runter. Keine Sorge, ich werde sie nicht auf die Geschäfte ihres Mannes ansprechen. Ich will nur wissen, was los war."

Olli hatte inzwischen schon seine Zähne geputzt, stand im Schlafanzug bei der Küchentür, um Mama einen Gute-Nacht-Kuss zu geben. Er hatte mitgehört. Ich bekam meinen Kuss, nachdem er im Bett lag. Als ich ihn zudeckte, wisperte er: „Ich will nicht, dass Mama zu Sven fährt, Papa."

„Warum nicht?", fragte ich.

„Ich will das nicht", wiederholte er fast trotzig. Eine Antwort war das nicht.

Hanne verzichtete auf die Fahrt, aber nicht, damit er seinen Willen bekam. Es war eher Vernunft, die sie davon absehen ließ. Wer nicht an Telefon ging, kam wahrscheinlich auch nicht an die Tür, weil er oder sie sich denken konnte, wer Einlass begehrte.

Wir blieben den ganzen Abend beim Thema. Hanne gestand, dass sie Ella beim Kaffee von Olivers Rockerstory erzählt hatte. Ella hatte natürlich die Bananen-Version ihres Mannes bestätigt, Oliver aber nichtsdestotrotz in Schutz genommen. So war er nun mal unser Kleiner, wenn er spielte, vergaß er alles um sich herum. Und wenn ihm ein Missgeschick passierte, flunkerte er ein bisschen. Aber das war verständlich, so waren Kinder nun mal.

Danach sahen wir drei Möglichkeiten.

Erstens: Godbergs hatten erneut unliebsamen Besuch bekommen. Und da Hanne zuvor ausgeplaudert hatte, dass unser Sohn daheim brühwarm berichtete, was bei ihnen vorging, setzte Alex ihn im wahrsten Sinne des Wortes auf die Straße und verbot ihm, sich noch einmal blicken zu lassen. In dem Fall hätte Alex wohl auch verhindert, dass seine Frau zum Telefon griff und Hanne herbeizitierte. Wer wollte denn noch eine Zeugin? Ein Kind, das für seine lebhafte Phantasie bekannt war, konnte man leicht als unglaubwürdig hinstellen.

Zweitens: Womöglich hatte Alex Godberg mitbekommen, dass die Polizei in seiner Nachbarschaft Erkundigungen einzog, daraufhin unserem Plappermäulchen erbost eine runtergehauen und Olli rausgeworfen. – Natürlich ging ich noch davon aus, dass Andreas Nießen dem Ehepaar Kremer wie befohlen einen Besuch abgestattet hatte. Vielleicht hatte gerade kein Zivilfahrzeug zur Verfügung gestanden oder unser Computerfreak hatte mal richtig Polizei spielen wollen und einen Streifenwagen mit Beschlag belegt.

Dazu schüttelte Hanne noch einmal den Kopf. „Wenn Oliver einen Streifenwagen gesehen hätte, das hätte er mir erzählt. Er hat ja auch gesagt, Ella hätte geweint. Vielleicht ist er doch Zeuge von Handgreiflichkeiten geworden."

Hanne begann ihre Überzeugung anzuzweifeln, dass Ella und Alex eine überaus glückliche Ehe führten. Schatz hinten, Schatz vorne und all die Geschenke, das konnte auch Getue sein. Nach Ellas Nicken auf die allgemeinen Ausführungen zu treulosen Männern war vielleicht doch etwas dran an der kurzen Affäre.

Vielleicht hatte Ella die Frankfurter Klinik auf eigene Verantwortung zu früh verlassen, weil sie Alex nicht traute. Vielleicht hatte sie heute Nachmittag einen Beweis für weitere Untreue gefunden. Vielleicht. Wer mit lächelnder Miene und scheinbarer Sanftmut über den zwielichtigen Gelderwerb des Ehemanns hinwegsah, dem, vielmehr der, waren noch ganz andere Lügen zuzutrauen.

„Das kläre ich morgen", beschied Hanne, als wir zu Bett gingen. Doch ihr war es nicht vergönnt, noch etwas zu klären.

Als ich am Dienstagmorgen in Hürth eintraf, saß Andreas Nießen noch nicht an seinem Computer. Ich hinterließ ihm die Nachricht, dass ich ihn umgehend in meinem Büro zu sehen wünsche.

Er kam auch ziemlich bald mit der Neuigkeit, das Angebot für das Smaragdcollier stehe nun bei zweiundvierzigtausendfünfhundert. Das interessierte mich momentan nur am Rande.

Als ich ihn nach dem vergangenen Nachmittag und irgendwelchen Beobachtungen in der Nähe von Godbergs Haus fragte, schaute ich in eine betretene Miene. Andy versuchte sich herauszureden, Herr und Frau Kremer seien ja nicht daheim gewesen. Warum hätte er hinfahren sollen, wenn er telefonisch niemanden erreichen konnte?

Ich wurde ziemlich laut. „Vielleicht waren sie nur im Garten und haben das Telefon nicht gehört. Wenn Sie hingefahren wären, wie ich verlangt hatte, hätten Sie möglicherweise gesehen, was bei Godbergs vorging! Das war eine dienstliche Anweisung, Herr Nießen! Und Sie setzen sich einfach darüber hinweg. Es steht nicht alles im Internet, verdammt noch mal! Ab und zu muss man auch Klinken putzen!"

Durch den Lärm in meinem Büro angelockt, kam Jochen dazu und hätte gerne den Grund für mein Gebrüll erfahren. Nachdem er ihn kannte, meinte er: „Jetzt kannst du mir auch gleich den Kopf waschen. Ich hab mir nämlich keinen Kaufbeleg für das Collier zeigen lassen, hab nicht mal geprüft, ob es das Ding in doppelter Ausführung gibt. Ich bin auch nicht auf den Gedanken gekommen, die Kremers zum Rockerüberfall am fünften Mai zu befragen. Aber das hole ich sofort nach, mache ich in einem Aufwasch. Danach unterhalte ich mich mal mit Ella Godbergs Bruder, hätte ich auch schon letzte Woche tun sollen."

„Nein", bestimmte ich. „Du kümmerst dich um ein anderes Mitglied der Familie. Godbergs Onkel ist Goldschmied. Für ihn dürfte es eine Kleinigkeit sein, Stempelchen in Blech zu drücken. Zum Ehepaar Kremer fährt er, anschließend kann er die Godbergs befragen. Ehrliche Antworten wird wohl keiner von uns bekommen."

Diesmal folgte Andreas Nießen der dienstlichen Anweisung in einem Zivilwagen. Er verschleuderte aber nur Steuergelder, sprich Benzin. Herr und Frau Kremer hatten weder am vergangenen Nachmittag noch am fünften Mai etwas beobachtet, was uns weitergeholfen hätte. Nicht mal vom Einsatz der Rettungskräfte nach Ellas Armbruch hatten sie etwas mitbekommen. Montags machten sie am Nachmittag nämlich immer die Wocheneinkäufe, da waren die Läden nicht so voll. Und die restlichen Anwohner in der Straße waren tagsüber nicht daheim.

Als Andreas Nießen zurückkam, war es Mittag vorbei. Er war bestrebt, die Scharte auszuwetzen. „Soll ich heute Abend noch einmal nach Bad Neuenahr fahren? Vielleicht bekomme ich diese Katja zu packen oder bringe ihren Familiennamen in Erfahrung. Dann hätten wir einen Ansatzpunkt."

„Und was versprechen Sie sich davon?", fragte ich. „Dass Katjas Freund gesteht, Godbergs Wagen demoliert und Frau Godberg den Arm gebrochen zu haben?"

Er wurde tatsächlich rot. „Natürlich nicht, aber ich dachte … Ich meine, wegen gestern. Es könnte ja noch mehr betrogene Kunden geben, wenn der Onkel von Herrn Godberg …"

Sein Stammeln erinnerte mich an Willibald Müllers vergeblichen Versuch, mir Maren vom Leib zu halten. Aber inzwischen hatte ich schon ziemlich viel Abstand gewonnen, glaubte ich zumindest. Die Stunden auf dem Rathausparkplatz kamen mir vor wie ein pubertärer Traum. Das schlechte Gewissen und die Furcht, Hanne könne davon erfahren, hatten sich zwar noch nicht zur Ruhe begeben. Doch das Bedürfnis, meine Gewissensbisse und Ängste mit einem Menschen zu teilen, hatte ich nicht mehr.

Als Jochen kurz nach vier noch einmal bei mir erschien, um zu fragen, ob und was Andreas Nießen in Erfahrung gebracht hatte, sprachen wir nur darüber. Jochen hatte seinen Auftrag auch nicht wie gewünscht erfüllen können. Godbergs Onkel lebte in Köln-Klettenberg, machte aber derzeit Urlaub auf Teneriffa. Das hatte Jochen von einer Nachbarin gehört. Ob der Onkel Schmuck für seinen Neffen anfertigte, wusste die Frau natürlich nicht.

Anschließend war Jochen eine Weile hinter Ellas Bruder hergefahren. Manfred Ritter hieß er und arbeitete bei einem Entsorgungsunternehmen, früher hatte man Müllabfuhr gesagt. Dass sein Schwager fremde Leute mit falschem Schmuck betrog, konnte *Svens viel Bier trinkender Onkel* sich nicht vorstellen. Mit den falschen Klunkern behängte Alex nur die arme Ella.

Manfred Ritter zog erst mal kräftig über seinen Schwager her. Ja, der Alex, bildete sich wunders was ein auf seinen Charme und seinen Geschäftssinn, schaute auf alle herab, die ihr Geld mit ihrer Hände Arbeit verdienten, und meinte, man müsse ihm dankbar sein, dass er eine wie Ella genommen hatte. Ella kam ja auch aus dem Proletariat. Da glaubte Alex, er könne sich ihr gegenüber alles herausnehmen. Aber inzwischen hatte Manfred Ritter ihn eines Besseren belehrt.

Er bestätigte den Hammerangriff aufs Auto, obwohl er kein Motorrad besaß. Er hatte sich eins geliehen, von wem, wollte er nicht verraten, weil das eine aufgemotzte Maschine war, die der TÜV vermutlich sofort aus dem Verkehr gezogen hätte. Manfred Ritter nahm auch ungefragt den gebrochenen Arm seiner Schwester auf seine Kappe. Von wegen, Ollis Banane.

Eine schlimme Sache war das gewesen. Natürlich nur ein Versehen, das Ella mit ihrem Versuch, Mann und Bruder zu trennen, auch noch selbst verschuldet hatte.

Frei von der Leber weg erzählte Manfred Ritter, wie es weitergegangen war. Er hatte dafür gesorgt, dass Ella in eine Frankfurter Klinik gebracht wurde, wo Alex sie nicht täglich bequatschen konnte. Er hatte darauf gehofft, dass Ella unter dem Einfluss der Schwester in Frankfurt zur Vernunft kam und nicht länger alles schluckte, was Alex ihr zumutete. Und er hatte gedacht, nicht richtig zu hören, als die Schwester aus Frankfurt ihn letzte Woche anrief und erklärte, Alex habe Ella nach Hause geholt.

„Im ersten Moment dachte ich, es ist ja ein Kind da. Da sollte man die Flinte vielleicht nicht so schnell ins Korn werfen", sagte Manfred Ritter. „Alex hatte Zeit zum Nachdenken, vielleicht ist er zur Vernunft gekommen, dachte ich. War er aber nicht. Er hatte es toller getrieben als vorher. Während Ella in der Klinik lag, hatte Alex eine Tusse bei sich. Stellen Sie sich das vor, der legt seine Freundin ins Ellas Bett, so eine Unverschämtheit. Das hat Ella aber erst gestern gehört. Das Weib besaß die Frechheit, sie anzurufen und zu fragen, warum sie zurückgekommen ist. Danach rief Ella mich an, völlig aufgelöst war sie. Ich bin natürlich sofort hin und hab da mal richtig aufgeräumt."

Was man sich darunter vorzustellen hatte, erklärte Manfred Ritter nicht. Und weil er beim einzig überprüfbaren Punkt *Motorrad* gemauert hatte, war Jochen nicht sicher, wie viel von Ritters Erklärungen wir glauben durften.

„Ich schätze, wenn morgen Godbergs Bude in Flammen aufgeht, wird Ritter das auch noch auf seine Kappe nehmen, sollte Ella es von ihm verlangen", meinte Jochen.

Seiner Überzeugung nach deckte Ella Godberg ihren Mann und hatte dafür gesorgt, dass ihr Bruder eine Version bestätigte, in der Alex relativ gut dastand.

Und mitten hinein in Jochens Überlegungen, ob es nicht doch ratsam sei, die Kollegen von der Wirtschaftskriminalität auf Godberg zu verweisen, klingelte das Telefon auf meinem Schreibtisch.

Das Display zeigte einen unbekannten Anrufer. Ich nahm ab, und Maren fragte: „Wann machst du Feierabend, Konni?"

Ihre Stimme klang nach Rauch, nach Salz, nach Lust und ein bisschen nach den Vordersitzen in einem schäbigen roten Golf.

„Zu spät, um noch nach Hamburg zu kommen", sagte ich und biss mir auf die Unterlippe.

Sie lachte leise. „Hast du ein Glück, Konni. Mein Mann hat immer noch keinen kompletten Überblick über die Konkursmasse und will mich nicht alleine zurückfahren lassen. Da dachte ich, wir beide könnten die Zeit nutzen. In ein paar Tagen sind wir wieder weg. Dann tut es mir garantiert leid, nicht mitgenommen zu haben, was ich von dir noch kriegen kann."

Meine Lippe begann zu schmerzen. Jochen hatte bereits irritiert die Stirn gerunzelt. Dass es sich nicht um ein dienstliches Gespräch handelte, begriff er spätestens, als ich sagte: „Bei mir ist nichts mehr zu holen, Maren."

„Das sehe ich anders, Konni." Sie war bereits im Hotel. „Stell dir vor, ich habe sogar dasselbe Zimmer bekommen wie damals. Zweihundertzwölf, falls du dich nicht mehr erinnerst. Ich warte auf dich. Wenn du in einer Stunde nicht hier bist, telefoniere ich noch ein bisschen. Das wird dann aber eine Menge Ärger geben, fürchte ich. Peter erzählte am Samstagabend, deine Mutter reagiere immer noch mit allergischen Ausschlägen, wenn sie nur annehmen müsste, ich könnte in deiner Nähe auftauchen. Also mach dich lieber auf die Socken, wenn du verhindern willst, dass sie von deinem Ausflug mit dem Schmuddelkind erfährt."

Als ich auflegte, meinte Jochen gedehnt: „Maren? Das hab ich doch hoffentlich falsch verstanden."

„Ihr Vater ist neulich gestorben", sagte ich.

„Damit war ja mal zu rechnen", meinte Jochen. „Und wie viel Zeit hat sie diesmal, um dich richtig fertigzumachen?"

„Die Gelegenheit bekommt sie nicht", sagte ich.

Jochen lachte unfroh. „Das sah aber gerade ganz anders aus. Du hättest dein Gesicht sehen müssen."

Er verließ mein Büro mit dem Hinweis: „Ich hoffe, du weißt, was du tust, Konrad."

Das wusste ich nicht. Ich dachte an Hanne, an die offene und natürliche Art, in der wir miteinander schliefen. Hanne wäre am Sonntag bereit gewesen, zu verzeihen, dass sie betrogen worden war. Ich hätte auf der Stelle nach Hause fahren und ein Geständnis ablegen können, ehe Maren meine Mutter auf die Barrikaden brachte.

Das klingt vielleicht so, als hätte ich Angst vor dem Ärger mit meinen Eltern gehabt. Aber das war es nicht. Es ging mir nur um Hanne und Oliver. Wenn Hanne doch nicht verzeihen konnte, weil ich sie nicht nur betrogen, sondern auch noch belogen hatte …

Hanne war jung, tüchtig, hübsch und stand mit beiden Beinen mitten im Leben. Sie würde auch mit Kind schnell einen Ersatz für mich finden. Und dass Maren ihre Drohung wahrmachte, wenn ich nicht bei ihr aufkreuzte, durfte ich keine Sekunde lang bezweifeln. Meine Eltern hatten seit Jahr und Tag dieselbe Telefonnummer. Vermutlich kannte sie die sogar noch.

Also machte ich Feierabend und fuhr nach Köln. Nicht, um mit Maren zu schlafen. Weiß Gott nicht. Ich wollte ihr unmissverständlich klarmachen, dass es aus und vorbei war. Noch einmal zum Abschied auf dem Parkplatz beim Rathaus. Und mehr war nicht drin.

Während der Fahrt war ich fest entschlossen, ihr das zu sagen, was mir auf dem Heimweg am Sonntagfrüh durch den Kopf gezogen war. Dass ich mit einer zehn Jahre jüngeren Frau zusammenlebte, mit der sie nicht mehr konkurrieren konnte. Einmal richtig gemein werden, sie beleidigen und kleinmachen.

In der Hotelhalle lagen mir die Worte noch auf der Zunge. Im Lift kamen mir Zweifel, ob das die richtige Methode war. Und als ich das Zimmer betraf, hatte ich nur noch im Kopf, was sie am Telefon gesagt hatte. „In ein paar Tagen sind wir wieder weg."

Wozu ein Risiko eingehen? Was waren ein paar Tage, solange Hanne nichts davon erfuhr? Tagsüber konnte ich mich davonstehlen, ohne Erklärungen abgeben zu müssen. Abends könne Maren mich nicht belästigen, dachte ich, da würde ihr Mann schon einen Riegel vorschieben. Außerdem wüsste sie ja nicht, wo ich abends zu finden wäre, glaubte ich. Meine Handynummer kannte sie nicht.

Natürlich sollte man Erpressern nicht nachgeben. Aber manchmal hat man keine andere Wahl, wenn man etwas retten will. Ich versuchte mir einzureden, es ginge nur darum. Solange Maren nicht wusste, dass es in meinem Leben wieder etwas gab, was man mir wegnehmen konnte, so lange gab sie sich vermutlich damit zufrieden, dass ich mit ihr ins Bett stieg.

Heldenhaft, nicht wahr? Mann opfert sich, damit Sohn nicht den Papa verliert. Es wäre um Längen ehrlicher gewesen, es so zu formulieren, wie Maren es getan hatte.

In Zimmer zweihundertzwölf sah es anders aus als vor neun Jahren. Manchmal mussten halt Wände gestrichen oder Teile der Einrichtung erneuert werden. Aber das war es nicht allein. Damals hatte das Zimmer einen bewohnten Eindruck gemacht, wenn ich hereinkam. Nun stand oder lag nichts herum, was für einen längeren Aufenthalt sprach, kein Gepäckstück, keine verstreut liegende Kleidung, nur eine prall gefüllte Plastiktüte aus dem Kaufhof auf der Kofferablage.

Maren stand am Fenster, schaute hinaus und drehte sich langsam um, als ich die Tür hinter mir schloss. Und obwohl ich es nicht wahrhaben wollte, war ich wieder siebzehn oder achtzehn, als ich die Tür verriegelte. Ich war der King der Oberstufe, Marens Lover, der Einzige, der sie bändigen konnte. Der Einzige, der es wagte, seine Hände nach ihr auszustrecken. Der während der Mathestunde grübelte, wie er seiner Prinzessin risikolos ihren

Traum von der Sprossenwand in der Sporthalle erfüllen konnte. Der schon mit vierzehn gewusst hatte, dass es mehr als drei Fixpunkte an einem Frauenkörper gab. Der nicht genug bekommen konnte von all diesen Punkten an ihrem Körper.

Fünf Minuten am Fenster, vielleicht auch zehn, genug Zeit jedenfalls, mich komplett auszuziehen, nur mich. Dann wechselten wir ins Bad hinüber, dessen Enge mich vor neun Jahren gestört hatte. Jetzt war etwas mehr Platz. Sie hatten die Badewanne durch eine Duschkabine ersetzt. Maren schob mich hinein und stieg dazu. Sie zog nicht mal ihre Sachen aus. Eine weiße Hose mit rotem Gürtel und eine farblich exakt auf den Gürtel abgestimmte Bluse. So etwas hätte Hanne nie getan. Hanne war eben vernünftig, rational, normal. Und Maren war verrückt – nach mir.

Beide Hände gegen die Seitenwände der Duschkabine gestützt stand ich da und ließ sie hantieren. Hanne verblasste mit jedem Blick von unten aus halbverhangenen Augen ein wenig mehr. Sogar Ollis Gesicht verlor an Kontur mit jedem Wassertropfen, der über Marens Gesicht perlte. Ich wusste genau, dass ich ein Schwein war, aber nicht einmal das Wissen verhinderte etwas.

„Wie lange hältst du noch durch, Konni?", fragte sie.

Noch ewig. Ich musste nicht einmal rechnen oder mir dabei die Wetterkarte von gestern vorstellen. Eine Tatsache, die ich einer kleinen Operation in Kindertagen verdankte. Als Junge hatte ich mich oft benachteiligt gefühlt, weil meinen Brüdern nicht die Vorhaut hatte entfernt werden müssen. Bis Maren mir erklärte, das fehlende Hautstück erhöhe für sie den Reiz gewaltig, es sei der Garant für Sauberkeit und mache die Sache so appetitlich.

Tropfnass kehrten wir zurück ins Zimmer. Auf dem Weg zum Bett streifte sie ihre triefende Bluse ab, zog die weiße Hose aus und ließ die vor Nässe durchscheinende Unterwäsche folgen. Eine Viertelstunde später war sie für den Anfang zufrieden und machte erst mal eine Zigarettenpause.

Ich saß mit dem Rücken gegen das Kopfteil gelehnt, hielt ihren Kopf im Schoß und den Aschenbecher für sie in der Hand. Sie lächelte spöttisch zu mir auf. „Du kannst mir nicht erzählen, dass du solo geblieben bist. Dafür bist du zu gut in Form. Enthaltsamkeit führt zu Erektionsschwierigkeiten, zumindest zu vorzeitigem Samenerguss. Das ist wie beim Sport. Nur wer regelmäßig trainiert, bleibt fit.“

„Ich trainiere ja auch regelmäßig“, sagte ich. „Du glaubst nicht, wie viele Pornohefte ich unter der Matratze versteckt habe.“

„Ach, hör auf, Konni!“ Das klang unwillig. „Hefte. Das ist etwas für Männer wie Willibald, aber nichts für dich.“

„Na schön“, sagte ich. „Ehe es mir zu Kopf steigt, suche ich mir was für eine Stunde. Das kostet mich zwar immer eine Kleinigkeit, aber ich verdiene genug, muss keine Familie ernähren und bei Mama nur wenig Kostgeld abgeben.“

Nun lachte sie leise. „Wolltest du deshalb wissen, ob wir einen Puff eröffnen, damit du nicht weit fahren musst? Da würdest du dich doch gar nicht hin trauen, Konni. Du hättest viel zu viel Angst, es könne der Karriere schaden, wenn dich mal jemand reingehen oder rauskommen sieht.“

Sie drehte sich auf den Bauch, strich mit den Lippen meinen Schenkel hinauf. „Also, wer ist sie?“

„Das geht dich einen Dreck an“, sagte ich.

Sie schürzte die Lippen, schaute mich noch zwei Sekunden lang an. Dann drückte sie die Zigarette aus, beugte sich erneut über meinen Schoß und begann mit der Vorbereitung zur zweiten Runde. Zwischendurch murmelte sie undeutlich: „Vielleicht weiß ich es bereits. Es ist die Arzthelferin, mit der du das Kind hast.“

„Wer behauptet das?", fragte ich, obwohl ich mir denken konnte, dass sie nur eins und eins zusammenzählte.

„Mein Instinkt", sagte sie. „Arzthelferinnen sind duldsame und leidensfähige Geschöpfe. Das müssen sie sein, sonst könnten sie sich nicht ständig mit den Wehwehchen anderer beschäftigen. Und eine Frau, die nicht bereit ist, dich mit deinem Job zu teilen, kannst du doch gar nicht gebrauchen. Lebst du mir ihr zusammen, oder besuchst du sie nur, wenn dir danach ist, Papa zu spielen?"

„Weder noch", behauptete ich.

„Na schön", meinte sie. „Wenn du nicht über sie reden willst, erzähl mir von deinem Nachwuchs. Ist er ein Schaf oder so wie du? Er ist bestimmt ein wüster Bengel und stolz auf dich, oder? Kleine Jungs sind immer stolz auf ihre Väter. Papa ist der starke Mann, der sie einmal werden wollen. Und sein Papa ist Polizist. Damit kann er drohen, wenn ihm einer dumm kommt. Liege ich richtig?"

„Nein", behauptete ich, griff in ihr Haar, zog ihren Kopf zurück und schob sie von meinen Beinen. „Schluss für heute. Ich muss los. Mutter wartet nicht gerne mit dem Essen auf mich."

Sie warf einen Blick auf ihre Armbanduhr und gab sich erschrocken. „Guter Gott, es ist ja fast sieben. So lange wollte ich gar nicht bleiben. Das könnte Ärger geben."

„Dein Mann wartet wohl auch nicht gerne mit dem Essen", sagte ich noch. Darauf bekam ich keine Antwort.

Während ich mich anzog, sammelte sie ihre nassen Sachen vom Boden auf und stopfte sie achtlos in die Kaufhoftüte, der sie zuvor trockene und nagelneue Kleidung entnommen hatte. Dass sich noch weitere Neuerwerbungen in der Tüte befanden, die nun zwangsläufig feucht wurden, kümmerte sie nicht. In Windeseile war sie ebenfalls angezogen. Ihr Haar war noch nass. Zeit für den Fön hatte sie offenbar nicht mehr.

Wir verließen das Zimmer gemeinsam. Sie verschloss die Tür und gab den Schlüssel an der Rezeption ab. Vor dem Hotel trennten sich unsere Wege. Ich hatte meinen Wagen irgendwo draußen abgestellt. Sie offenbar auch, aber sie ging, vielmehr lief in die andere Richtung.

Noch einmal zurück zur Dienststelle zu fahren lohnte sich nicht. Ich machte mich auf den Heimweg. Es herrschte dichter Verkehr in der Kölner Innenstadt. Ich brauchte fast eine Stunde bis zur A 4, wo es wegen einer Baustelle auch nur im Schneckentempo vorwärts ging.

Ich blieb auf der rechten Spur, links oder in der Mitte kam man auch nicht nennenswert schneller voran. Und ich hatte es nach dem Aufenthalt im Hotel ohnehin nicht sonderlich eilig, nach Hause zu kommen und Hanne gegenüberzutreten.

Kurz vor der Raststätte Frechen bemerkte ich im Rückspiegel auf der linken Spur einen von den *Alles-zur-Seite-jetzt-komme-ich-Fahrern*. Unentwegt flimmerte die Lichthupe, scheuchte einen Wagen nach dem anderen zur Seite oder überholte rechts und pfuschte sich durch. Ein silberfarbener Opel Insignia, neuglänzender Lack.

Dass Maren am Steuer saß, erkannte ich, weil sie sekundenlang auf der mittleren Spur neben mir herfuhr. Mehr sah ich jedoch nicht, weil ihr Hintermann sich ihre Rücksichtslosigkeit zunutze machte. Er klebte förmlich an der Stoßstange des Insignias. Und ich war in den zwei, drei Sekunden, in denen ich das Kennzeichen hätte ablesen können, auf Marens Profil konzentriert.

Angespannt sah sie aus, fand ich. Dass sie mich bemerkte, möchte ich ausschließen. Sie schaute nicht zur Seite, war voll und ganz auf den Verkehr und ihre gewagten Fahrmanöver konzentriert und sehr schnell aus meinem Blickfeld verschwunden.

Ich fragte mich flüchtig, ob sie jetzt im Auto ihres Mannes unterwegs war oder ob der Insignia ihrem verstorbenen Vater gehört hatte. Für einen Hamburger Clubbesitzer schien mir ein Opel zu spießbürgerlich. Aber im Grunde interessierte es mich nicht, wessen Auto sie fuhr.

Ich genoss lieber die Vorstellung, dass ihr Mann ungeduldig auf sie wartete. Dass er sie zur Rede stellte. Dass sie tatsächlich Ärger bekam, mächtigen Ärger, der sie zur Vernunft brachte und dazu, mich in Ruhe zu lassen.

Unser Abendessen war noch nicht völlig aufgetaut, als ich die Wohnung betrat. Hanne stand am Herd und rührte einen tiefgefrorenen Eintopf um, den meine Mutter uns spendiert hatte, weil Hanne erst nach sieben Uhr aus der Praxis gekommen war. Zur Begrüßung küsste sie mich auf den Hals, wie sie es oft tat, fragte: „Warum kommst du so spät?", und schnupperte verwundert. „Du riechst so frisch."

Ihre Frage überging ich, fragte stattdessen: „Willst du damit andeuten, dass ich sonst stinke, wenn ich nach Hause komme?"

„Nein, sonst riechst du nach Arbeit, nach Büro."

„Ich war heute viel an der frischen Luft", behauptete ich und brachte sie rasch auf ein anderes Thema. „Wo ist Olli?"

Hanne seufzte. „Ich hab ihn bei deinen Eltern gelassen. Dann musst du morgen früh nicht hetzen. Ich muss nämlich schon um halb sieben in die Praxis, Esther ist ausgefallen. Verdacht auf Blinddarmentzündung."

Nach einer kleinen, nachdenklichen Pause wollte sie wissen: „Was hattest du denn an der frischen Luft zu tun? Machst du neuerdings wieder Außendienst?"

„Nein", sagte ich. „Aber es gibt Dinge, da muss ich eben raus. Weißt du inzwischen, was gestern bei Godbergs los war?"

Sie zuckte mit den Achseln. „Wie man's nimmt. Sven war nicht im Kindergarten. Oliver vermutet, dass der Rex nun auch Sven geholt hat."

„Wieso auch?", fragte ich. So viel Geistesgegenwart besaß ich noch, dass mir das kleine Wörtchen auffiel.

Hanne zuckte mit den Achseln und seufzte: „Keine Ahnung. Dieses Urzeitviech hat es ihm eben angetan. Ich bin gespannt, was der Rex morgen anstellt."

„Du hättest ihm den Roten Oktober genehmigen sollen", sagte ich. „U-Boote hatten wir noch nie, dafür ist der Neffelbach nicht tief genug, das weiß er."

Hanne lächelte freudlos und berichtete der Reihe nach. Sie hatte am Vormittag nicht arbeiten müssen und sich mehrmals telefonisch um ein klärendes Gespräch mit Ella bemüht, ohne Erfolg. Um zwölf hatte sie Oliver abgeholt und von der Betreuerin erfahren, Herr Godberg haben seinen Sohn mit einer Darmgrippe entschuldigt.

„Um drei rief Alex mich in der Praxis an und wollte wissen, ob Oliver gestern gut nach Hause gekommen sei und von dem Durcheinander erzählt habe. Ich hätte ihm gerne den Puls gefühlt, das kannst du mir glauben. Was meinst du, was ich ihm erzählt hätte, wenn Oliver nicht gut nach Hause gekommen wäre?"

Angestellt habe unser Kleiner am vergangenen Nachmittag wirklich nichts, hatte Alex beteuert. Sven habe ganz plötzlich Leibschmerzen und Fieber bekommen und sich mehrfach übergeben. Ella sei in Panik geraten, habe an einen Blinddarmdurchbruch gedacht und zuerst darauf bestanden, den Notarzt zu alarmieren. Dann habe sie jedoch nicht auf dessen Eintreffen warten wollen und darauf gedrängt, mit Sven zum Kinderkrankenhaus nach Düren zu fahren.

In der Aufregung hatte man unseren Sohn wieder einmal glatt vergessen. Alex hatte sich dafür entschuldigt, sich auch erkundigt, ob mit Oliver alles in Ordnung sei. Es sei nämlich nicht der Blinddarm, sondern eine Viruserkrankung. Ella habe sich angesteckt, nun ebenfalls erhöhte Temperatur und Leibschmerzen. Jetzt könne man nur hoffen, dass nicht auch uns noch eine Darmgrippe ins Haus stünde.

„Für wie blöd hält der mich eigentlich?", fragte Hanne.

Dass Sven plötzlich erkrankt war, durfte man zwar nicht völlig ausschließen. Bei Esther war es ja auch von einer Minute auf die andere gekommen, plötzliche starke Leibschmerzen und Übelkeit. Aber das hätte Olli garantiert erzählt – wahrscheinlich untermalt mit den Dialogen aus *Roter Oktober* – dicke, brockige Kotze. Und Alex hatte am Telefon behauptet, Ella läge im Bett. Hanne hatte jedoch eine Frau sagen hören: „Das reicht, leg auf."

Wer sollte das gesagt haben, wenn nicht Ella? Zu der passe das allerdings nicht, meinte Hanne.

„Wir haben uns gestern Nachmittag beim Kaffee noch so gut verstanden. Welchen Grund sollte Ella denn heute haben, nicht mehr selbst mit mir sprechen zu wollen? Du hättest den Ton hören müssen, in dem sie Alex zum Abbruch des Gesprächs auffordern. Auch wenn's nur ein paar Worte waren. Sie klang so barsch, irgendwie gemein."

Welche Laus Ella über die Leber gelaufen war, hatte Hanne unbedingt in Erfahrung bringen wollen. Deshalb war sie nach Feierabend von der Praxis aus zuerst zu Godbergs gefahren. Um die Zeit war Alex in der Regel geschäftlich unterwegs, heute jedoch nicht. Er hatte sie nicht hereingelassen, hatte sie an der Haustür abgefertigt mit Behauptung, Ella würde schlafen und er sei in Eile, müsse zu einem wichtigen Kunden.

„Eben habe ich noch mal probiert, Ella zu erreichen", erzählte Hanne. „Ich bekam aber wieder nur Alex an die Strippe, so viel zum wichtigen Kunden. Und als ich nicht lockerließ, wollte er mir weismachen, Ella sei mit dem Jungen wieder zu ihrer Schwester nach Frankfurt gefahren."

Hanne tippte sich bezeichnend an die Stirn. „Gestern war sie froh, wieder hier zu sein. Heute macht sie sich mit einem eingegipsten Arm, einer Darmgrippe und einem kranken Kind erneut auf den Weg nach Frankfurt? Wie soll das denn vonstattengegangen sein in einer guten Stunde? Selber fahren kann sie noch nicht, und das Auto braucht Alex. Wenn er sie zum Zug nach Köln gebracht hätte, müsste er geflogen sein."

„Vielleicht hat ihr Bruder sie abgeholt", mutmaßte ich und erzählte ihr, was Jochen von Manfred Ritter gehört hatte. Eine Geliebte, die von Ella wissen wollte, warum sie zurückgekommen sei.

„Dann habe ich durchs Telefon vielleicht die Freundin gehört", meinte Hanne nachdenklich und fügte hinzu: „Arme Ella."

Arme Hanne. Sie machte sich Hoffnungen auf einen garantiert störungsfreien Abend auf der Couch. Ein äußerst seltenes Vergnügen, das wir uns nur leisten konnten, wenn Olli für die Nacht bei Oma und Opa einquartiert worden war.

Wir aßen den Eintopf, räumten die Küche auf. Dann ging Hanne ins Bad. „Ich spring mal schnell unter die Dusche."

Ich schaltete den Fernseher ein, warf einen Blick in eine Nachrichtensendung und bekam nur die Hälfte mit. *Du riechst so frisch.* Logisch, ich hatte ja lange geduscht und sollte Maren wohl dankbar sein, dass sie darauf verzichtet hatte, das hotelübliche Pröbchen Duschgel an mir zu testen.

Im Bad rauschte Wasser. Die Wetterkarte bedeckte sich mit den Wassertropfen auf Marens Gesicht. Ich kämpfte dagegen an, so gut es ging. Aber ich kämpfte auf verlorenem Posten, das wusste ich.

Noch einmal zum Abschied und noch einmal und noch einmal, solange es Maren gefiel. Ich konnte protestieren, alle möglichen und unmöglichen Entschlüsse fassen, abschütteln konnte ich sie erst, wenn sie mich losließ. Es hatte nichts mit Schwäche zu tun, auch nichts mit Abhängigkeit. Es ließ sich nicht erklären, war eben so – wie ein Naturgesetz.

An dem Abend war ich für Hanne ein miserabler Liebhaber. Ein paar Tage noch, dachte ich, als wir zu Bett gingen. Nur noch ein paar Tage, dann ist Maren wieder weg. Dann mache ich alles gut.

DER REX

Rein dienstlich gesehen begann der Mittwoch durchaus positiv. Der üble Vandalismus vom Wochenende und mit ihm drei weitere Einbrüche mit erheblichen Sachschäden waren praktisch aufgeklärt. Der zweite Täter leugnete zwar noch, aber der andere war voll geständig. Jochen hatte gute Arbeit geleistet und sprach den ganzen Tag keine drei Sätze mit mir. Weil ich es vermied, ihn anzusprechen, erfuhr ich nicht einmal, ob er in Sachen Godberg noch etwas unternahm. Wo er doch gestern überlegt hatte, die Kollegen vom KK 12, zuständig unter anderem für Finanzermittlungen, bei Alex vorbeizuschicken.

Womit Andreas Nießen sich den Tag vertrieb, keine Ahnung. Ihn bekam ich nicht zu Gesicht, weil er sich nicht bei mir blicken ließ und ich nicht vom Schreibtisch wegkam. Ich bewachte das Telefon. Glücklicherweise kannte Maren meine Handynummern nicht, sagte ich ja schon. Jedes Mal, wenn der Apparat klingelte, schielte ich zuerst auf das Display. Es war immer nur dienstlich.

Schon um halb fünf machte ich Feierabend, weil ich es nicht länger aushielt. Eine halbe Stunde später betrat ich die Wohnung. Olli lag bäuchlings auf dem Fußboden in seinem Zimmer, vor sich ein Malbuch, das er mit einem schwarzen Filzstift bearbeitete. Er hatte sich mit Opa beraten und eine Lösung für sein Problem gefunden. Sein kleines Gesicht war in Skepsis und Nachdenklichkeit verzogen, als er kurz aufschaute und wissen wollte: „Wenn ich dir etwas zeige, Papa, habe ich dir doch nichts gesagt, oder?"

Ich schüttelte den Kopf.

„Das hat Opa auch gesagt", erklärte er zufrieden. „Guck mal."

Er drehte das Malbuch zu mir um. Über die vorgedruckten Figuren zum Ausmalen hatte er ein großes, rundes Gesicht mit riesigen schwarzen Glubschaugen gezeichnet, dessen untere Hälfte mit Unmengen schwarzer Kringel bedeckt war, die offenbar einen Bart darstellen sollten. „So sieht der Rex aus, Papa. Kannst du den verhaften lassen?"

„Logisch", sagte ich. „Ich gebe ihn morgen in die Fahndung."

„Du musst aber sagen, dass er ein ganz schlimmer Verbrecher ist, Papa. Die Fahnder müssen sich leise anschleichen. Und dann schießen sie ihn am besten sofort tot."

„Ich werde sie darauf hinweisen", sagte ich. Dass ich bei der Sache gewesen wäre, will ich gar nicht behaupten.

Olli strahlte mich an, er schien grenzenlos erleichtert. Ich bekam einen feuchten Kuss auf die Wange gedrückt und zwei weiche Arme um den Nacken geschlungen.

Beim Abendessen plapperte er munter von Omas Nymphensittich, Opas Eisenbahn und einem überaus spannenden Film von einem Geist, den böse Männer tot gemacht hatten. Leider hatte Olli das Ende nicht gesehen, weil Oma gleich zu meckern angefangen hatte, als sie mit dem Käse fürs Abendessen nach Hause gekommen war.

Hanne erzählte von ihren Plänen für den bevorstehenden Geburtstag meines Vaters. Sie wollte eine Diesellok schenken, eine Kirschtorte backen, vielleicht auch zwei oder drei Salate für den Abend machen, um meiner Mutter etwas Arbeit abzunehmen.

Um acht brachte ich Olli ins Bett. Zwei Stunden später folgte ich Hanne ins Schlafzimmer. Und kurz nach Mitternacht rüttelte sie mich an der Schulter.

Als ich die Augen aufschlug, hörte ich Olivers Schluchzen aus dem Nebenzimmer. Er saß aufrecht im Bett, wimmerte, zitterte am ganzen Körper und starrte auf einen unbestimmten Punkt an der Wand. Noch halb im Schlaf warf er mir die Arme um den Hals und klammerte sich an mich, als ich mich zu ihm setzte. Das tränenfeuchte Kinn gegen meine Brust gepresst, stammelte er: „Jag sie weg, Papa. Jag sie weg."

„Wen?", fragte ich.

„Die weiße Frau war am Fenster und hat gesagt, der Rex soll die Kinder holen", stammelte er.

Die weiße Frau. Dabei dachte ich an einen Geist. Er hatte doch beim Abendessen von dem Gespensterfilm erzählt, in den seine Phantasie nun womöglich einen Dinosaurier eingebaut hatte. Ich legte ihn wieder hin, deckte ihn zu und versuchte, ihn zu beruhigen. „Am Fenster war niemand." Da konnte niemand gewesen sein, wir wohnten im zweiten Stock.

„Du hast nur böse geträumt", sagte ich. Das war zwar noch nie vorgekommen, aber einmal ist immer das erste Mal.

„Ich hab doch gar nicht geschlafen", schluchzte er. „Ich war mit Sven im Garten. Der Rex hat seinen Papa gehauen. Dann haben sie Tante Ella mitgenommen. Sie wollten auch Sven mitnehmen, aber sein Papa hat gesagt, der Junge bleibt hier."

In dem Moment dachte ich an Manfred Ritter, der seine Schwester von ihrem treulosen Gatten wegholte und vielleicht eine Frau als Unterstützung mitgebracht hatte.

Es ist wirklich nicht so, dass ein Mann, nur weil er seinen Beruf mit Erster Kriminalhauptkommissar angeben darf, hinter jedem Strauch eine Leiche vermutet. Ich hatte beruflich nicht einmal etwas mit Kapitaldelikten zu tun. Ich wusste oder glaubte zumindest, dass Alex Godberg private und geschäftliche Probleme hatte.

Ich hatte ebenfalls Probleme, konnte mit niemandem reden und war ziemlich beschäftigt damit.

Maren ließ nicht locker. Donnerstags hörte ich nichts von ihr. Es war Christi Himmelfahrt, da hatte ich frei. Und am Freitagabend klingelte kurz vor neun das Telefon in unserem Wohnzimmer. Wieder ein unbekannter Anrufer im Display. Hanne nahm ab, meldete sich und hielt mir mit einem Achselzucken, was bedeutete, sie wisse nicht, wer mich um die Zeit noch daheim störe, den Handapparat hin.

Ich erkannte ihre Stimme sofort, obwohl sie sich mit falschem Namen meldete. Mir summte das Blut in den Ohren, mein Puls beschleunigte sich automatisch, sogar die Kniegelenke wurden weich. Ihre Stimme leerte mir den Schädel und füllte das Becken. Hannes Nähe änderte daran gar nichts.

Maren gab sich diszipliniert, höflich und unaufdringlich. „Entschuldigen Sie, dass ich Sie privat belästige, Herr Metzner, aber ich weiß beim besten Willen nicht, wen ich sonst um Hilfe bitten könnte. Mein Mann ist unterwegs. Soweit ich mitbekommen habe, trifft er sich mit diesem Kerl, von dem ich Ihnen letzte Woche erzählt habe. Wieder in dem Hotel, Zimmer dreihundertsiebzehn. Dabei hatte er mir doch versprochen ...“

Ihre Stimme brach sehr effektvoll. Sie hätte zum Theater gehen sollen. Offenbar befürchtete sie, Hanne könne mithören. Ich verstand nur knapp die Hälfte der akustischen Show. Besorgte Ehefrau eines kleinen Gauners wendet sich in ihrer Not an den leitenden Hauptkommissar, um zu verhindern, dass ihr Liebster die ganze Familie ins Unglück stürzt.

„Ich werde sehen, was ich machen kann“, versprach ich und legte auf.

„Musst du noch mal weg?", fragte Hanne verblüfft, als ich mich erhob. Es war seit einer Ewigkeit nicht mehr vorgekommen, dass ich meinen Feierabend unterbrechen musste.

„Präventionsmaßnahmen", behauptete ich und grinste das miese Gefühl beiseite. Ich konnte doch nicht zu ihr sagen: „Nimm die Wäscheleine und binde mich an die Heizung."

Während der Fahrt nach Köln stellte ich mir vor, dass Marens Mann in Sachen Konkursmasse irgendwo herumfuhr. Ein ahnungsloser Trottel, der sich seit dem vergangenen November glücklich wähnte, verheiratet mit einem Vollblutweib, stolzer Besitzer einer Katastrophe. Und während der arme Idiot sich für sie abstrampelte, pfiff sie einmal kurz, und ich sprang. Ich war nämlich der größere Idiot. Ich rannte freiwillig und mit offenen Augen ins Verderben.

Es herrschte nicht mehr viel Verkehr auf der Autobahn. Ich brauchte nur knapp dreißig Minuten bis zum Stadtrand von Köln. Dann erwischte ich auch noch die grüne Welle. Diesmal war das Schicksal nicht den Tüchtigen, nur den Betrügern hold.

Es gab einen kleinen Tisch in Zimmer dreihundertsiebzehn. Er war nicht sehr standfest, ächzte, knarrte und wackelte verdächtig unter Marens Gewicht und meiner Wut. Es muss Wut gewesen sein – oder Verzweiflung. *Lass mich los, du Hexe. Lass mich los, verdammt! Ich habe mir meinen Frieden so teuer erkämpft!*

Ein paar Mal schrie sie kurz auf, ob vor Lust oder Schmerz war mir egal. Vermutlich war es Schmerz. Vor Jahren hatte sie mich schließlich gelehrt, dass bestimmte Praktiken ihre Vorbereitungen und eine gehörige Portion Behutsamkeit brauchten. Aber danach war mir nicht.

Einmal murmelte sie: „Ich muss völlig durchgeknallt sein, da kann man nichts machen." Dann fluchte sie auf ihren Vater: „Er hätte sich damals nicht einmischen dürfen. Vielleicht hätte es doch geklappt mit uns beiden. Das Spießbürgertum hätte ich dir schon ausgetrieben."

Vom Tisch auf den Teppich und weiter zum Bett, einmal quer durch das Zimmer. Maren keuchte, kämpfte, grub mir die Fingernägel in Hüften und Schultern, zog tiefe Rillen in meine Haut und presste mir mit den Beinen die Luft aus den Lungen. Mit hochrotem Gesicht hockte sie schließlich über mir, hielt mitten in der Bewegung inne und ließ sich nach vorne fallen. „Ich kann nicht mehr, Konni. Machen wir eine Pause."

Mir dröhnte der Schädel. „Wenn du noch einmal in meiner Wohnung anrufst, prügele ich dich windelweich", sagte ich.

„Deine Wohnung?", konterte sie spöttisch. „Der Telefonanschluss läuft auf den Namen Hanne Neubauer. So hat sie sich auch gemeldet."

Sie rollte sich auf die Seite, blieb mit dem Kopf auf meiner Brust liegen und zog mit einem Fingernagel Kreise über meine Rippen. Eine volle Minute verging. Der Nagel glitt an meinen Rippen entlang zur Seite. Ich zuckte leicht zusammen, als sie ihn fester in das weiche Fleisch an der Taille drückte.

„Wer hat dir ihren Namen genannt?", fragte ich. „Porky? Nein, er nicht. Er hat mich letzten Samstag noch gewarnt, Hanne bei dir zu erwähnen. Es war Peter, nicht wahr?"

Sie richtete sich auf und schaute mit einem merkwürdigen Ausdruck auf mich herab. „Nein", sagte sie knapp.

Ihr Blick bekam etwas Abfälliges und Überlegenes. „Hanne Neubauer also", stellte sie fest. Etwas wie ein Grinsen huschte um ihre Lippen. „Das Kind hast du jedenfalls mir ihr."

„Wenn du noch einmal bei ihr anrufst", setzte ich erneut an.

Sie winkte gelangweilt ab. „Du wiederholst dich, Konni. Dann prügelst du mich windelweich. Das Risiko gehe ich ein. Vielleicht mag ich das sogar. Dein Auftakt hat mir ja auch gefallen. Und die englische Variante haben wir beide noch nicht probiert. Nein, stimmt nicht, damit haben wir angefangen vor ewigen Zeiten. Weißt du noch, wie du mir den Zweig aus der Hand gerissen hast, um eine krepierende Katze zu verteidigen?"

Wieder zog ihr Nagel eine Spur über meine Haut. Ihre Stimme klang träge. „Würde dein Sohn das auch tun? Erzähl doch mal von ihm. Konni Metzner und das Familienleben; Kapitel eins: Mein Sprössling und ich."

Als ich schwieg, seufzte sie. „Aber ein Haus hast du nicht gebaut und auch keinen Baum gepflanzt. Das hätte ich dir nicht verziehen. So ein Knirps hat etwas und passt zu dir. Wenn du mal abtrittst, hinterlässt du eine Kopie. Das kann ich von mir nicht behaupten."

Ihr Kopf lag wieder auf meiner Brust, rutschte allmählich tiefer. Aber sie hätte Olli nicht ins Spiel bringen dürfen. Irgendwie gelang es ihm sogar in dieser Situation, mich zurück auf meinen Platz zu stellen. So ähnlich war es am Dienstag ja auch gewesen.

„Dann lass dir eine machen", sagte ich. „Das ist ganz einfach. Bringt dein Mann das nicht, oder ist er der Meinung, zwei von deiner Sorte wären zu viel?"

Darauf bekam ich keine Antwort mehr.

Als ich mich anzog, fragte sie: „Wenn ich dich nicht in der Wohnung deiner Freundin anrufen darf und auch nicht in der Dienststelle, wo kann ich dich dann im Notfall erreichen? Verrätst du mir deine Handynummer? Du hast doch garantiert eins."

Ich hatte zwei, dienstlich und privat. Aber das ging sie nichts an. „Heb dir deine Notfälle für Rex auf", sagte ich. „Sonst telefoniere ich mal ein bisschen in Sachen Konkursmasse. Wie wird dein Clubbesitzer reagieren, wenn ihm zu Ohren kommt, dass du nichts Besseres mit dir anzufangen weißt, als mich zu vernaschen?"

„Er wird mir den Kopf abreißen", meinte sie.

„Gut", sagte ich und ärgerte mich, dass mir die Idee, den Spieß umzudrehen, nicht schon am Dienstag gekommen war. „Deinen Kopf willst du sicher behalten. Sonst würde es dir in den Hals regnen, und du müsstest dir das ganze Stroh unter den Arm klemmen. Das sieht nicht gut aus."

Zugegeben, sehr einfallsreich war das nicht. Sie war auch nicht etwa beleidigt, lächelte und meinte: „Ach Konni, wenn du wüsstest, was ich zwischen dem Stroh so alles im Kopf habe, würdest du die Klappe nicht so weit aufreißen. Na geh, wenn es dich heimwärts zieht. Genieß dein Glück, und sorg dafür, dass es dir erhalten bleibt. Das tu ich auch."

Eine Stunde später kroch ich neben Hanne ins zweite Bett. Sie schlief. Ich hatte das Bedürfnis, sie in den Arm zu nehmen und einfach nur zu halten. Aber ich wagte es nicht, die Hand nach ihr auszustrecken. Eine Weile lag ich noch wach neben ihr, hatte ihre Schulter wie eine dunkle Kugel vor Augen. Ihr leichter Atem machte mich ganz weich. Ich hatte vorher nicht gewusst, wie sehr ich sie liebte.

Beim Frühstück am Samstagmorgen erkundigte Hanne sich, ob es gestern Abend sehr spät geworden sei. Es war bereits zehn Uhr vorbei, und ich fühlte mich immer noch wie zerschlagen. Marens letzte Bemerkung über mein Glück und das ihre hatte mich die halbe Nacht wachgehalten. *Das tu ich auch.* Ich fand, sie tat alles andere als das.

Hanne goss mir Kaffee ein und wollte wissen: „Wer war die Frau, Konrad?" Misstrauisch klang das nicht.

„Ein armes Luder", erklärte ich, wollte sie nicht schon wieder belügen, aber was hätte ich sonst sagen sollen?

Ich erzählte, was Maren am Telefon geboten hatte, besorgte Ehefrau eines kleinen Gauners, den ich einmal festgenommen hätte. Jetzt war der kleine Gauner wieder auf Abwege geraten und so weiter.

„Und woher hatte sie die Telefonnummer?", fragte Hanne.

„Na ja, du stehst im Telefonbuch", sagte ich. „Kann sein, dass ich dich im Gespräch mal namentlich erwähnt habe, weil ich mich nicht auch noch privat vereinnahmen lassen wollte."

Hanne nickte verstehend und ging zur Tagesordnung über. Hausputz, Kirschtorte und die Zutaten für zwei Salate.

Kurz nach elf brach ich zusammen mit Olli zur Einkaufstour auf. „Haben die Fahnder den Rex schon erschossen?", fragte er auf der Treppe.

„Ja", sagte ich knapp.

„Auch die anderen Leute?", wollte er wissen.

„Welche anderen Leute?", fragte ich.

„Die weiße Frau und den kleinen Mann", erklärte Olli.

„Die haben wir leider noch nicht", sagte ich. „Wahrscheinlich haben die sich ins Ausland abgesetzt."

Dass ich bei der Sache gewesen wäre, darf ich nicht behaupten. Zwar brachte ich die weiße Frau in Ollis Albtraum unter, aber vom kleinen Mann hatte ich noch nichts gehört. Ich hätte fragen müssen, was es mit diesem Mann auf sich hatte. Ich hätte vor allem deshalb nachhaken müssen, weil Olli anschließend wissen wollte: „Hast du deine Pistole auf der Arbeit gelassen, Papa?"

Ich hatte meine Dienstwaffe noch nie mit nach Hause gebracht. Das musste er wissen. Und ich sagte einfach nur: „Ja."

Er kaute grüblerisch auf seiner Unterlippe. Als wir die Garage erreichten, erkundigte er sich zögernd: „Können wir denn trotzdem mein Buch bei Sven holen?"

„Klar", sagte ich. „Das machen wir auf einem Weg."

Eine gute Stunde später hielt ich den Wagen am Straßenrand vor Godbergs Haus, beugte mich nach hinten und wollte Oliver aus seinem Sitz befreien, weil er keine Anstalten machte, auszusteigen. Er legte schützend eine Hand aufs Gurtschloss und schaute mit einem ängstlichen, aber auch faszinierten Blick zum Haus. „Geh du, Papa."

„Ist es mein Buch oder deins?"

Es widerstrebte mir, bei Godberg zu klingeln. Er kannte mich als Kollegen von Jochen Becker und mochte wer weiß was denken, wenn am Samstag plötzlich ein Polizist vor seiner Tür stand.

Zur Sicherheit duckte Oliver sich tiefer in seinen Sitz, lugte gerade noch mit den Augen durch die Scheibe. Die Hand behielt er auf dem Gurtschloss, seine Miene war eine einzige Bitte, er flüsterte nur noch: „Ich bleib lieber im Auto. Die weiße Frau ist noch da. Wenn ich komme, ruft sie bestimmt den kleinen Mann."

Unwillkürlich schaute ich ebenfalls zum Haus. Links neben der Tür lag ein Fenster. Dahinter befand sich die Küche. Die untere Hälfte des Fensters war mit einer Gardine bespannt. Darüber sah ich kurz die Augen, die Stirn und das Haar einer Frau. Ein sehr helles, fast weißes Blond, glatt anliegend.

Es war nur ein flüchtiger Augenblick. Die Frau zog sich sofort zurück. Und ich kannte Ella Godberg nicht. Sven war zwar ein paarmal bei uns gewesen, aber abgeholt hatte sie ihn nie. Hanne hatte ihn jedes Mal heimgefahren, weil Alex sein Auto ab dem späten Nachmittag brauchte, um Geschäfte zu machen. Fotos von Ella waren im Haus nicht verteilt gewesen. Soweit ich mich erinnerte, hatte nicht mal irgendwo eins von Sven gestanden.

Ich stieg aus und ging zur Tür, vielleicht nur, um den Eindruck abzuschütteln, der sich mir in dem Augenblick aufgedrängt hatte, Maren hätte einen Blick über die Gardine geworfen. Ich nahm an, es sei nur eine Lichtspiegelung gewesen.

Nachdem ich dreimal auf den Klingelknopf gedrückt hatte, wurde mir endlich geöffnet, nicht von einer Frau, wie ich gehofft hatte, um sie mir genauer anzusehen. Alex Godberg stand vor mir und machte einen sehr nervösen Eindruck. Kein guten Tag, keine Frage, was ich wolle.

Er schaute mich nur an, als sei ich der Teufel persönlich. Als ich mich in privater Mission äußerte, atmete er erleichtert durch. Aber anscheinend brachte ihn mein simples Anliegen in erhebliche Schwierigkeiten.

Zuerst erklärte er: „Meine Frau ist nicht da."

Als ich daraufhin keine Anstalten machte, Verzicht zu üben, sondern darauf hinwies, Olivers Buch läge wahrscheinlich im Zimmer seines Sohnes, meinte er zögernd. „Da müsste ich nachsehen." Das klang nicht so, als täte er das gerne.

Es vergingen noch etliche Sekunden, in denen er den Blick nicht von meinem Gesicht ließ. Er schien mit sich zu ringen, ob er noch etwas hinzufügen sollte, sagte dann aber nur: „Es dauert einen Moment."

Ehe ich mich's versah, war die Haustür wieder zu. Ich drehte mich zum Auto um. Olli drückte sich die Nase an der Scheibe platt, um nur ja nichts zu verpassen. Er hatte sich tatsächlich gefürchtet, das hatte sein vorangegangenes Verhalten mir klargemacht. Aber wenn ich vor ihm stand, musste er sich nicht ducken. Papa, der starke Mann. Und die weiße Frau am Fenster, die zum Rex gesagt hatte, er solle die Kinder holen.

Irgendwo im Haus klang eine weinerliche Kinderstimme auf. Ich hörte sie trotz der geschlossenen Haustür. Sven war daheim. Und Ella musste ebenfalls da sein. Wen sonst hatte ich am Küchenfenster gesehen? Die Geliebte, die frech genug war, Ella zu fragen, warum sie zurückgekommen sei? Hätte Ella ihren Sohn bei der Freundin ihres Mannes zurückgelassen?

Aus meiner Vaterposition war das schwer vorstellbar. Bei einem verheirateten Paar sah die Sache wahrscheinlich anders aus. Eine hilflose Frau mit einem Arm in Gips und ein selbstbewusster

Mann, der in so einem Moment womöglich gesagt hatte: „Wenn du gehen willst, geh, aber der Junge bleibt hier.“

Alex brauchte erheblich länger als einen Moment, um das Buch zu finden. Das musste noch nichts bedeuten. In einem Kinderzimmer dauerte es eben manchmal seine Zeit, einen bestimmten Gegenstand aufzuspüren, vor allem, wenn die ordnende Hand der Hausfrau fehlte.

Nach etwa zehn Minuten wurde die Haustür wieder geöffnet. Alex lächelte mich an, das *Land vor unserer Zeit* hielt er fest, als könne er sich nicht davon trennen. Ich musste es ihm förmlich aus den Händen ziehen.

„Geht es Sven wieder besser?“, fragte ich und fügte hinzu: „Schönen Gruß von Hanne an Ihre Frau. Wann kommt sie denn aus Frankfurt zurück?“

Und wieder dieser Blick. Als hätte ich ihm gerade seine Rechte vorgelesen und erklärt, dass sie in seinem Fall nicht zur Anwendung kämen. „Ich wusste gar nicht, dass Sie ...“, begann er, schaute an mir vorbei zum Wagen, hob die Hand und winkte Olli zu. „Der Kleine hat mal was erzählt, aber ich dachte, Sie wären ...“

Vermutlich hatte er angenommen, ich sei bei der Schutzpolizei. Nicht einmal das brachte er über die Lippen. Ich ertappte mich bei einem weiteren Blick zum Küchenfenster. Aus meiner Position vor der Tür war nur die Spanngardine zu sehen.

Ich zeigte mit einem Wink über die Schulter. „Hanne fragt sich schon die ganze Woche, was unser Herzbube bei Ihnen ausgefressen hat. Ihre Verteidigungsrede war nicht sehr überzeugend. Und er will nicht so recht raus mit der Sprache, hat nur etwas von einer zerdepperten Vase erzählt. Was immer die gekostet hat, wir haben eine Haftpflicht, das wissen Sie doch.“

Alex senkte den Kopf und betrachtete sekundenlang die Keramikfliesen zu seinen Füßen, als müsse er sich sammeln, ehe er den Kopf wieder hob und mir antwortete.

„Nicht der Rede wert. Er ist aus Versehen dagegengestoßen. Es war das Hochzeitsgeschenk einer Tante. Ich konnte die Vase nie ausstehen, meine Frau hing daran. Sie hat sich ziemlich aufgeregt. Und mit ihrem Arm ist sie sich selbst eine Last. Da fließen die Tränen schneller. Aber dafür müssen Sie nicht Ihre Versicherung bemühen. Meine Frau bringt es fertig und kauft ein Duplikat.“

Er lachte sein jungenhaft unbekümmertes Lachen und winkte Oliver noch einmal zu.

Als ich wieder ins Auto stieg, zeigte Oliver zum gegenüberliegenden Haus der Kremers. Der Vorgarten war mit einem niedrigen Lattenzaun eingegrenzt, zum Nachbargrundstück gab es einen Lattenverschlag für die Mülltonnen.

„Ich hab mich hinter dem Zaun bei den Tonnen versteckt“, erklärte er. „Das konnte mich keiner sehen. Die weiße Frau hat nämlich die Tür aufgemacht und geguckt, wo ich bin.“

Das auferlegte totale Schweigegebot hatte sich für ihn mit Alex’ freundschaftlichem Winken offenbar erledigt. Oder ich hatte ihm mit der Behauptung, der Rex wäre erschossen worden, die größte Sorge abgenommen. Ich startete den Motor, fuhr an, in Gedanken noch bei dem flüchtigen Eindruck über der Spanngardine, der mir so hirnverbrannt vorkam. Maren hockte mir wie ein bösartiger Gnom im Genick, zirkulierte im Blut, kreiste wie elektrischer Strom durch sämtliche Nervenbahnen. Da bekam man leicht Halluzinationen. Aber was hätte sie in Godbergs Küche tun sollen?

In Godbergs Einfahrt wollte ich wenden. Das zweiflügelige Holztor der Garage war im gleichen Stil gehalten wie die Haustür und hatte seine Tücken, wie ich später hörte. Man musste es mit Schwung zuwerfen, sonst rastete der Zapfen nicht im Schloss ein. Dann schwang der eine Flügel von allein wieder ein Stück zurück. Er stand offen. Nicht völlig, aber ausreichend, um zu erkennen, was für ein Auto in der Garage stand.

Plötzlich spürte ich ein unangenehmes Brennen in der Magengrube und eine widerliche Taubheit im Hirn. Alex Godberg hatte sich als Ersatz für den demolierten Wagen einen silberfarbenen Opel Insignia zugelegt, wie Maren am Dienstag einen gefahren hatte. Vom Kennzeichen sah ich nichts, davon hatte ich am Dienstagabend ja auch nichts gesehen.

Als wir heimkamen, wartete Hanne bereits ungeduldig auf die Sauerkirschen. Der Teig war schon in die Backform gefüllt, Olli stürzte sich auf die Teigschüssel, um die Reste auszulecken. Ich erkundigte mich so beiläufig wie möglich nach Ellas äußerer Erscheinung. Hanne machte sich daran, den Kuchenteig zu belegen, und gab automatisch Auskunft. „Ungefähr meine Größe, nur viel zierlicher, eigentlich ist Ella zu dünn."

„Welche Haarfarbe?"

„Dunkelblond, warum?"

„Ich meine, ich hätte eine Frau am Küchenfenster gesehen", erklärte ich. „Aber die war nicht dunkelblond."

Ihre Hand mit den Kirschen verharrte mitten über der Backform, der rote Saft tropfte zwischen ihren Fingern durch auf den Teig. Ihr Gesicht spiegelte Triumph und Verachtung. „Das Schwein! Kaum ist Ella weg, quartiert er seine Freundin daheim ein. Und ich hab immer gedacht, er geht für Ella durchs Feuer. So kann man sich irren. Von Alex hätte ich das nicht erwartet."

„Vielleicht war es eine Kundin", sagte ich.

„Quatsch", meinte Hanne, verteilte die restlichen Kirschen auf dem Teig, zerbröselte Streusel darüber und schob die Form in den Backofen.

Ich schlich ins Wohnzimmer wie ein verlauster Hund, hin zum Telefon und wieder weg. Es juckte mich in den Fingern, bei Godberg anzurufen und Maren zu verlangen, wofür ich keins meiner Handys nutzen wollte. Als Hanne auffiel, dass ich das Telefon hypnotisierte, verging der Drang wieder.

Ich wollte mich nicht in etwas hineinsteigern, fühlte mich wie ein Idiot, der sich von einer Kinderstimme verrückt machen ließ und einen Zusammenhang herstellen wollte, wo keiner sein konnte.

Aber Maren nannte ihren Mann Rex, war weißblond und am Dienstag in einem silberfarbenen Insignia an mir vorbeigefahren. Das waren immerhin drei Punkte, die man nicht aus dem Blick verlieren sollte.

Andererseits konnte Godbergs Nervosität bei meinem Anblick einen völlig harmlosen Grund haben. Vor einer Geliebten setzte man sich vermutlich nicht gerne mit der Polizei auseinander.

Mit dem Gedanken beruhigte ich mich noch einmal, versuchte vielmehr, mich davon zu überzeugen, dass nicht sein konnte, was nicht sein durfte.

Nachmittags mussten wir meinen Eltern einen Besuch abstatten. Offiziell mit Kuchen und Geschenken sollte der Geburtstag meines Vaters am Sonntag mit der gesamten Familie gefeiert werden, weil die Frauen meiner Brüder samstags arbeiten mussten.

Da wir quasi um die Ecke wohnten, mussten wir zumindest auf den Tag gratulieren und anschließend natürlich zum Kaffee bleiben. Und kaum saßen wir, erschien zuerst mein älterer Bruder und kurz nach ihm der jüngere. Es geht doch nichts über ein harmonisches Familienleben.

Mutter ging noch einmal in die Küche, um frischen Kaffee aufzubrühen. Mich winkte sie mit einer energischen Geste hinterher.

„Konrad!", sprach die Frau Mama, stemmte beide Arme in die Hüften und legte los, dass der Donnergott vor Neid erblasst wäre. Ihr Blick hatte etwas von einer Bohrmaschine. Es war mehr als unangenehm, weil die Wohnung meiner Eltern nicht sonderlich geräumig ist und die anderen gleich nebenan saßen. „Gestern Abend hat dieses Weib hier angerufen und wollte dich sprechen.“

Für meine Mutter war Maren ab der sechsten Klasse nur noch *dieses Weib* gewesen. Und wäre Mutter anders erzogen worden, hätte sie bestimmt andere Ausdrücke benutzt, um klarzumachen, was die einzige Tochter eines der ehemals reichsten Männer im Ort in ihren Augen darstellte. Das Wort Flittchen hatte sie einmal über die Lippen gebracht, zu mehr war sie nicht fähig. Und Flittchen passte ihrer Meinung nach nur zu einem jungen Mädchen.

Die Intensität ihres Blickes steigerte sich, bekam die Qualität und Durchdringlichkeit von Röntgenstrahlen. „Kannst du mir vielleicht mal erklären, was die von dir wollte?“

Nein, konnte ich nicht. „Sie hat letzten Samstag doch mal kurz beim Klassentreffen vorbeigeschaut“, sagte ich. „Aber nur, weil ihr Mann hier zu tun hat. Er kümmert sich um die Angelegenheiten ihres verstorbenen Vaters.“

„Blödsinn!“, schnaubte Mutter. „Was es da zu kümmern gab, hat die doch längst erledigt.“

Wie immer war sie bestens informiert über alles, was in der Stadt vorging und getratscht wurde. Der alte Koska war nicht erst kürzlich, sondern schon im Oktober des vergangenen Jahres beerdigt worden. In aller Stille beigesetzt, im wahrsten Sinne des Wortes. Nicht mal eine Todesanzeige in einer Tageszeitung oder wenigstens in der Werbepost hatte es gegeben, sonst hätte ich es vermutlich aus der Zeitung erfahren.

Und die einzige Tochter, seine Prinzessin Silberhaar, hatte es für überflüssig befunden, als trauernde Hinterbliebene dem Sarg das letzte Geleit zu geben und am offenen Grab ein oder zwei Tränen zu vergießen.

„Aber abkassieren“, polterte Mutter.

Konkurs hatte der Alte laut ihr nicht gemacht. Wie denn auch? Bei sieben Mietshäusern, in denen jeweils acht Parteien lebten, die zwischen drei- und vierhundert Euro Kaltmiete pro Monat zahlten, da kamen die Nebenkosten noch dazu. Das waren rund zwanzigtausend Euro pro Monat. Es gab zwei oder drei Blocks, in denen das Sozialamt bedürftige Leute untergebracht hatte, aber für die zahlte das Amt ja auch die komplette Miete.

Die Immobilien verwaltete Maren nun selbst. Seit November mussten meine Eltern die Miete nach Hamburg überweisen. Eine Mieterhöhung hatte es auch sofort gegeben, aber keinen neuen Durchlauferhitzer fürs Bad.

Ein paar Tage vor dem Tod des Alten hatte Fred Pavlow, der Geschäftsführer mit der sozialen Ader, noch versprochen, den Austausch des Durchlauferhitzers zu veranlassen und dafür zu sorgen, dass isolierverglaste Fenster eingesetzt wurden, damit man Heizkosten sparte. Nur hatte Fred Pavlow dann nichts mehr zu sagen gehabt.

Bis Ende Februar hatte er sich noch um den Gebrauchtwagenhandel und die Baumaschinen kümmern dürfen. Dann hatte er von einem Tag auf den anderen die Papiere bekommen, weil das Weib der Meinung war, er erziele nicht genug Gewinn. Keinen Cent Gehalt für den letzten Monat seiner Tätigkeit hatte der arme Fred gesehen, von einer Abfindung für langjährige, treue Dienste ganz zu schweigen.

Das wusste Mutter aus einer absolut sicheren Quelle, nämlich von Frau Pavlow. Die saß beim Lidl an der Kasse und hatte seit März mehr als einmal gejammert, wie schlecht der arme Fred behandelt worden sei. Er war immer noch arbeitslos, in seinem Alter fand er wohl auch keine neue Stelle mehr, hatte ja nicht mal ein ordentliches Zeugnis bekommen.

Als Fred Pavlow davon gesprochen hatte, einen Anwalt einzuschalten, um sein Recht durchzusetzen, hatte das Weib etwas von Unterschlagung gefaselt. Angeblich sollte Fred Gebrauchtwagen offiziell weit unter Wert verkauft und von den Käufern größere

Geldbeträge bar auf die Hand bekommen haben. Als Fred das bestritt und Beweise forderte, hatte so ein Fiesling aus Hamburg, der seit März in Koskas Haus logierte, dem armen Kerl Prügel angedroht. Er solle Leine ziehen und die Klappe halten, sonst würde er sie bald nicht mehr gerne aufmachen, weil ihm dann sämtliche Zähne fehlten.

Mir gegenüber in den vergangenen Monaten einmal etwas davon zu erwähnen, hatte niemand für notwendig erachtet. Wozu auch? Was hatte ich denn noch mit dem Weib zu tun?

„Ich dachte, mich trifft der Schlag, als die gestern Abend hier anrief", sagte Mutter.

Und natürlich hatte sie Maren in aller Deutlichkeit zu verstehen gegeben, dass ich in festen Händen war. Also hatte sie in bester Absicht dafür gesorgt, dass Maren erfuhr, bei wem man mich privat erreichen konnte.

Mutters Gesicht bestand nur noch aus Besorgnis. „Konrad, du wirst doch nicht wieder ... Junge, tu mir das nicht an. Denk an den armen Kleinen und an Hanne. Was soll denn werden, wenn du ..."

Ich brachte ein zuversichtliches Lächeln zustande, nahm sie in den Arm und tätschelte ihr den Rücken, damit ich nicht in ihre sorgenvolle Miene schauen musste, als ich fragte: „Wofür hältst du mich?"

Sie schüttelte betrübt den Kopf. Die Antwort ersparte sie mir, sagte stattdessen: „Das geht nicht gut, wenn die in der Nähe ist. Das haben wir ja schon mal erlebt. Die gibt nicht eher Ruhe, bis sie dich da hat, wo sie dich haben will." Ihre Stimme wurde um eine Spur schärfer. Es fehlte nur der erhobene Zeigefinger. „Wenn ich dahinterkomme, dass du dich wieder mit diesem Weib einlässt, ist hier die Tür ein für alle Mal zu. Merk dir das. Mit Karola war es schon schlimm. Aber da war zum Glück kein Kind da, das drunter leiden musste. Und jetzt ..."

Ich hatte genug und konnte nicht einmal heftig reagieren. Es war noch keine vierundzwanzig Stunden her, dass ich Maren quer durchs Hotelzimmer getrieben hatte. Wie sollte ich da meiner Mutter in die ängstlichen Augen schauen und schwören, dass ich niemals, wirklich nie wieder, dass ich nicht einmal im Traum daran dachte? Das schaffte ich auch noch, ohne eine Miene zu verziehen. Es gelang mir, sie halbwegs zu überzeugen, ich sei mit der Zeit und mit Hanne an meiner Seite völlig immun geworden. Sie fühlte sich anschließend jedoch verpflichtet, Hanne zu warnen.

An diesem Nachmittag erfuhr Hanne auch noch die allerletzten Details des Dramas Maren Koska und Konrad Metzner. Einiges von dem, was auf den Tisch kam, war sogar mir völlig neu. Mutter und meine Brüder wechselten sich ab. Jeder wusste noch ein bisschen mehr als die beiden anderen.

Dass Maren zum Beispiel vor neun Jahren weiß Gott nicht wegen der Beerdigung ihrer Mutter aus Florida zurückgekommen war. Wann hatte dieses Weib sich denn je Gedanken um seine Eltern gemacht? Im Knast war sie drüben gewesen. Gemeint waren die USA. Sie hatte in Bars Männer aufgegabelt, es mit denen getrieben und ihnen dabei die Dollars geklaut. Beischlafdiebstahl nannte sich das. Und das war in Florida ebenso verboten wie hier.

Mehr als einmal hatte ihr Vater eine Kaution überwiesen, damit sie rauskam. Und dann hatte er sich geweigert, sie noch länger finanziell zu unterstützen. Gearbeitet hatte sie ja nie. Da hatte sie zwangsläufig nach Hause kommen müssen.

Die hatte doch schon als Kind nichts anderes im Kopf gehabt als Sauereien. Unser Ältester wusste noch ganz genau, dass Maren schätzungsweise ab dem dreizehnten Lebensjahr ihr üppiges Taschengeld aufgebessert hatte, indem sie in Mamis Fußstapfen trat und sich von schrägen Vögeln unter den Rock greifen ließ.

Für Geld hätte sie das wirklich nicht tun müssen. Der alte Koska hatte ihr doch jeden Wunsch von den Augen abgelesen und die Welt nicht mehr verstanden, als der damalige Leiter der Polizeiwache … Wie hieß der noch gleich? Hieß der nicht Schröder? Nein, Mettmann. Nein, Krings oder so ähnlich. Ist ja egal, als jedenfalls der damalige Leiter der Polizeiwache sie heimbrachte, nachdem er sie mit einem Reisenden in der Gleisunterführung erwischt hatte. Noch keine vierzehn war sie da gewesen.

Das musste man sich bildlich vorstellen. Da liefen Dutzende von Leuten durch. Und dieses Aas stand da mitten im Volk und ließ sich betatschen für zehn Mark. Den Euro hatte es zu der Zeit ja noch nicht gegeben. Den Kerl hatte das natürlich erheblich mehr gekostet, Schröder, Mettmann, Krings oder so ähnlich hatte ihn rangenommen wegen Unzucht mit einem Kind, wobei bezweifelt werden durfte, dass Maren jemals ein Kind im Sinne von Unschuld gewesen war. Dafür hatte sie wohl die falschen Gene.

Unser Jüngster legte Zeugnis ab von der kleinen Katze, die bei der Grundschule angefahren worden war. Er meinte, damals hätte ich mich von Maren noch nicht einwickeln lassen, sondern es ihr ordentlich gegeben. Gemeint war der Hieb mit dem Zweig. Die Doppeldeutigkeit seiner Worte wurde ihm nicht bewusst.

Aber er hatte recht, auf andere Weise hätte ich es ihr in dem Alter noch nicht ordentlich geben können. Dazu war ich erst fünf Jahre später fähig gewesen, als das mit der Schraube passierte. Davon wusste unser Jüngster nichts, unser Ältester noch weniger. Sie hatten es ja beide nicht aufs Gymnasium geschafft. Aber mir darauf jetzt im trauten Familienkreis etwas einzubilden …

Ich sah das Messer noch vor mir, das Maren einem Jungen aus der Zehn in die Hand drückte, sah ihren lüsternen Gesichtsausdruck, als der Knabe die Klinge ansetzte und Anstalten machte, sie in einen Autoreifen zu stoßen.

Im letzten Moment fiel Maren ihm in den Arm. „So doch nicht, du Blödmann. Tust du auch sonst, was andere dir sagen? Denk lieber vorher man nach. Das macht man anders."

Der Autoreifen gehörte zum Wagen eines Oberstudienrats, von dem der nach Rache dürstende Knabe in Mathe eine Note kassiert hatte, die er daheim nicht vorzeigen wollte, aber zwangsläufig musste, zur Unterschrift eines Erziehungsberechtigten.

Tags darauf brachte Maren eine Schraube von gut sechs Millimeter Durchmesser mit und stellte sie so hinter einen der Reifen, dass sie sich beim Zurückfahren automatisch hineinbohren musste. Ich war nicht dabei. Da sie immer noch von Mami zur Schule kutschiert wurde, traf sie morgens meist ein paar Minuten vor mir ein. Deshalb hörte ich erst am Nachmittag von der Schraube.

Peter Bergmann erzählte mir davon und prophezeite düster: „Das gibt Tote." Die Schraube steckte noch im Reifen.

Ich brachte Maren dazu, es im Sekretariat zu melden, ehe der Oberstudienrat mit seinem Auto verunglückte, weil ihm während der Fahrt der Reifen platzte.

Hanne nahm die Aufklärung gelassen zur Kenntnis, wusste ja das meiste schon von mir. Nur einmal streifte sie mich mit einem Blick, der alles Mögliche bedeuten konnte.

Erst später auf dem Heimweg stellte sie in nüchternem Ton fest: „Sie hat gestern bei uns angerufen."

Ich nickte und fasste Olivers Hand fester. Wir hatten darauf verzichtet, für drei Straßen das Auto zu nehmen. Ich hatte ein paar Bier zum Abendbrot einkalkuliert und nicht damit gerechnet, dass wir uns erheblich früher als geplant verabschiedeten.

„Und du hast dich mit ihr getroffen", sagte Hanne, eine Frage war es jedenfalls nicht.

„Ja", sagte ich.

Aus den Augenwinkeln sah ich, dass sie nickte und sich kurz auf die Lippen biss. „Wann siehst du sie wieder?"

„Vermutlich gar nicht", sagte ich und hätte mir im Anschluss gerne die Zunge abgebissen. *Vermutlich.* Das hätte ich mir besser verkniffen. Mit meiner Mutter oder mit Hanne erpressen konnte Maren mich nun nicht mehr. Der Rest war reine Willenssache. Und verdammt noch mal! Ich hatte doch einen Willen. Ich konnte *nein* sagen, schlicht und einfach *nein*. Schluss, aus, Finito.

Auf die üblichen Fragen in solchen Fällen, *warum, wie oft, und was hat sie, was ich nicht habe*, verzichtete Hanne. Nachdem wir daheim angekommen waren, versorgte sie Oliver mit dem obligatorischen Leberwurstbrot und einem Glas Milch. Dann brachte sie ihn ins Bett, was sonst immer ich tat.

Gute zwei Stunden las sie ihm aus seinem Buch vor. Anschließend erklärte sie ihm noch ausführlich einen Meteoriteneinschlag, samt den vernichtenden Folgen für sämtliche Tiere der Urzeit, und ansatzweise die Evolution, woraus Olli schloss, die Rexe seien die Vorfahren böser Menschen.

Danach ging Hanne ins Bad und schloss die Tür hinter sich ab. Das tat sie sonst nie. Zehn Minuten lang hörte ich dem Wasserrauschen zu. Es rauschte einfach nur, klang nicht, als ob sie duschte, Zähne putzte oder sonst etwas tat. Und als ich dachte, es keine Sekunde länger auszuhalten, wurde es still.

Als Hanne nach mehr als einer Stunde endlich im Wohnzimmer erschien, hatte sie sich in ihren alten Bademantel gehüllt. Den trug sie sonst nur nach dem Aufstehen.

„Vermutlich", sagte sie, während sie zu einem Sessel ging, „ist keine Garantie." Sie setzte sich, schlug die Beine übereinander, zupfte den Bademantel darüber und hielt den Blick auf ihre bedeckten Knie gerichtet.

„Willst du eine Garantie?", fragte ich.

Sie lächelte geringschätzig. „Nach allem, was ich weiß und heute noch mal gehört habe, scheint mir das nicht sehr sinnvoll.

174

Das Weib ist eine Naturkatastrophe. Dagegen ist man machtlos. Man kann nur hoffen, dass die Katastrophe schnell vorüberzieht und man mit einigermaßen heiler Haut davonkommt."

Der Bademantel störte mich. Er war wie eine Wand aus Stahlbeton. Dass sie in einem Sessel saß statt neben mir auf der Couch wie sonst, störte mich noch mehr. Und am meisten störte mich, dass ich erleichtert war. Ich hätte an dem Abend nicht mehr den feurigen Liebhaber spielen können.

Den Sonntagvormittag brachten wir mit viel Mühe und wenig Anstand hinter uns. Hanne war verletzt, natürlich war sie das. Aber sie bemühte sich um Haltung. Im Grunde war sie großartig. Und ich war fest entschlossen. Nun, wo es auf Messers Schneide stand, war ich das wirklich. Eine seit sieben Jahren prächtig funktionierende und harmonische Beziehung setzte man doch nicht aufs Spiel, um eine weitere Nummer mit einer Maren Koska zu schieben. Nicht einmal mehr zum Abschied.

Erpressen könne sie mich nicht mehr, meinte ich. Sollte sie sich noch einmal bei mir melden, wollte ich ihr das unmissverständlich klarmachen und ihr vielleicht ein paar Fragen stellen. Zum Beispiel: „Warst du am Pfingstsamstag bei Alex Godberg? Was hattest du bei ihm zu tun? Wo ist seine Frau?"

Nachmittags saßen wir noch einmal mit der gesamten Familie eingeklemmt um zwei gedeckte Tische im Wohnzimmer meiner Eltern. Diesmal waren die Frauen und Kinder meiner Brüder mit von der Partie.

Für große Feiern wurde immer der Küchentisch dazugestellt und alles an Sitzgelegenheiten herbeigeschleppt, was verfügbar war. Sodass, wer als Erster erschien und sich leichtsinnigerweise auf die Couch setzte, sich erst entfernen konnte, wenn alle anderen aufgestanden waren und das Mobiliar größtenteils beiseitegeräumt war.

Eine knappe Stunde lang ging es gut. Jeder war mit Kaffee und Torte beschäftigt. Hannes Kirschstreusel fand reißenden Absatz. Für die Diesellok bekam sie einen Kuss auf die Wange. Mein Vater küsste sonst nie vor Zeugen. Meine Brüder mussten sich jeweils mit einem Händedruck begnügen, ihre Frauen gingen leer aus. Aber der Älteste schenkte auch nur drei Päckchen Schienen und der Jüngere den Bausatz einer Lagerhalle, die vom Stil her absolut nicht zu der alpinen Landschaft passte, die Vater seit Beginn seines Rentnerlebens zusammengebastelt hatte. Es musste trotzdem ein Platz für das Ding gefunden werden.

Vater und unser Jüngster begaben sich ins ehemalige Kinderzimmer, inzwischen das Eisenbahnzimmer genannt. Insgesamt fünf Kinder folgten ihnen. Im Wohnzimmer wurde es luftiger. Hanne und meine Schwägerinnen machten sich daran, die Tische abzuräumen, und marschierten geschlossen in die Küche, um mit vereinten Kräften die Reste der Torten zu verstauen, den vorbereiteten Salaten den letzten Schliff zu geben und das Geschirr abzuspülen. Für einen Geschirrspüler war in der Küche meiner Eltern kein Platz. Eine Maschine lohne sich auch nicht für zwei Personen, fand Mutter.

Zurück blieben Mutter, unser Ältester und ich. Und es kam, was kommen musste: Die zweite Belehrung in Sachen Vernunft und Verantwortungsgefühl. Hätten sie doch nur den Mund gehalten. Warum mussten sie in einer entzündeten und vereiterten Wunde stochern? Und das ihrem Wissensstand nach auch noch vorbeugend. Hanne hatte mit keiner Silbe angedeutet, dass das Kind bereits in den Brunnen gefallen war.

Mein ältester Bruder eröffnete mit einer Erinnerung an die Liste, die er in jungen Jahren erstellt hatte. Nun setzte er die beiden Punkte Frau und Sohn darauf, die ich um keinen Preis der Welt hergeben wollte, aber seiner Meinung nach müsste. Er konnte sich nicht vorstellen, dass Hanne es hinnehmen würde, mit einer Nutte betrogen zu werden.

„Du musst nicht glauben, dass du hier noch mal einziehen kannst, wenn Hanne dich rauswirft", griff Mutter den Faden auf. Im Grunde wiederholte sie damit nur, was sie bereits gestern mit einer für immer geschlossenen Tür angekündigt hatte. Im Eifer des Gefechts knüpfte sie noch einige Details ein, die sie sich am vergangenen Nachmittag verkniffen hatte.

Sie war überzeugt, dass Maren im März nicht nur einen Fiesling aus Hamburg in ihrem Elternhaus einquartiert hatte. Nein, das waren zwei gewesen. Lichtscheues Gesindel, das man nie zu Gesicht bekommen hatte.

Da drängte sich mir die Frage auf, woher sie so genau wissen wollte, dass es zwei Fieslinge gewesen waren. Aber darauf bekam ich eine Antwort, als Mutter fortfuhr: Nur der Himmel wusste, was die beiden Kerle ausgeheckt hatten. Das Weib war auch jedes Wochenende da gewesen. Das war eine von Frau Pavlow übermittelte feststehende Tatsache.

Mutter hatte schon Blut und Wasser geschwitzt, als sie es Ende März beim Lidl zum ersten Mal hörte. Deshalb hatte sie sich so über die Einladung zum Klassentreffen aufgeregt. Weil sie voraussetzte, dass Maren erschien. Eine weite Anreise hätte sie wahrhaftig nicht gehabt.

Der Vormittag hatte bereits kräftig an meinen Nerven gezerrt. Doch jetzt war glücklicherweise Platz genug. Ich stand vom Sofa auf und ging. Als ich an der Küchentür vorbeikam, drehte Hanne sich mit tropfenden Händen und wundem Blick zu mir um.

„Gehst du schon, Konrad?"

Ich nickte nur.

Eine Viertelstunde später stieg ich in meinen Wagen und fuhr ins Gewerbegebiet. Was mich dort hintrieb, war das gleiche Verlangen, das mich vor zwanzig Jahren veranlasst hatte, nachmittags zum Sportplatz zu schleichen, das Gebüsch dort nach Maren und einem Viertel Dutzend Spielgefährten abzusuchen und alle Heiligen im Himmel anzuflehen, dass ich niemanden fand.

Meinen Wagen stellte ich bei einem Tapetenmarkt ab und ging zurück Richtung Kaserne. Es gab noch genügend Bäume rund um Koskas Grundstück, hinter denen man Deckung beziehen und sich in Ruhe umschauen konnte. Der Zaun aus Maschendraht hing zwischen den ehemals grün gestrichenen, jetzt rostenden Pfosten durch. Das breite, weit offene Tor, ebenfalls aus Maschendraht, war halb zur Seite gekippt. Alles machte einen ziemlich heruntergekommenen Eindruck.

Der klotzige Bau mitten auf dem Gelände wirkte verlassen. An sämtlichen Fenstern waren die Rollläden unten. Es sah nicht so aus, als sei das Haus seit März wieder bewohnt. Gerüchte, dachte ich, nichts als Gerüchte. Mutter schnappte etwas auf und verbreitete es als nackte Tatsachen weiter. So was war schon häufiger vorgekommen. Wurde sie dann eines Besseren belehrt, hieß es meist: „Woher hätte ich wissen sollen, dass es nicht stimmt?"

Es stand noch einiges herum, was der sozial eingestellte Fred Pavlow vielleicht niemanden hatte andrehen mögen. Ein paar vor sich hin rostende Baumaschinen. Planierraupe, Schaufellader, ein Bagger und zwei verrottete Laster, dazwischen drei alte Autos. Ein weißer Nissan, ein blauer VW-Polo und ein grauer Golf.

Ich wagte mich näher heran. An keinem der Fahrzeuge gab es Kennzeichen. Nirgendwo stand ein silberfarbener Insignia, nirgendwo ein roter Golf. Sie sind weg, dachte ich. Es war wie das Auftauchen eines Ertrinkenden, wenn der Rettungsschwimmer ihn gerade noch erwischt hat. Luftschnappen und zurück auf festen Boden. Leider waren mir nur knappe zehn Minuten Erleichterung vergönnt.

Auf der Rückfahrt kam mir kurz hinter der Kreuzung, bei der man abbiegen musste, um zur Kaserne oder Koskas Grundstück zu gelangen, der rote Golf entgegen. Das Kennzeichen begann nicht mehr mit HH für Hansestadt Hamburg, sondern mit BM für ein im Rhein-Erftkreis zugelassenes Fahrzeug.

Dass das Auto in der vergangenen Woche umgemeldet worden war, bezweifelte ich. Kennzeichen hat man schnell ausgewechselt, wenn man es mit Recht und Gesetz nicht so genau nimmt. Es war unzweifelhaft derselbe Golf, in dem Maren und ich eine gute Woche zuvor unsere Abschiedsorgie begonnen hatten. Ich erkannte ihn an der zerschrammten und eingedellten Fahrertür.

Am Steuer saß ein schmächtiges Bürschchen mit Lederjacke, dunklem Haar und schmalem Gesicht. Südländischer Typ. Vermutlich der *Jugendliche*, den Godbergs aufmerksame Nachbarn vor dem Einstieg in Godbergs Keller zweimal gesehen hatten.

Auf dem Beifahrersitz saß ein Bulle von einem Kerl. Sein Gesicht konnte ich im Vorbeifahren hinter der spiegelnden Frontscheibe nicht so deutlich erkennen, dass ich eine Zeichnung von ihm hätte anfertigen lassen können. Aber dass er eine Sonnenbrille und einen schwarzen Vollbart trug, war nicht zu übersehen. Olli hatte ein gutes Personengedächtnis und zeichnete für sein Alter auch ganz passabel.

Im Rückspiegel sah ich noch, dass der Golf den Blinker setzte und abbog. Und plötzlich war ich nur noch müde, ganz lahm und schwer in den Knochen, das Hirn wie ein Ballon aufgeblasen und mit Watte ausgestopft. Es hätte mich nicht gewundert, wenn plötzlich ein Dinosaurier quer über die Straße gelatscht wäre.

Ich hatte das Gefühl, in einem großen Fass zu stecken. Es war mit zähflüssigem Sirup gefüllt. Und ich paddelte hilflos wie ein Insekt darin herum, zog Schlieren in den klebrigen Brei, schnappte nach Luft und spürte, es war alles vergebens. Jetzt brauchte ich dringend Hilfe, einen Menschen zum Reden. Jochen Becker, wen sonst? Ich dachte, dass er genug Abstand halten könnte, um die ganze Sache objektiv zu betrachten.

Ich fuhr zu unserer Wohnung, um alles noch einmal in Ruhe zu überdenken, ehe ich mich eventuell bei Jochen lächerlich machte. Olivers Andeutungen. Sein Gestammel vor und nach dem Albtraum. Meine Eindrücke bei der Abholung des Buchs. Eine Kinderzeichnung. Und ein roter Golf mit zwei verschiedenen Kennzeichen, der bewies, dass etwas nicht mit rechten Dingen zuging.

Wenn ich den Verdacht, Ella Godberg könne am vergangenen Montag möglicherweise nicht von ihrem Bruder aus dem Haus geholt worden sein, aus allen Richtungen betrachtet hatte und mir meiner Sache einigermaßen sicher war, wollte ich Jochen anrufen. Doch dazu kam ich nicht mehr.

Schon im Treppenhaus hörte ich auf dem gesamten Weg in den ersten Stock das Telefon in unserer Wohnung klingeln. Ich stieg langsam Stufe um Stufe hinaus, dachte dabei an Mutter, meinen ältesten Bruder und die entrüstete Frage: „Was fällt dir ein, einfach abzuhauen, wenn wir mit dir reden wollen?"

Nach einem weiteren Vortrag war mir nicht. Deshalb ließ ich mir auch mit dem Aufschließen der Tür Zeit, bis das Klingeln aufhörte. Doch kaum hatte ich mich in einen Sessel gesetzt, begann es von neuem. Zehnmal, zwölfmal, Stille. Und wieder von vorne, zehnmal, zwölfmal, Stille. Und noch einmal.

Ich saß zu weit weg, um einen Blick aufs Display zu werfen. Als ich nach einer halben Stunde zu der Erkenntnis gelangte, dass kein Mitglied meiner Familie ein Telefon bis zum Abwinken läuten ließ, als ich endlich den Hörer abnahm und mich mit einem knappen „Ja" meldete, sagte Maren mit rauer, gedrängter Stimme. „Na endlich, Konni. Ich versuche schon seit einer Stunde, dich zu erreichen. Kannst du reden?"

Ich wusste nicht, ob ich konnte, und machte erst gar keinen Versuch. Sie interpretierte mein Schweigen falsch. „Alles klar, lass dir etwas einfallen, um wegzukommen. Ich muss dich unbedingt sehen, sofort. Es ist sehr wichtig."

Als ich immer noch keinen Ton über die Lippen brachte, wurde sie wütend. „Verdammt, Konni! Spiel jetzt nicht den Heldenvater! Ich fahre in ein paar Minuten nach Köln und sehe dich in spätestens einer Stunde im Hotel, Zimmer 205."

Es war nicht ihr Fluch, sondern der darauffolgende Satz, der in mir etwas zum Einsturz brachte. *Spiel jetzt nicht den Heldenvater!* In dem Moment war ich absolut sicher, dass sie am vergangenen Montag zu Rex gesagt hatte, er solle die Kinder holen.

Und eins dieser Kinder war mein Sohn gewesen. Das musste sie schon gewusst haben, als sie ihn in Godbergs Garten sah. Ich Trottel hatte ihr beim Klassentreffen doch das neuste Foto von Oliver gezeigt. Und ich hatte am Dienstag Andreas Nießen losgeschickt, um das Ehepaar Kremer zu befragen. Aber da er nicht in einem Streifenwaren zu Godbergs Nachbarn gefahren war, konnte sie ihn schwerlich mit der Polizei in Verbindung gebracht haben.

Wahrscheinlich hatte sie mich am Dienstag nur ins Hotel zitiert, um unverbindlich nachzufragen, was mein Kleiner zuhause denn so erzählte. Welchen Grund es am Freitagabend gegeben haben könnte, mich erneut nach Köln zu bestellen, wusste ich nicht. Vielleicht hatte sie noch mal nachhaken wollen. Hätte ja sein können, dass ich mich anders verhielt, wenn bereits Ermittlungen im Gang gewesen wären.

Und jetzt. Sie hatte wohl gestern mein Auto vor Godbergs Haus gesehen. Und vor einer Stunde war dieses Auto am roten Golf vorbeigefahren.

Endlich bekam ich die Stimme frei und sagte: „Nein."

„In einer Stunde", wiederholte sie. Dann war die Leitung tot.

ELLA GODBERG

Es war kurz vor sechs, ich wusste nicht, wie lange Hanne noch an der Geburtstagsfeier teilzunehmen gedachte. Vielleicht nahm sie an, ich sei nur nach Hause gegangen, weil ich meine Ruhe haben wollte. Mit etwas Glück war ich wieder da, ehe sie heimkam. Und mit noch mehr Glück wusste ich dann, ob ich mich nur verrückt machte. Ich hatte nicht vor, nach Köln zu fahren, wollte mich nur überzeugen, dass Maren auf dem Weg zum Hotel war. Dann wollte ich mit Alex Godberg sprechen.

Ich fuhr sofort runter, parkte in einer Querstraße und wartete. Nach einer Viertelstunde war immer noch kein silberfarbener Insignia vorbeigefahren. In ein paar Minuten, hatte sie gesagt. Wenn sie sofort losgefahren war, musste sie längst auf der Autobahn sein. Also stieg ich aus und ging bis zur Straßenecke.

Vor Godbergs Grundstück parkte ein Lieferwagen mit offenen Hecktüren. Im Laderaum sah ich drei Teppichrollen. Zwei junge Männer liefen geschäftig zwischen dem Hauseingang und den Hecktüren hin und her, jedes Mal beladen mit einer weiteren Rolle. Ab und zu erschien auch Alex in der Haustür und überwachte die Aktion. Insgesamt zählte ich zwölf Teppiche, ehe der Lieferwagen abfuhr und die Haustür geschlossen wurde. Geöffnet wurde sie danach nicht mehr, obwohl ich ziemlich lange auf den Klingelknopf drückte, gegen die Haustür klopfte und nach Ellas Mann rief.

Deshalb fuhr ich doch nach Köln in der Absicht, Maren ins Kreuzverhör zu nehmen. Erst kurz vor der Abfahrt Köln-West wurde mir bewusst, dass ich ihr keine Fragen stellen und auf gar keinen Fall ihr Misstrauen wecken durfte. Wenn mein Sohn letzten Montag nicht Zeuge einer familiären Auseinandersetzung geworden sein sollte, wenn Oliver stattdessen eine Entführung beobachtet hatte … Allein die Vorstellung drehte mir den Magen um, mein Olli. Und wie hieß es in solchen Fällen immer: „Keine Polizei."

Am liebsten hätte ich kehrtgemacht. Aber mit ihrem Drängen im Hinterkopf fuhr ich weiter.

Was so wichtig war, erfuhr ich nicht. Anscheinend ging es nur um das Übliche. Und mein Verhalten, vielmehr meine Reaktion musste sie stutzig machen. In den ersten zehn, fünfzehn Minuten rührte sich bei mir gar nichts. Sie gab sich redlich Mühe, spielte auf der Flöte wie in alten Zeiten. Aber schließlich richtete sie sich auf und schaute mir mit einem undefinierbaren Blick in die Augen.

„Was soll ich denn jetzt davon halten, Konni? Vor so einem Problem standen wir noch nie. Verrätst du mir etwas über die Gründe? Hast du dich letzte Nacht daheim als Liebhaber total verausgaben müssen? Drückt dich das schlechte Gewissen? Oder hast du berufliche Sorgen?"

So konnte man das ausdrücken, aber das Nicken verkniff ich mir lieber. Spiel jetzt nicht den Heldenvater, dachte ich. Sie setzte sich rittlings auf meine Oberschenkel und begann mit sanften, kreisenden Bewegungen über meine Bauchdecke zu streichen. „Sprich dich aus, Konni, dafür bin ich immer noch gut. Ich werde es auch nicht weitererzählen, großes Ehrenwort."

Für einen Scherz klang das nicht leicht genug.

„Warum musste ich jetzt unbedingt kommen?", fragte ich.

Sie lächelte. Auf mich wirkte es wie blanker Hohn. „Vielleicht hatte ich Sehnsucht nach einer Tracht Prügel. Du wolltest mich doch windelweich schlagen, wenn ich dich noch mal unter dieser Nummer anrufe."

Bis dahin hatte sie sich nicht die Zeit genommen, irgendein Teil ihrer Oberbekleidung auszuziehen. Sie trug einen engen, kurzen Rock, den sie nur hochgeschoben hatte, um sich auf meine Beine setzen zu können. Dazu die rote Bluse, in der sie am Dienstag unter die Dusche gestiegen war. Die Bluse öffnete sie nun ganz langsam, Knöpfchen für Knöpfchen. Sie schob den Stoff über die linke Schulter zurück, dann über die rechte Schulter und die Oberarme. Dabei schüttelte sie ihr Haar mit einer raschen Kopfbewegung nach hinten und betrachtete mich mit demselben sezierenden Blick wie damals das verletzte Kätzchen.

Auf ihrem linken Oberarm befand sich ein Bluterguss, ziemlich frisch, überwiegend blaurot, stellenweise sogar schwarz. Vier Finger, ein Daumen und der Handballen hatten sich eingeprägt, als sei sie gewaltsam festgehalten worden von einer richtigen Pranke. Passend zu dem Kerl vom Beifahrersitz im Golf, dachte ich unwillkürlich.

„Hattest du Ärger mit Rex?", fragte ich und legte meine Hand auf das Hämatom. Ich versuchte es zumindest, aber meine Hand war zu klein.

Sie lächelte immer noch. „Nicht der Rede wert. Er argwöhnte am Freitagabend, ich könne mehr getan haben, als nur irgendwo gut zu essen."

Während sie sprach, zog sie die Bluse ganz aus, darunter trug sie ein Seidenhemd. Als sie das über den Kopf zog, wurde mir übel. Auf Brust und Rippen hatte sie weitere großflächige Blutergüsse. Der Form nach Faustschläge und Quetschungen.

Ich tippte behutsam mit einer Fingerspitze gegen zwei der Hämatome und sagte: „Wenn das nur Argwohn war, sollten wir aufhören, ehe Rex richtig misstrauisch wird."

„Das hat mich immer so an dir gestört, Konni", antwortete sie. „Du kannst einfach kein Risiko eingehen. Ich nehme einiges in Kauf, um dich zu treffen. Dafür lasse ich mich sogar mit dem Kopf ins Klo drücken, während die Spülung abgezogen wird, bis ich meine, beim nächsten Schwall zu ersaufen."

„Macht er das etwa auch mit dir?", fragte ich.

„Nein, dafür hat er seine Leute", sagte sie. „Und die haben von der Pike auf gelernt, wie man ein Klo schrubbt. Aber mach dir deswegen keine Gedanken, Konni. Es war mein Fehler. Ich hätte am Dienstag die nassen Klamotten nicht mit zurücknehmen dürfen. Dann wäre es ihm nicht aufgefallen."

„Du bist verrückt", sagte ich.

Sie lachte, es klang fast fröhlich, und bestätigte: „Ja. Nach dir, Konni. Das habe ich dir vor neun Jahren doch schon gesagt. Und bisher dachte ich, es beruhe auf Gegenseitigkeit. Was ist los mit dir, Konni?"

Sie wusste ganz genau, was mit mir los war. Ich hätte geschworen, dass sie es wusste. Ein guter Schauspieler war ich nie. Und der Gedanke, dass ich Hanne mit einer Frau zu betrügen versuchte, die möglicherweise in eine Entführung verwickelt war, stand mir vermutlich auf der Stirn geschrieben.

Ihre Finger glitten immer noch spielerisch kreisend über meine Haut, umrundeten den Nabel, strichen an den Leisten abwärts. Ich konnte den Blick nicht lösen von diesen Flecken, hatte die Stimme meiner Mutter im Kopf. Lichtscheues Gesindel, ein Hamburger Fiesling, der Fred Pavlow drohte, ihm sämtliche Zähne auszuschlagen. Über die Erinnerung an die Worte meiner Mutter fand ich endlich eine harmlose Frage: „Wie konntest du am Freitag bei meinen Eltern anrufen?"

Nun lachte sie hellauf. „Ach Gottchen, ist das der Grund für deinen Hänger? Haben sie dir mit vereinten Kräften die Hölle heißgemacht? Lass mich raten, was hat Mama gesagt?"

Sie hob den Zeigefinger, drohte mir damit und traf fast den Wortlaut meiner Mutter. „Und dass du dir nicht einbildest, du könntest wieder bei uns einziehen, wenn Hanne deinen Koffer vor die Tür stellt. Wir haben dich einmal aufgenommen. Wer sich freiwillig zum zweiten Mal aufs Glatteis begibt, dem ist nicht zu helfen."

Dann ließ sie sich nach vorne fallen, hauchte mir eine Unzahl von kleinen Küssen auf Kinn, Hals, Mund und Nase. „Nicht böse sein, Konni. Du hättest mich eben nicht beschwindeln dürfen, du einsamer Wolf. Ich wollte doch nur wissen, wo ich dich finden kann. Du stehst nicht im Telefonbuch, mein Lieber. Die Auskunft konnte mir auch nicht helfen. Gehört sich denn das für einen anständigen Polizisten? Gib mir deine Handynummer, dann haben wir das Problem aus der Welt."

„Ich hab nur ein Diensthandy", log ich. „Das lasse ich grundsätzlich im Büro, wenn ich Feierabend mache. Sonst hätte ich wahrscheinlich nie Feierabend."

Beide Handys lagen im Auto. Da hatten sie auch am Dienstag und am Freitag gelegen, während ich bei ihr gewesen war. Sie nickte, als habe sie vollstes Verständnis für meine Einstellung. Dann rutschte sie langsam tiefer und versuchte ihr Glück noch einmal.

Ehe sie erneut stutzig wurde, weil ihre Bemühungen auch diesmal nicht von Erfolg gekrönt wurden, sagte ich: „Du hättest meine Familie aus dem Spiel lassen sollen."

Sehen konnte ich ihr Gesicht nicht, aber ich fühlte ihr Grinsen auf der Haut. „Lässt deine Familie mich aus dem Spiel, Konni?"

Jetzt sprachen wir endlich Klartext. Ich nahm es jedenfalls an, blieb aber auf Vorsicht bedacht. „Wie sollten sie, wenn du dich selbst ins Gespräch bringst? Ich hab mir gestern einige Widerwärtigkeiten anhören müssen. Beischlafdiebstahl im sonnigen Florida. Aufenthalte im Knast. Umgang mit lichtscheuem Gesindel und eine Mieterhöhung."

Wieder lachte sie. „Köstlich, was die Leute sich alles einfallen lassen, wenn sie einen nicht mögen. Aber das mit der Mieterhöhung stimmt. Ich habe eben keine soziale Ader. Du kannst deine Eltern schon mal auf die nächste Erhöhung vorbereiten. Ich will wenigstens den üblichen Satz haben und orientiere mich am Mietspiegel. Noch liegen sie darunter."

Dann packte sie fester zu. Und irgendwo im Adergeflecht löste sich ein Knoten. Vielleicht war es ihr Lachen, ihre scheinbare Erleichterung. Die Blutzirkulation kam in Gang.

„Na also", meinte sie. „Man muss den Stier bei den Hörern packen und den Bullen beim Schwanz, dann funktioniert das auch."

Es war weit nach acht, als ich das Hotelzimmer wieder verließ. Maren lag noch ausgestreckt auf dem Bett, einigermaßen, aber wohl kaum völlig zufrieden. Mit einem langen, nachdenklichen Blick schaute sie mir hinterher. Ihre Augen verfolgten mich geraume Zeit. Und die ganze Zeit dachte ich, ich hätte sie vielleicht fragen müssen, warum sie bei einem Mann blieb, der sie misshandelte. Ob es schon vorher Ausbrüche von Gewalt gegeben habe oder ob er erst jetzt sein wahres Gesicht zeige. Irgendeine Art von Anteilnahme heucheln, um zu demonstrieren, dass ich wirklich von nichts eine Ahnung hätte.

Ich fuhr langsam, ständig den Rückspiegel im Blick, und nicht sofort nach Hause. Es spielte keine Rolle mehr, ob Hanne bereits daheim war und auf mich wartete, ob sie sich fragte, was ich gerade trieb, ob sie litt. Ich war sehr wohl imstande, ein Risiko einzugehen, meinte jedoch, so groß sei es nicht. Rex konnte mich nicht persönlich kennen. Dass Maren ihm mal ein Jugendfoto von mir gezeigt hatte, war nur schwer vorstellbar. Und dass sich ihm mein Gesicht im Moment des Vorbeifahrens eingeprägt haben könnte, schloss ich aus.

Meinen Wagen stellte ich wieder weit entfernt ab. Auf die Gefahr hin, dass Rex ausfallend wurde, wenn ich an den Zaun pinkelte, mehr als ein paar Kraftausdrücke befürchtete ich nicht. Dass ich, wie man so schön sagt, das Pferd von hinten aufzäumte, war mir durchaus bewusst. Ich hätte zu Godberg fahren müssen, um Maren ankommen zu sehen. Aber es war wohl so, dass sich ein großer Teil Konrad Metzner gegen den unumstößlichen Beweis ihrer Anwesenheit in Godbergs Haus wehrte.

Auf Koskas Grundstück hatte sich in den letzten Stunden nichts verändert. Keine Spur von dem roten Golf, immer noch sämtliche Rollläden unten, was nicht bedeutete, dass sich nicht niemand im Haus aufhielt. Vielleicht hatte der kleine Mann den Bullen nur abgesetzt und war weitergefahren. Vielleicht hatten sie das Auto auch anderswo abgestellt.

Eine geschlagene Stunde arbeitete ich mich unter dem Deckmäntelchen des einsamen Spaziergängers, der von einem menschlichen Bedürfnis überwältigt worden war und nicht unbedingt öffentliches Ärgernis erregen wollte, vom Zaun zum Bagger, weiter zum Tieflader, über das komplette Grundstück und um das Haus herum.

Maren kam nicht, von Rex oder dem Schmalgesicht in der Lederjacke sah ich auch nichts. Entweder interessierte es sie nicht, dass sich draußen jemand vergebens darum bemühte, seine Blase zu entleeren. Oder sie hielten es für ratsamer, sich abwesend zu stellen.

Danach machte ich einen Abstecher zu Godberg. Das Garagentor war geschlossen. An sämtlichen Fenstern die Rollläden unten. Es gab nichts zu sehen. Also fuhr ich endlich heim.

Ich wollte wie üblich meinen Wagen in die Garage fahren, die Hanne zusammen mit der Wohnung gemietet hatte. Dann wollte ich Oliver wecken und ihn unter der Androhung, dass es für jede phantasievolle Ausschmückung drei Monate Stubenarrest und ein halbes Jahr Fernsehverbot gab, einem strengen Verhör unterziehen. Genauer gesagt, ich wollte mir den Ablauf des vergangenen Montags haarklein von ihm schildern lassen.

Aber in der Garage stand Hannes Fiat – exakt in der Mitte. Rechts und links, vorne und hinten war genügend Platz für einen Pulk Motorräder. Hannes Fiat einen Kleinwagen zu nennen wäre maßlos übertrieben. Man hätte von seiner Sorte bequem zwei in der Garage unterbringen können. Sie hatte ihn vor Jahren überaus preisgünstig aus dritter Hand erstanden und fand seitdem, er reiche völlig für ihre Stadtrundfahrten und gelegentlichen Abstecher nach Köln.

Ein paar Kinder aus der Nachbarschaft hatten den Fiat bereits mit der unschönen Bezeichnung Rostlaube belegt. Aber der TÜV-Prüfer war beim letzten Termin gnädig gewesen und hatte ihn noch mal durchgewunken in der Überzeugung, es sei Hannes Problem, wenn es ihr auf den Kopf regnete oder sie nasse Füße bekam. Rein technisch gesehen war das Vehikel so weit einsatzfähig, dafür sorgte mein jüngerer Bruder. Er war beruflich als gelber Engel unterwegs, arbeitete für den ADAC.

Normalerweise stand der Fiat in der Nähe der Haustür am Straßenrand, weil an ihm ohnehin nichts mehr zu verderben war. Weder saurer Regen, Hagelstürme, Taubenschwärme noch spielende Kinder konnten ihm einen Schaden zufügen, den er nicht bereits gehabt hätte.

Mein Audi dagegen war erst zwei Jahre alt, die Familienkutsche sozusagen. Technisch in Topzustand, in Punkto Sicherheit ausgerüstet mit allem, was auf dem Markt war. Er hatte sogar

Seitenairbags, Hannes Fiat hatte gar keine. Sie hatte mir sofort nach der Überführung den Platz in der Garage nicht nur überlassen, sondern förmlich aufgedrängt.

Und jetzt stand der Fiat drin. Es war fast schon der Tritt in den Hintern. Hanne hatte den Fehdehandschuh aufgenommen. Irgendwie erleichterte mich das. So wie der erste paukenartige Donnerschlag einen durchatmen lässt, nachdem es zuvor stundenlang gewetterleuchtet und nur von Ferne gegrummelt hat.

Das klingt vielleicht komisch in Anbetracht der Gesamtsituation. Aber wenn man meint, bis zum Hals in der Scheiße zu stecken, hat ein kräftiger Schauer, der zumindest den Kopf frei spült, einiges für sich.

Ich rechnete damit, einen Koffer oder eine Tasche mit ein paar Sachen vor der Wohnungstür zu finden. Vielleicht noch einen Zettel, auf dem stand, ich solle zusehen, wo ich bliebe. Meinen restlichen Kram könne ich in den nächsten Tagen abholen.

Die Haustür war bereits abgeschlossen, wie sich das für ein anständiges Mietshaus gehörte. Ich stieg die Treppen hinauf zu unserer Wohnung. Vor der Tür stand nichts, aber man durfte auch nicht erwarten, dass eine betrogene Frau dem Sünder noch fürsorglich frische Wäsche für den nächsten Tag einpackte. Ich ging davon aus, die Tür sei von innen blockiert, ich müsse im Auto nächtigen und morgen zerknautscht zum Dienst.

Wider Erwarten ließ sich mein Schlüssel jedoch einstecken und problemlos drehen. Die Tür war nicht einmal abgeschlossen. In der Diele empfing mich ein Geruch, der mir völlig neu war. Die gesamte Wohnung war damit aufgeladen. Ein süßlicher Duft, nicht allzu schwer, ein Hauch von Ambra und wilden Blüten.

Genauso gut hätte Hanne einen roten Teppich ausrollen und mit Rosenknospen bestreuen können. Es war ein Duft wie ein Versprechen, sehr erotisch und sehr massiv.

Hanne hatte den Kampf tatsächlich aufgenommen. Und sie kämpfte eben auf ihre Weise. Sie saß auf der Couch im Wohnzimmer, frisch geduscht und geföhnt, von Kopf bis Fuß gesalbt und parfümiert, komplett geschminkt, was sie sonst nur zu ganz besonderen Anlässen tat. Ihre Kleidung war noch die gleiche wie am Nachmittag, dunkle Jeans, weiße Bluse. Nur war an der Bluse ein Knopf mehr offen als üblich. Und sie hatte Pumps angezogen.

Im ersten Moment dachte ich nur, *bitte nicht*. Ich war deprimiert, frustriert und ausgelaugt von meinen krampfhaften Bemühungen, für Maren den feurigen Liebhaber auferstehen zu lassen.

Hanne blätterte scheinbar interessiert in einem Modekatalog, hielt kurz inne und schaute auf, als ich eintrat. Kein Wort zur Begrüßung, keine Frage, nur die Andeutung eines wohlwollenden Lächelns. Ungefähr so, wie man einen streunenden Kater anlächelt, wenn er den Heimweg gefunden hat. Dann vertiefte Hanne sich wieder in den Anblick eines spitzenbesetzten Mieders. Ich blieb bei der Tür stehen und wartete.

Nachdem sie jede Einzelheit des Mieders studiert hatte, was kaum länger als fünf Minuten dauerte, hob sie den Kopf erneut, lächelte auch wieder, durchaus freundlich, aber auch ein wenig besorgt. Ich wusste nicht, wie ich dieses Lächeln auslegen und was ich sagen sollte.

Hanne sagte: „Du hast bestimmt noch nicht zu Abend gegessen, Konrad. Ich habe dir eine Portion Kartoffelsalat mitgebracht und zwei Paar Wiener Würstchen."

Das war noch verwirrender als die Wolke von Ambra und wilden Blüten, die tonnenschwer im Wohnzimmer hing. Sie musste in dem Zeug gebadet und die Möbel damit eingesprüht haben. Ich fragte mich, wo sie das an einem Sonntagabend herbekommen hatte, bis mir einfiel, dass Parterre eine Kosmetikberaterin wohnte, die mit einem Köfferchen von Tür zu Tür pilgerte und auf diese Weise ihr Haushaltsgeld aufbesserte. Hanne hatte anscheinend bei ihr geklingelt und eingekauft.

Ich schüttelte den Kopf, was nicht bloß heißen sollte, dass ich absolut keinen Hunger verspürte. Es war auch Ausdruck meiner Überforderung mit der Situation.

Dann gab Hanne mir den Rest. „Es tut mir leid, Konrad. Es wird nicht wieder vorkommen." Das klang, als hätte sie mich betrogen.

Ich schüttelte erneut den Kopf und lehnte mich an den Türrahmen. Sie sprach unbeirrt weiter. „Ich habe ihnen gesagt, sie sollen dich in Ruhe lassen. Dass du zurzeit keine Moralapostel und keine Vorwürfe gebrauchen kannst. Da musst du alleine durch."

Großartig, wirklich phantastisch. Hab ich schon erwähnt, dass Hanne einzigartig war? Eine junge Frau, wie es vermutlich keine zweite gibt.

Aber ich will nicht behaupten, sie hätte mit ihrer Großmut mein gesamtes Konzept über den Haufen geworfen. Mit der Befürchtung einer verbarrikadierten Tür hatte ich im Treppenhaus den Entschluss gefasst, notfalls im Hausflur lautstark den Verdacht einer Entführung zu äußern, um wenigstens vorübergehend von der frischen Fährte abzulenken und eingelassen zu werden. Natürlich wäre das feige gewesen, aber ein Held war ich nie. Das habe ich mit Sicherheit auch schon erwähnt.

Ich holte einmal tief Luft und erklärte: „Das werde ich kaum schaffen, wenn ich mit meiner Vermutung richtigliege. Es könnte sein, dass Ella Godberg am vergangenen Montag entführt wurde. Möglicherweise ist Maren daran beteiligt. So wie es aussieht, hat sie sich bei Alex einquartiert und fährt mit seinem Auto herum."

Hannes Blick bekam etwas Tadelndes, ihre Stimme einen Hauch von Strenge, als sie mir einen ersten Vorgeschmack gab, wie diese Behauptung auf andere wirken musste. Sie klang fast, als hätte sie mit meiner Mutter geübt.

„Hast du das nötig, Konrad? Bist du wirklich darauf angewiesen, dich auf so erbärmliche Weise aus der Affäre zu ziehen?"

Ich schüttelte zum dritten Mal den Kopf und zählte auf, was dafürsprach. Viel war das zugegebenermaßen nicht. Ollis Geschichte und die Tatsache, dass er diesmal keinen kompletten Film erzählt, sondern es bei diffusen Andeutungen belassen hatte. Alex Godbergs Nervosität bei der Abholung des Buchs und ein flüchtiger Eindruck über der Spanngardine des Küchenfensters. Dann der Insignia und ein roter Golf, in dem ich meinte, den lebendigen Gegenpart einer Zeichnung von Oliver erkannt zu haben.

Hanne hörte ungläubig, misstrauisch und voller Abwehr zu. Als ich wieder schwieg, meinte sie: „Es hat überhaupt keinen Zweck, Oliver jetzt aus dem Schlaf zu reißen. Dann wachsen Rex nur Drachenflügel. Wenn du von ihm etwas erfahren willst, warte bis morgen früh." Erst danach gab sie sich eine winzige Blöße. „Heißt das, du hast Maren nicht gevögelt?"

Da war dieses leichte Zittern in ihrer Stimme. Und ich hätte so gerne im Brustton der Überzeugung gesagt: „Natürlich nicht, wo denkst du denn hin."

Aber ich senkte den Kopf. Und Hanne murmelte: „Schon gut. Ich hätte dir auch nicht geglaubt, wenn du jetzt nein gesagt hättest. Du hattest gestern früh Kratzer auf dem Rücken. Von mir waren die nicht. Ich hab in den letzten Tagen keine Gelegenheit zum Kratzen bekommen und hatte es auch noch nie nötig, mich auf diese Weise einzuprägen."

Dann erhob sie sich, der Katalog blieb aufgeschlagen auf der Couch zurück. Inzwischen saß ich in einem Sessel. Hanne ging an mir vorbei zur Tür, aufrecht, stolz, unverwundbar, das Selbstbewusstsein der modernen jungen Frau wie einen Stacheldrahtzaun um sich gezogen.

Bei der Tür drehte sie sich noch einmal um. „Was uns beide angeht, das klären wir, wenn ich mit Ella oder Alex gesprochen habe. Ich werde morgen hinfahren und nicht eher von der Tür ..."

„Bist du wahnsinnig?", fuhr ich sie an. „Hast du nicht verstanden, was ich sagte? Maren ist wahrscheinlich bei ihm. Du wirst überhaupt nichts tun. Das fehlt mir noch. Was da zu tun ist, überlassen wir Leuten, die etwas davon verstehen."

Hanne starrte mich aus zusammengekniffenen Augen und mit gerunzelter Stirn an. Dann fetzte ein Donnerschlag durch das Wohnzimmer, der Blitz schlug direkt zu meinen Füßen ein. „Schrei mich nicht an! Was bildest du dir ein, du gemeiner Kerl? Willst du Oliver Konkurrenz machen? Erzählst mir eine haarsträubende Geschichte und denkst, ich nehme das hin? Da hast du dich aber gewaltig getäuscht. Damit ist die Sache nicht vom Tisch, damit nicht! Oder willst du mir weismachen, du hättest Maren aus lauter Diensteifer gevögelt? Für Kapitaldelikte bist du doch gar nicht zuständig. Das hättest du ihr sagen sollen."

Sie holte nicht einmal Luft zwischen den einzelnen Sätzen. „Wer bespitzelt denn hier wen? Hat sie sich nur noch mal an dich rangemacht, weil sie von Sven gehört hat, wer Olivers Vater ist? Da sollten wir uns aber fragen, ob sie von alleine auf die Idee gekommen ist. In Zuhälterkreisen ist es ja üblich, die eigene Freundin als Lustobjekt einzusetzen. Da spielt es keine große Rolle, ob man Geld dafür bekommt oder Informationen. Erhoffen sie sich Einblick in die Ermittlungen, falls es welche geben sollte? Sag ihr beim nächsten Mal, dass man beurlaubt wird, wenn man Tatverdächtige besteigt. Dann verliert sie garantiert das Interesse an dir und macht sich lieber an Herrn Grovian ran."

Rudolf Grovian war der Leiter vom KK 11.

Bevor ich dazu kam, über all das nachzudenken, was sie mir gerade an den Kopf geworfen hatte, drehte Hanne sich um, ging ins Bad und knallte die Tür hinter sich zu. Ich folgte ihr, öffnete die Tür wieder und wollte etwas sagen.

Sie zerrte sich gerade die Jeans vom Leib. Die Pumps lagen bereits vor der Badewanne, ihre Bluse auf dem Toilettendeckel. Die Jeans flog in die Ecke neben der Waschmaschine. Hanne stand vor mir in Büstenhalter, Slip und Strümpfen, die von weißer Spitze oben gehalten wurden. Die Sachen hatte ich noch nicht an ihr gesehen.

Die Frau meines jüngsten Bruders trug solche Dessous und veranstaltete alle zwei Monate eine private Party, bei denen interessierte Frauen die Sachen bestaunen, anprobieren und kaufen konnten. Anscheinend hatte Hanne sich aus ihrem Fundus bedient und den Katalog mitgebracht.

„Pass auf, dass dir nicht die Augen aus dem Kopf fallen", zischte sie. „Dein Bedarf für heute dürfte doch gedeckt sein."

Damit drehte sie sich zum Waschbecken um, öffnete den Wasserhahn und erklärte dabei: „Ich hätte ohnehin eine Pillenpause machen müssen. Jetzt sparen wir auch noch die Kondome. Das trifft sich gut, Gummis hasse ich. Und bilde dir nicht ein, dass ich dich vor die Wahl stelle, sie oder ich. Ich werde dir auch nicht den Koffer vor die Tür setzen, wie deine Mutter es mir wärmstens empfohlen hat. Für diese Nutte räume ich nicht das Feld. Da müsste ich ja Prügel bekommen. Ich hab schließlich ein Kind und verdiene nicht die Welt. Tob dich ruhig aus, der Spaß kostet ja nichts."

Und all das ohne einen Blick. Ihre rechte Hand prüfte unentwegt die Wassertemperatur, wedelte hin und her, ungeduldig, herzergreifend. Eine Hand, die verzweifelt nach der Kante tastete, um nicht vollends abzustürzen. Endlich schien das Wasser richtig temperiert. Hanne beugte sich vor, warf sich zwei Hände voll ins Gesicht, verschmierte das ganze Make-up und reckte mir dabei ihr spitzenverpacktes Hinterteil entgegen.

Wenn sie wild fauchend und mit gewetzten Krallen auf mich losgegangen wäre, hätte die Wirkung nicht durchschlagender sein können. Ich war nicht mehr deprimiert oder müde, und unser Badezimmer war nicht sehr groß. Ich brauchte nur einen Schritt zu tun, dann stand ich hinter ihr und fasste mit beiden Händen zu.

Sie stemmte sich mir entgegen und murmelte: „Wenn das Weib dich mit irgendwas angesteckt hat, bringe ich sie um."

Kurz nach sechs am Montagmorgen bemühte ich mich, von Oliver zu erfahren, was nun genau sich eine Woche zuvor bei seinem Freund abgespielt hatte. Mit blanken Augen saß er vor seinem Teller und rührte sorgfältig sein Müsli um. Dass kleine Kinder frühmorgens immer gleich so hellwach sein müssen.

Mit skeptischer Miene hörte er sich an, dass er mir alles sagen musste, nicht lügen, nichts dazuerfinden und nichts weglassen durfte. Die letzte Forderung war vermutlich überflüssig. Weglassen hatte er bisher äußerst selten etwas. Wenn doch, dann nur die Wahrheit. Und die hatte ich ausdrücklich verlangt.

„Und wenn der kleine Mann Tante Ella frisst?", gab er zu bedenken.

„Kleine Männer fressen keine Frauen", sagte ich. „Und wir können dafür sorgen, dass Tante Ella auch sonst nichts passiert."

„Ganz bestimmt?", wollte er wissen.

„Ja", behauptete ich.

Er schob sich einen Löffel voll Müsli in den Mund und kaute bedächtig. Damit war er eine Weile beschäftigt. Dann erklärte er: „Aber der Papa von Sven hat gesagt, ich darf keinem ..."

„Der Papa von Sven hatte Angst", unterbrach ich ihn. „Und mit Angst helfen wir Tante Ella nicht. Wenn man aus Angst vor bösen Menschen den Mund hält, ist das immer falsch. Dann kann kein Polizist die bösen Menschen verhaften. Du warst doch schon mutig, hast mir verraten, dass du dich hinter dem Zaun bei den Mülltonnen versteckt hast. Ein Bild von Rex hast du mir auch gemalt. Da kannst du mir getrost erzählen, was Rex und der kleine Mann gemacht haben."

Das leuchtete ihm ein. Er nickte, sich der Tragweite seiner Aussage voll und ganz bewusst. Eine halbe Stunde später hatte ich ein relativ klares Bild gewonnen.

Demnach waren am vergangenen Montagnachmittag ein großer Mann mit Bart, ein kleiner Mann in einer Lederjacke und eine böse Frau mit weißen Haaren bei Godbergs aufgetaucht. Fremde Leute, Olli hatte sie nie zuvor gesehen. Es waren ganz bestimmt nicht die Rocker gewesen. Und Onkel Manfred konnte auch nicht einer der beiden Männer gewesen sein. Onkel Manfred war ja ein Prolet und durfte Tante Ella nicht besuchen. Dass Ellas Bruder uneingeladen und mit Verstärkung aufgetaucht sein könnte, zog Olli nicht in Betracht. Ob es in Manfred Ritters Umfeld eine böse Frau mit weißen Haaren gab, wusste er natürlich auch nicht.

Er hatte mit Sven im Garten gespielt. Godbergs Arbeitszimmer lag wie das Wohnzimmer an der Rückseite des Hauses. Das Fenster war offen, davor gab es keine Gardinen. Man konnte problemlos in den Raum schauen, wenn man sich weiter hinten im Garten aufhielt.

Oliver und Sven hatten kein Klingeln an der Haustür gehört. Sie wurden durch die Stimmen aufmerksam. Alex protestierte lautstark gegen ein Ansinnen der Besucher. Der große Mann mit Bart brachte ihn mit einem Faustschlag ins Gesicht zum Schweigen.

Ella rannte mit einem Aufschrei aus dem Arbeitszimmer ins Wohnzimmer und stieß dort eine Vase um, die zerbrach. Ella hatte Blut an ihrem eingegipsten Arm. Wie das passiert war, wusste Oliver nicht. Aber so wie er die Sache schilderte, musste vorher im Arbeitszimmer etwas mit Ellas Arm passiert oder gemacht worden sein. Wahrscheinlich versuchte Ella zu fliehen. Der kleine Mann war ihr dicht auf den Fersen, bekam sie bei der Terrassentür zu packen und setzte ihr ein Messer an den Hals.

Die Kinder bekamen Angst. Olli behauptete steif und fest, nur Sven hätte sich gefürchtet, er nicht. Sie zogen sich weiter in den Garten zurück. Hinter einer Gruppe junger Tannen gingen sie in Deckung und verhielten sich still. Ihr Blickfeld war jetzt beschränkt auf die Terrassentür.

Der Bartmann, Alex und die böse Frau kamen ins Wohnzimmer. Der kleine Mann bohrte sein Messer in Ellas ohnehin schon blutenden Arm. Sie schrie wieder. Alex sprach mit heftigen Gesten auf die beiden Männer ein. Was er sagte, war im Garten nicht zu verstehen. Die böse Frau trat ans Fenster neben der Terrassentür und schaute hinaus.

Die Tannennadeln piksten Sven in die Beine. Er kroch ein Stück aus seiner Deckung. Olli wollte ihn zurückziehen. Die böse Frau wurde aufmerksam, trat ins Freie und sagte: „Da sind zwei Kinder im Garten, Rex. Die holst du besser mal rein."

Ob diese Aufforderung an den großen mit Bart oder den kleinen Mann gerichtet war, blieb offen. Nach Ollis Überzeugung musste Rex der große sein – das größte Raubtier aller Zeiten.

Bevor einer der beiden Männer reagieren konnte, stürmte Alex ins Freie, hievte Oliver über den Zaun, trug ihm auf, schnell nach Hause zu laufen und um Gottes willen keinem Menschen etwas zu erzählen, weil die beiden Männer Ella sonst etwas furchtbar Schlimmes antun würden. Seinen Sohn klemmte Alex sich unter den Arm und lief mit ihm zurück ins Haus.

Nur dachte Olli nicht daran, heimzugehen, wo es gerade richtig spannend geworden war. Er bezog Posten im Vorgarten der Kremers und spähte aufmerksam durch eine Lücke zwischen den Mülltonnen. So wurde er Zeuge, wie die böse Frau gegenüber die Haustür öffnete, die Straße entlangschaute und die Tür wieder zumachte. Kurz darauf verließen die beiden Männer mit der weinenden Ella das Haus.

Die böse Frau wollte ihnen mit Sven folgen. Alex protestierte lautstark: „Der Junge bleibt hier, sonst spiele ich nicht mit."

Daraufhin zeigte der kleine Mann auf die böse Frau und sagte: „Dann muss sie eben hierbleiben, halte ich ohnehin für besser. Hier tauchen garantiert bald die Bullen auf. Sie kann dafür sorgen, dass er keine Dummheiten macht."

Die Frau zeigte ihm einen Vogel und sagte: „Du spinnst wohl."

Und Rex sagte: „Keine Diskussion, der Vorschlag gefällt mir."

Dann waren die beiden Männer mit Ella in einem weißen Auto weggefahren. So weit, so gut, vielmehr gar nicht gut.

Hanne, die bis dahin schweigend zugehört hatte, ermahnte ihn, etwas schneller zu essen, und erkundigte sich mit einem Seitenblick in meine Richtung: „Wie sah die böse Frau denn aus?"

Oliver dachte nach. Zeugenbefragung! Ein aktuelles Foto von Maren konnte ich ihm nicht vorlegen. Und für einen Fünfjährigen ist ein Mann ein Mann und eine Frau eine Frau. Er mag sie jederzeit wiedererkennen, doch wenn er Personen beschreiben soll, gibt es nur dick oder dünn, groß oder klein, jung oder alt.

Aber dann kamen doch ein paar Anhaltspunkte. „Sie hatte eine weiße Hose mit einem roten Gürtel an und ein rotes Hemd. Und sie hatte Haare wie Oma, aber keine Locken und bis hier."

Seine Hand zeigte Schulterlänge. Meine Mutter war seit Jahren ergraut und ließ sich die Haare regelmäßig aufhellen. Weißblond, dachte ich. Und die Kleidung – er beschrieb dieselben Sachen, die Maren am vergangenen Dienstag im Hotel getragen hatte. Die Bluse hatte sie auch gestern wieder angehabt. Ich dachte an ihre Einkäufe in den Kaufhoftüten. Wenn man eine Frau zurückließ nur mit dem, was sie am Leib trug … Es passte. Ich hatte keine Zweifel mehr, so gerne ich noch welche gehabt hätte.

Ich überlegte, noch mit Koskas ehemaligem Geschäftsführer zu sprechen und von ihm ein paar Informationen über den Hamburger Fiesling oder das lichtscheue Gesindel einzuholen, ehe ich nach Hürth fuhr. Doch zum einen war es früh am Tag. Es bestand die Gefahr, dass Frau Pavlow sich noch daheim aufhielt. Wenn sie mithörte und es anschließend im Lidl verbreitete, wüsste es in zwei Stunden die halbe Stadt, was wohl einen Pilgerzug zu Koskas Grundstück zur Folge hätte.

Zum anderen war ich persönlich verwickelt und durfte niemanden befragen. Das mussten die Kollegen vom KK 11 übernehmen, die unvoreingenommen waren. Ich durfte nur noch mit Jochen sprechen und mit unserem Chef, Kriminaldirektor Eckert. Wie ich ihm die Sache präsentieren sollte, wusste ich noch nicht.

Alle Karten offen auf den Tisch oder die Kreuzdame im Ärmel behalten? Sobald ich Maren erwähnte, war ich komplett draußen, wurde vermutlich beurlaubt und durfte nicht einmal darauf hoffen, von irgendeinem Kollegen zu erfahren, was vorging. Aber verschweigen durfte ich sie natürlich auch nicht.

Es war ein elendes Gefühl. Die Frau, die mir Himmel und Hölle zur gleichen Zeit bereiten konnte, als Mittäterin in einem Entführungsfall zu etlichen Jahren hinter Gittern verurteilt. Keine Gefahr mehr für meinen Seelenfrieden. Im wahrsten Sinne des Wortes aus dem Verkehr gezogen. Ich wusste nicht, ob ich ihr das wünschte. Im Geist sah ich mich zum Telefon greifen.

Der Verräter in den eigenen Reihen. Ein letzter Liebesdienst. Nicht noch einmal zum Abschied. Sieh zu, dass du Land gewinnst, am besten eins, das nicht ausliefert.

Kurz nach acht saß ich am Schreibtisch und klärte ab, was sich ohne größeren Aufwand und richterliche Beschlüsse in Erfahrung bringen ließ. Der alte Koska war, wie meine Mutter behauptet hatte, am 12. Oktober des vergangenen Jahres verstorben. Seitdem galt sein Haus als unbewohnt.

In den überprüfbaren fünf Jahren vor seinem Tod hatte Marens Vater keinen Privatwagen mehr besessen. Aber auf die Firma waren noch drei ältere Fahrzeuge zugelassen, ein Nissan, ein VW-Polo und ein VW-Golf.

Ob es sich bei diesem Golf um einen roten oder einen grauen handelte, war beim Straßenverkehrsamt nicht vermerkt. Die Lackierung eines Fahrzeugs wird nie registriert, man konnte es ja jederzeit umspritzen lassen. Aber das für den Polo ausgegebene Kennzeichen hatte ich am vergangenen Nachmittag an dem roten Golf gesehen, in dem der Schmächtige und der Bulle zu Koskas Grundstück unterwegs gewesen waren. Und ich hätte jeden Eid geschworen, dass Maren in diesem Auto zum Klassentreffen gekommen war.

So weit war ich, als Jochen zum Dienst erschien. Mürrisch, unausgeschlafen und immer noch sauer auf mich, legte er mir wortlos eine Spesenabrechnung auf den Schreibtisch. Hundertzwanzig Euro, angeheftet war ein Bon aus dem Spielkasino Bad Neuenahr über zwanzig Euro für Getränke.

„Was soll ich damit?", fragte ich.

„Ich hatte kein Glück im Spiel", erklärte Jochen. „Und das Bier ist da verdammt teuer."

„Dein Pech", sagte ich.

„Nein, deins", widersprach Jochen. „Das wirst du mir aus deiner Privatschatulle erstatten. Immerhin war ich unterwegs, um festzustellen, ob du deinen Sohn in Zukunft wieder sorglos bei seinem Freund spielen lassen kannst. Daraus wird wohl nichts werden. Es hat sich aber trotzdem gelohnt. Und noch was, ich erwarte, dass du dich bei Andy für den Anschiss von letzter Woche entschuldigst. Der Junge hat gute Vorarbeit geleistet."

„Andy?", fragte ich. Bislang war noch kein Kollege auf die Idee gekommen, Andreas Nießen zu duzen und mit der begehrten Abkürzung seines Vornamens anzusprechen.

„Wenn es ihm doch Spaß macht", sagte Jochen. „Es klingt amerikanisch, und er steht nun mal aufs FBI. Wir sind uns am Sonntagabend etwas nähergekommen und zum Du übergegangen."

Sie waren gemeinsam in Bad Neuenahr gewesen, um die ominöse Katja aufzuspüren, von der Andreas Nießen letzten Montag gemeint hatte, sie habe Alex Godberg ein echtes Schmuckstück als Pfand überlassen und ein falsches zurückbekommen. Und sie hatten die junge Frau tatsächlich im Kasino angetroffen.

Jochen hatte ein wenig Druck ausgeübt. Vielleicht war Katja auch nur gesprächig gewesen, weil ihr Freund sich in der Zwischenzeit eine neue Gespielin zugelegt hatte. Nun war sie nicht mehr so gut auf ihn zu sprechen, weil sie jetzt einen alten Knacker umgarnen musste, um Taschengeld zu bekommen.

„Solche wie Katja wissen offenbar noch gar nicht, dass man für Geld auch arbeiten kann", sagte Jochen. „Aber das weiß ihr Verflossener vermutlich auch nicht. Er hat geerbt und nichts weiter zu tun, als das Geld auszugeben. Henning Grossert heißt er, besitzt zwei Sportwagen und eine Yamaha. Damit waren sie am fünften Mai bei Godberg, in Motorradkluft, wie sich das gehört. So ist dein Kleiner wahrscheinlich auf die Hell's Angels gekommen."

Katja hatte verlangt, die Männer sollten sich nicht so anbrüllen, weil die Kinder Angst bekämen. Ein Satz, der Herz und Verständnis für kleine Kinder bezeugte. Und ich hatte schon überlegt, ob Maren bereits vor dem Klassentreffen bei Godbergs im Einsatz gewesen sein könnte.

Henning Grossert und nicht etwa Ellas Bruder hatte auch Ende April Godbergs Wagen mit einem Hammer bearbeitet. Da war Katja nicht mit von der Partie gewesen, aber er hatte ihr brühwarm davon berichtet und den Einsatz für erfolgreich gehalten, weil Alex daraufhin scheinbar das von Katja in Zahlung gegebene Schmuckstück herausrückte. Nur war das edle Teil Grossert etwas schwerer oder heller vorgekommen. Er hatte es von einem Juwelier begutachten lassen und sich anhören müssen, man habe ihm eine Imitation angedreht.

Die hatte Grossert am fünften Mai dann vor Godbergs Füße beziehungsweise in den Garten geworfen und gebrüllt: „Damit kannst du Weiber aufs Kreuz legen, mich nicht!"

Vollständig hatte Olli den Dialog demnach nicht wiedergegeben. Der kleine Unterschied machte eine Menge aus.

Mit Katjas Angaben stand fest, dass es sich beim Corpus delicti um das Smaragdcollier handelte, für das seit letztem Montag die Auktion bei Ebay lief. Das Höchstgebot stand inzwischen bei fünfundvierzigtausend. Jochen warf die Frage auf, ob Godberg das Original oder die Imitation anbot.

„Katja wusste nicht, was aus den Verhandlungen geworden ist", sagte Jochen. „Aber wenn Godberg ein bisschen Grips im Schädel hat, hat er das echte zurückgegeben, um seiner Frau weitere Unannehmlichkeiten zu ersparen. Dann versucht er jetzt, irgendeinen arglosen Menschen zu bescheißen. Sein Onkel soll heute aus dem Urlaub zurückkommen, den kaufe ich mir als Ersten. Danach schicke ich Godberg die Kollegen vom KK 12 vorbei. Dann dürfte es mit der Kinderfreundschaft Essig sein. Aber da kann ich kein Auge zudrücken, Konrad. Wer weiß, wie lange Godberg das Spiel schon treibt. Einen Goldschmied in der Familie hat er ja nicht erst seit April."

„Nicht so schnell", sagte ich. „Da ist noch eine blöde Sache."

Natürlich war Henning Grossert ein Strohhalm. Doch sich an einen Halm zu klammern rettet einen nicht vor dem Ertrinken. Oliver hatte ausgeschlossen, dass die Rocker Tante Ella mitgenommen hatten.

Ich zählte Punkt für Punkt auf. Marens Erscheinen beim Klassentreffen. Ihre nachweislich falschen Behauptungen zum Tod ihres Vaters. Ein roter Golf mit eingedellter Fahrertür, der mal mit dem HH und mal mit BM im Kennzeichen fuhr. Eine Zeichnung in einem Malbuch und die Frühstücksunterhaltung mit Oliver.

Wie Hanne am vergangenen Abend hörte Jochen mir ungläubig und misstrauisch zu. Als ich zum Ende kam, fragte er: „Was denn, ist die Tussi diesmal nicht nur zum Ficken hier? Oder fickt sie gleichzeitig einen Geschäftsmann, der mit den Gesetzen auf Kriegsfuß steht? Das ist aber ein herber Schlag für dein Selbstbewusstsein. Wie steckst du das weg?"

Danach ersparte er sich und mir weiteren Sarkasmus, was aber nicht bedeutete, dass er einer Meinung mit mir war. „Blöde Sache", stimmte er mir zu. Damit meinte er hauptsächlich meine drei Aufenthalte in Kölner Hotelzimmern. „Ich hätte dich wirklich für klüger gehalten. Muss denn erst wieder alles den Bach runtergehen, ehe du zur Vernunft kommst?"

Was den Rest anging, war er skeptisch. Entführung. Ein blutender Arm in Gips, ein Messer an Ella Godbergs Hals. Jochen kannte Olivers blühende Phantasie, hatte sich anlässlich unserer gemeinsamen Kaffeenachmittage oder Grillabende mit Frauen und Kindern schon mehr als einmal darüber amüsiert.

Nun stellte sich ihm allerdings die Frage stellte, ob mein Sohn diesmal der Urheber war. Könnte ja auch sein, dass ich Oliver vorschob, um Maren eins auszuwischen, weil sie sich diesmal zusätzlich, vielleicht auch hauptsächlich einen Sunnyboy leistete.

„Das kannst du ausschließen", sagte ich.

„Was?", fragte Jochen. „Dass sie mit Godberg in die Kiste springt oder dass du ihm das nicht gönnst?"

„Vermutlich beides", sagte ich. „Aber Letzteres mit Sicherheit."

Jochen zuckte mit den Achseln. „Gut, dann schließe ich das aus. Aber ich muss trotzdem nicht glauben, dass Maren Koska bei Godberg ist, um zu verhindern, dass er die Polizei einschaltet. Dass du sie in einem silbergrauen Insignia gesehen haben willst, beweist noch gar nichts. Davon gibt es bestimmt mehr als einen. Was das Hamburger Kennzeichen am Golf angeht, in der Nacht hattest du einiges intus und warst der Meinung, sie käme geradewegs aus Hamburg. Da sieht man schon mal Dinge, die nicht da sind. Was haben wir sonst noch? Weiße Hosen und rote Blusen. Die dürfte es in rauen Mengen geben. Vielleicht ist Grosserts neue Gespielin weißblond. Wenn an Olivers Geschichte überhaupt etwas dran ist, sollten wir erst mal in die Richtung blicken."

Da hatte er nun seinen Sonntagabend mit Frau und Tochter geopfert und einen möglichen Übeltäter ausgemacht, den wollte Jochen so schnell nicht aufgeben. Was ich vorgebracht hatte, war für ihn eine Fünfzigprozentsache, eher zwanzig Prozent, meinte er, gestützt auf die Aussage eines fünfjährigen Knaben, der im Neffelbach schon weiße Haie gesehen und E.T. mit etwas Kleingeld ausgeholfen hatte.

„Oliver hat beteuert, dass es fremde Leute waren", sagte ich. „Und ich glaube ihm. Es ist eine Sache der Logik. Wenn es doch Grossert mit Anhang gewesen wäre, hätte Godberg seine hilflose Frau nicht mit zwei Männern wegfahren lassen müssen. Es hätte gereicht, das echte Collier herauszurücken."

„Vielleicht war Grossert damit nach all dem Ärger nicht mehr zufrieden", meinte Jochen. „Oder es sind noch andere beschissen worden, und einer von denen hat Ella Godberg als Pfand mitgenommen. Es gibt tausend Möglichkeiten, Konrad. Aber inzwischen dürften sie sich geeinigt haben. Vielleicht ist Ella längst wieder zuhause. Bedenk mal die Zeit. Es ist seitdem eine Woche vergangen. Und Godberg hat nichts unternommen."

„Wie soll er denn, wenn ständig jemand in seiner Nähe ist?", fragte ich.

Jochen grinste. „Das ist ein Argument. Und es spricht gegen Maren Koska. Wenn sie bei Godberg wäre, hätte er nämlich am Dienstagnachmittag, am Freitagabend und gestern um polizeiliche Hilfe bitten können. Da war sie jedenfalls nicht in seiner Nähe. Oder sehe ich das falsch?"

„Hättest du das riskiert an seiner Stelle?", fragte ich. „Kennst du einen Kollegen, der sich mit einer telefonischen Auskunft zufriedengibt? Die rücken an, um sich die Verdächtige vorzunehmen. Daraufhin tauchen die Komplizen ab, und du siehst deine Frau nie wieder."

Frustriert von meinem Beharren schürzte Jochen die Lippen. „Ich glaube, du hast wie dein Olli einen Film zu viel gesehen. Godberg hat selbst eine Menge zu verbergen, das wird viel eher der Grund sein, uns rauszuhalten. Warum hast du dich nicht mal bei seiner Putzfrau erkundigt?"

Auf die Idee war ich nicht gekommen, weil ich mit den Ermittlungen nicht so vertraut war wie er. Ihre Telefonnummer stand in der Akte. Jochen erreichte sie in ihrer Wohnung und erhielt die Auskunft, Alex Godberg habe letzten Montagabend den Hausschlüssel abgeholt und erklärt, vorerst werde sie nicht gebraucht. Ella wäre mit dem Sohn wieder zur Schwester gefahren. Und er müsse auf eine längere Geschäftsreise.

Bei Ellas Schwester in Frankfurt konnten wir nicht nachfragen. Um ihre Telefonnummer in Erfahrung zu bringen, hätten wir erst einmal wissen müssen, wie sie mit Familiennamen hieß. Aber es gab ja noch den Bruder, der so bereitwillig jeden Zoff auf seine Kappe genommen hatte und nun beim Hammerangriff und Ellas Armbruch widerlegt war.

Damit könnte man Manfred Ritter in die Zange nehmen, meinte Jochen, griff erneut zum Telefon, um von dem Entsorgungsunternehmen zu erfahren, wo er Ellas Bruder heute beim Mülleinsammeln finden könne. Nirgendwo. Ritter hatte letzte

Woche Urlaub genommen – wegen eines Unglücksfalls in der Familie.

„Besuche ich ihn eben zuhause", sagte Jochen, brach auf und kam nach zwei Stunden unverrichteter Dinge zurück. Ihm war nicht geöffnet worden. Ob sich jemand in Ritters Wohnung aufgehalten hatte, war nicht festzustellen gewesen.

„Die sind scheinbar alle auf Tauchstation gegangen", meinte er und klang dabei ein wenig nachdenklich.

Nun ersatzweise mit Koskas ehemaligem Geschäftsführer zu sprechen würde uns nicht weiterbringen, meinte Jochen. Fred Pavlow könne höchstens etwas über lichtscheues Gesindel, aber nichts über Ella Godbergs Verbleib erzählen.

Dass ich bei Hamburger Behörden Erkundigungen über Maren einziehen wollte, hielt Jochen auch nicht für klug.

„Darum kümmere ich mich, wenn es notwendig werden sollte. Du lässt die Finger davon, Konrad, sonst haut uns später ein gewiefter Rechtsverdreher deine Befangenheit um die Ohren. Sehen wir erst mal zu, dass wir risikolos in Erfahrung bringen, ob Godberg momentan alleine zuhause ist oder nicht. Ich fahre heute Abend hin. Was für ein Glück, dass du letzten Dienstag Andy gescheucht hast. Er wurde vielleicht gesehen. Ich war nicht mehr da. Probieren wir es erst mal so, ehe du dich beim Chef in die Nesseln setzt. Wenn für uns kein Handlungsbedarf besteht, wird Godberg mir den Puls fühlen. Wenn nicht, kann er mir notieren, in welcher Klemme er steckt."

„Und du glaubst im Ernst, dass er dir öffnet, wenn jemand bei ihm ist?", fragte ich.

„Ja." Jochen war zuversichtlich. „Dir hat er am Samstag doch auch die Tür aufgemacht. Es wird dich nur eine Kleinigkeit mehr kosten als mein Ausflug ins Kasino. Aber jetzt geht es auch um entschieden mehr. Hast du einen blassen Schimmer, was auf dich zukommt, wenn du mit deinem Verdacht richtigliegst? Dann geht die Sache nach Köln, die werden dich auseinandernehmen. Am Ende heißt es noch, du hättest Maren Koska erzählt, was bei Godberg zu holen ist."

Über diesen Aspekt hatte ich noch nicht nachgedacht.

Für den nächsten Schritt benötigte Jochen die Unterstützung von Andreas Nießen. Sein neuer Duzfreund brauchte nur ein paar Sekunden, um Godbergs E-Mail-Adresse ausfindig zu machen und zu verhindern, dass der Polizeicomputer einen verräterischen Hinweis auf den tatsächlichen Absender gab.

Jochen verfasste eine Botschaft, die seiner Meinung nach Godberg überzeugen musste, dass er dieses Gesprächsangebot nicht ausschlagen durfte. Er gab sich als Henning Grossert aus und verdrehte die Tatsachen ein wenig. Erinnerte an den Tag, an dem Alex ihm ins Auto gefahren war, und bekundete sein Interesse an einem Meissener Figürchen, Geschenk für die Frau Mama. Seinen Besuch kündigte er für acht Uhr abends an.

DIFFUSER ANFANGSVERDACHT

Um halb sechs zog ich an einem Bankautomat fünfhundert Euro. Etwa so viel hatte die Figur gekostet, die Oliver zerdeppert hatte. Ich fuhr auch noch mal heim, aber essen konnte ich nichts. Hanne hatte keine Lust, zu kochen. Der mir zugedachte Kartoffelsalat stand noch im Kühlschrank. Olli bekam ein Paar Wiener Würstchen mit einem Butterbrot, sie nahm sich das zweite Paar und den Salat. Als sie sich an den Tisch setzten, verließ ich die Wohnung wieder. Gesprochen hatten wir keine drei Sätze.

Ich konnte Hanne nicht erklären, dass ich noch nicht bei Kriminaldirektor Eckert gewesen war oder wenigstens mit Rudolf Grovian gesprochen hatte. Jochen zählte nicht, weil ich dienstlich eine Stufe über ihm stand.

Seine düstere Prognose bezüglich des Verdachts, der bei anderen entstehen könnte, lag mir wie ein Stein im Magen. Wenn es so weit kam, wie sollte ich beweisen, dass ich mit Maren nicht über Godberg gesprochen hatte? Ein zwielichtiger Geschäftsmann, der um die Polizei lieber einen Bogen machte, in dessen Haus ein Vermögen herumstand oder lag. Das wäre ein wirklich guter Tipp gewesen.

Schon um sieben Uhr stellte ich meinen Wagen in einer Querstraße ab. Eine knappe Stunde lang schlich ich herum. Über den

Feldweg, hinter den Gärten vorbei, immer darauf bedacht, harmlos zu wirken und von Godbergs Anwesen aus nicht gesehen zu werden. In einem der Gärten war ein Mann beschäftigt. Auf dem Feldweg behandelte ein Junge von vielleicht zehn Jahren sein Mountainbike wie ein bockiges Pferd.

Die ganze Zeit hatte ich Ollis Stimmchen im Kopf. „Ich hab mich hinter dem Zaun bei den Tonnen versteckt. Da konnte mich keiner sehen." Ich war sicher, dass Maren ihn sehr wohl gesehen hatte, als sie Godbergs Haustür öffnete und die Straße entlangschaute. Und dass ich nur aus dem Grund dreimal ins Hotel bestellt worden war. Das Nützliche mit dem Angenehmen verbinden.

Wenn du wüsstest, was ich zwischen dem Stroh so alles in meinem Kopf habe, würdest du die Klappe nicht so weit aufreißen.

Scheiße, dachte ich unentwegt. Scheiße, Scheiße, Scheiße, zu mehr reichte es nicht.

Aus der Entfernung betrachtet lag Godbergs Haus friedlich und wie ausgestorben da. Um halb acht meinte ich, an einem der oberen Fenster ein kleines Kind auszumachen. Näher heran wagte ich mich nicht. Inzwischen war der eifrige Gärtner aufmerksam geworden und erkundigte sich. „He, Sie, suchen Sie was?"

Ich erzählte ihm eine verworrene Geschichte von einem Schlüssel, den mein Sohn in dieser Gegend verloren haben müsse, und ging zurück zu meinem Auto.

Um zehn vor acht hielt Jochen kurz bei mir an. Korrekt mit Anzug, Hemd und Krawatte bekleidet sah er aus wie einer, der seiner Mutter teuren Nippes schenkte. Er nahm die fünfhundert Euro in Empfang und versuchte sich noch an einer Aufmunterung. „Lass den Kopf nicht hängen. In spätestens einer halben Stunde wissen wir, ob Alex dringend ein paar Spezialisten braucht oder ob du dich umsonst aufgeregt hast. Na ja, völlig umsonst nicht."

Er grinste, steckte die Geldscheine ein und stieg wieder in seinen Kombi. Ich fuhr nach Hause. Und während Hanne sich erbarmte, mir zwei Spiegeleier briet und ich allein vom Geruch bereits restlos satt war, versuchte Jochen sein Glück bei Alex Godberg. Und es war scheinbar alles in bester Ordnung.

Alex musste der Mail entnommen haben, wer ihm ins Haus stand, und spielte bereitwillig mit. Er präsentierte sich als der Mann, den Jochen bei seinen Ermittlungen kennengelernt hatte, leicht überheblich, etwas amüsiert, die Bemühungen der Polizei keinesfalls ernst nehmend.

Er begrüßte *Henning Grossert* mit einem Bedauern für den Zusammenstoß ihrer Fahrzeuge und freute sich, dass dieses Missgeschick nun noch ein kleines, durchaus angenehmes Nachspiel hatte. Jochen kam sich ziemlich verarscht vor.

Im Wohnzimmer sah es kahl aus. Keine Teppiche mehr auf dem Parkett, nur noch zwei Bilder an den Wänden. Das Kunstwerk von Uhr, das ich bei unserem Rundgang nach dem Einbruch bewundert hatte, stand auch nicht mehr auf dem Schrank. Alex erklärte die Nacktheit ungefragt damit, er wolle auswandern und sei dabei, seinen Haushalt aufzulösen.

Auf dem Wohnzimmertisch stand ein Figürchen bereit, aber dort konnte man nicht ungehört reden. Jochen versuchte es mit Zetteln, die er bereits im Voraus beschriftet in der Jacketttasche trug. *Brauchen Sie Hilfe? Wo ist Ihre Frau?*

Alex schüttelte nur den Kopf. Obwohl die Frage nach Ellas Aufenthaltsort damit nicht beantwortet war, machte er keine Anstalten, den Kugelschreiber zu ergreifen, den Jochen ihm hinhielt. Also behauptete Jochen, das Figürchen sei nicht ganz das, was er sich als Geschenk für die Frau Mama vorgestellt habe.

„Ich würde gerne selbst eins aussuchen."

Er hoffte darauf, in den Keller geführt zu werden, da hätte er reden können. Doch den Gefallen tat Alex ihm nicht.

„Viel Auswahl kann ich Ihnen leider nicht mehr bieten, Herr Grossert", sagte er. „Die besonders wertvollen Stücke liegen bereits für die Verschiffung eingepackt in Kisten. Aber die Gänseliesel wird Ihrer Frau Mutter bestimmt gefallen."

Die holte er dann alleine, setzte ordnungsgemäß einen Kaufvertrag auf, knöpfte Jochen mein Geld ab. Und das war's.

Eine Frau bekam Jochen nicht zu Gesicht. Allerdings hörte er zwei Stimmen aus dem oberen Stockwerk, die weinerliche eines Kindes und eine weibliche. Während sein Vater mit *Henning Grossert* im kahlen Wohnzimmer saß, wurde Sven im Obergeschoss aufgefordert, sich die Zähne gründlich zu putzen, ob von Maren oder einer anderen Frau, konnte Jochen nicht feststellen. Er hatte nie ein Wort mit Maren gewechselt.

Jochen kam anschließend mit der Gänseliesel, dem Kaufvertrag und einem Aufnahmegerät zu mir, das er ebenfalls in einer Jacketttasche bei sich getragen hatte. Kaum hatte er die Frauenstimme erwähnt, wollte Hanne mit ihrem Handy in die Küche. Sie hatte begriffen, dass es sich nicht um eine offizielle Polizeiaktion handelte, und nahm an, Jochen unterstütze mich, wie er es vor neun Jahren getan hatte.

„Das ist mir jetzt zu dumm", erklärte sie. „Ihr mit euren Faxen. Das konntet ihr mit Karola machen, mit mir nicht. Ich rufe jetzt an, und dann werden wir ..."

„Das wirst du auf gar keinen Fall tun", unterbrach ich sie.

Hanne funkelte mich wütend an. Sie machte keine Anstalten, sich wieder zu setzen. „Warum nicht? Ich kenne Ellas Stimme. Wenn sie daheim ist, könnt ihr euch den Zirkus ..."

„Frau Godberg war es mit Sicherheit nicht", schnitt nun Jochen ihr das Wort ab. „Mit ihr habe ich mich unterhalten, ihre Stimme hätte ich erkannt."

Wir hörten das Band mehrfach hintereinander ab. An einer bestimmten Stelle sagte Jochen jedes Mal: „Jetzt." Aber so aufmerksam ich auch lauschte, ich hörte nur Alex reden. Hanne erging es nicht besser.

„Da ist etwas faul", meinte Jochen. „Von Haushaltsauflösung und Auswanderung hätte er ohne Not nicht ausgerechnet dem Polizisten erzählt, der ihn der Hehlerei verdächtigt und mit dem Namen Grossert bewiesen hat, dass er einem Betrug auf die Spur gekommen ist. Und die besonders wertvollen Stücke in Kisten hat er irgendwie komisch betont. Ich will nicht den Teufel an die Wand malen, aber vielleicht war damit seine Frau gemeint. Wie auch immer, er will nicht, dass wir uns einmischen. Das ist klar."

Anschließend loteten wir unsere Möglichkeiten aus. Wir hätten die neue Gespielin von Henning Grossert durchleuchten können. Das hielt ich für Zeitverschwendung. Wir konnten auch versuchen, etwas Licht in Marens Umgang zu bringen, ehe ich mich beim Chef als triebgesteuert outete.

Rex, Clubbesitzer, Hamburger Fiesling, lichtscheues Gesindel, das war ziemlich vage. Aber wozu gab es Standesämter, Einwohnermeldeämter, entlassene Geschäftsführer und Computer, mit denen Jochens neuer Duzfreund so vortrefflich umgehen konnte.

Der Dienstagvormittag ging für die ersten Ermittlungen drauf, wobei Jochen von Andreas Nießen tatkräftig unterstützt wurde. Unser Internetfahnder war mit Feuereifer bei der Sache und betrachtete es als Abwechslung vom gewohnten Alltag. Vager Anfangsverdacht, möglicherweise eine Entführung, so hatte Jochen es ihm erklärt.

Entführung war für Andy eine riesengroße Sache, die Leute wie er normalerweise nur aus gebührender Entfernung mitbekamen. Ein Fall für psychologisch geschulte Spezialisten und andere Leute mit einschlägiger Erfahrung. Mit anderen Worten: eine Aufgabe für die Kriminalhauptstelle Köln oder das LKA.

Aber ehe man übergeordnete Dienststellen auf den Plan rief, sollte man versuchen, etwas mehr Hintergrundwissen in den vagen Anfangsverdacht zu bringen. Da stimmte er mit Jochen und mir völlig überein.

Während Jochen aufbrach, um mit Koskas ehemaligem Geschäftsführer zu sprechen, setzte Andreas Nießen sich an den Computer. Dass er mit seinen Aktivitäten brutale Gangster aus ihren Löchern aufscheuchte und zum Äußersten trieb, kann ich ausschließen. Er tat nur, was ich mir nach der Einladung zum Klassentreffen verkniffen hatte, holte Erkundigungen bei Hamburger Behörden ein.

Maren war seit zwei Jahren ordnungsgemäß in der Hansestadt gemeldet und arbeitete tatsächlich als Immobilienmaklerin. Sie wohnte allerdings nicht an der Außenalster, sondern in einem preiswerten Randbezirk. Separate Firmenräume hatte sie nicht, ihr Büro musste sich in der Wohnung befinden. Von einer Eheschließung war nichts bekannt.

Bis Februar war Maren recht nobel motorisiert gewesen, hatte einen Mercedes SLK besessen. Den hatte sie offenbar verkauft und fuhr seitdem ganz bescheiden den alten VW-Golf, den sie der väterlichen Firma entnommen hatte. Der Wagen war ordnungsgemäß in Hamburg zugelassen mit dem Kennzeichen, das ich nach dem Klassentreffen gesehen hatte.

„Die haben ihr das Auto wahrscheinlich abgenommen, damit sie keine Extratouren macht", mutmaßte Andreas Nießen, als er genug beisammenhatte, um bei mir zum Rapport anzutreten. „Dann haben sie die Kennzeichen vom Polo am Golf angebracht. So erregt der Golf weniger Aufmerksamkeit als mit einer Nummer von auswärts."

Die! Damit waren Rex und der kleine Mann gemeint. Um etwas über die beiden Männer herauszufinden, hätte Andreas Nießen entschieden mehr Anhaltspunkte gebraucht. Die bekam er auch. Jochens Unterhaltung mit Fred Pavlow brachte uns einen großen Schritt weiter.

Koskas ehemaliger Geschäftsführer versicherte bei allem, was ihm lieb und teuer war, mit keinem Menschen, nicht einmal mit seiner Frau, über den unerwarteten Besuch eines Kriminalhauptkommissars zu reden. Er freute sich, dass die Kripo die Koska-Tochter und ihren widerlichen Umgang unter die Lupe nehmen wollte. Bereitwillig erzählte er Jochen alles, was er wusste. Und das deckte sich mit dem, was ich von meiner Mutter gehört hatte.

Maren hatte in Florida dem Anschein nach ständig in Schwierigkeiten gesteckt. Möglicherweise Probleme mit der Justiz gehabt oder solche Probleme vorgetäuscht. Bis zum Tod ihrer Mutter hatte ihr Vater viermal Kautionsgelder in die USA geschickt, jedes Mal eine fünfstellige Summe im höheren Bereich. Es hatten sich immer angebliche Rechtsanwälte beim alten Koska gemeldet. Fred Pavlow wollte nicht beurteilen, ob Maren tatsächlich festgenommen worden war, weil sie Männer betäubt hatte, um sie risikoloser bestehlen und verschwinden zu können. Oder ob sie mit Hilfe vermeintlicher Anwälte ihren Vater abzockte.

Nach dem Tod der Mutter und den vier Monaten in der Heimat war es noch schlimmer geworden mit ihr. An allen Ecken und Enden der Welt trieb sie sich herum. Nirgendwo blieb sie lange. Ein Vermögen hatte sie ihren Vater gekostet, bis sie vor zwei Jahren nach Deutschland zurückgekommen war und in Hamburg zu arbeiten begonnen hatte. Ihr armer Vater hatte glauben wollen, sie habe sich die Hörner abgestoßen und sei zur Vernunft gekommen. Gewartet hatte er, immerzu gewartet, dass sie einmal zu Besuch käme, tat sie aber nicht.

Im ersten Jahr rief sie nur an, wenn sie Geld brauchte, weil ihre Geschäfte schlecht liefen. Im zweiten Jahr verdiente sie dann entweder genug oder ließ sich aushalten von einem, der genug hatte. Bei jedem Anruf hatte sie ihrem Vater von der großen Liebe vorgeschwärmt. Einen überaus tüchtigen Mann mit Namen Helmut Odenwald wollte sie kennengelernt haben und hätte ihn Papi gerne persönlich vorgestellt. Leider war ihre große Liebe zu beschäftigt für einen Besuch. Und alleine kam sie nicht.

Erst als Fred Pavlow sie informierte, dass es mit ihrem Vater zu Ende ginge, ließ sie sich einmal daheim blicken. Wollte sich wohl ansehen, was vom Erbe noch da war. In einem Ferrari war sie vorgefahren und hatte bedauert, dass ihre große Liebe nicht abkömmlich gewesen sei. Aber immerhin stand der Beweis seiner Tüchtigkeit nun vor der Haustür. Die rote Protzkiste sollte Helmut Odenwald gehört haben. Leider war dieser überaus fleißige Mensch laut Maren nur zwei Tage nach dem Tod des alten Koska mit seinem Ferrari tödlich verunglückt.

Damit hatte sie ihre Abwesenheit bei der Beerdigung ihres Vaters entschuldigt. Sie müsse sich in Hamburg ebenfalls um ein Begräbnis kümmern, fühle sich nach dem schrecklichen Verlust gleich zwei geliebter Menschen binnen weniger Tage vor Trauer wie gelähmt und wisse gar nicht, wo ihr der Kopf stehe, hatte sie am Telefon verlauten lassen.

Sie war aber gut genug beisammen, um sofort ihre Interessen wahrzunehmen. Die Verwaltung der Mietwohnungen, die bis dahin Fred Pavlows Metier gewesen war, hatte sie umgehend nach Hamburg geholt und ihm sowie zwei weiteren Angestellten gekündigt. Nicht fristlos, wie meine Mutter meinte, sondern zum ersten März, weil die Firma dann aufgelöst werden sollte.

Bis dahin sollten die Angestellten zusehen, den Gebrauchtwagenpark und die noch vorhandenen Baumaschinen zu verkaufen. Das war ihnen nicht ganz gelungen. Aber da Maren pünktlich zum ersten März die Schlösser an ihrem Elternhaus austauschen ließ, konnte niemand weiterarbeiten. Die Büroräume befanden sich im Erdgeschoss. Fred Pavlow war bis in den April hinein noch häufig zu seinem früheren Arbeitsplatz gepilgert, um zu sehen, was vorging und wer sich dort breitgemacht hatte.

Ein paar Kniefälle hatte er auch tun wollen, hatte schließlich fast zwanzig Jahre für die Firma Koska gearbeitet und meinte, er hätte das Recht auf eine Abfindung. Aber da war nichts zu machen. Die Woche über konnte er Sturm klingeln, es kam niemand an die Tür. Es brüllte nur manchmal jemand aus dem Innern des Hauses, er solle sich zum Teufel scheren, wenn ihm etwas an seinen Zähnen läge.

An den Wochenenden hatte Maren ihm zweimal geöffnet, aber nicht mit sich reden lassen. Sie habe nichts zu verschenken, hatte sie einmal gesagt. Und beim zweiten Mal behauptet, er habe der Firma genug Schaden zugefügt und solle dankbar sein, dass sie ihn nicht verklage.

Dass er nach dem Tod des alten Koska ein wenig in die eigene Tasche gewirtschaftet habe, bestritt Fred Pavlow vehement. Vielleicht den einen oder anderen Gebrauchtwagen etwas unter Wert verkauft. Er hatte von diesem Geschäft keine Ahnung gehabt und einmal eine alte Rostlaube, die ohnehin niemand mehr gekauft hätte, an einen armen Schlucker verschenkt. Da konnte man doch nicht von Bereicherung sprechen.

Zu dem Fiesling aus Hamburg konnte Fred Pavlow nicht viel sagen, hatte ihn meist nur brüllen gehört und war nicht sicher, ob dieser widerwärtige Mensch tatsächlich aus Hamburg stammte. Das war nur eine Vermutung, weil Maren dort wohnte. Gesehen hatte Fred Pavlow den Widerling nur ein einziges Mal, weit hinten im dämmrigen Hausflur, während er selbst im Sonnenlicht vor der Haustür stand. Da waren bloß die Konturen eines großen, kräftigen Mannes auszumachen gewesen.

Ende April hatte Fred Pavlow auch einen zweiten Mann auf dem Gelände gesehen, leider nur flüchtig aus einiger Entfernung. Er traute sich nicht mehr aufs Grundstück, schlenderte aber regelmäßig daran vorbei, um zu sehen, ob nicht doch noch Autos gekauft und verkauft wurden. Der zweite Mann hätte auch ein Jugendlicher sein können, er stand bei dem Nissan und bückte sich, als schaue er sich die Reifen an. Fred Pavlow hatte bloß für zwei Sekunden einen Kopf über Autodächern gesehen und gedacht, es handle sich um einen Kaufinteressenten.

Eventuell bei der Erstellung von Phantombildern behilflich zu sein, traute Fred Pavlow sich nicht zu. An das Kennzeichen des Ferraris, in dem Maren kurz vor dem Tod ihres Vaters angereist war, erinnerte er sich nicht mehr. Es war eine Hamburger Nummer gewesen, das wusste er noch.

Damit und mit dem Namen Helmut Odenwald ließ sich etwas anfangen. Andreas Nießen brauchte nur wenige Minuten, um in Erfahrung zu bringen, dass Marens große Liebe keineswegs im letzten Oktober bei einem Verkehrsunfall ums Leben gekommen war. Helmut Odenwald war bislang auch nicht beerdigt worden. Der Ferrari stand seit Monaten ohne eine Schramme auf einem Gelände, zu dem nur LKA-Beamte Zutritt hatten. Und sein Besitzer stand auf der Fahndungsliste, leider ohne Foto.

Einiges von dem, was Maren mir über Rex erzählt hatte, traf auf Helmut Odenwald zu. Er war zwei Jahre jünger als sie und hatte bis Oktober an der Außenalster gewohnt. Inhaber eines Clubs war er nie gewesen, nur ein Strohmann, wie wir vom LKA Hamburg erfuhren.

Den Anruf dort ließ Andreas Nießen sich nicht streitig machen. Er wurde dreimal weiterverbunden und geriet dann an einen Beamten, der zwar etwas gönnerhaft, aber auskunftsfreudig war. Geschäftsführer eines so genannten Saunaclubs war Helmut Odenwald gewesen, Rotlichtmilieu.

Die Besitzverhältnisse waren etwas diffus. Das LKA hatte eine Gruppe von osteuropäischen Staatsbürgern im Visier, die lieber im Hintergrund blieben. Seit über einem Jahr wurde diese Gruppe schon observiert, weil sie im Verdacht standen, mit Rauschgift, Waffen und Menschen zu handeln und den Club nur zu betreiben, um darin einen Teil ihrer Schmuggelware arbeiten zu lassen und den Einkünften aus anderen illegalen Geschäften einen einigermaßen soliden Anstrich zu verpassen.

Da mochte Odenwald gedacht haben, seine Bosse verdienten mehr als genug. Laut Aussage eines Barkeepers hatte Odenwald die Herren aus Osteuropa bei den Abrechnungen tüchtig beschummelt. Er war von einer jungen Russin namens Tamara verpfiffen worden, die sich illegal in Deutschland aufgehalten und im Saunaclub gearbeitet hatte. Odenwald sollte Tamara ziemlich mies behandelt haben, Prügel und mehrfache Vergewaltigung, Einarbeiten nannte man das in dem Gewerbe.

Tamara war Mitte Oktober des vergangenen Jahres zuletzt gesehen worden. Anfang November hatte man ihre in viele kleine Einzelteile zerlegte Leiche aus der Elbe gefischt. „Die war zu Hundefutter verarbeitet", hieß es wörtlich.

Ob Helmut Odenwald etwas mit dem entsetzlichen Tod der bedauernswerten jungen Frau zu tun hatte, war nicht hundertprozentig gesichert. Bei einer Prostituierten kamen auch noch andere Täter in Frage. Aber da er zum gleichen Zeitpunkt aus Hamburg verschwunden war wie Tamara, hätte man sich gerne mit ihm über sie und noch lieber über die Machenschaften der tatsächlichen Clubbesitzer unterhalten.

Ob Helmut Odenwald auf den markigen Spitznamen Rex hörte, konnte der LKA-Beamte Andreas Nießen nicht sagen. Und erst nach dieser Frage wunderte er sich über das Interesse einer kleinen Polizeidienststelle in NRW an solch einem Kaliber. Wie hatten wir denn von Odenwald erfahren? Hatten wir auch Probleme mit den Russen? Wo saßen wir überhaupt? In Hürth. Wo war das? Im Rhein-Erftkreis. Ach, und wo lag der? In der Nähe von Köln. Damit konnte das Nordlicht geografisch etwas anfangen.

Dass Helmut Odenwald sich eventuell in unserem Zuständigkeitsbereich aufhalten könnte, hielt er allerdings für ausgeschlossen. Er lachte herzhaft. Odenwald sei entweder von seinen Bossen zur Rechenschaft gezogen und gründlicher entsorgt worden als die junge Russin. Oder er habe sich ins Ausland abgesetzt, Südamerika vielleicht. Jeder andere Boden wäre für ihn verdammt heiß gewesen. Die Russenmafia hatte einen langen Arm.

Als wir am Nachmittag eine erste Bilanz zogen, war Jochen um einiges kleinlauter. „Kannst du dir vorstellen, dass sie sich mit so einen Kerl eingelassen hat?"

Mit der Erinnerung an Marens Blutergüsse konnte ich das sehr wohl. Ich wollte aber nicht, weil es plötzlich eine Dimension bekommen hatte, von der ich mich erschlagen fühlte. Eine zu Hundefutter verarbeitete junge Frau. Weil ich meinen Sohn zwischen Mülltonnen hinter einem mickrigen Lattenzaun hocken sah. Und Ella Godberg war von zwei Männern in ein weißes Auto gezwungen worden.

„Was machen wir jetzt?", fragte Jochen lustlos.

Die Antwort erübrigte sich. Ich musste sofort zum Chef.

Doch ehe ich gehen konnte, klingelte das Telefon auf meinem Schreibtisch. Ich nahm ab und hörte ein dunkles, kitzelndes: „Hallo, Konni." Darauf folgte ein sinnliches Lachen, das die Härchen auf meinen Unterarmen aufrichtete. Lust war das bestimmt nicht.

„Nicht böse sein, dass ich dich doch wieder auf der Arbeit anrufe", sagte sie. „Ich kann dich ja sonst nicht erreichen. Hast du ein bisschen Zeit heute Abend?"

Ich räusperte mich erst einmal, schaute mit einem zweifelnden Blick zu Jochen, der mich mit kaum verhohlener Spannung musterte und lautlos die Frage formulierte: „Sie?"

Als ich kurz nickte, veränderte sich seine Miene. Ich meinte, seine Gedanken lesen zu können. *Na los, du Trottel, bleib am Ball. Oder bringst du das jetzt nicht mehr?*

Wer bespitzelt wen, dachte ich und fragte ins Telefon: „Wann?"

„Um acht?", fragte sie.

„Kann ich einrichten", sagte ich. „In welchem Zimmer?"

„Sag ich dir, wenn ich es weiß", erklärte sie. „Ich kümmere mich sofort darum. Wie lange bist du noch im Büro?"

„Bis um fünf, schätze ich."

„Dann mach dir einen geruhsamen Nachmittag", empfahl sie, bevor sie die Verbindung unterbrach.

Ich schaute Jochen an. „Ich weiß nicht, ob das richtig ist."

Das wusste er auch nicht. Und Kriminaldirektor Eckert, mit dem ich anschließend sprach, wusste es noch weniger.

Wenn ich befürchtet hatte, mich eventuell lächerlich zu machen oder umgehend aus dem Dienst entfernt zu werden, erwies sich diese Sorge als unbegründet. Es gab kein abfälliges Grinsen und keine Vorwürfe, nur eine Viertelstunde lang geduldiges Zuhören. Dann meinte Eckert höflich, aber sehr distanziert: „Mir ist kein Fall bekannt, in dem eine an einer Entführung beteiligte Person zurückblieb, um die Angehörigen zu überwachen."

„Es ist aber eine effiziente Methode", sagte ich.

Eckert gestattete sich ein kleines Lächeln. „Aber bedenken Sie das Risiko."

„Für wen?" Der Gedanke kam mir erst jetzt, aber ich hatte ja vorher auch keine Ahnung gehabt, wer Rex eventuell sein könnte. „Für die zurückbleibende Person oder für das Opfer und die Angehörigen? Wo ist für mich als Täter ein Risiko, wenn ich nicht beabsichtige, Zeugen zurückzulassen?"

„Nun mal langsam", meinte Eckert. „Bevor wir über Mord und Totschlag nachdenken, sollten wir erst einmal sicherstellen, ob überhaupt und zu welchem Zweck sich Frau Koska bei Herrn Godberg aufhält."

„Das herauszufinden, haben wir gestern Abend doch schon vergebens versucht", erinnerte ich ihn.

Eckert presste kurz die Lippen aufeinander, zitierte Jochen vor seinen Schreibtisch und ließ sich das Tonband mit Godbergs Stimme vorspielen. Anschließend trommelte er die erste Garde des für Kapitaldelikte zuständigen KK 11 zusammen.

Rudolf Grovian natürlich, den Leiter des Kommissariats, der schon einiges erlebt und sich einiges herausgenommen hatte. Manche hielten ihn für einen sturen Hund. Wenn er sich seine Meinung gebildet hatte, ließ er sich nicht mehr so leicht davon abbringen, nicht einmal von psychologischen Sachverständigen, die seiner Ansicht nach nur beurteilen konnten, was man ihnen vorspielte. Grovians rechte Hand Werner Hoß, der in meinem Alter war, und Helga Beske. Sie war Mitte vierzig und erzkonservativ. Dabei machte sie den Eindruck einer netten Tante, die den Kindern vor dem Einschlafen Märchen erzählt.

Eckert umriss meinen Verdacht. Jochen musste noch einmal ausführlich berichten und kassierte im Anschluss von Grovian die Zigarre, die der Chef nicht erteilt hatte. Was bildeten wir uns ein? Kleiner Freundschaftsdienst, private Gefälligkeiten? Das käme bei den Kölner Kollegen bestimmt gut an, wenn man sie hinzuziehen musste. Aber musste man?

Dann wurde erst einmal ausgiebig über Godbergs Geschäfte in Spielkasinos und sein Verhalten am gestrigen Abend diskutiert. Da hatte er mit einem Polizisten in seinem Wohnzimmer gesessen, aber weder Schweißausbrüche bekommen, noch hatten ihm beim Ausfüllen des Kaufvertrags für die Gänseliesel die Hände gezittert um das Leben seiner Frau. Im Gegenteil, von Haushaltsauflösung und Auswanderung hatte er erzählt.

„Dreister Kerl", meinte Grovian. „Er hat sich wahrscheinlich köstlich über Sie amüsiert, Herr Becker. Aber gehen wir sicherheitshalber mal vom allerschlimmsten Fall aus. Könnte ja sein, dass er mit den besonders wertvollen Stücken seine Frau gemeint hat und nicht will, dass wir uns einmischen. Leute wie Godberg trauen uns nicht viel zu."

So hatte Jochen es auch gesehen. Grovian wies ihn an, dafür zu sorgen, dass mein Schreibtisch besetzt wurde, weil noch ein Anruf von Maren ausstand. „Das übernimmt einer, der noch nicht in Erscheinung getreten ist", bestimmte er. „Wenn die Frau sich meldet, ist Metzner gerade auf dem Klo oder in einer Besprechung."

Damit war Jochen entlassen. Kaum hatte er die Tür hinter sich geschlossen, wandte Grovian sich mir zu und begann ein hochnotpeinliches Verhör, wobei ihn meine gestrige Frühstücksunterhaltung mit Olli nicht wirklich interessierte. Auch den roten Golf mit zwei verschiedenen Kennzeichen tat er erst mal als nebensächlich ab. Meine bisherigen Fehltritte hatte ich offenzulegen, die drei Aufenthalte im Hotel, den gemütlichen Abend im Kreise ehemaliger Mitschüler mit anschließendem Aufenthalt auf einem Parkplatz. Den vor allem.

Die intimen Stellen durfte ich auslassen, nur Dialoge bitte. Es war trotzdem peinlich, weil alle aufmerksam zuhörten. Der Chef bemühte sich um eine stoische Miene. Helga Beske war moralisch über jeden Zweifel erhaben und machte keinen Hehl aus ihrer Entrüstung. Wenn man mit Blicken operative Eingriffe hätte vornehmen können, hätte ich anschließend wahrscheinlich im Knabenchor singen können. Der Einzige, der ein wenig Verständnis aufzubringen schien, war Werner Hoß.

Anschließend bemühte Grovian sich, Marens Verhalten zu analysieren. Den schlimmsten Fall vorausgesetzt, hatte sie unmittelbar nach dem Klassentreffen wahrscheinlich nur ihren Spaß haben wollen, bevor es ernst wurde. Theoretisch hätte sie ja schon an dem Samstagabend wissen müssen, was für die nächsten Tage auf dem Plan stand.

Aber dann: Von den Komplizen gegen ihren Willen dazu verdonnert, bei der Familie eines Entführungsopfers auszuharren und eventuell auftauchende Polizei abzuwimmeln. Traf man sich in so einer Situation noch dreimal mit einem Liebhaber, der dem unerwünschten Personenkreis angehörte?

Vielleicht wollte sie auf eigene Faust herausfinden, ob der entlaufene Augenzeuge bei Papa geplaudert und Papa Ermittlungen in die Wege geleitet hatte. Im Bett waren schon Minister zum Reden gebracht worden. Dass Maren von ihren Kumpanen auf mich angesetzt worden sein könnte, schloss Grovian aus. In dem Fall wäre sie für einen Abstecher nach Köln kaum verprügelt worden.

Dann sprach er minutenlang über die Tatsache, dass jeder Art von polizeilicher Ermittlungsarbeit sehr enge Grenzen gesetzt waren, wenn die Beteiligten nicht mitspielen wollten. Solange wir nicht von Godberg hörten, was nun genau und zu welchem Zweck mit seiner Frau geschehen war, waren uns die Hände mit Kälberstricken gebunden.

Ich hörte immer „uns". Dabei fühlte ich mich gar nicht zuständig. Ich hatte die Sache an die kompetente Stelle weitergeleitet, wollte nur noch um acht Uhr ein Hotelzimmer betreten und Maren erklären, dass ich nicht länger für diverse Spielchen zur Verfügung stand. Nicht einmal mehr zum Abschied. Dann wollte ich heimfahren und zusehen, dass ich Hanne versöhnte.

Irrtum! Rudolf Grovian brauchte mich. Er wollte wissen, was Sache war, um abzuschätzen, ob er den allerschlimmsten Fall schnellstmöglich zur Kriminalhauptstelle Köln weiterleiten musste. Oder ob er sich erst mal ohne Unterstützung aus der Großstadt daran versuchen konnte. Mit der Unterstützung aus Köln war das nämlich so eine Sache. Die Kollegen übernahmen in der Regel das Kommando, dann war ein Mann wie Grovian seiner Erfahrung zum Trotz nur noch Zuträger, Laufbursche oder

Chauffeur. Das soll jetzt nicht heißen, er hätte seine Kompetenzen überschritten.

„Sie sind doch ein Freund der Familie Godberg", stellte er fest.

Nein, nur die Kinder waren befreundet.

Na schön. Aber möglicherweise war ich Alex Godberg zu großem Dank verpflichtet, weil er meinen Sohn auf die Straße gesetzt hatte, als es für seine Familie brenzlig wurde.

„Wir müssen dem Mann begreiflich machen, dass uns nur das Wohlergehen seiner Frau am Herzen liegt", erklärte Grovian. „Sollte es sich um eine Differenz mit einem Kunden handeln, die mit drastischen Mitteln bereinigt wird, ist von uns eine Einmischung nur auf seine ausdrückliche Bitte hin zu erwarten. Im anderen Fall darf er sicher sein, dass wir nichts, absolut gar nichts tun, was das Leben oder die Gesundheit seiner Frau gefährdet."

Und die beste Möglichkeit, ihm das zu erklären, bot sich heute Abend um acht Uhr, fand Grovian, wenn Frau Koska in einem Kölner Hotelzimmer auf ihren Lover wartete. Sobald sie Godbergs Haus verlassen hatte, sollte ich dort auf der Matte stehen, allerdings nicht allein, er wollte mich begleiten, aber im Hintergrund bleiben.

Damit Frau Koska nicht zu lange auf mich warten musste und eventuell ungeduldig oder misstrauisch wurde, sollten sich die Kollegen von der Autobahnpolizei darum bemühen, sie auf der A4 festzuhalten. Mit der Baustelle dürfte es nicht schwer sein, einen passablen Stau zu produzieren. Da reichte schon ein kleiner Auffahrunfall.

Ich hätte währenddessen zu sagen: „Lieber Herr Godberg, jetzt reden wir beide von Mann zu Mann, von Vater zu Vater."

Natürlich musste ich das richtig anfangen. Meine Beziehung zu Frau Koska durfte ich nicht erwähnen, das würde bei Godberg verständlicherweise nicht gut ankommen. Ich sollte mich nur auf meinen Sohn berufen und durfte keine Sekunde lang vergessen, dass ich eventuell Ella Godbergs Leben in meinen Händen hielt.

Ich fluchte nur noch, ohne einen Ton über die Lippen zu bringen. Ich wollte weder Ella Godbergs Leben noch sonst etwas in den Händen halten. Er konnte mich doch nicht allen Ernstes auffordern, gegen eine Frau zu ermitteln, mit der ich eine Affäre hatte, der ich möglicherweise hörig war. Seltsamerweise fiel mir das erst in diesem Zusammenhang ein beziehungsweise auf. Ich war doch gar nicht objektiv und nicht vertrauenswürdig.

Ob er konnte, durfte oder nicht, Rudolf Grovian tat es, weil er meinte, es sei das Einzige, was wir nach Lage der Dinge tun könnten. Er tat sogar noch einiges mehr, schöpfte unsere Möglichkeiten bis zur Neige aus. Dass er es auf die leichte Schulter genommen hätte, darf ich wirklich nicht behaupten.

Die nächste Viertelstunde verbrachte ich mit Andreas Nießen an einem Computer. Gemeinsam bemühten wir uns um ein vorzeigbares Bild von Maren. Nachdem es so weit gediehen war, dass man es ausdrucken konnte, meinte ich, auch beim Chef einen Anflug von Verständnis zu entdecken.

Mit Rex und dem kleinen Mann konnte ich nicht dienen, die hatte ich am Sonntagnachmittag nur für ein oder zwei Sekunden durch eine spiegelnde Autoscheibe gesehen. Fred Pavlow herzuholen schien Zeitverschwendung. Er hatte doch bereits erklärt, er könne in dieser Hinsicht nicht behilflich sein. Grovian wollte zu diesem Zeitpunkt auch keine Zivilpersonen einbeziehen.

Der Chef meldete sich zu Wort: „Wir sollten zusehen, aus Hamburg ein Foto von Odenwald zu bekommen."

„Danach habe ich schon gefragt", erklärte Andreas Nießen. „Die haben aber anscheinend kein Foto von ihm."

„Quatsch", meinte Grovian. „Die waren nur zu faul zum Suchen. Sie hatten Zugang zu seiner Wohnung, da haben sie garantiert alles eingesammelt, was nicht niet- und nagelfest war. Da wird wohl ein Bildchen von ihm dabei sein. Und wenn sie seit einem Jahr die Russen observieren, da wird auch fotografiert, gefilmt und abgehört, was das Zeug hält. Vielleicht ist er da irgendwo mit drauf. Die sollen uns schicken, was sie haben."

Er griff selbst zum Telefon, stieß jedoch auf wenig Entgegenkommen. Angeblich war keiner mehr da, der mit dem Fall vertraut war und wusste, wo man ein Foto von Helmut Odenwald auftreiben könnte.

„Wahrscheinlich sind die schon alle auf dem Weg hierher", meinte Grovian ironisch und schickte Werner Hoß mit Marens Konterfei los, um bei Godbergs Nachbarn Erkundigungen einzuholen. Hoß sollte auch gleich vor Ort bleiben, Godbergs Haus observieren und Maren, wenn sie sich auf den Weg nach Köln machte. Der Stau auf der Autobahn durfte nämlich erst eingeleitet werden, wenn sie nicht mehr ausweichen konnte.

Den ersten Bericht gab Werner Hoß schon eine gute halbe Stunde später durch. Nach dem Überraschungsschock der erneuten Konfrontation mit der Kriminalpolizei – und dann kam der Kommissar auch noch durch den Garten, weil er von Godbergs Küchenfenster aus nicht gesehen werden wollte – war das Ehepaar Kremer zu jeder Art von Unterstützung bereit. Werner Hoß bekam auf der Stelle Kaffee, Gebäck oder wahlweise Schnittchen offeriert und alle gewünschten Auskünfte.

Am fünften und am sechsundzwanzigsten Mai, den beiden Tagen, an denen es bei Godberg richtig rundgegangen sein sollte, waren sie ja leider Gottes einkaufen gewesen und hatten erst nachher erfahren, dass es speziell montags bei Godbergs hoch herging. Deshalb kauften sie jetzt nur noch freitags ein, ganz früh am Morgen, da waren die Läden auch noch nicht so voll.

Ella Godberg und den kleinen Sven hatten sie seit Anfang Mai nicht mehr gesehen. Deshalb waren sie der Meinung, Ella habe ihren Mann verlassen und er sich mit einer weißblonden Schönheit getröstet.

Auf dem Computerausdruck erkannten sie Maren zweifelsfrei als die Frau, die seit letzter Woche bei Godberg lebte, sein Auto spazieren fuhr, Einkäufe machte, die Post reinholte. Mit anderen Worten, sie benahm sich, als gehöre sie zur Familie.

Den vermeintlich Halbwüchsigen in Lederblouson und Stiefeln, bei dem ich an Ollis kleinen Mann dachte, den die Kremers des Einbruchs verdächtigten, hatten sie nicht mehr zu Gesicht bekommen. Ein bulliger Bartträger war ihnen bisher auch noch nicht aufgefallen, ein roter Golf oder ein weißer Nissan ebenso wenig. In den vergangenen Tagen hatten sie nur mehrfach Lieferwagen bemerkt und Männer, die Unmengen von Sachen einluden, sogar eine komplette Schlafzimmereinrichtung.

Alles in allem sprach das eher für eine gescheiterte Ehe und Haushaltsauflösung, als für eine Entführung. Es sah ganz danach aus, als hätte ich mich völlig umsonst nicht nur beim Chef, auch noch vor Kollegen als notorischer Fremdgänger und Spinner bloßgestellt.

Aber so leicht wollte Rudolf Grovian die Sache nicht abtun. „Was dagegen, wenn ich Ihren Sohn noch mal von Frau Beske befragen lasse?", wollte er wissen.

Ich schüttelte den Kopf, durfte kurz Hanne anrufen und eine nette Kollegin ankündigen. Hanne hatte sich einen freien Tag genehmigt, nicht wegen Maren. Am späten Vormittag hatte sie einen Termin beim Zahnarzt gehabt. Sie war erleichtert, dass die Sache nun ihren offiziellen Gang nahm.

Helga Beske bekam ebenfalls einen Ausdruck von Marens Porträt und brach auf, um sich mit Olli zu unterhalten. Gut anderthalb Stunden später rief Hanne mich auf meinem Privathandy zurück. Sie meinte, unser Kleiner habe sich tapfer geschlagen. Marens Bildnis hatte ihn in helle Begeisterung versetzt. Ja, genau, das war die böse Frau.

„Haben Sie die jetzt verhaftet?", hatte er von Helga Beske wissen wollen und seiner Enttäuschung mit einem langgezogenen: „Nicht?", Ausdruck verliehen. „Wo haben Sie denn das Bild gefunden? Haben Sie auch ein Bild von dem kleinen Mann? Soll ich schnell eins machen?"

Das hatte er getan, flugs auch noch eins von Rex gemalt und dabei seine Interpretation der Evolutionsgeschichte erzählt. Helga Beske hatte danach die Welt im allgemeinen und bestimmte Männer im Besonderen überhaupt nicht mehr verstanden, weil sie sah, welch eine reizende junge Frau – sprich Hanne – und welch ein aufgewecktes Kind unter meinen hormonell gesteuerten Ausflügen zu leiden hatten. Für Hanne war die Sache bestimmt nicht angenehm gewesen, bis dahin hatte sie von Maren nur eine vage Vorstellung gehabt.

Nach Hannes Anruf wunderte Rudolf Grovian sich, warum Helga Beske sich noch nicht gemeldet hatte, um ihren Bericht und ihre Einschätzung durchzugeben. Er rief sie an und schaltete auf Lautsprecher. So konnte ich mithören, dass mein Sohn ihrer Ansicht nach seine Sicht der Dinge wahrheitsgemäß wiedergegeben und sich bezüglich des Messers an Ella Godbergs Hals auch durch Fangfragen nicht in Widersprüche hatte verwickeln lassen.

„Gut", sagte Grovian ins Telefon. „Dann fahr du jetzt zu dem älteren Ehepaar von gegenüber. Lass dir auch einen Kaffee machen, und halt die Augen offen. Werner hängt sich an Frau Koska, sobald sie aufbricht."

„Ich schau mich zuerst noch schnell auf dem Koska-Grundstück um", teilte Helga Beske mit.

„Das halte ich für keine gute Idee", erklärte ich.

„Warum nicht?", fragte Grovian. „Sie waren doch am Sonntag auch da."

„Da waren die beiden Kerle aber unterwegs", sagte ich. „Die sind mir erst auf dem Rückweg begegnet."

Daraufhin entschied Grovian: „Bleib lieber da weg, Helga." Zu spät, Helga Beske war bereits angekommen, deshalb hatte man beim Gespräch keine Fahrgeräusche gehört.

Sie stieg aus und gab durch, was sie sah. Der düstere Klotz von Wohnhaus machte anscheinend denselben verlassenen Eindruck wie sonntags. Alle Rollläden unten, nirgendwo war ein roter Golf zu sehen. In dem weißen Nissan meinte Helga Beske braune Flecken auf den Rücksitzen auszumachen. „Könnte Blut sein", sagte sie.

Und nur knapp zehn Minuten später meldete der Kollege, der mein Telefon bewachte, Frau Koska habe die Verabredung für den Abend abgesagt. Einen Grund hatte sie nicht genannt.

„Vielleicht hat sie kein Zimmer mehr bekommen", meinte Grovian. Daran glaubte er wohl selbst nicht.

„Vielleicht hätte Frau Beske sich die Inspektion verkneifen sollen", hielt ich dagegen.

„Ach was." Grovian winkte ab. „Nur ein Vollidiot quartiert sich mit einer Geisel im Elternhaus einer Komplizin ein, wenn ein fünfjähriger Junge abgehauen ist. Ihr Kleiner hätte ja schon letzten Montag alle Welt rebellisch machen können."

„Hat er aber nicht", sagte ich. „Vielleicht ist Rex ein Vollidiot. Am Sonntag war er jedenfalls auf dem Weg zum Elternhaus der Komplizin."

Nun grinste Rudolf Grovian. „Vielleicht nur, um seinen Kram zu holen und sich im roten Golf zu verkrümeln. Das Auto ist ja auch nicht mehr da. Wenn Frau Koska ein Verhältnis mit Herrn Godberg hat, und danach sieht das für mich aus … Schlafzimmer verkauft man gerne, wenn man der Freundin nicht zumuten will, das Bett der Ehefrau zu benutzen. Vielleicht hat sie die Tracht Prügel deswegen bezogen."

„Wenn Sie meinen", sagte ich. „Dann kann ich ja gleich nach Hause fahren."

„Nichts da", erklärte er. „Wer sich mit einem Teufelsweib einlässt, muss dumme Bemerkungen wegstecken können. Legen Sie sich für die nächsten Stunden lieber mal ein dickeres Fell zu, sonst kriegen wir beide ein Problem. Ich kann Leute nicht ab, die sich immer gleich auf den Schlips getreten fühlen. Ich sagte ja, vielleicht. Ebenso gut könnte sich Frau Koskas Absage in einem angekündigten Besuch ihrer Komplizen begründen."

Binnen weniger Minuten organisierte Rudolf Grovian den ersten Großeinsatz. Werner Hoß erhielt die Anweisung, vor Ort zu bleiben, um Godbergs Haus im Auge und Helga Beske im Zaum zu behalten. Damit die tüchtige Helga nicht eigenmächtig zur Festnahme schritt, weil sie meinte, nun hätte man alle Täter beisammen, da könne man zufassen. Im Verhör käme schon heraus, wo die entführte Frau sei.

Grovian trommelte weitere Leute zusammen, die in der Dienststelle oder auf den Straßen nicht unbedingt gebraucht wurden. Vier Kollegen von der Schutzpolizei wurden mit Ferngläsern, Fotoapparaten und mobilen Funkgeräten ausgestattet und angewiesen, ihre Uniformen gegen Zivilkleidung zu tauschen. Zwei von ihnen sollten einen Hund organisieren und dem Tier etwas Auslauf verschaffen. Spaziergänger mit Hund waren unverfänglicher als solche, die nur herumliefen und nicht wussten, wohin sie schauen sollten. Die beiden anderen, ein Pärchen, wurden zu Koskas Grundstück abkommandiert, um Liebespaar zu mimen.

Er glaubte zwar nicht, dass sich dort jemand aufhielt, aber sicher war sicher. Mich behielt er an seiner Seite wie der Meister den Lehrling.

Eine halbe Stunde später bezogen wir Posten in der Querstraße, in der ich am vergangenen Abend auf Jochen gewartet hatte. Die beiden Kollegen mit Hund tollten bereits mit dem Tier hinter den Gärten vorbei. Dort boten Bäume, Büsche, Zäune und Hecken genügend Deckung, um Funkgeräte, Fotoapparate und Ferngläser unauffällig zum Einsatz zu bringen. Die Rückseite von Godbergs Grundstück hatten sie gut im Blick. Für Werner Hoß und Helga Beske galt an Kremers Küchenfenster dasselbe für die Vorderfront und die Straße.

Die Verständigung über Funk war ausgezeichnet, der Eindruck friedlich. Alex Godberg saß im Arbeitszimmer am Computer. Maren lief mit Handy am Ohr im Wohnzimmer auf und ab und machte einen gut gelaunten Eindruck. Nachdem sie das Gespräch beendet hatte, ging sie zu Alex und unterhielt sich mit ihm. Er lächelte zu ihr auf, als herrsche zwischen ihnen bestes Einvernehmen.

Um sieben begab Alex sich in die Küche, die nicht eingesehen werden konnte. Es war nur ein Stück der Diele zu sehen, weil die Wohnzimmertür offen stand. Maren saß inzwischen auf der Couch und blätterte in einer Illustrierten. Alex brachte ihr einen Kaffee, gab ihr Feuer für eine Zigarette, rückte den Aschenbecher zurecht. Sie bedankte sich mit ein paar – durchs Fernglas betrachtet – netten Worten.

Einer der Kollegen wagte sich dicht an die Rückseite des Gartens heran, drückte auf Knien liegend in Deckung der jungen Tannen ein paarmal auf den Auslöser und über Funk seine Hoffnung aus, dass die Lichtverhältnisse reichten, um auf den Fotos etwas zu erkennen.

Kurz darauf wurde der kleine Sven in der Diele wahrgenommen. Es hatte den Anschein, dass er zum Abendessen in die Küche ging. Maren verschwand aus dem Wohnzimmer und ging ebenfalls in die Küche, wohl um mit Vater und Sohn zu speisen.

Um Viertel vor acht führte sie den Jungen an der Hand durch die Diele zur Treppe. „Sieht liebevoll aus", gab der Kollege durch, der es beobachtete. Dann wurden an zwei Fenstern im Obergeschoss die Rollläden heruntergelassen. Bad und Kinderzimmer. „Anscheinend bringt die Frau den Jungen ins Bett", erfuhren wir.

Rudolf Grovian enthielt sich jeden Kommentars. Auf Koskas Grundstück rührte sich überhaupt nichts. Nicht der kleinste gelbe Schimmer in den Schlitzen, die es bei alten Rollläden immer gab. Obwohl der ganze Aufwand vergebens schien, dachte er nicht daran, den Einsatz abzubrechen.

Es war eintönig, nur im Auto zu sitzen, seine neutrale Miene zu betrachten, sich die Funksprüche der Kollegen anzuhören und nicht mehr zu wissen, was ich denken sollte. Sollte Maren tatsächlich ein Verhältnis mit Godberg angefangen haben, nachdem sie im Oktober den überaus tüchtigen Helmut Odenwald auf welche Weise auch immer verloren hatte? Ich konnte das nicht glauben. Odenwald war Rex, darauf hätte ich geschworen. Ich fragte mich nur, wo er sich bis Anfang März aufgehalten hatte.

Eine Immobilienmaklerin hatte wohl Möglichkeiten, einen Mann unterzubringen, der sich versteckt halten musste. Und irgendeine Erklärung musste es ja geben für die Tatsache, dass Maren sich bei monatlichen Einkünften von rund zwanzigtausend Euro brutto kein anständiges Auto mehr leisten konnte. Einer wie Odenwald war daran gewöhnt, auf großem Fuß zu leben, und stellte wohl hohe Ansprüche. Wenn sie die erfüllte, musste er etwas haben, was ihn für sie wertvoll machte.

Hatte sie in ihm ihren Herrn und Meister gefunden? Hatten sich die Worte über mein Glück mehr auf das ihre bezogen? *Funk mir bloß nicht dazwischen, Konni, jetzt habe ich nämlich ein richtiges Tier. Er mag nicht dein Standvermögen haben, aber er hat auch nicht die geringsten Skrupel.*

Was wusste ich denn von ihr? Aus den letzten zwanzig Jahren nur, dass sie mich eine mittelmäßige Ehe gekostet hatte, weil sie erst nach vier Monaten feststellte, dass sie verrückt nach mir war, mich jedoch nicht liebte. Ansonsten nur das, was ich in den letzten Tagen von anderen gehört hatte.

Mitten hinein in meine Gedanken, stellte Grovian fest: „Wir hätten uns besser erst mal Godbergs Onkel vorgenommen. Das tun wir auch morgen früh. Hier machen wir nur Überstunden für nichts. Vielleicht hat Frau Koska sich nur noch mal an Sie rangemacht, um in Erfahrung zu bringen, ob es Ermittlungen gegen Godberg gibt. Hätte ja sein können, dass ihn ein geprellter Kunde angezeigt hatte. Der Verdacht auf Hehlerei nach dem Einbruch scheint mir ein gutes Motiv für Frau Koskas Aktivitäten."

„Sie wusste nicht, dass ich noch im Dienst bin", sagte ich. „Das Letzte, was sie von mir gehört hatte, war, dass ich die Scheidung eingereicht und gekündigt hatte."

Er lächelte irgendwie mitleidig. „Wollen Sie darauf eine Wette abschließen? Ihr Junge ging bei Godberg ein und aus."

„Godberg wusste aber nicht, dass ich der Vater bin", sagte ich. „Und Frau Koska ist fast acht Jahre älter als er."

„Ja und?", fragte Grovian. „Bei ihrem Aussehen dürfte ihr Alter keine Rolle spielen. Sie ist eine Frau mit Erfahrung, manche mögen das."

Ich zuckte mit den Achseln. Er sprach unbeirrt weiter. So ist das, man hat einen Fall, der für eine Kreispolizeibehörde drei Nummern zu groß sein könnte. Dann bespricht man ihn eben, bis man ihn kleingeredet hat.

„Betrachten wir es doch mal von dieser Seite", fuhr er fort. „Am 19. Mai wurde bei Godberg eingebrochen, am 24. war das Klassentreffen, zu dem Frau Koska ursprünglich nicht kommen wollte. Dann kam sie doch und erzählte Ihnen etwas vom Hamburger Ehemann. Erzählen Sie mir noch ein bisschen, damit ich mir ein besseres Bild machen kann. Es ist keiner hier, der die Nase rümpft."

So horcht man Leute aus. Über Marens Triebhaftigkeit hatten wir schon ausführlich debattiert. Ich verlor noch ein paar Worte über ihre Kindheit. Einzige Tochter reicher, aber im Ort nicht wohlgelittener Eltern. Der Vater nicht unbedingt das, was man einen seriösen Geschäftsmann nennt, die Mutter als ehemaliges Callgirl schief angesehen. Spät geboren, über alle Maßen verwöhnt, nie in die Schranken verwiesen worden.

„So ein Herzchen hatte ich auch zuhause", seufzte Grovian. „Vor zehn Jahren hat sie die Scheidung eingereicht, weil ihr Mann zu viel arbeitete. Dann zog sie ihm das letzte Hemd aus, bis er sich absetzte und nichts mehr zu holen war. Wenn ich etwas sagte, hieß es, halt dich raus, Rudi. Mich Papa zu nennen, hatte sie sich schon mit vierzehn abgewöhnt. Ab einem gewissen Alter lassen die sich nichts mehr sagen. Und manche fühlen sich zum Sumpf hingezogen. Gerade die, die ein schönes Leben haben könnten. Das kann man nicht nachvollziehen. Aber was den Sumpf angeht, hatten wir Glück. Meine hat begriffen, dass man auch arbeiten kann, wenn man leben will. Jetzt hat sie einen Neuen, ein patenter Kerl, hoffentlich geht's gut."

Nach dieser Einleitung begann er, von seinem Privatleben zu erzählen. Vom Enkel, der in den ersten Jahren nach der Trennung seiner Eltern in Opas Bett schlafen musste, weil er oft Albträume hatte. Die missratene Tochter, der das Leben in geordneten Verhältnissen zu trist gewesen war, die zum Glück noch die Kurve gekriegt hatte. Und seine Frau hatte schon vor Jahren ihr Herz für Bedürftige entdeckt. Die brachte es fertig, seine Hosen an Penner zu verschenken, vergaß aber, für ihn ein mageres Schnitzel zu besorgen. Dabei wusste sie, dass er wegen seiner Galle nichts Fettiges vertrug.

Und zweimal im Monat fuhr er für ein Wochenende rauf in den Norden nach Buchholz in der Nordheide. Dort lebte Cora Rosch, eine junge Frau, der er vor Jahren mit seinem Einsatz zur Freiheit verholfen hatte.

Ein Aufsehen erregender Fall war das gewesen. Cora Rosch, damals hatte sie noch Bender geheißen, hatte am Otto-Maigler See vor unzähligen Augenzeugen einen jungen Mann erstochen – angeblich wegen lauter Musik. Alle hielten sie für geisteskrank, sogar ihr Anwalt und der von der Staatsanwaltschaft eingeschaltete psychologische Sachverständige, der einen ausgezeichneten Ruf genoss.

Grovian kümmerte sich weder um den Ruf noch um die Ansichten des Sachverständigen. Er hielt Cora Bender nicht für geisteskrank und ließ nicht eher locker, bis er bewiesen hatte, dass sie bei einem geistigen Ausrutscher in die Vergangenheit schuldig geworden war. Einen Gefallen hatte er ihr damit nicht getan. Wegen mangelnder Schuldfähigkeit zum Tatzeitpunkt war sie gar nicht erst vor Gericht gestellt worden, hatte nur ein halbes Jahr in der Psychiatrie verbracht und kurz nach ihrer Entlassung versucht sich umzubringen.

„Man soll sich ja nicht persönlich engagieren", sagte Grovian. „Aber wenn so eine Sache abgeschlossen ist und man das Gefühl nicht loswird, man hätte einen großen Fehler gemacht ... Ich wusste, dass Cora suizidgefährdet war. Sie hatte es in der JVA schon probiert, daran war ich nicht ganz schuldlos. Nach dem zweiten Versuch konnte ich sie nicht einfach sich selbst überlassen. Heute kann ich sagen, sie hat's geschafft, hat die Scheidung von ihrem Mann durchgestanden, ihren Mädchennamen wieder angenommen und geraume Zeit um das Besuchsrecht für ihren Sohn gekämpft, der beim Vater und einer Stiefmutter lebt. Ich weiß, dass hinter meinem Rücken getratscht wird. Wird bei Ihnen in Kürze vermutlich nicht anders sein. Man gewöhnt sich daran. Ich für meinen Teil genieße es, dass man mir noch so viel Anziehungskraft auf das weibliche Geschlecht unterstellt. Eine zwanzig Jahre jüngere Geliebte hat in unserem Job nicht jeder. Dass ich Cora den Vater ersetze, den sie nie hatte, und ich jahrelang in ihr eine Tochter nach meinem Geschmack gesehen habe, geht keinen etwas an. Inzwischen spiele ich den Chauffeur für ihren Sohn. Dem Jungen erspart es die Zugfahrt, und ich bekomme zweimal im Monat ein mageres Stück Fleisch auf den Teller. Oder Fisch, Fisch esse ich auch gerne."

Ob er mit seiner Offenheit einen bestimmten Zweck verfolgte, mir vielleicht zu verstehen wollte, er befände sich in einer Situation, die der meinen durchaus vergleichbar wäre, er pflege auch Umgang mit einer Person, über die moralisch einwandfreie Gemüter wie Helga Beske die Nase rümpften, keine Ahnung. Es tat jedenfalls gut.

Ich begann ebenfalls zu reden über die Zeit in der Grundschule, die angefahrene Katze, den Zweig in Marens Hand und den Schlag in ihr Gesicht. Über die Zeit am Gymnasium, wenn sie sich bei Brigitte Talber Unterstützung in sämtlichen Fächern holte, weil sie scheinbar die simpelsten Zusammenhänge nicht begriff. Zu dämlich, sich zu merken, wie lange der Dreißigjährige Krieg gedauert hatte. Aber gut Flöte spielen konnte sie. Ich erwähnte auch die Schraube in einem Autoreifen und meine damalige Macht über sie. Ich musste doch nur den Zauberstab aus der Hose holen, dann verwandelte sich die bösartige Hexe in ein sanftmütiges Wesen. Aber jetzt funktionierte das offenbar nicht mehr. Sie hatte vermutlich in den letzten zwanzig Jahren eine Menge dazugelernt.

Um zehn nach neun, als keiner mehr damit rechnete, dass sich noch irgendetwas tun könnte, kam der Durchruf von Werner Hoß: „Godberg kommt aus dem Haus. Er hat einen Aktenkoffer bei sich, öffnet die Garage."

Rudolf Grovian atmete vernehmlich durch. „Da haben wir die Erklärung. Er braucht sein Auto selbst."

Offenbar hatte er sich ein paar Gedanken gemacht über einen Zusammenhang zwischen Helga Beskes Inspektion des Koska-Grundstücks und Marens Absage. Er ließ den Motor an und wartete, bis der Insignia an der Querstraße vorbeigefahren war. Dann hängten wir uns ran.

Godberg fuhr Richtung Autobahn, wir blieben auf Abstand bedacht hinter ihm. Die Kollegen mit dem Hund schlossen auf. Werner Hoß, Helga Beske und das Pärchen bei Koskas Grundstück hielten weiter Nachtwache.

Es ging nach Köln. Und außer uns war niemand an dem Insignia interessiert. Auf der Autobahn herrschte nicht mehr so viel Verkehr, dass etwaige Verfolger oder Beobachter nicht rasch auszumachen gewesen wären. Godberg ließ sich Zeit, benahm sich keinesfalls wie ein Mann, der sein Kind in den Händen einer sadistisch veranlagten Erotomanin hatte zurücklassen müssen und seine Frau in der Gewalt brutaler Verbrecher wusste.

Sein Ziel war ein Juwelier. Wir warteten, bis er wieder in seinem Wagen saß und von den Kollegen eskortiert heimwärts fuhr. Es war nicht mehr die Rede davon, dass ich mit ihm reden und sein Vertrauen gewinnen sollte. Grovian klingelte lieber den Juwelier an die Tür. Es gab ein bisschen Erschrecken, ein paar Beteuerungen von Unwissenheit und Unschuld. Doch uns interessierte weniger, ob Alex sich als rechtmäßiger Besitzer der Schmuckstücke ausgewiesen hatte. Wir wollten nur hören, wie viel er dafür erhalten hatte. Runde zweihunderttausend. In bar. Grovian pfiff anerkennend durch die Zähne.

Es war nicht der erste Handel. Mitte vergangener Woche hatte Alex bereits diverse Schmuckstücke, darunter zwei hochwertige Herrenarmbanduhren, verkauft, eine Rolex und eine Patek Philippe. Bei der Gelegenheit hatte er insgesamt knapp hunderttausend erhalten, ebenfalls in bar, das hatte er zur Bedingung gemacht. Darüber hinaus hatte er Hochglanzfotos von weiteren Stücken vorgelegt. Unter anderem ein Foto des Colliers, das nun vor uns lag: in Platin eingefasste Smaragde.

„Das muss die Kette aus der Grossert-Sache sein", sagte Grovian.

Ich konnte ihm nur zustimmen. Und es war das Original, immerhin war der Juwelier ein Fachmann. Fünfzigtausend hatte Alex für das gute Stück haben wollen. Die sei es auch wert, meinte der Juwelier. Er hatte Godberg aber auf dreißigtausend heruntergehandelt. Die hatte Alex nach zähem Ringen akzeptiert, obwohl das letzte mir bekannte Internetgebot fünfundvierzig betragen hatte.

„Er nimmt doch nicht einen Verlust von fünfzehntausend hin", sagte Rudolf Grovian. „Wollen wir wetten, dass er bei Ebay die Imitation verhökert?"

Ich mochte nicht wetten, hörte lieber dem Juwelier zu. Alex hatte sich ausbedungen, das Collier binnen vierzehn Tagen zurückkaufen zu können, gegen einen kleinen Aufpreis, versteht sich. Umsonst ist nicht einmal der Tod, der kostet das Leben.

Wir fuhren zurück. Feierabend, es war spät genug. Vor der Heimfahrt noch eine kurze Besprechung. Kriminaldirektort Eckert hatte auf uns gewartet und wollte wissen, warum wir den Juwelier befragt hatten. Das hätten doch die Kollegen übernehmen können. Wir hätten Herrn Godberg auf dem Heimweg abgefangen sollen, um mit ihm zu reden. Warum hatten wir das nicht getan?

„Weil ich das nicht für sinnvoll hielt", sagte Grovian. „Das Gespräch mit dem Juwelier war aufschlussreicher. Morgen früh holen wir uns Godbergs Onkel. So lange bleiben unsere Leute noch draußen. Sicher ist sicher."

GEWISSHEIT

Es war Mitternacht vorbei, als ich die Wohnungstür hinter mir schloss. Ich war noch eine Weile in der Dunkelheit hinter Godbergs Garten herumgelaufen, ohne etwas von Bedeutung zu sehen. Hanne lag längst im Bett, aber sie schlief nicht. Jochen hatte sie informiert, dass ich wirklich nur dienstlich unterwegs war und es sehr spät werden konnte. Kaum hatte ich meine Schuhe ausgezogen, ging im Schlafzimmer das Licht an. Die Tür stand offen, sie saß aufrecht im Bett. „Wie sieht's aus?"

„Frag mich nicht", sagte ich.

Sie senkte den Kopf und schwieg sekundenlang. Ich dachte schon, sie sei immer noch wütend und verletzt, da hob sie den Kopf wieder. Ihre Miene bestand aus Zweifeln und Unschlüssigkeit. So sprach sie auch. „Oliver behauptete, heute Mittag wäre der kleine Mann beim Kindergarten gewesen."

Es fuhr mir wie ein Stromschlag durch den Leib und sämtliche Glieder. „Dir ist niemand aufgefallen?"

„Ich war nicht da", sagte sie.

Weil sie für ihren Routinecheck beim Zahnarzt nur einen Termin für halb zwölf bekommen und erfahrungsgemäß eine längere Wartezeit einkalkuliert hatte, war es meinem Vater überlassen geblieben, Oliver abzuholen.

Ich wollte sofort bei meinen Eltern anrufen. Hanne hielt mich zurück. „Jetzt mach nicht gleich alle Pferde scheu, Konrad. Es ist nicht sicher, ob da tatsächlich jemand war. Du kennst doch Oliver. Ihm hat es Spaß gemacht, als wichtiger Zeuge befragt zu werden. Als deine Kollegin hier war, hat er keinen kleinen Mann erwähnt. Das fiel ihm erst ein, nachdem Frau Beske sich verabschiedet hatte. Ich habe deinem Vater schon gesagt, er soll morgen die Augen offen halten." Dass erhöhte Wachsamkeit nötig wäre, hatte sie damit begründet, es triebe sich vielleicht ein Sittenstrolch beim Kindergarten herum.

Sie musste an dem Mittwoch arbeiten, Esther war immer noch krank. Oliver war bereits bei meinen Eltern, weil Hanne um sieben in der Früh den ersten Patienten Blut abzapfen sollte und nicht gewusst hatte, wann ich nach Hause kam und wann ich wieder zum Dienst musste. Oliver sollte in Ruhe frühstücken und nichts vom Stress oder sonstigen Aufregungen mitbekommen.

Ich war ganz und gar nicht einverstanden, dass er in den nächsten Tagen einen Fuß auf die Straße setzte. Er musste sicherheitshalber bei Oma und Opa bleiben.

„Deine Mutter wird sich freuen", meinte Hanne. „Jetzt komm ins Bett. Ich muss morgen früh raus."

Das musste ich auch. Um sechs klingelte mein Wecker. Um sieben stand ich vor der Wohnung meiner Eltern. Große Überraschung, eisige mütterliche Miene, aber reinkommen durfte ich noch. Oliver saß beim Frühstück und beteuerte, dass der kleine Mann tatsächlich beim Kindergarten gewesen war. Er hatte Tobias mitgenommen, das war der Junge, der mit seinem Papa nur noch in den Zoo gehen und Eis essen durfte.

„Vielleicht holen die jetzt alle Kinder", vermutete Olli mit blitzenden Augen. Es sah verdächtig nach Sensationslust aus.

„Vielleicht war es der Vater von Tobias", sagte ich.

Olli schüttelte heftig den Kopf. „Nein, der darf nur sonntags kommen. Es war der kleine Mann, Papa. Ganz ehrlich, ich hab ihn genau gesehen, er hatte auch wieder die Jacke an. Die hat auf einem Arm ein silbernes Zeichen. Wie ein großer Vogel oder ein Flieger oder so. Und im Rücken steht was draufgeschrieben."

Er gab sich lautstark Mühe, mir einen Eindruck von dem Schriftzug zu vermitteln. Seinen Namen konnte er schon schreiben, vielmehr malen. Aber Buchstaben in größerer Anzahl waren ihm noch ein Mysterium.

Mein Vater, vom Lärm in der Küche aus dem wohlverdienten Morgenschlaf des Rentners gerissen, erschien bei der Tür und wollte wissen, was der Krach sollte. Olli erklärte es ihm, ehe ich den Mund öffnen konnte. Es ging um den kleinen Mann, der gestern beim Kindergarten gewesen war und Tobias mitgenommen hatte. Und Tante Ella hatte er mit einem Messer gestochen und im Nacken gepackt, weil sie nicht in das weiße Auto steigen wollte. Aber als der kleine Mann ihr den wehen Arm auf den Rücken gedreht und ihr wieder das Messer an den Hals gehalten hatte, war sie doch eingestiegen.

Plötzlich sprachen vier Personen gleichzeitig. Meinem Vater war kein kleiner Mann in einer von Oliver beschriebenen Jacke aufgefallen, er hatte aber auch, wie er einräumte, nur Ausschau nach seinem Enkel gehalten. Meine Mutter wollte wissen, was es mit Tante Ella auf sich hatte.

Gute zehn Minuten später waren wir uns zumindest dahingehend einig, dass Oliver den Tag mit dem Bausatz der Lagerhalle verbringen sollte, die Opa zum Geburtstag geschenkt bekommen hatte. Die passte ohnehin nicht in die alpine Landschaft. Wenn sie schief zusammengeklebt wurde, konnte Opa sie reinen Gewissens in irgendeine Ecke stellen.

Mutter brachte mich lamentierend zur Tür. Sie hatte ihren Mann bereits erstochen auf der Straße liegen sehen. Was sollte ein Mann in dem Alter denn gegen Verbrecher ausrichten? Sie verstand auch beim besten Willen nicht, wie Hanne sie bei so einer blutrünstigen Sache mit einem Sittenstrolch hatte belügen können, und schob in einer Abschlussrede alle Schuld in Marens Schuhe.

„Wo soll das nur hinführen? Hab ich es dir nicht immer gesagt, Konrad? Es gibt ein Unglück, wenn dieses Weib in der Nähe ist."

Auf dem Weg durchs Treppenhaus hörte ich sie noch weiter lamentieren, ob sie es wohl wagen könne, einen frischen Kopfsalat fürs Mittagessen zu besorgen. Wenn diese Verbrecher draußen auf der Lauer lagen … Immerhin wusste das Weib ganz genau, wo meine Eltern zu finden waren.

Schuster, bleib bei deinem Leisten, dachte ich.

Mein Leisten ging mir manchmal gehörig auf die Nerven. Es waren gutmütige, biedere, ältere Leute, rechtschaffen und ehrlich bis auf die Knochen. Sie wären niemals auf die Idee gekommen, ein verletztes Tier zu quälen. Sie stocherten mit ihren Zweigen nur in anderen Wunden. Ich hatte Maren doch gar nicht erwähnt. Auch Oliver hatte mit keiner Silbe, keiner Geste angedeutet, dass der kleine Mann und Maren etwas miteinander zu tun hatten.

Meine Eltern brauchten keine Gesten oder Silben. Sie lebten seit mehr als zwanzig Jahren in der unumstößlichen Gewissheit, dass Maren für alle Schlechtigkeit dieser Welt verantwortlich zeichnete. Und wenn auf dem Ganges ein Ausflugsboot absoff, hatte sie es persönlich hinuntergezogen.

Vielleicht hatte das von Anfang an ihren Reiz für mich ausgemacht, war mein Pakt mit dem Teufel. Mitten hineinstoßen in die Glut der Hölle, wer konnte das schon? Und wer durfte erwarten, mit heiler Haut davonzukommen, wenn er sich mit einem Teufel oder einer Teufelin einließ?

Kurz nach acht traf ich in der Kreispolizeibehörde ein, Andreas Nießen fing mich vor Grovians Büro ab mit der Auskunft, das

Smaragdcollier sei bei Ebay für siebenundvierzigtausend und ein paar Zerquetschte weggegangen, zusammen mit einem Echtheitszertifikat. Andy hatte sich mit ausdrücklicher Genehmigung von oben als Hacker betätigt und in das Frage- und Antwortspiel zwischen Alex und dem Käufer eingeklinkt.

„Das muss die Imitation gewesen sein", mutmaßte er. „Jetzt hat Godberg zwei Uhren im Netz, eine Rolex und eine Patek Philippe. Auf drei Tage begrenzt, kein Safetrade diesmal, also erst Cash, dann die Ware. Herr Grovian sagte, die Uhren hätte Godberg letzte Woche schon verkauft. Wenn rauskommt, was er treibt, ist er seinen Ruf als zuverlässiger Powerseller los."

„Das dürfte derzeit seine geringste Sorge sein", sagte ich, wollte anklopfen und erhielt von Andy noch den Hinweis: „Da gehen Sie jetzt besser nicht rein. Herr Grovian und Frau Beske haben Herrn Godbergs Onkel in der Mangel."

Der Onkel war schon um sechs aus dem Bett geholt worden. In aller Herrgottsfrühe schüchtert man die Leute wesentlich besser ein. Und es schien ein lohnender Fang. In der Goldschmiede war ein dicker Packen Hochglanzfotografien sichergestellt worden, auf denen auserlesene Pretiosen von allen Seiten und in allen Details abgelichtet waren. Von jedem Stück hatte Alex im Laufe der Zeit ein Duplikat anfertigen lassen.

Bis zu diesem Geständnis hatten Grovian und Helga Beske den Onkel schon gebracht, als ich Andys Warnung zum Trotz, ohne zu klopfen, eintrat und mir einen unwilligen Blick von Helga Beske einfing. Godbergs Onkel, der ebenfalls Godberg hieß, wurde durch mein Erscheinen unterbrochen. Helga Beske half ihm, den Faden wieder aufzunehmen.

Angeblich war der falsche Schmuck nur für Ella hergestellt worden. Ellas Bruder hatte dasselbe behauptet. Alex betrog keine Kunden damit, Alex betrog überhaupt niemanden, er war als Geschäftsmann durch und durch integer. Das wollte sein Onkel beim Leben irgendeines Kindes beschwören. Das glaubte ihm nur keiner. Von Schwierigkeiten, in denen sein Neffe stecken könnte, wusste er nichts. Er war doch gerade erst aus dem Urlaub zurückgekommen. Seines Wissens war Ella in Frankfurt, zusammen mit Alex und Sven. Gestern Abend hatte Alex aus Frankfurt angerufen und gesagt, sie würden noch ein paar Tage bleiben.

Eheprobleme, Haushaltsauflösung und Auswanderung, dazu schüttelte der Onkel verblüfft und entrüstet den Kopf. Wer verbreitete denn solch einen Unsinn? Und dass Alex die von ihm vergötterte Ella mit einer anderen Frau betrügen sollte … Nein! Völlig ausgeschlossen! Absolut unvorstellbar! Sie waren füreinander die erste Liebe gewesen, und sie würden füreinander die einzige Liebe bleiben.

Was unsere Leute am vergangenen Abend durch ihre Ferngläser beobachtet hatten … Man musste einfach bedenken, dass ein Mann, der seine Frau vergötterte, eine Menge tat, um sie möglichst unbeschadet zurückzubekommen. Wahrscheinlich küsste so ein Mann den Entführern auch die Füße oder wischte ihnen die Hintern ab, wenn sie das von ihm verlangten.

Was ich auf dem Herzen hatte, musste ich verschieben. Helga Beske fuhr den Onkel nach Hause. Rudolf Grovian betrachtete mich mit einem Blick, der deutlicher als jedes Wort sagte: *Wir hätten uns Godberg gestern Abend doch schnappen müssen. Mein Fehler. Wer weiß, ob sich so eine Chance noch einmal bietet.*

Dann bemühte er sich um einen richterlichen Beschluss, der uns Einblick in Godbergs Konten verschaffen sollte.

Fünf Minuten später saßen wir wieder im kleinen Kreis im Büro des Chefs. Werner Hoß hatte dem Familienidyll zum Trotz die ganze Nacht an Kremers Küchenfenster ausgeharrt und saß immer noch da. Er meldete sich telefonisch: keine besonderen

Vorkommnisse. Aber zwei neue Aspekte. Godberg verhökerte auch Imitate hochwertiger Uhren. Und beim Kindergarten hatte sich gestern ein kleiner Mann herumgetrieben.

Meine einsame Entscheidung, dass Olli in den nächsten Tagen bei meinen Eltern bleiben müsse, stieß zwar auf menschliches Verständnis, war aber trotzdem falsch. Es glaubte zwar niemand, der kleine Mann könne ein anderer gewesen sein als der Vater von Tobias. Aber wenn uns der Glaube trog …

Vielleicht hatten wir Glück. Vielleicht tauchte heute auch noch mal einer von den Kerlen beim Kindergarten auf und lief uns vor die Linse. Am besten der kleine Mann. Weil wir noch nicht den Schimmer einer Ahnung hatten, wer er sein könnte.

Für mich hieß das, ab ans Telefon. Mutter war um keinen Preis der Welt bereit, heute einen Fuß vor die Tür zu setzen, schon gar nicht zusammen mit dem armen Kleinen. Auch nicht, wenn hundert Polizisten als Leibwache abkommandiert wurden und Spalier standen. Da war gar nichts zu machen. Wir hatten auch keine hundert Polizisten für ein Spalier.

Vater war einsichtiger, er ging ja auch sonst. „Soll ich zur Sicherheit bei dem Kleinen bleiben?", wollte er wissen. „Oder soll ich der Kindergärtnerin sagen ..."

Nein, nein! Auf gar keinen Fall. Kein Wort zu irgendwem. Was immer es zu sagen und zu regeln gab, übernahmen wir. Das beruhigte ihn. Mein Vater hatte seit jeher ein uneingeschränktes Vertrauen zur Polizei gehabt. Bei den meisten meiner Kollegen war das auch berechtigt.

Helga Beske setzte Godbergs Onkel vor seiner Wohnung ab und redete ihm eindringlich ins Gewissen, damit er sich nicht umgehend ans Telefon klemmte, um seinen Neffen über den blödsinnigen Verdacht zu unterrichten. Anschließend bezog sie Posten an Kremers Küchenfenster, weil Werner Hoß trotz Unmengen von Kaffee und Keksen vor Müdigkeit die Augen kaum noch offen halten konnte und sich einige Stunden Schlaf redlich verdient hatte.

Grovian schickte zwei Leute mit dem richterlichen Beschluss zur Kreissparkasse. So kamen wir zu einer Aussage von Peter Bergmann, die sich allerdings nur auf Godbergs Konten bezog. Darauf herrschte seit Tagen gähnende Leere. Alex hatte Anfang vergangener Woche nicht nur abgeräumt, er hatte auch um einen Kredit ersucht. Eine halbe Million hatte er haben wollen. Die konnte Peter ihm ohne entsprechende Sicherheit nicht leihen.

Bis um elf rief Rudolf Grovian dreimal das LKA Hamburg an und hörte jedes Mal, man könne uns leider nicht helfen. Helmut Odenwald sei nie erkennungsdienstlich behandelt worden, sonst hätten sie doch sein Foto in die Fahndungsliste gegeben. Erst als Grovian beim vierten Anruf energisch auf die Observation der Russen hinwies und ankündigte, er würde die mangelnde Unterstützung der Hamburger Kollegen ausgiebig in den Medien zur Debatte stellen, sobald wir die zu Hundefutter verarbeitete Leiche einer entführten jungen Mutter aus der Erft gefischt hätten, erhielt er die Zusage, dass sie ihr Bildmaterial sichten und uns schicken würden, was sie fanden.

Um Viertel nach elf machte Jochen sich auf den Weg zum Kindergarten, zusätzlich bewaffnet mit einer Kamera. Doch außer ihm und meinem Vater trieben sich dort keine Männer herum. Jochen ließ sich von Olli den kleinen Tobias zeigen und sprach mit dem Jungen. Der bestritt zuerst heftig, mit einem kleinen Mann gegangen zu sein. Er ging immer alleine nach Hause, beteuerte er. Es sei nicht weit, und Mama habe verboten, mit fremden Leuten mitzugehen.

Erst mit viel gutem Zureden, etwas Nachdruck und dem polizeilichen Versprechen, seiner Mama nichts davon zu erzählen unter der Voraussetzung, dass er sich nicht noch einmal mitnehmen ließ, rückte Tobias mit der Auskunft heraus: Ja, da war gestern ein fremder, ziemlich kleiner Mann in einer Lederjacke gewesen, der widerlich gestunken und einen supertollen Gameboy gehabt hatte. Mitgegangen war Tobias wirklich nicht. Der Mann war nur ein kleines Stück neben ihm gegangen, hatte ihm den supertollen Gameboy gezeigt und einen Gruß an Papa aufgetragen. Was genau der Mann gesagt hatte, wusste Tobias leider nicht mehr.

„Vielleicht war es ein Bekannter vom Vater", meinte Jochen. „Vielleicht aber auch einer, der Tobias mit deinem Oliver verwechselt hat. Sie sind beide fünf, etwa gleich groß und blond."

Noch eine Diskussion mit Rudolf Grovian. Ich hätte gerne Polizeischutz für Oliver gehabt. Aber da war nichts zu machen.

„Wenn die Entführer sich für Ihren Sohn interessieren würden, hätten sie sich letzte Woche um ihn gekümmert, aber nicht mehr nach neun Tagen", meinte Grovian. „Die wollen abkassieren und keinen unnötigen Wirbel. Der Gruß an Papa könnte eine Warnung gewesen sein, die Finger von Frau Koska zu lassen. Vielleicht war es aber auch nur ein Pädophiler, die machen sich oft an Kinder heran, indem sie vorgeben, die Eltern zu kennen. So einer fehlt uns gerade noch. Ich sag den Kollegen vor Ort mal Bescheid."

Nach Hause fahren durfte ich nicht, weil Rudolf Grovian darauf spekulierte, dass Maren sich im Laufe des Tages meldete, um zu bekommen, was ihr gestern versagt geblieben war. Wenn sie das Haus verließ, wollte er zusammen mit mir rein.

Aber Maren rief nicht an.

Irgendwie verging der Nachmittag mit Ängsten, Spekulationen und vergeblichen Bemühungen, Klarheit zu gewinnen. Um fünf hatten wir aus Hamburg immer noch kein Foto erhalten, auf dem eventuell Helmut Odenwald zu sehen war. Entweder gab es so viel zu sichten, dass sie noch nicht durch waren, oder sie fanden nichts. Rudolf Grovian ließ ihnen Ollis Zeichnungen schicken und bat um Auskünfte zum kleinen Mann, besondere Kennzeichen: Lederblouson mit Schriftzug im Rücken, silbernen Zeichen auf einem Arm und üblem Körpergeruch. Es war der schiere Galgenhumor.

Wenige Minuten vor sechs Uhr gab Helga Beske durch, dass Godberg zur Garage ging. Das Spiel vom vergangenen Abend wiederholte sich. Werner Hoß war bereits wieder vor Ort und nahm die Verfolgung auf. Zusammen mit Rudolf Grovian ging ich zum Wagen. Diesmal fuhr ich.

„Glück gehabt", sagte er unterwegs. „Was Sie zu sagen haben, wissen Sie ja."

„Konrad", sagte ich.

Er grinste flüchtig. „Soll mir recht sein. Wie ich heiße, weißt du ja. Aber bitte Rudolf. Wenn mich einer Rudi nennt, kommt meist etwas nach, was ich nicht habe oder nicht will."

„So geht's mir mit Konni", erwiderte ich.

Werner Hoß lotste uns über Funk in die Kölner Innenstadt bis zu einem unscheinbaren Messingschild neben einer Eingangstür, ein Münzhändler diesmal. Hoß blieb zurück, um dem Mann ein paar Fragen zu stellen. Wir fuhren hinter dem Insignia her zur Autobahn. Nach einigen Minuten gab Hoß durch, dass Godberg ein Vermögen bei sich trug. Er hatte die Münzsammlung verkauft. Für sechshunderttausend Euro.

„Du meine Güte", sagte Grovian. „Das sind Zahlen. Wie viel mag er denn fürs Schlafzimmer bekommen haben? Irgendwie unkoordiniert, erst der Kleinkram und dann die dicken Batzen. Aber für die musste er wohl auch erst mal geeignete Käufer finden."

„Oder er hat sich erst entschlossen, die Sammlung herzugeben, als das mit dem Kredit nicht geklappt hat", erwiderte ich.

Es herrschte der typische Feierabendverkehr. Kurz vor der Raststätte Frechen mussten wir unseren Wagen als Polizeifahrzeug kenntlich machen, um Alex überholen zu können. Grovian winkte ihn an unsere Stoßstange. Er fuhr brav hinter uns her auf das Rastplatzgelände, hielt neben uns, ließ die Seitenscheibe herunter und schaute mich erwartungsvoll an, als wir ausstiegen.

Ich zeigte zur Raststätte hinüber. „Trinken Sie einen Kaffee mit uns, Herr Godberg, oder haben Sie keine Zeit?"

Den Motor hatte er abgestellt, der Schlüssel steckte noch. Er zog ihn ab, öffnete die Tür, schwang sich lässig aus dem Sitz und reckte sich wie nach einer stundenlangen Fahrt. Dann verriegelte er den Wagen. Auf dem Beifahrersitz lag ein recht großer, dunkler Aktenkoffer.

„Ein Stündchen kann ich abzweigen", sagte er. „Und eine freundliche Einladung von den Hütern des Gesetzes schlage ich nur selten aus." Er deutete auf den Aktenkoffer. „Ich habe allerdings keine Lust, Gepäck mitzuschleppen. Wenn Ihr Kollege so freundlich ist, beim Wagen zu bleiben und aufzupassen."

„Nein", sagte Grovian, zückte seinen Dienstausweis und stellte sich vor mit Namen und Funktion, Leiter des für Kapitaldelikte zuständigen Kommissariats. „Ich trage Ihr Gepäck, wenn es Ihnen zu schwer ist. Aber einen Kaffee trinke ich auch."

Alex zögerte. Ihm war anzusehen, dass er unter diesen Voraussetzungen lieber auf seinen Kaffee verzichtet hätte. Erst als Grovian sagte: „Wir können auch anders, Herr Godberg. Zum Beispiel ein Gespräch ohne Kaffee in der Dienststelle führen. Das wird dann nur länger dauern."

Daraufhin nahm Alex den Koffer aus dem Wagen und schloss sich uns an. Dann saßen wir zu dritt da, wobei Alex sich die größte Mühe gab, Grovian zu übersehen. In den ersten Minuten sprach er ausschließlich zu mir und schlug sich tapfer. Er mimte den Mann ohne Probleme so lässig und locker, dass niemandem, der sich nicht einbildete, es besser zu wissen, Zweifel an seiner Unbeschwertheit gekommen wären.

Den Kaffee ließ er mich zahlen, trank einen Schluck und erkundigte sich: „Was für ein Spiel spielen wir hier eigentlich, Herr Neubauer, Räuber und Gendarm?"

„Metzner", korrigierte ich.

Alex tippte sich salopp an die Stirn und setzte zur Entschuldigung sein jungenhaft unbekümmertes Lächeln auf. „Sorry, ich vergaß. Sie sind ja nicht mit Hanne verheiratet."

„Aber Sie mit Ella", stellte ich fest.

Er nickte, sein Lächeln veränderte sich. Ich hätte nicht sagen können, ob es hilflos oder selbstgefällig wurde. „Ja, und zwar schon seit zwölf Jahren. Wir waren beide gerade achtzehn, als wir uns getraut haben", teilte er mit. „Früher ging es leider nicht. Aber derzeit bin ich Strohwitwer." Darauf folgte ein Seufzer. „Ein Seitensprung kann üble Folgen haben. Ich hoffe nur, dass Ella mir bald verzeiht. Es ist schrecklich einsam ohne sie."

Ich stellte mich auf seinen lockeren Plauderton ein und machte den ersten Fehler, weil ich überzeugt war, dass er ihren Namen kannte. Herrgott, sie war doch seit über eine Woche bei ihm.

„Sie sind doch nicht allein", sagte ich. „Ihr Sohn ist bei Ihnen. Und Maren kann eine angenehme Gesellschafterin sein."

Alex war pure Überraschung. „Wer ist Maren?"

Grovian warf mir einen unwilligen Blick zu und schob eins der Fotos über den Tisch, die am vergangenen Abend entstanden waren. Allzu viel war darauf nicht zu erkennen, weil der Kollege von draußen in einen Raum fotografiert hatte. Man sah eigentlich nur, dass jemand auf einer Couch saß.

„Maren Koska", übernahm Grovian, nachdem das Kind in den Brunnen gefallen war. „Die Dame, die Ihr Auto benutzt und Ihren Sohn derzeit beim Zähneputzen beaufsichtigt."

Alex hob erstaunt eine Augenbraue an, als hätte Grovian ihm soeben ein Geheimnis offenbart, hinter dem er schon lange her war. „Koska", wiederholte er und wiegte den Kopf dabei. „So hat sie sich mir nicht vorgestellt."

„Wie dann?", fragte Grovian.

Alex streifte mich mit einem ausdruckslosen Blick, schob das Foto wieder zu Grovian hinüber und kapitulierte. „Gar nicht. Aber das kann man von Tieren auch nicht erwarten. Mit Namen anreden muss ich sie nicht. Für den täglichen Umgang reicht ein höflich devotes Sie. Gedanken lesen kann sie zum Glück nicht."

Mit einem vernehmlichen Atemzug richtete er den Blick aufs Fenster. Ob er die Blätter an den Büschen draußen zählte, war nicht ersichtlich.

„Wahrscheinlich muss ich dem Schicksal auch noch dankbar sein, dass sich nicht an Stelle der Frau der Doktor bei mir einquartiert hat", fuhr er nach einer Weile fort. „Er hätte meinem Sohn inzwischen vermutlich schon sämtliche Zähne gezogen. Kennen Sie den auch namentlich?"

Grovian schüttelte den Kopf.

„Schade", meinte Alex. „Sein Name hätte mich interessiert. Ich nenne ihn Ratte, eine hundsgemeine, dreckige, feige Ratte. Er stinkt auch wie so ein Vieh, das aus der Kanalisation gekrochen kommt, nachdem es dort ein Bad genommen hat."

Nach diesem Hinweis war ich mir sicher, dass die Ratte gestern beim Kindergarten gewesen war. Grovian tat so, als hätte er es nicht gehört. „Und wie nennen Sie den anderen?", fragte er.

Alex lächelte wieder, aber jetzt war sein Lächeln schmerzlich. „Rex? Den nenne ich Boss, das hört er gerne. Da fühlt er sich geschmeichelt, nehme ich an. Und es kann ja nicht schaden, sich den gewogen zu machen, der sich für den Boss hält."

„Was heißt hält?", fragte Grovian. „Ist Rex Ihrer Meinung nach nur ein Befehlsempfänger?"

Alex zuckte mit den Achseln. „Das nicht, aber er hat nicht alles so im Griff, wie sich das für einen Boss gehört."

Ich holte noch einmal Kaffee an den Tisch. Alex schaute weiter zum Fenster hinaus. Grovians weitere Fragen beantwortete er, als wolle er der Glasscheibe etwas erzählen. Mit Henning Grossert und dem Smaragdcollier hatte es absolut nichts zu tun. Das edle Schmuckstück war nach Ellas Armbruch völlig legal in seinen Besitz übergegangen. Schadensersatz fürs demolierte Auto und Schmerzensgeld. Grossert sei ein Großmaul, meinte Alex, spiele den starken Mann, tobe seine Wut jedoch nur an leblosen Gegenständen aus. Als Ella stürzte, sei er in die Knie gegangen, im wahrsten Sinne des Wortes.

Genauso hatte Olli es berichtet. Vermutlich hätte Grossert Ella huckepack ins nächste Krankenhaus getragen, wenn der Rettungswagen nicht gekommen wäre, meinte Alex.

Mit dem Namen Helmut Odenwald konnte Alex nichts anfangen. Er kannte ihn nur als Rex und meinte, er hätte ihn einmal gesehen, allein, Anfang April in Aachen. So ein Bulle mit einem Gestrüpp im Gesicht wie eine unbeschnittene Hecke fiel auf und prägte sich ein, auch wenn er sich in edlen Zwirn wickelte und locker ein paar Jetons verteilte.

Zu tun gehabt hatte er mit Odenwald angeblich noch nie etwas. Sie seien aus heiterem Himmel über ihn und seine Familie gekommen, erklärte er. Der Einbruch hätte ihn vielleicht vorwarnen müssen. Aber wie denn, wenn die Kremers von gegenüber einen Jugendlichen gesehen haben wollten? Jugendlich war die Ratte weiß Gott nicht.

„Bei seiner Statur mag er aus ein paar Metern Entfernung wie ein Halbwüchsiger wirken", meinte Alex. „Er wiegt im Höchstfall sechzig Kilo, eher weniger. Ich schätze ihn auf Anfang bis Mitte fünfzig. Aber ich kann mich täuschen, vielleicht ist er zwanzig Jahre jünger, kampiert lieber im Freien als in geschlossenen Räumen und sieht deshalb aus wie ein zerknittertes Hemd. Seine Hände und sein Geruch sprechen jedenfalls dafür, dass er sich in Badezimmern nicht auskennt."

Er wandte sich mir zu. „Als es die ganze Woche ruhig blieb, war ich sicher, dass Oliver nicht geplaudert hat. Das war wohl ein Irrtum. Aber wenn Sie mich jetzt in Ruhe lassen, ist Ella vielleicht schon Anfang nächster Woche wieder bei mir. Ich habe Herrn Becker am Dienstagabend doch zu verstehen gegeben, dass ich keine Hilfe brauche. Ich habe es fast zusammen. Da werde ich auf den letzten Drücker bestimmt keine Leute ins Boot nehmen, die ihr eigenes Süppchen kochen wollen.“

„Wie viel?“, fragte Grovian.

Alex schaute wieder ihn an. Seine Unterlippe zitterte leicht. „Was meinen Sie, wie viel die schon haben, wie viel noch fehlt oder wie viel die insgesamt wollen?“

„Das Letzte zuerst“, sagte Grovian.

Alex rührte bedächtig seinen Kaffee um. „Zwei Millionen.“

„Und die bringen Sie bis Anfang nächster Woche zusammen?“ Die Frage konnte ich mir nicht verkneifen. Vielleicht hätte ich ihn bewundern müssen. Ein Mann, der seine Frau gelegentlich mit zwanzig Euro Haushaltsgeld abspeisen musste, machte innerhalb von vierzehn Tagen zwei Millionen flüssig. Eine reife Leistung.

Alex nickte, ein bisschen feindselig, ein bisschen trotzig. „Vielleicht nicht ganz auf legalem Weg, wenn Sie das meinen. Aber ich schaffe es. Wenn ich mich strafbar mache, können wir das später klären. Wenn Sie allerdings meinen, Sie müssten jetzt unbedingt mitmischen, brauche ich nicht einmal mehr das Geld für einen Sarg und eine Grabstelle. Beckers Auftritt hat das Weib zum Glück geschluckt. Der Mann weiß wenigstens, was er tut. Er brachte Geld, nicht viel, aber Kleinvieh macht auch Mist, meinte sie. Aber wissen Sie, was passiert ist, als Sie am Samstag das verdammte Bilderbuch abgeholt haben?“

Natürlich wusste ich es nicht. Er erzählte es uns. „Kaum waren Sie weg, ging das Weib zur Garage, völlig harmlos. Ich habe mir nichts dabei gedacht. Sie macht ja auch Einkäufe für uns oder fährt zu ihrem Vergnügen in der Gegend herum. Und sie konnte doch nicht ahnen, dass Sie von der Kripo sind. Ich habe Sven eingeschärft, dass er nicht über Olivers Vater reden darf. Das hat er auch nicht getan. Beinahe hätte ich mich verplappert. Ich hab's mir im letzten Moment verkniffen. Aber diese verfluchte Sau wusste trotzdem Bescheid. Nach einer knappen Stunde kam sie zurück."

Seine Stimme brach, er hatte Mühe, die Tränen zurückzuhalten, biss sich auf die Lippen. „Sie brachte Ellas blutverschmierten Gips mit und sagte, beim nächsten Mal, bringt sie mir den Arm. Den könnte meine Frau jetzt ohnehin nicht mehr gebrauchen."

Ich hatte unvermittelt die kleine Katze vor Augen, sah den abgebrochenen Zweig in Marens Hand und den faszinierten Ausdruck in ihrem Gesicht. Mein Kaffee schmeckte plötzlich wie mit Salzsäure aufgebrüht und mit einer Mistgabel umgerührt. So ist das, wenn der letzte Funke einer ohnehin schmalbrüstigen Hoffnung erlischt. Maren stocherte wieder in blutigen Wunden.

Ein Aspekt, über den ich in all den Jahren, nicht einmal in den letzten Tagen, richtig nachgedacht hatte. Freude am Leid, dem Leid anderer wohlgemerkt. Warum sonst tat man so etwas, quälte hilflose Kreaturen? Weil es Spaß machte, weil man sich stark fühlte dabei, mächtig, allmächtig, die Herrin über den Schmerz.

Mir war entsetzlich übel. Grovian ließ sich vom blutverschmierten Gipsverband nicht aus der Ruhe bringen. Er wollte das Gespräch wohl nicht in eine Richtung abdriften lassen, in der es zwangsläufig Scherben geben musste. In sachlich nüchternem Ton erklärte er: „Strafbar gemacht haben Sie sich bereits, Herr Godberg. Sie haben für siebenundvierzigtausend Euro ein Collier verkauft, das nicht mehr wert sein dürfte als die Fensterscheibe."

Alex fand seine Fassung unerwartet schnell zurück und grinste abfällig. „Etwas mehr schon. Es ist Silber, und die Steine sind fachmännisch geschliffen. Das war eine Heidenarbeit, muss man ja auch honorieren."

Insgeheim bewunderte ich ihn und fragte mich, wie ich in seiner Lage reagieren würde, wenn mir einer mit solchen Sprüchen käme.

„Das erzählen Sie mal dem Mann, der sich nun einbildet, seine Frau mit Platin und Smaragden zu beglücken", sagte Grovian. „Und er ist ja nicht der einzig Betrogene. Sie verkaufen auch gefälschte Uhren."

„Nein", widersprach Alex gelassen. „Was ich nicht habe, kann ich nicht verkaufen. Ich borge mir nur Geld bei Leuten, die eine Nobeluhr tragen möchten. Solchen Leuten tut es nicht weh, für ein paar Tage ihr Geld für einen guten Zweck zu verleihen. Und ich denke, das Leben meiner Frau zu erhalten ist ein sehr guter Zweck. Wenn Ella wieder bei mir ist, schicke ich das Geld zurück und erkläre, mir sei aufgefallen, dass die Uhr nicht in Ordnung ist."

„Wovon wollen Sie das alles denn zurückzahlen?", fragte ich.

Nun lächelte er etwas gönnerhaft. So eine Frage konnte wohl nur ein Mann stellen, der mit seiner Lebensgefährtin und dem gemeinsamen Kind zur Miete wohnte. Alex dagegen besaß ein großes Grundstück und ein Haus, schuldenfrei, wie er versicherte. Das sei ihm wichtig gewesen.

Als selbstständiger Kaufmann sollte man den Rücken freihaben. Damit man sich, wenn es eng wurde, auf das Notwendigste beschränken konnte und nicht grübeln musste, wovon man die Hypothekenzinsen zahlen sollte. Wenn er das Haus verkaufte, brachte es gut und gerne dreihunderttausend.

Er hatte schon mehr als einmal bei null angefangen, mit Frau und Sohn von der Hand in den Mund gelebt, zu anderen Zeiten im Geld geschwommen. Er käme finanziell wieder auf die Beine, gar keine Frage. Er hatte auch noch einige Sachen in einem Lager, von dem Rex und Konsorten zum Glück nichts wussten.

Anscheinend tat es ihm gut, uns seine Geschicklichkeit und seinen Werdegang zu schildern. Mit fünfzehn hatte er den Dachboden seiner Großeltern entrümpeln müssen, den alten Ramsch zusammen mit Ella auf dem nächsten Trödelmarkt feilgeboten und fast hundert Mark dafür bekommen. Danach hatten sie sich beide eingebildet, sie könnten als Trödler reich werden. Das hatte sich als Irrtum herausgestellt. In den ersten Jahren ihrer Ehe hatten sie sich mehr schlecht als recht durchgeplackert.

Mit zweiundzwanzig hatte er mal etwas Geld übriggehabt und Ella, die so oft auf alles Mögliche verzichten musste, einen schönen Abend bieten wollen. Es war ihre Idee gewesen, ins Spielkasino nach Aachen zu fahren. Nur mal schauen, wie andere ihr Geld verzockten, selber spielen wollte sie gar nicht.

Und da war dann dieser Mann gewesen, der nicht weiterspielen konnte, weil er nicht mehr flüssig war, aber überzeugt, er hätte in spätestens zehn Minuten eine Glückssträhne. Ella hatte ihm ihr Geld geliehen und eine halbe Stunde später die doppelte Summe mit einem dicken Dankeschön zurückerhalten.

So hatte es angefangen mit dem Nebenerwerb, der bald zur Haupteinnahmequelle geworden war. Er hatte rasch gelernt, die armen Hunde von den anderen zu unterscheiden. Krankhafte Spieler bekamen von ihm nichts. Weil dieses Geschäft so gut lief und Ella höllischen Respekt vor dem Finanzamt hatte, deklarierte er seine Einnahmen aus Geldverleih als Gewinne aus dem Verkauf von Nachlässen. Eine Buchprüfung hatte bei ihm noch keiner gemacht.

„Sie können das gerne nachholen", bot er an. „Sie müssen mir nur jemanden vorbeischicken, der wirklich etwas von Buchführung versteht. Aber bitte erst nächste Woche, wenn Ella wieder daheim ist. Und Sie dürfen mir glauben, dass der Mann, der das Collier gekauft hat, in spätestens vierzehn Tagen seiner Frau das echte um den Hals legen kann. Ich nehme die Imitation zurück.

Die gehört nämlich Ella. Ich wollte Grossert damit nicht betrügen. Erst als er sich weigerte, die Schulden seiner Freundin zu bezahlen, als er mir auch noch ein fast neues Auto kaputtschlug, da dachte ich …" Er brach ab, atmete durch: „Sagte ich ja eben, Schadensersatz."

Grovian brachte ihn vorsichtig zurück auf Maren Koska und ihre Komplizen. Wir hörten uns den Ablauf der Geschehnisse noch einmal aus seiner Sicht an. Er hatte an dem Montagnachmittag Einkäufe gemacht, während Hanne mit Ella einen Kaffee trank. Ella konnte mit dem Arm in Gips ja nicht fahren.

Er war gerade erst wieder nach Hause gekommen und saß am Computer. Am Vormittag hatte er das Smaragdcollier ins Netz gestellt, das Ella sich nie um den Hals hängen würde. Sie war immer zufrieden mit den Duplikaten.

Er hatte die Türklingel nicht gehört, weil die Kinder im Garten tobten. Durch einen erschreckten Aufschrei seiner Frau wurde er in die Diele gelockt, und da standen die drei. Ella war blass und verstört und gab irgendwelche Zeichen.

„Dem schmächtigen Stinktier habe ich nicht sofort die notwendige Beachtung geschenkt, weil die imposante Erscheinung von Rex dominierte und er das Reden übernahm", erzählte Alex. „Er gab vor, für einen Bekannten eine Uhr auslösen zu wollen. Nur hatte er keinerlei Vollmacht. Er wusste nicht mal genau, welche Uhr er haben wollte."

Alex hatte sich geweigert, den Wandsafe zu öffnen, und das Trio energisch aufgefordert, sein Haus auf der Stelle zu verlassen. Ella gab immer noch Zeichen, und endlich bemerkte er die Pistole. Die Ratte hielt sie locker neben dem Bein in der Hand, zog einen Schalldämpfer aus einer Jackentasche, den er an der Mündung befestigte. Dann richtete er die Waffe auf Ella.

Daraufhin öffnete Alex den Wandsafe, breitete die Kostbarkeiten auf dem Schreibtisch aus, legte ein Päckchen Betriebskapital dazu und hoffte inständig, Rex möge alles nehmen und verschwinden. Das Geld nahm Rex auch, als Vorschuss. Er inspizierte die einzelnen Stücke mit anerkennenden Blicken und wollte wissen, welchen Wert die Münzsammlung hatte. Dann meinte er, es ginge vermutlich schneller, wenn Alex den Verkauf übernähme. Er hätte bestimmt mehr Erfahrung mit solchen Transaktionen. Bei einer Spekulation über diese und andere im Haus befindlichen Werte kam Rex auf die runde Summe von zwei Millionen.

Angesichts der Pistole mit Schalldämpfer verkniff Alex sich eine bezeichnende Geste mit dem Finger an der Stirn, erklärte nur schlicht, das sei unmöglich. Die Sachen würden ihm nicht gehören und wären in der Regel nur mit einem Bruchteil des eigentlichen Wertes beliehen.

Für die Auskunft bekam er von Rex einen Klaps auf die Nase. Im Anschluss deutete Rex mit einer Kopfbewegung auf Ella. Die Ratte drückte ab und schoss Ella in den gebrochenen Arm. Sie schrie vor Schmerz und Schock, rannte in Panik aus dem Arbeitszimmer, die Ratte hetzte ihr nach. Alex lief hinterher, Rex und das Weib folgten.

Im Wohnzimmer hatte die Ratte Ella bereits ein Messer an den Hals gesetzt. Rex drückte seine Hoffnung aus, dass Alex nun begriffen habe, wie ernst die Lage sei. Die Kugel sei kein Problem. Sein Begleiter habe eine medizinische Ausbildung, könne den Schaden rasch und für Ella völlig schmerzlos beheben, vorausgesetzt, man werde sich nun einig. Anderenfalls dürfe der Doktor sich einmal richtig austoben. Er habe im ehemaligen Jugoslawien gelernt und könne sogar eine Geschlechtsumwandlung vornehmen. Das mache ihm besonderen Spaß, wenn die Patientin nicht narkotisiert sei.

Zum Beweis seiner Fähigkeiten pulte die Ratte mit dem Messer in der Schusswunde, als wolle er die Kugel auf der Stelle herausholen. Ella schrie erneut vor Schmerz. Alex wollte dazwischengehen und fing sich von Rex die zweite Ohrfeige ein. Das Weib wendete sich – vielleicht angewidert, vielleicht auch nur gelangweilt – der Terrassentür zu und entdeckte die beiden Kinder im Garten.

Den Rest kannte ich zur Genüge. Nein, nicht ganz. Nachdem Alex meinen Sohn heimgeschickt hatte, machte sich die Ratte erneut und diesmal heftiger an Ellas Arm zu schaffen, als wolle er ihn aus dem Gelenk schrauben.

Anschließend erklärte Rex, man werde Ella nun mitnehmen, die Kugel entfernen, die Wunde säubern und behandeln, bis Alex die gewünschte Summe beisammenhabe.

Man räumte ihm dafür eine großzügig bemessene Frist ein. Er sollte nur bedenken, dass man für die medizinische Versorgung seiner Frau keinen sterilen Operationssaal zur Verfügung habe. Für den kleinen Eingriff könnte man sich behelfen. Sollten jedoch größere Operationen erforderlich werden, eine Amputation oder die bereits erwähnte Geschlechtsumwandlung, weil Polizei ins Spiel käme, könne es für Ella sehr kritisch werden.

Bei seinem nüchtern vorgebrachten Rapport hatte Alex unentwegt mit seinem Kaffeelöffel gespielt und war merklich blasser geworden, was den Wahrheitsgehalt seiner Schilderung unterstrich. Man mochte noch so überzeugend lügen können, willentlich die Gesichtsfarbe wechseln konnte niemand.

„Wenn sie mich zusammengeschlagen, angeschossen oder mit einem Messer traktiert hätten, okay", sagte er. „Aber Ella ..." Er schüttelte den Kopf, sprach langsam und bedächtig weiter: „Ich kann und will kein Risiko eingehen. Und ich hoffe, Sie verstehen das. Sie können mir nicht verbieten, zu zahlen."

Endlich legte er den Löffel hin und erzählte mit gefasster Stimme den Rest. Nachdem die beiden Kerle mit Ella weg waren, qualmte das Weib ihm die Bude voll, verlangte unentwegt frischen Kaffee und nörgelte, weil sie nicht auf einen längeren Aufenthalt eingerichtet war. Sie führte zwei Telefongespräche, bei denen sie Termine absagte – mit großem Bedauern, jedenfalls kam es ihm so vor. Er dachte schon, er könne sie auf seine Seite ziehen, und machte ihr ein Angebot. Achthunderttausend, wenn sie ihm sagte, wohin seine Frau gebracht wurde. So viel war die Münzsammlung wert, und die gehörte ihm.

Sie lachte ihn aus und erging sich in der genüsslichen Schilderung des Ortes, an dem Ella sich die nächsten Tage und Nächte aufhalten müsse. Eine Kiste, gemütlich ausgepolstert und irgendwo im Waldboden versenkt. Eine dünne Schicht Erde darüber, natürlich auch ein Rohr, um die Sauerstoffzufuhr zu gewährleisten. Ella müsse jedoch nicht unnötig leiden. Sie würde zweimal täglich versorgt und bekäme jedes Mal eine neue Dröhnung, sodass sie die meiste Zeit schlafen und gar nicht richtig mitbekommen würde, in welcher Lage sie sich befand.

Nach Einbruch der Dunkelheit kam die Ratte noch einmal allein und durch den Garten, wie sich das für eine Ratte gehörte. Sie waren vorsichtig, diese Biester. Das Weib bekam fünf oder sechs Karten für ihr Handy. Alex musste seines abliefern, damit er nicht auf dumme Gedanken kam, wenn er unterwegs war. Die Ratte versicherte ihm, den kleinen Eingriff habe Ella bereits überstanden, sei aber von der Narkose noch etwas benommen.

Seinen Worten zufolge lag Ella noch nicht in einer Kiste, werde jedoch in einer solchen an einem absolut sicheren Ort untergebracht, sobald sie sich etwas erholt habe. Alex sollte sich in den nächsten Tagen, wenn er das Haus verließe, um seine Verkäufe zu tätigen, beim Anblick eines Telefons immer vor Augen halten, dass seine hilflose Frau elend ersticken würde, wenn man ihre Frischluftquelle entferne. Und beim geringsten Anzeichen einer polizeilichen Aktivität würde genau das passieren.

Am Dienstagmorgen rief Rex auf Marens Handy an. Alex durfte kurz mit Ella sprechen, erfuhr dabei jedoch nichts über ihren Aufenthaltsort, nur dass die Ratte bezüglich ihres Arms offenbar die Wahrheit gesagt hatte. Ella bestätigte, die Kugel sei gestern Nachmittag entfernt worden, sie könne die Finger bewegen und habe keine Schmerzen, sei nur sehr müde.

Alex verbrachte den Tag am Telefon, versuchte zuerst, Schuldscheine einzulösen, nahm aber auch schon Kontakt mit möglichen Kaufinteressenten für diverse Wertgegenstände auf. Hanne nervte ihn mit ihren vergeblichen Versuchen, in Erfahrung zu bringen, was geschehen war. Maren stand unentwegt neben ihm, überwachte jedes Gespräch und nörgelte, weil sie sich nicht umziehen konnte. Sie hatte nicht mal Unterwäsche zum Wechseln dabei, wühlte in Ellas Sachen, aber die passten ihr nicht.

Um halb drei gestattete Maren ihm, Hanne anzurufen, um in Erfahrung zu bringen, ob der Kleine daheim geplaudert habe. Danach verlor sie das Interesse an seinen Telefonaten. Sie baute wohl auf seine Angst um Ella, verlangte ihm den Autoschlüssel und die Wagenpapiere ab. Sie müsse sich etwas zum Anziehen kaufen, erklärte sie und fuhr weg.

Gegen sieben Uhr kam die Ratte, wieder durch den Garten. Maren war noch nicht zurück. Die Ratte wartete und verpestete das Wohnzimmer. Alex erfuhr, dass Rex mehrfach vergeblich versucht hatte, seine Frau zu erreichen. Ihr Handy war nicht in Betrieb. Bei einem Einkaufsbummel musste man so ein Gerät aber nicht ausschalten.

Als Maren endlich zurückkam, in anderer Kleidung und mit der Kaufhoftüte, die ich im Hotelzimmer gesehen hatte, riss die Ratte ihr die Tüte aus der Hand und kontrollierte den Inhalt. Die Neuerwerbungen waren feucht, die Sachen, in denen sie losgezogen war, pitschnass.

Die Ratte setzte ihr mächtig zu, um in Erfahrung zu bringen, wie das passiert und wo sie gewesen war. Was das anging, hatte sie mich nicht belogen. Zuerst Prügel, dann mit einem Griff im Nacken den Kopf in die Kloschüssel gedrückt und die Spülung abgezogen. Offenbar mochte sie es ja feucht.

Bei der Erinnerung grinste Alex flüchtig. „Ich bin wahrhaftig kein Sadist, aber das habe ich genossen. Nur lässt dieses Biest sich nicht unterkriegen. Als sie wieder genug Atem hatte, behauptete sie, sie habe nur versucht, in Erfahrung zu bringen, ob …"

Er stockte, setzte neu an: „Ob …", brach wieder ab, schaute mich an und schluckte trocken. „Es ging um Oliver. Sie hat nicht lange gebraucht, um seinen Namen aus Sven herauszuholen. Und sie meinte, man müsse nicht unnötig Beete zertrampeln. Sie habe sich umgehört, der Kleine hätte daheim den Mund gehalten. Die Ratte empfahl ihr, sich nicht um Dinge zu kümmern, die sie nichts angingen. Dann gab er mir eine Telefonnummer. Ich sollte Rex anrufen, wenn sie noch mal auf Tour geht und länger wegbleibt."

Umgehört, dachte ich, sah die Hämatome auf Marens Oberkörper vor mir und machte noch einen Fehler. „Haben Sie Rex am Freitag angerufen?"

Ich war sicher, dass er es getan hatte, aber er schüttelte den Kopf. „Sie hat gewartet, bis Rex sich meldete. Er rief letzte Woche jeden Abend an, meist so gegen sieben, um sich zu erkundigen, wie viel Geld ich schon zusammen habe. Sie hat ihm tüchtig Honig ums Maul geschmiert. Dann nahm sie den Autoschlüssel und hat mich gewarnt. Wenn ich sie verpfeife, lässt sie Ella bluten. Ich habe ihr keine Veranlassung gegeben, wirklich nicht."

„Wir brauchen diese Telefonnummer", sagte Grovian.

Alex schüttelte erneut den Kopf. „Es ist nur ein Handy."

„Das können wir orten."

„Das Handy vielleicht", sagte Alex. „Aber meine Frau nicht. Und kommen Sie nicht auf die Idee, das Weib bei mir rauszuholen und in die Mangel zu nehmen. Da spiele ich nicht mit, dann ist sie eben eine gute Bekannte und nur zu Besuch. Sie weiß nicht mehr, wo Ella ist."

„Was macht Sie da so sicher?", fragte Grovian.

„Rex hat dafür gesorgt, dass Ella an einen anderen Ort gebracht wird. Er kam am Sonntag, um die erste Rate abzuholen, und geriet ziemlich in Rage, als ich ihm den Gips zeigte und erklärte, wer ihn mir gebracht hatte Das Weib versuchte, sich herauszureden, sie hätte nur getan, was vereinbart gewesen wäre. Rex hat sie trotzdem fürchterlich zusammengeschlagen. Ich dachte schon, ich müsste den Notarzt für sie rufen. Dann hat er den Doktor aufgescheucht und zur Schnecke gemacht, weil der ihn am Samstagabend nicht umgehend informiert hatte. Er hätte doch sehen müssen, was mit Ella passiert war."

„Wurde der Doktor bisher nicht einmal beim Namen genannt?", fragte Grovian.

Alex schüttelte noch einmal den Kopf.

Mein Kaffee schmeckte unverändert widerlich. Ich hätte längst nicht mehr gewusst, was ich sagen sollte, und war dankbar, dass ich nicht reden musste.

„Ich verstehe Ihre Befürchtungen durchaus", fasste Grovian zusammen. „Sie vertrauen lieber einem Schwerkriminellen als der Polizei. Obwohl Ihnen klar sein muss ..."

„Sie vertraue keinem, Herr Grovian", wurde er unterbrochen. „Ich will meine Frau. Ich will sie möglichst schnell und möglichst heil zurück. Können Sie dafür garantieren? Nein! Das können Sie nicht. Es liegt im Ermessen der Schwerkriminellen. Und an die kommen Sie nicht heran."

„Woraus ziehen Sie die Gewissheit, dass Ihre Frau noch lebt?", fragte Grovian. „Vielleicht wurde sie am Samstag umgebracht."

„Ich habe heute Morgen mit ihr gesprochen", erklärte Alex. „Gestern und vorgestern übrigens auch. Da ging es ihr sehr schlecht. Heute ging es ihr wieder etwas besser."

„Na schön", meinte Grovian. „Dann kann ich nur an Ihre Vernunft appellieren. Glauben Sie im Ernst, dass Ihre Frau freigelassen wird, wenn Rex die zweite Rate kassiert hat?"

Alex nickte mehrfach hintereinander und bekräftigte es noch mit dem inbrünstigen Satz. „Das glaube ich nicht nur, Herr Grovian, davon bin ich überzeugt."

„Ich nicht", sagte Grovian. „Ihre Frau wurde bereits sehr schwer verletzt. Keiner der Täter ist maskiert in Erscheinung getreten. Die können es sich gar nicht leisten, Ihre Frau am Leben zu lassen, Sie und Ihren Sohn übrigens auch nicht. Niemand kassiert zwei Millionen und lässt sich anschließend um die halbe Welt hetzen. Dafür ist die Summe nicht groß genug."

„Wer soll sie denn hetzen, wenn Sie sich nicht einmischen?", fragte Alex.

„Ihre Einstellung in allen Ehren", sagte Grovian. „Darauf vertrauen, dass sich daran nichts ändert, dürfen die Täter aber nicht. Momentan sind Sie gefügig und zu allem bereit. Aber sollte Ihre Frau freigelassen werden, werden Sie rebellisch. Ich will Ihnen nicht einmal unterstellen, dass Sie das Geld unbedingt zurückhaben wollen. Sie sind es Ihrer Frau schuldig, Herr Godberg. Kein Mann sagt in dem Moment: *Pfeif auf deinen Arm, Schatz, Hauptsache, wir leben*. Sie mögen sich das jetzt noch so fest vornehmen. Rex weiß, dass all Ihren guten Vorsätze beim Teufel sind, sobald Sie sehen, was Ihrer Frau angetan wurde."

Eine volle Minute lang war Alex still, schaute Grovian nur unverwandt ins Gesicht. Dann meinte er: „Vielleicht haben Sie recht. Aber darüber denke ich nach, wenn es so weit ist."

Er erhob sich. „Ich muss jetzt los. Etwas Spielraum habe ich für Verhandlungen. Allzu spät möchte ich lieber nicht zurückkommen, um das Weib nicht misstrauisch zu machen."

Uns blieb nichts anderes übrig, als ihm zu folgen. Als wir ins Freie traten, klingelte Grovians Handy. Er nahm das Gespräch entgegen und setzte sich schon mal in unser Auto. Und kaum war ich mit Alex allein, erklärte er: „Da ist noch etwas, Herr Metzner. Ich wollte das eben nicht ansprechen, um Ihren Kollegen nicht doch zu einer Aktion zu veranlassen."

„Und das wäre?", fragte ich, weil er nicht gleich weitersprach.

Er hielt den Blick auf Grovian im Auto gerichtet, als er herunterrasselte, was ihm wohl die größte Sorge bereitete: „Ich fürchte, das Weib will Rex die Prügel heimzahlen. Kaum hatte er am Sonntag den Rücken gedreht, hatte sie das Handy am Ohr. Der Typ, mit dem sie telefoniert hat, heißt Konni. Das habe ich zufällig mitbekommen, mehr leider nicht. Es könnte sich auch um eine Frau handeln, aber das glaube ich nicht. Sie hat sich mit Konni getroffen, da bin ich ziemlich sicher, wahrscheinlich auch schon am Dienstag und am Freitagabend. Und wenn da noch eine Person mitmischt, von der Rex nichts weiß ... Wenn das Weib sich mit Konni und dem restlichen Geld absetzt, habe ich das Nachsehen. Wenn ich heimkomme, muss ich ihr sofort alles aushändigen. Und ich kann ihr nicht selbst folgen, wenn sie noch mal aufbricht. Aber Sie könnten, nicht offiziell natürlich und nicht in Ihrem Wagen, den hat sie am Samstag gesehen. Morgen Nachmittag treffe ich einen Galeristen, der mir ein paar Bilder abnehmen will. Ich weiß nicht, wie lange ich verhandeln muss, aber wenn Sie warten könnten, ich hätte mehr Zeit. Dann könnten wir besprechen, wie ich mir das vorstelle."

Er entriegelte seinen Insignia und wartete auf meine Antwort. Als ich schwieg, sagte er: „Sie sind mir etwas schuldig. Für Oliver. Dem geht's bestimmt gut. Wenn Sie ablehnen, muss ich Rex über Konni informieren."

„Das wird nicht nötig sein", sagte ich. „Aber Sie sollten das doch mit Herrn Grovian besprechen. Er kann mehrere Fahrzeuge für eine Observierung abstellen. Das ist unauffälliger als ein Wagen."

„Nein." Mit Blick auf Grovian im Auto schüttelte Alex den Kopf. „Dann werde ich kaum erfahren, wer Konni ist. Ich muss das wissen, muss mir immerzu vorstellen, dass das Weib sich mit einem anderen absetzt und ich bis an mein Lebensende nicht erfahre, wo sie Ella verscharrt haben. Ich will Rex etwas bieten. Wenn ich ihn nur auf das Weib hetze, prügelt er sie in seiner Wut wahrscheinlich tot, aber er prügelt nichts aus ihr raus. Wenn ich ihm Konni und das Weib im Austausch für meine Frau bieten kann, sieht die Sache vielleicht anders aus."

Er öffnete die Autotür, wollte einsteigen, hielt jedoch mitten in der Bewegung inne und schaute mich nachdenklich an. „Maren Koska. Das ist eben irgendwie an mir vorbeigerauscht, aber nicht untergegangen. Von den beiden Kerlen wissen Sie nichts. Aber Sie wissen, wie das Weib heißt und dass sie am Freitag unterwegs war. Und sie wusste, dass Sie ein Bulle sind, woher?"

Ich hätte behaupten können, dass wir schon seit Tagen ermittelten und observierten. Vielleicht hätte er sich damit zufriedengegeben. Doch das fiel mir auf die Schnelle nicht ein. Es bestand ja auch die Möglichkeit, dass Maren noch einmal in seiner Gegenwart mit mir telefonierte und er dann von selbst darauf kam, wer Konni war.

Ich winkte Grovian zu, dass ich ihn unbedingt brauchte. Aber er verstand nicht, dass es dringend war, telefonierte weiter. Ich musste allein entscheiden. Offenheit gegen Vertrauen. Man macht viele Fehler im Leben. Manchmal kommt nichts nach, manchmal kommt es knüppeldick.

KALTGESTELLT

Als Alex Godberg begriff, ließ es sich nicht mehr ungeschehen machen. Sekundenlang starrte er mich fassungslos an. Dann drosch mit der Faust auf das Wagendach. „Nein!", schrie er. „Das darf nicht wahr sein! Sie stecken mit dieser Sau unter einer Decke? Mann, müssen Sie krank sein. Dabei ist Ihr Kleiner so ein liebes Kerlchen, ich mochte ihn von Anfang an. Weiß Hanne, dass Sie mit diesem Tier rummachen? Weiß Ihr Kollege das?"

„Ja", sagte ich nur.

Aufmerksam geworden durch den Schlag aufs Wagendach bequemte Grovian sich endlich ins Freie. Ehe ich etwas erklären konnte, haspelte Alex noch einmal herunter, was er mir gerade an den Kopf geworfen hatte, und wollte von Grovian wissen, ob er tatsächlich Bescheid wusste.

Grovian legte ihm eine Hand auf die Schulter und versuchte, ihn zu beschwichtigen. Er wollte meine Rolle in dem Trauerspiel mit der Aufgabe eines Ermittlers erklären. Eine äußerst gefährliche Position, in der ich mich befand. Der Mann zwischen den Fronten, sozusagen ein Undercoveragent. Jedenfalls ein Mann, bei dem nicht zu befürchten stand, dass er gemeinsame Sache mit Frau Koska machte.

Besänftigen ließ Alex sich davon nicht. Er schüttelte Grovians Hand ab, warf sich hinters Steuer und fuhr mit aufkreischenden

Reifen los. Das Heck des Insignias schlingerte, als er sich in den Verkehr einreihte. Wir waren dicht hinter ihm.

Grovian schüttelte besorgt den Kopf. „Wie konnte das passieren? Das hat ihn ziemlich außer Fassung gebracht."

Mich auch, aber das stand nicht zur Debatte.

Einen Vorwurf ersparte er mir, meinte nur: „Den können wir so nicht ins Haus lassen."

„Hoß soll Frau Koska rausholen", sagte ich.

„Und Frau Godberg?", fragte Grovian entgeistert.

„Die holen wir raus."

„Wo denn?", fragte er verständnislos. „Hast du nicht gehört, was er sagte?"

Natürlich hatte ich das gehört, aber ich glaubte es nicht. Maren hatte nur eine knappe Stunde gebraucht, um Ella Godberg für meine Bitte um ein Kinderbuch büßen zu lassen. Die Fahrt hin und zurück, das Abnehmen des Gipsverbands. Vielleicht noch ein wenig Erbauung an den Qualen einer wehrlosen Frau.

Ella musste irgendwo untergebracht worden sein, wo man sie schnell und ohne größeren Aufwand erreichen konnte. In dem düsteren Kasten nahe der Kaserne, in dem Maren aufgewachsen war. Ich hätte darauf geschworen.

„Hast du einen Knall?", brauste Grovian auf. „Willst du jetzt Rambo spielen? Nichts da. Wir sind nicht das SEK. Wir sind ja nicht mal bewaffnet. In der Bude ist auch keiner. Sonst hätten die Kollegen gestern Abend irgendwas sehen müssen."

„Was gibt es denn zu sehen, wenn die Rollläden unten sind?"

„So dicht sind die Dinger nicht", erklärte er energisch. „Und das Haus wäre ein viel zu großes Risiko für die Kerle."

„Verdammt noch mal!" Ich wurde ebenfalls lauter. „Ich habe sie beide doch am ..."

„Jetzt komm mir nicht wieder mit Sonntag", unterbrach er mich gereizt. „Heute ist Mittwoch. Die können inzwischen überall sein. Wahrscheinlich haben sie sich aufgeteilt. Dass sie Frau Godberg irgendwo verbuddelt haben, glaube ich nicht, weil Godberg mit ihr telefonieren konnte. Überleg mal, wie viel Mühe es machte, so ein Versteck im Wald anzulegen? Und wenn sie sich die Mühe vorher gemacht hätten, eine vergrabene Kiste gräbt man nicht aus, nur um einer Frau ein Handy ans Ohr zu halten."

„Man müsste die Kiste aber mindestens einmal täglich freilegen, damit die Frau ihre Notdurft verrichten kann", hielt ich dagegen. „Dann könnte man ein Telefonat in einem Aufwasch erledigt."

„Und läuft ständig Gefahr, dass Spaziergänger oder Waldarbeiter auf ein aus der Erde ragendes Rohr aufmerksam werden", konterte Grovian. „Aber wo immer Ella Godberg festgehalten wird, der Doktor ist vermutlich in ihrer Nähe. Körpergeruch, dreckige Hände und ein wettergegerbtes Gesicht. Vielleicht sind sie in einer Waldhütte ohne fließend Wasser oder in der Ruine einer alten Fabrik. Mit einer verletzten Geisel brauchst du ein Dach überm Kopf. Bei Rex tippe ich auf ein Hotel."

Trotzdem beorderte er zwei Wagen mit je zwei Kollegen zu Koskas Grundstück. Nur observieren. Und sollte sich wider Erwarten in den nächsten Stunden jemand von dort absetzen oder auftauchen, nur dranbleiben, keine Festnahme.

„Und jetzt beruhige dich", verlangte er von mir, nachdem das erledigt war. „Wir tun, was wir können."

Wir konnten doch gar nichts tun, waren immer noch dicht hinter dem Insignia, näherten uns dem Autobahnkreuz, an dem Alex die Autobahn verlassen musste. Er fuhr jetzt etwas gesitteter. Grovian spähte angestrengt durch die Frontscheibe, um den Insignia nicht aus dem Blick zu verlieren.

„Auf der Landstraße reden wir noch mal mit ihm", sagte er, als Alex den Blinker setzte und nach rechts rüberzog.

Er ließ sich tatsächlich ein zweites Mal zu einem Stopp veranlassen. Diesmal sprach Grovian allein mit ihm. Ich blieb im Wagen, hörte nicht, was gesprochen wurde, sah Alex nur durch die herabgelassene Seitenscheibe ein paarmal nicken und einmal den Kopf schütteln. Die Handynummer, die es uns vielleicht ermöglicht hätte, Rex zu orten, verweigerte er auch diesmal.

Als Grovian wieder einstieg, meinte er: „Sturer Hund, aber ich denke, er packt es. Er weiß, dass alles von seinem Verhalten abhängt, ist auch bereit, morgen Nachmittag noch mal mit uns zu reden, aber nur mit Becker, den hält er für vertrauenswürdig."

Wir folgten Alex bis fast vor seine Haustür. Auf den letzten Metern fuhren wir ohne Scheinwerfer. Als er vor der Garage ausstieg, um das Tor zu öffnen, machte er den Eindruck, als sei er wieder Herr seiner Sinne. Und als er ins Haus ging …

„Jetzt würde ich gerne Mäuschen spielen", murmelte Grovian.

Nach einer halben Stunde, in der sich absolut nichts getan hatte, fuhren wir zurück zur Dienststelle. Dort wurden die Auskünfte, die wir bekommen hatten, mit Entsetzen zur Kenntnis genommen. Und ob Alex uns mit ins Boot nehmen wollte oder nicht. Wir hatten Kenntnis einer schweren Straftat erhalten und durften gar nicht mehr so tun, als hätten wir keine Ahnung.

Neue Lagebesprechung im kleinen Kreis, nur Kriminaldirektor Eckert, Grovian und ich. Zuerst wurde die Frage erörtert: Besteht eine Gefahr für Kollege Metzner? Wahrscheinlich nicht, sonst hätte ich inzwischen Besuch bekommen.

Was können wir für Frau Godberg tun? Wir überhaupt nichts. Eckert bemühte sich um Unterstützung aus Köln.

Doch als er die Situation schilderte, fühlte die Kriminalhauptstelle sich nicht zuständig, wahrscheinlich genauso hilflos wie wir. Das sei ein Fall fürs LKA, hieß es, die hätten mehr Erfahrung und Gerätschaften, man werde die Sache sofort weiterleiten.

Bereits wenige Minuten später kam ein Rückruf mit der Zusicherung, morgen früh kämen zwei Spezialisten aus Düsseldorf, einer davon sei psychologisch geschult.

Wir warteten noch zwei Stunden. Auf Koskas Grundstück rührte sich nichts. Werner Hoß meldete in zehnminütigem Abstand, bei Godberg sei alles dunkel. „Die schlafen vermutlich längst."

Kriminaldirektor Eckert fand, wir bräuchten auch alle eine Mütze voll Schlaf. Er fuhr nach Hause, ich ebenso, ausnahmsweise mit Dienstwaffe. Sicher ist sicher, fand Grovian. Er zog ein Nickerchen an seinem Schreibtisch vor. Davon bekam man zwar einen steifen Nacken, blieb aber für die Leute im Einsatz erreichbar. Für den Fall, dass sich in den nächsten Stunden doch noch etwas tat.

Wie in der vergangenen Nacht lag Hanne im Bett, als ich die Wohnung betrat. Oliver schlief in seinem Zimmer. Ich setzte mich für ein paar Minuten zu ihm auf die Bettkante, ohne ihn zu wecken, schaute ihn nur an. Sein kleines, entspanntes Gesicht, den dunklen Haarschopf auf dem Kissen, seine linke Hand dicht vor den Lippen, fast so, als wolle er am Daumen nuckeln.

Irgendwie wachte Hanne davon auf. Vielleicht hatte sie auch meinen Schlüssel in der Wohnungstür gehört. Sie kam zur Tür des Kinderzimmers und wollte wissen: „Warum kommst du nicht ins Bett, Konrad? Ist etwas passiert? Warst du noch mal bei ihr?"

„Nein", sagte ich nur.

„Hast du zu Abend gegessen, ich kann dir ..."

Ich erinnerte mich, um die Mittagszeit in ein Mettbrötchen gebissen zu haben. Aber mein Magen war randvoll mit blutigem Gips. Ich schüttelte den Kopf und unterbrach sie damit.

„Du bist ganz grau im Gesicht", stellte Hanne fest.

So fühlte ich mich auch, sagte aber trotzdem: „Das kommt dir nur so vor, weil ich kein Licht angemacht habe."

„Komm ins Bett", verlangte sie.

„Ich muss noch mal weg", sagte ich.

Rudolf Grovian mochte darüber denken, wie er wollte. Mich ließ der düstere Kasten nahe der Kaserne nicht los. Wenn ein noch dazu recht einsam gelegenes Haus zur Verfügung stand, an dem man nur die Rollläden herunterlassen musste, wozu sollte man sich mit einer verletzten Geisel in einer Waldhütte ohne fließend Wasser, in der Ruine einer alten Fabrik oder sonst wo verkriechen? Meines Wissens brauchte man zumindest abgekochtes Wasser, wenn man eine Verletzung versorgte. Und eine Schusswunde brauchte eine fachgerechte Behandlung. Oder wurde Ella Godberg nicht versorgt? Was bewiesen ein paar Telefongespräche mit einer Frau, von der man gar nicht erwartete, dass sie sich pudelwohl fühlte und bester Laune war?

Dass Ella nach Marens Reaktion auf die Abholung von Olivers Buch am Sonntag in ein anderes Versteck gebracht worden wäre, wollte ich einfach nicht glauben. Einen Kerl, der mit einem Kopfnicken veranlasste, dass eine ohnehin bereits verletzte Frau angeschossen wurde, kümmerte es doch nicht, was sonst noch mit dieser Frau geschah.

„Wohin?", fragte Hanne.

„Nicht zu Maren", sagte ich.

„Wohin dann?"

Ich wollte es ihr nicht sagen. Aber ich konnte es ihr auch nicht verschweigen. Dafür, dass unser Sohn heil nach Hause gekommen war, hatte Ella bitter bezahlen müssen. Vielleicht konnte sie ihren Arm wirklich nie mehr richtig gebrauchen. Ich war kein Arzt, kannte mich nicht aus mit komplizierten Armbrüchen und Schussverletzungen. Hanne wusste auch nicht genau, was alles passieren konnte, wenn in unsachgemäßer Weise in den Heilungsprozess eingegriffen wurde. Kein Gericht der Welt würde uns dafür verantwortlich machen. Aber das änderte doch nichts.

Ich hatte eine ganze Woche Zeit gehabt, meinem Sohn aufmerksam zuzuhören. Hätte ich mich nicht stattdessen mit Maren und meinem schlechten Gewissen beschäftigt, hätte ich vielleicht rechtzeitig die richtigen Schlüsse aus seinen Andeutungen und seinem Albtraum gezogen.

Dann hätte das LKA Düsseldorf bereits in der vergangenen Woche aktiv werden können. Man hätte Koskas Grundstück überwacht, die beiden Kerle geschnappt und Maren festgenommen. Ella läge längst in einem sauberen Klinikbett und bekäme die medizinische Behandlung, die sie brauchte.

„Du bist verrückt", protestierte Hanne, als ich in die Küche ging, um mir einen starken Kaffee aufzubrühen. „Konrad, sei vernünftig. Du bist völlig erledigt. Schau dich doch an. Bitte, um Gottes willen, du kannst da nicht allein rein. Wenn einer von den Kerlen da ist, oder vielleicht beide, sie bringen Ella um und dich gleich mit. Tu mir das nicht an, bitte."

„Wenn überhaupt, dann nur allein", sagte ich. „Kannst du dir nicht vorstellen, was passiert, wenn ein SEK-Kommando anrückt? Ich geh kein Risiko ein, versprochen."

Sie blieb bei mir in der Küche, bis ich wieder fit genug war, um geradeaus zu sehen. Sie trank ebenfalls Kaffee, bis ihr die Hände davon zitterten, rauchte, was sie seit Beginn der Schwangerschaft nicht mehr getan hatte. Und sie atmete, als seien ihre Lungen mit glühenden Kohlen gefüllt. Als ich vom Stuhl aufstand und meine Jacke anzog, war ihr Blick wie eine Spiegelscherbe.

Sie ging mit bis zur Wohnungstür.

„Ich bin wirklich vorsichtig", versprach ich noch einmal.

„Du bist völlig übergeschnappt", sagte Hanne tonlos und schloss die Wohnungstür hinter mir.

Den Wagen stellte ich ein paar hundert Meter von Koskas Grundstück entfernt ab. Es war so verdammt still, kein Mensch, keine

Deckung auf der Straße. Eine Gegend so tot wie ein alter Friedhof. Mir war kalt, aber vielleicht war es nur die Müdigkeit, die mich frieren ließ. Eine Taschenlampe, eine geladene Pistole und Herzklopfen bis in die Fingerspitzen.

Wo steht geschrieben, dass Polizisten keine Angst haben? Ich hatte erbärmliche Angst, auch um mich, aber mehr um andere. Ella Godberg, etwa Hannes Größe, nur zierlicher und dunkelblond. Ich hatte sie nie gesehen und sah die ganze Zeit ihr Gesicht vor mir. Ein feines, schmales Gesicht mit hellem Teint und dunklen Augen, älter und weiblicher als das von Sven, ansonsten gleich. Und ich hörte die ganze Zeit Olivers Stimme. „Tante Ella hat geweint." Ja, natürlich. Letzte Woche Montag vor Schmerzen und Todesangst. Und am Samstag, als Maren sie bluten ließ. Oder hatte sie da vor Entsetzen keine Tränen mehr gehabt?

Was ich Hanne versprochen hatte, zählte nicht. Auch nicht, wenn einer der beiden Kerle im Haus war. Nicht einmal, wenn sie beide da waren. Ich konnte doch eine gepeinigte Frau, die meinem Sohn schon so viele Mittagessen spendiert hatte, nicht hilflos einem Tier überlassen. Dabei kam ich mir selbst so hilflos vor, ein Zwerg mit einer Pistole, deren Kugeln einem Dinosaurier höchstens die Schuppenhaut zerkratzten.

Es war lächerlich, immer wieder diesen Vergleich zu ziehen, aber ich kam nicht dagegen an. Ich wünschte mir, ich hätte Jochen dabei und Rudolf Grovian und Werner Hoß und ein Dutzend anderer, von denen ich wusste, dass man sich auf sie verlassen konnte.

„Du bist völlig übergeschnappt", flüsterte Hanne die ganze Zeit dicht neben mir, als wäre sie mir wie ein Schatten auf den Fersen. Und sie hatte verdammt noch mal recht.

Irgendwo schlug ein Hund an. Er war zu weit weg, als dass er mich hätte meinen können, aber er machte mich noch vorsichtiger. Endlich am Ziel. Der Hund hatte sich wieder beruhigt. Von den beiden Wagen und den vier Kollegen, die Grovian hingeschickt hatte, sah ich nichts. Wahrscheinlich steckten sie irgendwo in Deckung nahe der Zufahrt.

Ich näherte mich dem Grundstück von der Rückseite. Dort gab es theoretisch keinen Weg aufs Gelände. Doch der Maschendrahtzaun war leicht zu überwinden, stellenweise defekt oder von den Pfosten gelöst. Ich musste ihn nur anheben und drunter wegkriechen. Nachdem ich mich wieder aufgerichtet und etwas Dreck oder Laub von der Kleidung abgeschlagen hatte, trat ich behutsam auf, tastete mit der Schuhspitze den unebenen Boden ab, bevor ich den Fuß belastete, um den nächsten Schritt zu tun.

Die Taschenlampe zu benutzen, wagte ich nicht. Die drei Autos ohne Kennzeichen waren seit Sonntag nicht bewegt worden. Ich warf in jedes einen langen Blick, um sicherzugehen, dass niemand drinlag.

Beim Schaufellader legte ich eine Pause ein, hockte mich neben einen der Vorderreifen und wartete. Unter meiner Schuhsohle ein Haufen Hundescheiße, das soll ja Glück bringen. Fünf Minuten, zehn Minuten, eine Viertelstunde, alles blieb ruhig. Einmal ganz langsam um das Haus herum.

Ich erreichte den Abgang zum Keller. Daneben befand sich dicht über dem Erdboden ein von einem Strauch größtenteils verdecktes Kellerfenster. Es war nicht vergittert und nur angelehnt. Hatte ich doch nicht umsonst in den Hundehaufen getreten.

Ich drückte den Strauch zur Seite und hockte mich so hin, dass ich das Fenster mit dem Körper verdeckte. Dann streckte ich den Arm hinein, ließ einmal kurz die Lampe aufflammen und den Strahl in Sekundenschnelle wandern.

Ein normaler Kellerraum, leere Regale an den Wänden, einige Stapel alter Zeitungen in einer Ecke. Der Boden war gefliest und mit dicken Staubflusen bedeckt.

Ich stieg ein und tastete mich im Dunkeln bis zur Tür vor. Sie war geschlossen. Als ich behutsam die Klinke nach unten drückte, knackte es leise. Die Tür schwang auf, ohne ein weiteres Geräusch zu verursachen. Ich machte zwei Schritte in einen stockfinsteren Gang hinein, blieb stehen und horchte.

In meinen Ohren summten der Kaffee und die Übermüdung. Rundum war es so schwarz, dass ich grüne und rote Punkte flimmern sah. Mein Pulsschlag beschleunigte sich. Noch ein Versuch mit der Lampe, schnell, kurz und ängstlich. Der Strahl holte vier Türen und den Treppenaufgang zum Erdgeschoss aus der Finsternis.

Die Türen waren alle geschlossen, aber nicht verschlossen. Ich öffnete vorsichtig eine nach der anderen, ließ anschließend immer ganz kurz den Strahl der Lampe wandern und hoffte, dass die Kollegen auf ihren Posten draußen das Flackern nicht bemerkten.

Hinter der ersten Tür befand sich die Waschküche, unschwer zu erkennen an einer Waschmaschine, ein paar gespannten Leinen und einem tröpfelnden Wasserhahn, der eine ziemlich große Pfütze auf dem Boden hinterlassen hatte.

Hinter der Tür zweiten stand ein uralter Heizkessel, daneben ein Eimer mit Resten von Briketts. Hinter der dritten Tür lag ein leerer Raum, kleiner als die übrigen und größtenteils schwarz. Hier war offenbar vor Jahrzehnten das Heizmaterial für den alten Kessel gelagert worden. Mein Lichtstrahl wanderte über rauen, von Brikettstaub eingefärbten Zementboden, gekalkte und stark verschmutze Wände und ein mit Pappe verklebtes Fenster.

Ich riskierte es, die Lampe brennen zu lassen, und schaute mir den Boden genau an. Auch er war mit Staubflusen bedeckt, unter dem Fenster zusätzlich mit einer dickeren Schicht schwarzem Staub von Kohlen und Briketts.

In der Ecke hinter der Tür sah es aus, als seien ein paar Eimer Wasser über den Zement gekippt worden. Die Staubflusen waren hier zu Knäueln zusammengepappt und von Wellen neu geordnet.

Der Lichtkegel holte in diesem Bereich Flecken aus der verwaschenen Schwärze. Viele waren es nicht, drei insgesamt, der größte davon etwa wie meine Handfläche. Ich vermutete, dass es sich um Blut handelte. Doch das war Sache des Erkennungsdienstes und des gerichtsmedizinischen Labors.

Etwa zwanzig Zentimeter von den Flecken entfernt lagen winzige, weiße Krümel direkt an der Wand. Sie waren anscheinend vom Wasserschwall in die Kante gespült worden und fielen erst auf, wenn man in die Hocke ging und den Lichtkegel die Kante entlangwandern ließ. Es konnten Splitter von der gekalkten Wand sein. Aber angesichts des Drecks ringsum hielt ich das für unwahrscheinlich. Ich tippte auf etwas anderes.

Mir war entsetzlich kalt bei der Vorstellung, dass Ella Godberg hier gelegen hatte, als ihr der Gipsverband abgenommen worden war. Vielleicht betäubt, auf jeden Fall völlig wehrlos. Warum, zum Teufel? Hatte Maren meine Bitte um Ollis Buch für einen Vorwand gehalten? Und wenn, Ella Godberg konnte doch nichts dafür.

Aber mit der Wahl des Raumes hatten sie einen Fehler gemacht. Sie hätte Ella für diese Tortur in die Waschküche schleifen sollen. Auf dem gefliesten Boden dort wäre Blut kaum so zurückgeblieben, dass man es mit bloßem Auge wahrgenommen hätte. Und Gipskrümel hätten sie mühelos auffegen können.

Ich hatte Papiertücher dabei. Und gerade als ich das Päckchen aus der Tasche zog, um mit einem Tuch ein paar Krümel aufzusammeln, hörte ich das Geräusch aus dem Nebenraum, in den ich eingestiegen war. Das satte Auffedern von Gummisohlen auf dem Fußboden.

Da kam noch jemand, der nicht bemerkt werden wollte. Ich sah kein Licht, außer meiner eigenen Lampe, die auszumachen sich nicht mehr gelohnt hätte. Ich hörte auch keine Schritte, nur meinen donnernden Herzschlag.

Und dann die Stimme. „Tatsächlich! Hast du dir gut überlegt, was du hier treibst?"

Jochen stand in der offenen Tür, schüttelte im Strahl meiner Lampe vorwurfsvoll den Kopf und flüsterte weiter: „Ich wollte es nicht glauben, als Hanne mich anrief. Du kannst doch nicht alle Tassen im Schrank haben."

Ich richtete mich auf und winkte ihn heran. Wie zuvor ich, ging er in die Knie, betrachtete die Flecken auf dem Boden und die Krümel an der Wand. Ich berichtete in knappen Worten, was wir von Alex gehört hatten, und was ich dachte. Und da wir nun zu zweit waren, schlug ich vor: „Gehn wir mal rauf?"

Jochen zögerte, jedoch nicht sehr lange, dann nickte er und zog gleichzeitig seine Pistole. Mir schien, er war blasser als sonst, doch das mochte am grellen Lichtkegel meiner Lampe liegen. Wir warfen noch einen Blick hinter die vierte Tür. In dem Raum stand der Kessel der Gasheizung.

Vorsichtig, überaus leise und ohne Unterstützung durch die Lampen tasteten wir uns anschließend die Treppe hinauf. An deren Ende befand sich eine massive Holztür. Sie quietschte ein wenig in den Scharnieren, ließ sich jedoch widerstandslos öffnen. Ich glaube, wir hielten beide die Luft an, als wir den Hausflur betraten.

Absolute Finsternis. In der Haustür gab es keine Glasscheibe, die auch bei Nacht wenigstens einen Lichtschimmer von draußen hätte einlassen können. Die Rollläden in den Zimmern waren alle dicht, keine noch so winzige Ritze. Jochen überprüfte alle Fenster äußerst sorgfältig. Aber da wir nicht die geringste Lücke zwischen den Lamellen sahen, konnte draußen auch niemand sehen, wenn drinnen Licht brannte. Also hätte sehr wohl gestern noch jemand im Haus sein und Festbeleuchtung einschalten können.

In jungen Jahren hatte ich eine bestimmte Vorstellung von Marens Elternhaus gehabt, überall Luxus und goldene Wasserhähne. Aber es war nur düster und bedrückend. Wuchtige, größtenteils verschlissene Möbel, verdorrte Pflanzen.

In der Küche und im Wohnzimmer standen Reste von vergammelten Lebensmitteln, Pizzaschachteln und Behältnisse, in denen man chinesische Küche mit nach Hause nehmen oder liefern lassen kann. Getrockneter Reis und steinharte Krusten legten Zeugnis ab, dass in den letzten Tagen hier niemand mehr diniert hatte.

In den Büroräumen herrschte eine gewisse Ordnung. Koskas Büro war leicht auszumachen, eine Wand war förmlich tapeziert mit Fotos. Maren, vom Baby bis zur jungen Frau irgendwo am Wasser, vielleicht in Florida. So jedenfalls hatte sie vor neun Jahren ausgesehen. Aus den letzten Jahren gab es keine Bilder.

Und keine Spur von Leben, auch keine vom Tod, nicht im Erdgeschoss. Die Treppe ins obere Stockwerk knarrte unter unseren Tritten. Hinter mir hörte ich Jochens gepressten Atem und sein Flüstern: „Scheiße, Mann, ich hab feuchte Hände. So kann ich nicht abdrücken, wenn es nötig wird."

Es wurde nicht nötig. Verlassene Schlafzimmer und zwei Bäder, die vor dreißig Jahren als komfortabel gegolten haben mochten. Jetzt wirkten sie wie alles andere nur alt und verwohnt. Wundgescheuerte Wannen, von der Zeit dunkel gefärbte Risse in den Waschbecken. In einem Schlafzimmer war das Doppelbett längere Zeit benutzt worden, ohne die Wäsche zu wechseln. Das Bettzeug roch nach Schweiß. Das Bett in Marens Jugendzimmer war verstaubt. Darüber hing ein Herz-Jesu-Poster und über der Tür ein gekreuzigter Jesus.

Jochen schüttelte ungläubig den Kopf. Ich öffnete den Schrank, darin hingen noch etliche Sachen, die ich aus jungen Jahren kannte. Ich entdeckte das aufregende rote Kleid, das sie bei der Abschlussfeier im Gymnasium getragen hatte. Ich sah sie noch darin vor mir mit heruntergezogenem Oberteil und geschürztem Rock – ohne Unterwäsche. Im Geist hörte ich sie sagen: „Schau dir alles noch einmal genau an, Konni. Das sind Dinge, die du nie wieder anfassen wirst."

Und ich dachte, diesmal hätte sie recht. Ich glaubte nicht, dass ich sie noch einmal anfassen könnte. Höchstens die Hände um ihren Hals legen und langsam zudrücken, mich an ihrer Todesangst weiden. Mit der Vorstellung von Ella Godberg im Kohlekeller könnte ich das, da war ich sicher. Ich hatte Maren nie vorher so verabscheut.

„Rückzug", sagte Jochen. „Letzte Woche hätte sich das vielleicht gelohnt. Jetzt können wir uns nur noch eine Menge Ärger einhandeln. Machen wir lieber, dass wir wegkommen."

Auf dem Rückweg einigten wir uns darauf, die weißen Krümel im Keller an Ort und Stelle zu belassen und unsere Stippvisite nicht zu erwähnen. Ungesehen von den unsichtbaren Kollegen draußen kamen wir zurück zu meinem Auto. Jochen hatte seinen Wagen sicherheitshalber noch weiter weg geparkt. Ich denke, wir waren beide gleichermaßen unzufrieden, aber auch ein wenig dankbar, dass wir bei unserem Ausflug nicht über Rex oder die Ratte gestolpert waren.

Kurz nach vier war ich wieder daheim. Hanne hatte mit Unmengen von Kaffee und etlichen Zigaretten am Küchentisch auf mich gewartet. Neben der Erleichterung war ihr Blick eine einzige Frage. Ich schüttelte nur den Kopf, sie biss sich auf die Unterlippe. „Wo können sie Ella denn hingebracht haben?"

Es war eine rhetorische Frage, doch zum ersten Mal schwang darin viel Unsicherheit mit. Vielleicht begann Hanne erst jetzt, sich mit der Tatsache auseinanderzusetzen, wie zerbrechlich das Leben ganz allgemein war.

Ich legte mich ins Bett. Sie blieb in der Küche. „Ich kann jetzt doch nicht mehr schlafen", meinte sie.

Ich konnte und schlug mich bis zum Morgen in Koskas Keller mit einem Dutzend Zähne starrender Ungeheuer herum. Sie rissen mir den Arm ab, und Maren stocherte mit einem Zweig in der offenen Wunde. Als Hanne mich um sieben Uhr weckte, weil ich den Wecker nicht gehört hatte, spürte ich tatsächlich den Schmerz in der Schulter. Vermutlich hatte ich falsch auf dem Arm gelegen.

Nach dem Frühstück verhandelte ich eine geschlagene Stunde mit ihr. Sie musste nicht in die Praxis, hatte in aller Herrgottsfrühe mit ihrem Chef telefoniert, ein paar Tage Urlaub erpresst und bekommen. Es wäre mir lieb gewesen, sie hätte diese Tage mit Oliver in Hannover verbracht. Die Wohnung ihrer Mutter war frei, für die Aussöhnung mit Siegfried hatte Bärbel diesmal nur drei Tage gebraucht.

Aber Hanne weigerte sich. „Ich gehe hier nicht weg, solange ich nicht weiß, was mit Ella ist. Und solange das Weib in deiner Nähe ist, gehe ich sowieso nicht."

Ich brauchte sie allerdings nicht zu überreden, Oliver in der Wohnung zu behalten. Er war ziemlich enttäuscht, dass er nicht mal in den Kindergarten oder zu Opa durfte. „Was soll ich denn den ganzen Tag machen? Da hab ich ja gar nix zu tun."

Genau das konnte ich kurz darauf auch sagen.

Während ich noch mit Hanne diskutierte, traf in der Dienststelle die versprochene, psychologisch geschulte Unterstützung aus Düsseldorf ein. Ein Mann, nicht zwei wie angekündigt. Aber der eine reichte völlig. Er ersetzte locker ein ganzes Dutzend, weil er nicht nur psychologisch geschult war, er konnte auch vortrefflich kommandieren und betrachtete jeden, der nicht mindestens vom BKA kam, als Laufburschen oder Informationsquelle.

Ich war nicht dabei, aber ich kann mir lebhaft vorstellen, wie die Begrüßung von Kriminaldirektor Eckert ausfiel. Vermutlich machte der Neuankömmling unserem Chef mit knappen Worten deutlich, ihm fehle die Zeit, sich mit „Verwaltungsangestellten" zu befassen. Schließlich war er angefordert worden, um einen Kriminalfall zu lösen. So was machte er sonst vermutlich in einer halben Stunde.

Von Grovian ließ er sich gründlich informierten nach dem Motto: „Fassen Sie sich kurz." Dann erteilte er als Erstes der Kriminalhauptstelle Köln den guten Rat, mal fix ein paar ihrer Leute in den Rhein-Erftkreis zu schicken.

Als ich in Hürth ankam, war es halb zehn vorbei, und auf den Fluren liefen einige Männer herum, die ich nur flüchtig oder gar nicht kannte. Mit Kölner Kollegen hatte ich bis dahin wenig zu tun gehabt. Ich nahm an, sie kämen vom LKA, weil sie alle einen furchtbar beschäftigten Eindruck machten.

Ich wurde bereits ungeduldig im Büro des Chefs erwartet. Sie waren zu dritt, Kriminaldirektor Eckert, Rudolf Grovian und der neue Kommandeur. Er stellte sich mit dem Allerweltsnamen Schmitz vor, mochte Anfang dreißig sein, trug einen grauen Anzug und sah darin aus wie ein toter Fisch. So benahm er sich auch. Grovian machte mit Blicken deutlich, dass er nicht mit sämtlichen Maßnahmen des Neulings einverstanden war. Eckert lächelte nur diplomatisch. Was es zu sagen gab, übernahm Schmitz.

Ich gehörte ab sofort nicht mehr zum Team. Darauf hatte ich dienstags spekuliert, sogar inständig gehofft. Es hätte nichts mit Misstrauen zu tun gehabt, wäre eine reine Vorsichtsmaßnahme gewesen, für die ich jederzeit vollstes Verständnis aufgebracht hätte. Jederzeit, nur nicht gerade in dem Moment, in dem die Polizeimaschinerie anlief. Und außen vor war ich nicht.

Schmitz erklärte, auf welche Weise ich mitarbeiten sollte. Als Kontaktmann. Ich hatte mich zur Verfügung zu halten, falls Frau Koska noch einmal Lust auf mich bekam. Im Hinblick auf meine Beziehung zur Mittäterin in einem Entführungsfall hatte ich jedoch kein Recht auf Informationen oder Auskünfte zum weiteren Vorgehen der Soko.

Nachdem das gesagt war, wechselten wir in mein Büro, damit der Chef und Grovian ihrer Arbeit nachgehen konnten und wir ungestört waren. Mir wurde ein umfassender Bericht abverlangt. Bitte von Anbeginn, so musste ich etwas weiter ausholen und bei der Schulzeit anfangen, was Schmitz damit begründete: „Frau Koska ist die Schwachstelle und unser Ansatzpunkt."

Meine Aufenthalte in Kölner Hotelzimmern interessierten ihn nur insofern: „Trauen Sie sich zu, die Beziehung so fortzusetzen, dass Frau Koska keinen Verdacht schöpft?"

Nein, verdammt! Für was hielt er mich denn?

Er lächelte so dünn wie eine Rasierklinge. „Ich halte Sie für einen Mann mit Führungsqualitäten, sonst hätte man Sie kaum zum Ersten Hauptkommissar befördert. Sie hatten am Sonntag schon den Verdacht, dass die Frau in ein Kapitaldelikt verwickelt ist. Trotzdem sind Sie zu ihr gefahren und haben es geschafft, eventuelles Misstrauen auszuräumen."

Der Rest vom Vormittag ging für meine psychologische Schulung drauf. Schmitz mühte sich nach Kräften ab, mir eventuelle Gewissensnöte zu nehmen und Marens Motivation darzulegen. Das tat er so ruhig und emotionslos, als rede er über einen Film, den er neulich gesehen hatte.

Der Gipsverband sei Ella Godberg garantiert nicht erst am Samstag und bestimmt nicht von Frau Koska abgenommen worden, behauptete er mit einer Sicherheit, als sei er dabei gewesen. Das hätte mit meiner Bitte um ein Kinderbuch überhaupt nichts zu tun. Er hatte den blutigen Gips so wenig gesehen wie einer von uns. Er konnte nicht wissen, ob der Verband außen oder innen verschmiert gewesen war.

Nichtsdestotrotz erklärte er, das Blut sei durch die Schussverletzung auf den Gips geraten. Der als Doktor bezeichnete Täter habe die Kugel vermutlich unmittelbar nach der Entführung entfernt, damit es nicht zu einer Entzündung kam. Dabei dürfte einiges an Blut geflossen sein. Und vermutlich habe er den Gipsverband wegen des Eingriffs entfernen müssen.

„Frau Koska musste ihn am Samstag nur holen, um Herrn Godberg eine Lektion für seinen vermeintlichen Verrat zu erteilen", meinte Schmitz und palaverte weiter: „Herr Godberg hat zwar erklärt, die beiden Männer am Freitagabend nicht über Frau Koskas Ausflug informiert zu haben. Aber versetzen Sie sich einmal in seine Lage. Er musste es tun, um beim Haupttäter Pluspunkte zu sammeln. Die Gefahr, dass Rex noch einmal vergebens versuchte, Frau Koska zu erreichen, und dass er seinen Zorn über Godbergs komplizenhaftes Schweigen an Frau Godberg ausließ, war viel zu groß."

Das klang einigermaßen logisch, trug aber nicht dazu bei, mich zu beruhigen.

Auf die Worte folgte noch ein so dünnes Lächeln. „Es fällt mir auch schwer zu glauben, dass einer Frau, die gerade erst fürchterlich zusammengeschlagen wurde, der Sinn nach einem erotischen Abenteuer steht", erklärte Schmitz. „Das muss früher passiert sein. Ich gehe davon aus, dass Frau Koska abgefangen wurde, als sie am Freitagabend aus Köln zurückkam. Sie haben die Verletzungen am Sonntag gesehen, waren sie frisch?"

„Ziemlich frisch", sagte ich.

„War Frau Koska in ihren Bewegungen beeinträchtigt?", wollte er wissen.

„Nein", antwortete ich. „Jedenfalls nicht so, dass es mir aufgefallen wäre."

„Na bitte", sagte Schmitz und klang zufrieden dabei.

Anschließend sprach er über die Egozentrik des verwöhnten Kindes, das sich von niemandem sein liebstes Spielzeug verbieten oder gar wegnehmen ließ.

Dass ich an diesem Vormittag als unzuverlässig eingestuft wurde, fand ich in Ordnung. Wenn es um Maren ging, traute ich mir selbst nicht mehr über den Weg.

Aber in diesem Zusammenhang auf eine Stufe mit einem Plüschtier gestellt zu werden war hart. Vor allem, weil Maren für Schmitz in die Kategorie fiel, die man sonst nur in Blondinenwitzen fand. Und so dämlich, wie er meinte, konnte sie gar nicht sein, das bewies die Art, in der sie sich bei mir nach Oliver erkundigt hatte, beiläufig, harmlos, raffiniert.

„Ich gehe davon aus, dass Frau Koska nicht weiß, in welcher Lage sie sich befindet", setzte Schmitz seinen Vortrag fort. „Sie wurde bereits zweimal für ihre Eskapaden bestraft, ohne daraus eine Lehre zu ziehen. Sie wird es wieder tun, und zwar nicht, um aus Ihrem Verhalten eventuelle polizeiliche Aktivitäten abzuleiten. Ich schätze, es interessiert sie gar nicht, ob wir involviert sind. Mit Frau Godberg als Pfand wähnt sie sich in einer unangreifbaren Position. Sie wird es tun, um ihre Komplizen zu bestrafen. So hat sie es schon in ihrer Kindheit und Jugend gehalten. Vati war nicht lieb zu mir, jetzt bin ich böse und tue, was er mir verboten hat."

„Sie wurde in ihrer Kindheit nicht verprügelt", sagte ich. „Es hat damals garantiert auch niemand mit ihren Haaren ein Klo geputzt."

„Ich rede auch nur von Verhaltensmustern", belehrte Schmitz mich. „Von Strafaktionen. Frau Koskas bisheriges Leben war die exemplarische Bestrafung ihres Vaters. Er mag sich hin und wieder revanchiert haben, indem er ihr den Unterhalt kürzte oder vorenthielt. Aber letztendlich konnte sie ihn um den Finger wickeln. Mit anderen Männern hat sie es ähnlich erlebt. Sie war immer die Dominante, darauf vertraut sie auch jetzt. Von ihren Komplizen, zumindest von dem, mit dem sie liiert ist, erwartet sie nicht, dass er für sie zu einer Gefahr wird. Er mag sie verprügeln oder Misshandlungen durch den zweiten Täter anordnen. Dass er weitergehen könnte, schließt sie aus."

Ich fragte mich, was ihn da so sicher machte.

Er betrachtete mich mit einem nachdenklichen Blick, als sei er im Zweifel, ob er mir auch noch erklären dürfe, wie er Marens Zukunft sah. Wer wusste denn, ob ich anschließend zum Telefon griff? Aber vielleicht rechnete er damit, setzte womöglich sogar darauf.

„Es gibt zwei Optionen", erklärte er nach ein paar Sekunden. „Man kann Frau Koska zurücklassen, wenn die Summe vollständig übergeben wurde. Oder man schafft sie aus der Welt. Das halte ich für wahrscheinlicher. Ihre Komplizen wissen, dass sie nicht loyal ist. Und beide müssen davon ausgehen, dass sie als Einzige zu einer zweifelsfreien Identifizierung beitragen kann. Folglich wird sie ebenso zu einer Gefahr wie die Familie Godberg."

Die Möglichkeit, dass Rex seine Gespielin nach der Übergabe der gesamten Lösegeldsumme mit auf Reisen nehmen könnte, kalkulierte Schmitz offenbar nicht ein. Als ich das anklingen ließ, lächelte er wieder dieses Rasierklingenlächeln und schloss: „Ich weiß, was ich Ihnen abverlange, Herr Metzner. Und ich hätte Verständnis, wenn Sie ablehnen, Frau Koska noch einmal zu treffen. Zwingen kann ich Sie nicht."

Natürlich nicht. Zwingen konnte mich niemand. Er hätte Verständnis heucheln und ich so tun können, als glaube ich, dass er mich für einen zivilisierten Menschen hielt. Ich hätte vielleicht sogar glauben können, zu reagieren, wie jeder zivilisierte und normal empfindende Mann in solch einer Situation reagieren musste. Entrüstet, voller Ablehnung und Rückbesinnung auf bürgerliche Werte und Moral. Und wenn ich nicht ablehnte, wenn ich es wider Erwarten schaffen sollte, eine Erektion zu bekommen, durfte ich mir einreden, dass ich nur für Ella Godberg noch einmal *alle meine Entchen* spielte. Köpfchen in das Wasser, Schwänzchen in die Höh', damit Maren nicht misstrauisch wurde.

Nach den letzten Tagen, den Schuldgefühlen der vergangenen Nacht und der Degradierung der letzten Stunden kam es nicht mehr darauf an, ob ich mir einen Verweis einhandelte. Entgegen meiner Vereinbarung mit Jochen, allerdings ohne ihn zu erwähnen, gestand ich, dass ich in der Nacht in Koskas Haus gewesen war und was ich im Keller entdeckt hatte.

Im Kohlekeller wohlgemerkt. Ein Ort, den ich für denkbar ungeeignet hielt, eine Schusswunde zu versorgen.

Vielleicht war es ein letzter, verzweifelter Versuch, mich selbst in die Wüste zu schicken. Aber Schmitz runzelte ob meines Alleingangs nur für eine Sekunde die Stirn. Dann meinte er: „Vielleicht wurde der aufgetrennte Verband dort nur abgelegt. Trockener Gips krümelt."

Mit der Erinnerung an die Verpackungen und Essensreste im Wohnzimmer glaubte ich keine Sekunde lang, dass Rex oder die Ratte den Verband der Ordnung halber im Kohlekeller entsorgt hatten. Aber darüber wollte Schmitz nicht mit mir diskutieren. Er ging und sorgte dafür, dass ich in Ruhe und völlig ungestört meine Entscheidung treffen konnte, ob ich die mir zugedachte Rolle übernehmen wollte oder nicht.

Rundum hing etwas in der Luft wie elektrische Spannung. Vielleicht war es nur meine eigene Nervosität, das Bewusstsein, abgeschottet zu werden von der Anspannung und den Bemühungen der anderen. Auch wenn ich nicht sofort in sämtliche Maßnahmen oder Erkenntnisse eingeweiht wurde, weiß ich natürlich, was vorging.

Fast alles konzentrierte sich auf diese eine Sache. Der gesamte Polizeiapparat – nicht nur der des Rhein-Erftkreises – arbeitete seit dem frühen Morgen auf Hochtouren.

Schmitz hatte einiges an technischem Gerät aus Düsseldorf mitgebracht beziehungsweise bringen lassen. Richtmikrophone, Aufzeichnungsgeräte, Videokameras. Er ließ Telefonleitungen und Computer heiß laufen, kontaktierte das BKA und Interpol, um hinter die Identität der Ratte zu kommen. Die Hinweise auf eine medizinische Ausbildung und Jugoslawien mochten frei erfunden sein, schienen es aber trotzdem wert, dass man ihnen nachging.

Bevor er sich mit mir beschäftigte, hatte Schmitz bereits Dampf beim LKA Hamburg gemacht. Und siehe da, plötzlich fanden sie die Zeit, nicht nur ihr Bildmaterial zu sichten. In Helmut Odenwalds Wohnung an der Außenalster hatten sie wohl tatsächlich keine Fotos gefunden, nicht ein einziges. Da hatte schon vor ihnen jemand gründlich aufgeräumt und eingesammelt, was den Verdacht untermauerte, Odenwald sei untergetaucht.

Fingerabdrücke und DNA-Material von drei Personen hatten sie sicherstellen können. Die Abdrücke wurden zusammen mit Laborberichten und zwei im vergangenen Sommer entstandene Gruppenfotos übermittelt, auf denen sich Odenwald befinden sollte. Leider hatte man in der Eile versäumt, ihn zu markieren.

Vielleicht hatten sie das auch für überflüssig gehalten, weil auf beiden Aufnahmen nur ein Mann abgebildet war, der seine Gesprächspartner um Haupteslänge überragte. Er trug keinen Vollbart. Ich schätze, ich wäre mir trotzdem sicher gewesen. Nur wurde ich nicht um meine Meinung gebeten.

Fred Pavlow musste passen. Und ehe man Alex Godberg die Gruppenfotos vorlegen könnte, würden noch etliche Stunden vergehen. So lange wollte Schmitz nicht warten. Es gab ja noch einen Zeugen, meinen Sohn.

Helga Beske fuhr los, um Olli abzuholen. Nicht einmal davon wurde ich in Kenntnis gesetzt. Hanne kam natürlich mit und meinte später, es hätte Oliver gut gefallen. Auch wenn Helga Beske ihn nicht mit Tatütata kutschieren durfte, ein Blaulicht auf freier Strecke konnte sie ihm immerhin bieten.

Dann nahm Olli sich der Sache an. Die nackten Gesichter sagten ihm nichts. Mit Hilfe der Technik ließ Andreas Nießen, für den man sonst keine Verwendung hatte, üppige Bärte sprießen. Olli schaute fasziniert zu und schüttelte unentwegt den Kopf. Nein, nein, der Rex sah ganz anders aus.

„Darf ich das mal selber probieren?", erkundigte sich mein Nachwuchs erwartungsvoll. „Ich mach nix kaputt. Ich weiß, wie man mit einem Computer arbeiten muss. Der Papa von Sven hat ein Spiel auf seinem, da durfte ich auch schon mal."

Und dann erstellte Olli – unter Anleitung und den argwöhnisch-aufmerksamen Augen unseres Computerfachmanns – richtige Phantombilder. Mit roten Wangen, glänzenden Augen und vor Eifer eingeklemmter Zunge nahm er sich alle Gesichter vor. „Wo kann ich dem hier eine Sonnenbrille machen? Wenn der da eine dicke Nase kriegt, könnte er Rex sein. Soll ich mal? Darf ich einen Kakao haben? Mit Sahne, bitte. Ich hab nämlich Hunger. Ich konnte ja nicht fertig mittagessen, weil ich hier helfen muss."

Er bekam seinen Kakao und ein paar Kekse, probierte sämtliche zur Verfügung stehenden Nasen und Brillen aus, verpasste einer glatten Stirn Zornesfalten und einem schmallippigen Mund ein Grinsen mit gebleckten Reißzähnen. Nach einer guten Stunde gab es keinen Unterschied mehr in den Gesichtern, und Olli war endlich zufrieden mit seinem Werk. So sah der Rex aus, ganz genau so!

„Soll ich noch den kleinen Mann machen und die böse Frau?"

Um Maren hätte er sich eigentlich nicht bemühen müssen. Sie ließen ihn trotzdem werkeln, um festzustellen, wie es um sein Personengedächtnis stand. Er traf sie gut. Den kleinen Mann machte dann aber doch lieber Andreas Nießen. Olli dirigierte ihn nur und gab schließlich sein Okay.

„Darf ich jetzt mal zu meinem Papa?"

Er durfte nicht, weil Hanne dabei war und Schmitz befürchtete, sie könnte meine Entscheidung bezüglich einer Tätigkeit als Kontaktmann negativ beeinflussen. Helga Beske fuhr sie zurück.

Alle um mich herum waren unheimlich beschäftigt. Ich saß nur da. Der Mann, der die Maschinerie angeworfen hatte und nicht wusste, wie es weitergehen sollte. Der nicht einmal wusste, wie er sich verhalten würde, wenn sein heißes Eisen noch einmal Sehnsucht nach ihm bekam. Ich meinte unentwegt, Brandblasen an meinen Händen zu sehen, und wusste wirklich nicht, ob ich mir wünschte, dass mir in Kürze eine erneute Kontaktaufnahme der Mittäterin bevorstand, damit ich sie warnen und zur Flucht überreden konnte, oder ob ich inständig hoffte, nicht in diese Versuchung geführt zu werden.

Immer wieder ertappte ich mich bei Seitenblicken aufs Telefon. *Ruf an, du Biest, ruf endlich an.* Den Gefallen konnte sie mir nicht tun, weil Alex sein Auto am Nachmittag selber brauchte. Das hatte er uns ja angekündigt. Und da seit dem Morgen in Kremers Küche nicht nur ein Mann am Fenster stand, sondern auch ein Richtmikrophon in Position gebracht worden war, konnte Schmitz sich vergewissern, dass es den Tatsachen entsprach. Jedes Wort, das in Godbergs Haus gesprochen wurde, wurde aufgezeichnet.

Geraume Zeit diskutierte Maren mit Alex. Er sollte sich ein Taxi bestellen und seinen Sohn mitnehmen. Demnach musste sie große Sehnsucht haben. Sven würde bestimmt nicht bei Verhandlungen mit dem Kaufinteressenten für einige Bilder stören, meinte Maren. Alex blieb hart, das musste er doch. Sven hätte Maren bei der Rückkehr brühwarm von seinem Treffen mit Jochen Becker berichten können.

Gegen vier Uhr schaute Jochen kurz bei mir rein, um zu sagen, dass er sich jetzt auf den Weg machte. „Keine Ahnung, wann ich zurückkomme. Wenn du wartest, können wir noch irgendwo ein Bier trinken, haben wir lange nicht mehr gemacht."

„Setz dich lieber nicht in die Nesseln", sagte ich. „Ich bin draußen. Wahrscheinlich ist es besser so. Wer nichts weiß, kann nichts verraten."

„Scheiß drauf", erwiderte Jochen. „Wenn dieser LKA-Fuzzi sich einbildet, er wüsste alles besser und wäre hier der Einzige, der die Lage, vor allem Frau Koska, richtig einschätzt, befindet er sich im Irrtum, denke ich. Grovian denkt offenbar das auch. Die haben beiden sich eben beinahe die Köpfe eingeschlagen."

„Warum?", fragte ich.

Jochen zuckte mit den Achseln. „Frag doch nicht mich. Ich bin bloß ein Botenjunge, der hier und da was aufschnappt. Ich nehme an, sie waren geteilter Meinung über die weitere Vorgehensweise. Jetzt bekommen sie doch alles mit, was zwischen Godberg und der Koska vorgeht. Die Telefonüberwachung steht auch. Es gibt wohl irgendein Problem, hab ich von Hoß gehört. Der kommt gut mit den Kölnern aus und erfährt mehr als ich."

Dann war Jochen weg und ich wieder allein. Um mir die Zeit zu vertreiben, telefonierte ich ein wenig mit dem Handy. Ich rief daheim an im Bedürfnis, mir von Hanne versichern zu lassen, dass Dienst eben Dienst sei.

Olli hob ab und begrüßte mich mit: „Nicht so laut, Papa."

Dann sprudelte er los: „Ich war heute bei dir auf der Arbeit, aber du warst nicht da. Wo warst du denn? Ich hab der Fahndung geholfen und Bilder gemacht. Eins von dem kleinen Mann, eins von der bösen Frau und ein richtiges von Rex. Warum braucht ihr von dem denn noch eins? Den habt ihr doch schon totgeschossen."

„Es sieht so aus, als hätten wir den Falschen erwischt", sagte ich. „Gibst du mir mal Mama?"

„Das geht nicht", teilte Olli mit. „Sie schläft."

Um sie nicht zu stören, hatte er sich entschlossen, einmal zu testen, ob er unseren DVD-Player bedienen konnte. Er hatte ja schon oft gesehen, wie Mama das machte. Und nachdem er so erfolgreich am Polizeicomputer gearbeitet hatte, hielt er sich technisch gesehen bereits für ein Genie. Es hatte auch super funktioniert. Den Fernsehton hatte er ganz leise gemacht, damit Mama nicht aufwachte.

„Was schaust du dir denn an?", fragte ich.

Das wusste er nicht genau, er konnte ja noch nicht lesen. Aber am Anfang war viel geschossen worden, einige Leute hatten sich gezankt. Und jetzt sollten bald ein paar Männer mit einer Rakete fliegen, um einen großen Stein mit Zacken zu sprengen, ehe der die Welt traf und alles kaputtmachte.

Es war sein eifriges Stimmchen, das mich einigermaßen zur Vernunft oder zurück auf den Boden der Tatsachen brachte. Dieses verflucht normale Leben, eine übermüdete Frau, ein ausgeschlafenes Kind, ein DVD-Player und ein Fernseher, in dem der einsame Held in letzter Sekunde den Weltuntergang verhinderte.

Armageddon. Bruce Willis opferte sich, damit seine Filmtochter nicht die Liebe ihres Lebens verlor. Während seine Gefährten sich retteten, sprengte er sich mitsamt dem Asteroiden ins Universum. Ich kannte den Film. Aber ich war kein Held, nur verdammt allein.

„Wann kommst du denn nach Hause, Papa?", fragte Olli.

„Ich weiß es noch nicht", sagte ich. „Es kann sehr spät werden."

„Meinst du, dann schlafe ich schon?"

„Dann schläfst du ganz sicher schon", sagte ich. Ich wollte auf jeden Fall mit Jochen noch ein Bier trinken.

Er kam gegen sieben Uhr von seinem Treffen mit Godberg zurück und musste erst zum Rapport antreten. Das dauerte eine Weile, weil es viel zu berichten gab. Ich erfuhr das alles erst nach neun Uhr, als Olli wohl schon seit zwei Stunden in seinem Bett lag. Sieben Uhr war Schlafenszeit für ihn.

Alex war enttäuscht gewesen, als an meiner Stelle tatsächlich Jochen Becker erschienen war. Dabei hatte er ausdrücklich nach Herrn Becker verlangt und nur nach ihm. Aber er hatte wohl nicht damit gerechnet, dass wir uns an diese Anweisung hielten, wo ich doch laut Grovian in besonderer Mission tätig war. Über meine Mission hätte Godberg wohl gerne mehr erfahren.

Da Jochen sich unwissend stellen musste, erfuhr er in den ersten Minuten nur ein paar unwesentliche Details der Farce eines Familienlebens. Abwesende Mutter wird durch liebevolle, leider sehr ungeschickte Tante ersetzt, die züchtig auf der Wohnzimmercouch schlief, nicht kochen konnte und sich gerne mit einem völlig verängstigten Kind beschäftigte.

Dass Maren den kleinen Sven immer wieder aufforderte, ihr doch etwas von seinem Freund zu erzählen, wusste Schmitz bereits. Und für ihn begründete sich ihr Interesse an meinem Sohn in unserer Beziehung. Was Jochen und Rudolf Grovian für den größten Irrtum des psychologisch geschulten Spezialisten hielten.

Dem von Schmitz zusammengestellten Fragenkatalog hatte Godberg sich nur widerwillig gewidmet. Wozu sollte es gut sein, jedes Lebenszeichen von Ella exakt zu datieren und wörtlich wiederzugeben, was sie gesagt hatte und wie sie es gesagt hatte? Und auch noch eventuelle Hintergrundgeräusche anzuführen. Alex wollte lieber über Ella und den Tag reden, an dem sie endlich wieder bei ihm war.

Jochen hatte ihn mehrfach energisch auf das Vordringliche verweisen müssen. Anhand der bearbeiteten Fotografien aus Hamburg wurde Rex endgültig und zweifelsfrei als Helmut Odenwald identifiziert. In dem mit Ollis Hilfe erstellten Phantombild vom kleinen Mann erkannte Alex die Ratte alias den Doktor wieder.

„Dein Kleiner hat eine verdammt gute Beobachtungsgabe", sagte Jochen. „Solche Zeugen wünscht man sich öfter."

Um die Handynummer, die Alex uns nicht hatte verraten wollen, mit der man Odenwald gestern oder vorgestern vielleicht noch hätte lokalisieren können, brauchte Jochen sich nicht mehr zu bemühen. Die hatte Schmitz rasch in Erfahrung gebracht und damit seiner Meinung nach bewiesen, dass er die Lage richtig beurteilte.

Es hatte am Freitagabend eine kurze Verbindung zwischen Godbergs Hausanschluss und diesem Handy gegeben. Und warum hätte Godberg Rex anrufen sollen, wenn nicht, um Maren zu verpfeifen?

Leider war die Nummer inzwischen nicht mehr aktuell. Bis zu seinem Aufbruch am Nachmittag hatte Godberg unentwegt vergeblich versucht, Rex zu erreichen, weil das Lebenszeichen von Ella am Vormittag ausgeblieben war.

„Er ist völlig am Ende", sagte Jochen.

Und das war Alex Godberg auf der ganzen Linie, körperlich, seelisch und finanziell. Alles, was einigermaßen von Wert war oder so aussah, hatte er verkauft. Für die Bilder, über die er kurz zuvor verhandelt hatte, bekäme er im Höchstfall zwanzigtausend, hatte er gesagt. Seine Lagerbestände, die er in der Raststätte noch mit Stolz angeführt hatte, waren höchstens gut, um auf Trödelmärkten verramscht zu werden und damit einen neuen, bescheidenen Anfang zu machen.

Er hatte bei seinen Verkäufen nicht immer die Summen erzielt, die er gefordert hatte. Für die Münzsammlung zum Beispiel hatte er zweihunderttausend weniger bekommen. Und er hatte den Fehler gemacht, Maren zu erklären, die Sammlung habe einen Wert von rund achthunderttausend, als er sie mit Bestechung auf seine Seite ziehen wollte. Entsprechend enttäuscht hatte sie reagiert, als er mit nur sechshundert nach Hause kam. Sie hatte sofort Rex verständigt und sich bitterlich beschwert, dass sie wohl entschieden länger als gedacht auf seine Nähe verzichten müsse.

Insgesamt fehlte noch eine Viertelmillion, auf die Maren dem Anschein nach gerne verzichtet hätte, die Rex aber unbedingt haben wollte. Godberg hatte sich bei Jochen erkundigt, ob die Polizei vielleicht in dieser Hinsicht helfen könne.

Als ich das hörte, musste ich unwillkürlich lachen. Darüber hatten Grovian und Schmitz nach Jochens Rückkehr heiß diskutiert. Eine Viertelmillion! Woher nehmen, wenn nicht stehlen? Die öffentlichen Kassen waren leer. Und man durfte dem Verbrechen nicht auch noch Vorschub leisten.

Es mochte Ausnahmen geben. Wenn zum Beispiel politische oder religiöse Wirrköpfe ein Dutzend Geiseln irgendwo festhielten, deren Angehörige tüchtig Wirbel in den Medien machten, dann sah das vielleicht anders aus. Für einen einzelnen Bürger dagegen, dessen Ehefrau von gewöhnlichen Gangstern festgehalten wurde, konnte man leider nichts tun, nicht mal verhandeln. Man kam ja nicht ran an die Kerle.

Und man stelle sich nur vor: Der verzweifelte Ehemann gibt nach geglücktem Freikauf ein Interview und lässt dankbar verlauten, wer ihm aus der Patsche geholfen hat. Dann haben wir bald einige tausend solcher Fälle am Hals. Und wo kommen wir denn hin, wenn wir gemeinen Erpressern nachgeben?

So ungefähr hatte Schmitz argumentiert.

Wohin kommt Ella, wenn wir es nicht tun, dachte ich. Wahrscheinlich zuerst in die Forensik und dann auf den Friedhof.

Jochen sah es genauso. Für ein Feierabendbier hatte er weder Lust noch Zeit. Er sollte heimfahren und ein paar Stunden auf Vorrat schlafen. Um drei in der Nacht stand ihm die Teilnahme an einem Großeinsatz bevor. Weil es nicht so voranging, wie Schmitz sich das ausgemalt hatte, wollte der psychologisch geschulte Experte vom LKA die Ermittlungen auf andere Weise voranzutreiben.

„Jetzt stürmen wir die Bude", seufzte Jochen.

„Godbergs Haus?", fragte ich ungläubig.

„Nein, Koskas Kasten. Sie haben noch keine Ahnung, wer die Ratte sein könnte. Aber der wird da wohl ein paar Fingerabdrücke hinterlassen haben. Vielleicht sind die registriert."

„Dafür muss doch kein Großaufgebot rein", sagte ich. „Da soll einer vom Erkennungsdienst durch das Kellerfenster steigen."

„Das habe ich vorgeschlagen", sagte Jochen. „Das ist aber nicht die übliche Art, Beweismaterial zu beschaffen."

„Und wenn die Kerle zurückkommen?", fragte ich. „Oder wenn Maren mal hinfährt?"

Jochen zuckte mit den Achseln. „Schmitz meint, die Kerle hätten am Sonntag die Kurve gekratzt. Und wenn Frau Koska noch mal losführe, hätte sie garantiert ein anderes Ziel. Er nimmt an, dass sie im Laufe der Nacht aufbricht mit den achthunderttausend, die Godberg diese Woche eingenommen hat. Zusammen sind es eindreiviertel Million. Damit lässt sich ja schon was anfangen. Wenn sie sich irgendwo mit ihren Kumpanen trifft, schnappen wir alle drei. Ansonsten wird eben nur sie festgenommen."

„Und Ella Godberg?", fragte ich.

„Ist wahrscheinlich bereits tot", meinte Jochen.

„Sie hat doch gestern noch mit Alex gesprochen", sagte ich.

Jochen Hob bedauernd die Schultern, ließ sie wieder sinken. „Aber heute nicht. Schmitz meint, dass Odenwald unbedingt die Viertelmillion noch haben will, wäre eine Finte. Vielleicht hat die Koska das erfunden, um sich etwas Zeit für ihren Abgang zu verschaffen. Eigentlich müsste sie ja wissen, dass sie aus Godberg nicht noch mehr rauspressen können."

„Schmitz meint", fuhr ich auf. „Hat er hellseherische Fähigkeiten? Liest er aus dem Kaffeesatz oder aus Karten?"

„Jetzt reg dich doch nicht so auf", bat Jochen und ließ einen langgezogenen Seufzer folgen. „Konrad, du hast die Blutflecke im Kohlekeller gesehen. Auch wenn die Ratte da unten nur die Kugel rausgeholt hat, vom Gips ist das Blut garantiert nicht auf den Boden getropft, glaubst du, der Kerl hat Ella Godberg anschließend gebadet, gesalbt und in ein frisch bezogenes Bett gelegt? Glaubst du, er hätte da draußen Antibiotika und steriles Verbandszeug zur Hand gehabt? Wenn's hochkommt, hatte er einen Verbandskasten aus dem Auto. Aber nicht mal daran glaube ich. Und wenn die Kerle sich abgesetzt haben, wie lange, schätzt du, kann eine verletzte Frau ohne Wasser, Nahrung und Medikamente überleben?"

Ehe ich ihm darauf antworten konnte, winkte er ab. „Ach, was soll's? Es geht so oder so schief."

Dann ging er, um ein paar Stunden zu schlafen. Ich fuhr ebenfalls nach Hause. Seit dem Sonntagmorgen, als ich nach dem Nahkampf im Golf heimgeschlichen war, hatte ich mich nicht mehr so elend gefühlt.

NOCH EINMAL
UND DANN NIMMERMEHR

Oliver lag schon im Bett, schlief aber noch nicht. Hanne wärmte mir irgendetwas auf, Kartoffelpüree mit Sauerkraut und Kassler, glaube ich. Ich weiß es nicht mehr, ist ja lange her. Es war jedenfalls eine Mahlzeit, die nicht wirklich zur Jahreszeit passte. Ich meinte, es wäre draußen viel zu warm für schwere Kost, und konnte mir einreden, mir sei nur deshalb so übel.

Hanne hielt sich mit Fragen zurück, obwohl ich von ihrer Stirn ablesen konnte, was ihr auf der Zunge brannte. *Wie sieht es aus?*

Nachdem ich den Teller geleert hatte, saß ich noch eine halbe Stunde auf Ollis Bettkante und ließ mir erneut berichten, wie toll er meinen Kollegen geholfen hatte. Er hatte Sehnsucht nach seinen Freunden, nicht nur nach Sven, nach allen aus dem Kindergarten.

„Wenn ihr die Verbrecher alle eingesperrt habt, darf ich doch wieder in den Kindergarten und auch wieder bei Sven spielen, oder? Wann sperrt ihr die denn ein?", fragte er.

„Bald", sagte ich.

Als er endlich eingeschlafen war, sprach ich mit Hanne, weil sie darauf wartete, dass ich ihr etwas erzählte. Natürlich kein Wort über den Stand der Dinge und Jochens düstere Prognose.

Ich erklärte nur meine besondere Verwendung. Hanne hörte mir mit unbewegter Miene zu, ließ sich zweimal Feuer für eine Zigarette geben, die beide Male wieder ausging. Nachdem sie den Glimmstängel im Aschenbecher abgelegt hatte, fummelte sie an ihren Fingernägeln herum.

„Warum sagst du nichts?", fragte ich, als ich nicht wusste, was ich noch sagen könnte.

Dass ich nicht glaubte, tatsächlich tun zu müssen, was Schmitz von mir erwartete, brachte ich nicht über die Lippen. Vermutlich hätte Hanne mir auch nicht geglaubt, dass ich darüber alles andere als untröstlich gewesen wäre. Wenn Schmitz die Lage richtig beurteilte und Maren in der Nacht die Kurve kratzen wollte, bekam ich keine Gelegenheit mehr für solch einen Einsatz. Dann konnten wir das Thema *Erleichterung* noch mal unter anderen Vorzeichen besprechen.

„Was soll ich denn sagen?", fragte Hanne ihrerseits.

„Das ist nicht allein meine Entscheidung", erklärte ich. „Schmitz sieht das wahrscheinlich anders. Aber wenn du nicht einverstanden bist, lehne ich ab."

Ein Ausdruck von Unsicherheit und Verachtung huschte um ihre Lippen. Sekundenlang betrachtete sie ihren linken Daumen, dann hob sie den Kopf und schaute mich an. „So nicht, Konrad. Ich sag nein, und dann ist es meine Schuld, wenn Ella etwas passiert. Dieser Schmitz hat doch garantiert nicht gesagt, du sollst dir meinen Segen holen. Die Entscheidung triffst du gefälligst allein. Und warum solltest du ablehnen?"

Auf diese Frage kam die Andeutung eines geringschätzigen Lächelns. „Du hast Maren gevögelt, als Ella noch gar nicht zur Debatte stand. Und hätte das eine nichts mit dem anderen zu tun, würdest du gar nicht darüber nachdenken, sondern einfach losfahren, wenn sie dich anruft. Hab ich recht?"

„Nein", behauptete ich.

Hanne stampfte mit dem Fuß auf. „Doch! Du würdest! Ohne einen Gedanken, nur mit einer Riesenlatte. Ich gebe nicht viel auf das, was andere sagen. Aber in dem Punkt hat deine Mutter ausnahmsweise vollkommen recht. Wenn dieses Weib in deine Nähe kommt, sind alle guten Vorsätze beim Teufel. Tu, was du für richtig hältst, aber verschone mich mit deinen Sondereinsätzen. Wir reden nicht darüber. Du brauchst mir gegenüber kein schlechtes Gewissen zu haben. Ich komme schon klar. Und wenn du meinst, du bringst ihn bei ihr jetzt nicht mehr hoch, ich kann dir ein Rezept besorgen. Dann brauchst du nur eine Pille einwerfen und kannst sie bis zur Bewusstlosigkeit vögeln."

Beim letzten Wort schaltete sie den Fernseher ein. Dann war jeder für sich allein. Als ich ins Bad ging, holte sie ihr Bettzeug auf die Couch. Und obwohl ich auch in der Nacht zuvor kaum geschlafen hatte, kam ich nicht zur Ruhe, wälzte mich von einer Seite auf die andere, fühlte das leere Bett neben mir und horchte ins Wohnzimmer. Die halbe Nacht hatte ich Jochens Prophezeiung im Kopf. Es geht so oder so schief.

Ich wollte nicht an Ella Godberg denken. Man muss sich in solchen Fällen darum bemühen, die Angst, den Schmerz und die Verzweiflung eines Opfers weit von sich wegzuhalten, sonst kann man nicht mehr klar denken.

Was Hanne und mich anging, war es schon schiefgegangen.

Beim Frühstück sprachen wir nicht miteinander. Olli schaute mit ängstlicher Miene zwischen uns hin und her. Er nahm an, wir hätten uns seinetwegen gestritten. Immerhin hatte er unerlaubt eine DVD in den Recorder geschoben und sich ein Spektakel genehmigt, von dem er genau wusste, dass Mama ihm das nie erlaubt hätte. Auf seine naiv unbeholfene Art versuchte er, zwischen uns zu vermitteln, versprach hoch und heilig, so etwas nie wieder zu tun, ganz ehrlich nicht, nicht einmal, wenn er vor lauter Langeweile nicht wusste, was er sonst tun könnte.

Als ich vom Tisch aufstand, erkundigte er sich unsicher: „Kommst du heute auch wieder so spät, Papa?" Ebenso gut hätte er fragen können, ob ich überhaupt noch einmal heimkäme.

„Ich hoffe nicht", sagte ich. „Und wenn es doch später wird, sag ich dir auf jeden Fall noch gute Nacht."

„Auch wenn ich schon schlafe?"

„Ja, auch dann", sagte ich. „Macht nichts, wenn du es nicht hörst. Du weißt aber beim Aufwachen, dass ich bei dir war."

Eine gute halbe Stunde später saß ich an meinem Schreibtisch, allerdings nicht lange, dann holte mich jemand in den Besprechungsraum. Schmitz sah so zerknittert aus, als hätte er seinen gestrigen Elan in nur einem Tag aufgezehrt. Und in der Nacht, muss man der Fairness halber dazusagen. Er hatte die ganze Nacht auf irgendwelche Ergebnisse oder Ereignisse gewartet und erst gegen Morgen in einer Gewahrsamszelle etwas Schlaf gefunden. Trübsinnig schaute er in seinen Kaffee und bekam den Mund nicht einmal auf, um etwas davon zu trinken.

Kriminaldirektor Eckert war zwar wie aus dem Ei gepellt, wusste aber offenbar auch nicht, was er sagen sollte. Rudolf Grovian dagegen wirkte wie der sprichwörtliche Fels in der Brandung. Es sprach einiges dafür, dass er den Ton angab und die Kölner Kollegen sich fügten. Und er hielt es offenbar nicht für sinnvoll, mich völlig auszuschließen.

Zwei gute Nachrichten vorweg. Frau Koska hielt sich immer noch bei Herrn Godberg auf. Ich wusste nicht, ob ich das als gute Nachricht werten sollte. Die zweite schon eher: Sven hatte gegen sieben Uhr morgens mit seiner Mama telefonieren dürfen.

Der Anruf war auf dem Hausanschluss eingegangen und abgehört worden. Mehr als „Es geht mir gut, Schatz" hatte Ella zwar nicht von sich gegeben, und das auch noch undeutlich, weil sie in ein Handy sprach, das sehr schlechten Empfang gehabt hatte.

Trotzdem ein Grund für befreites Aufatmen. Schmitz jedenfalls hatte mit seiner Prognose falschgelegen und mit der nächtlichen Razzia ein unnötiges Risiko heraufbeschworen. Jetzt konnten wir nur hoffen, dass Frau Koska ihrem Elternhaus im Laufe des Tages keinen Besuch abstattete. Aber warum sollte sie das tun?

Damit kam Grovian zu der nächtlichen Aktion. Es war nichts dabei herausgekommen, was wir nicht schon gewusst oder zumindest vermutet hatten. Odenwald und sein noch namenloser Komplize hatten sich vermutlich über einen längeren Zeitraum im Haus aufgehalten. Ella Godberg war wahrscheinlich nur kurz dort gewesen, um ihre Verletzung notdürftig zu versorgen und sie für den weiteren Transport ruhigzustellen. Mit Ausnahme des Kohlekellers hatte sich von ihr im ganzen Haus keine mit bloßem Auge als solche erkennbare Spur gefunden.

Was unsere Leute vom KK 11, unterstützt von Kollegen der Hauptwache, im Laufe des vergangenen Tages zusammengetragen hatten, war etwas aufschlussreicher. Odenwald war Anfang März erstmalig aufgetaucht, dazu war Koskas ehemaliger Geschäftsführer noch mal befragt worden. Die Ratte alias der Doktor war ein paar Wochen später dazugestoßen. Etwa ab Mitte April war der ungepflegte Typ in der Lederjacke auch mehrfach in der Stadt gesehen worden, hauptsächlich bei einem Chinesen, wo er Essen für zwei Personen abgeholt hatte.

Die letzte Pizza hatte Odenwald am 28. Mai an Koskas Haustür in Empfang genommen. Das war der Mittwoch nach der Entführung gewesen und die Lieferung nur ausreichend für eine Person. Der Bote hatte Odenwald anhand der bearbeiteten Fotos erkannt. Das deckte sich mit den Beobachtungen anderer Zeugen.

Am vergangenen Nachmittag waren im Gewerbegebiet und auf dem Gelände der Kaserne an die hundert Personen befragt worden. Zwei, drei Dutzend übereinstimmende Auskünfte besagten, dass Koskas Haus seit Ende Mai denselben unbewohnten Eindruck machte wie in den ersten Monaten nach dem Tod des Hausbesitzers.

Wie es schien, war ich der Letzte, der die beiden Männer zusammen gesehen hatte. Am ersten Juni. In dem roten Golf. Der Wagen war gestern mit Hamburger Kennzeichen in einem Kölner Parkhaus entdeckt worden. Wie lange er schon dort gestanden hatte, wusste niemand. Nun stand er bei der KTU.

Ein lohnendes Objekt, meinte Grovian. Sitzbezüge, Fußmatten, der Kofferraum, Erdproben aus Reifenprofilen und Fingerabdrücke, es waren eine Menge Spuren zu sichern. Das sollte im Laufe des Tages geschehen.

Kurze Spekulation, ob der Golf als Fluchtfahrzeug für Frau Koska bereitgestellt worden war. Es war schließlich ihr Auto, sie war am 24. Mai darin angereist. Nicht nur unsere Leute hatten sich am vergangenen Nachmittag die Schuhsohlen abgelaufen. Auch Hamburger Kollegen waren unterwegs gewesen, um Erkundigungen einzuziehen.

Maren hatte am 24. Mai vormittags noch eine Gruppe von Interessenten durch eine Wohnung geführt. In Richtung Heimat aufgebrochen war sie vermutlich erst am frühen Nachmittag. Ein Nachbar hatte gesehen, wie sie in den Golf stieg und losfuhr. Da war sie bereits mit dem eleganten, dunkelblauen Kostüm bekleidet gewesen, in dem sie abends beim Klassentreffen erschienen war.

Dass sie vor ihrem Aufbruch Gepäck ins Auto geladen hätte, war dem Nachbarn nicht aufgefallen. Und das hätte er sehen müssen, hatte er gesagt, weil er geraume Zeit draußen gearbeitet hatte. Ich nahm an, dass Maren schon vorher einige Kleidungsstücke und andere Dinge für den persönlichen Bedarf in ihr Elternhaus gebracht hatte. Make-up, Deo, Duschgel, Parfüm, was eine Frau wie sie eben unbedingt zum Leben braucht.

Seit März war sie häufig am Wochenende dort gewesen, hatte vielleicht nicht jedes Mal mit Gepäck hin- und herfahren wollen und einmal einen großen Koffer gepackt. Aber weibliche Bekleidung jüngeren Datums, Körperpflege und Hygieneartikel hatte der Erkennungsdienst in Koskas Haus nicht entdeckt.

Die Techniker wären vermutlich noch den ganzen Tag mit der Spurensicherung im Haus und auf dem Grundstück beschäftigt, erklärte Grovian. Fingerabdrücke en masse, dazu die Essenreste. Davon sollten Speichelproben genommen, mit dem DNA-Material aus Hamburg und dem Blut von den Glasscherben verglichen werden, die ich nach dem Einbruch in Godbergs Keller hatte aufsammeln lassen.

Möglicherweise ließ sich damit beweisen, dass die Ratte bei Godberg eingestiegen war. Vielleicht sei das der erste Versuch einer Entführung gewesen, meinte Grovian. Es hatte sich an dem Wochenende nur kein Familienmitglied im Haus aufgehalten.

Die Krümel aus dem Kohlekeller, die ich für Gips hielt, waren ebenso einsammelt worden wie Unmengen Staubflusen, in denen sie Haare und Fasern von Kleidung zu finden hofften. In einer Couchritze in Koskas Wohnzimmer hatten sie ein unbeschriftetes Fläschchen mit Tropfvorrichtung entdeckt. Vermutlich hatte es ein Medikament oder K.-o.-Tropfen enthalten.

Nach der Kugel, die aus Ella Godbergs Arm entfernt worden sein sollte, suchten sie noch. Aber die würden sie wohl nie finden, meinte Grovian. Vielleicht war sie in den Müll geworfen oder das Klo runtergespült worden, oder sie lag irgendwo draußen zwischen den rostenden Baumaschinen.

Oder sie steckt noch in Ella Godbergs Arm, dachte ich, behielt das aber lieber für mich. Was war denn bewiesen, wenn eine offenbar unter dem Einfluss von Betäubungsmitteln stehende Frau mit matter Stimme erklärte, sie sei operiert worden. Vielleicht hatte da nur jemand mit einem Messer an ihr herumgespielt, so wie Maren damals mit einem Stöckchen in einem Katzenbein.

Die Auswertung sämtlicher Spuren würde einige Wochen in Anspruch nehmen. Doch deshalb mussten uns keine grauen Haare wachsen. Die Ergebnisse brauchte man erst später für die Beweisführung. So weit waren wir noch lange nicht. Augenblicklich wusste auch keiner so recht, wie wir dahin kommen sollten.

Grovian warf Schmitz, der immer noch den längst kalten Kaffee in seinem Becher betrachtete, einen unsicheren, zweifelnden Blick zu und fuhr fort: „Es ist anzunehmen, dass Odenwald über falsche Papiere verfügt, inzwischen wohl auch über ein sauberes Fahrzeug. Er hat letzte Woche genug kassiert, um sich einen neuen Ferrari zu kaufen. Frau Godberg war heute Morgen bei ihm."

Mit dieser Vermutung, und mehr war es nicht, erklärte sich für Grovian die miserable Tonqualität des Anrufs. Dass Schmitz und er geteilter Meinung waren, was Ellas Aufenthaltsort anging, erwähnte Grovian nicht. Ich erfuhr erst später, dass Schmitz erneut Zweifel angemeldet hatte, Ella Godberg könne noch am Leben sein. Eine Frauenstimme, die nur wenige Worte in ein Handy mit schlechtem Empfang sprach, eindeutig zuzuordnen war genaugenommen unmöglich. Diesbezüglich hatte Schmitz mehr Erfahrungen als einer von uns. Aber Grovian hielt es wie ich. Man durfte die Hoffnung nicht aufgeben.

„Odenwald hat danach noch selbst mit Herrn Godberg gesprochen", fuhr er fort. „Er hat sich erkundigt, wie lange es dauern wird, bis die Restsumme beisammen ist. Zwei Millionen, darauf besteht er, hat aber keine Frist gesetzt."

Grovian warf einen weiteren Blick zu Schmitz hinüber, um deutlich zu machen, wessen Meinung er nun wiedergab. Ein skeptischer Blick, fand ich, vielleicht sogar ein abwertend, als wolle er uns zu verstehen geben, dass er nicht wusste, was er davon halten sollte. „Möglicherweise drängt Odenwald nur deshalb auf eine runde Summe, weil er sich bei den Russen in Hamburg freikaufen will. In dem Fall könnten die ihm ein Quartier für Frau Godberg geboten haben. Aber …"

Er brach ab, war es offenbar leid, eine seiner Meinung nach hanebüchene These vor uns auszubreiten. „Das halte ich für nicht sehr wahrscheinlich", nahm er den Faden wieder auf. „Warum sollte Odenwald sich dem Risiko aussetzen und die Russen auf sich aufmerksam machen? Verzeihen ist nicht deren Sache, auch nicht für Geld. Als Maklerin hat Frau Koska garantiert einiges im Angebot, wo man ungestört abwarten kann, irgendwas Kleines, Abgelegenes. Er muss ja auch bis Ende Februar irgendwo untergekrochen sein. Das LKA Hamburg hat sich bereits um einen Durchsuchungsbeschluss für Frau Koskas Büro bemüht."

Es klang nicht so, als sei es in seinem Sinne, dass die Hamburger Kollegen sich einem Überblick über die von Maren vertretenen Objekte verschafften. Um ein abgelegenes Häuschen im Norden würden die sich dann ebenfalls kümmern und er erst informiert werden, wenn sie Ella Godberg gefunden hatten oder nicht. Er schaute mich an, als wolle er sagen: *Wenn dir sonst noch eine Stelle einfällt, an der wir nach dem Kerl und Frau Godberg suchen könnten, ich bin für jeden Tipp dankbar.*

„Was ist mit Koskas Immobilien?", fragte ich. „Sieben Miethäuser. Wenn es da Leerstand gab."

Grovian nickte. „Sind wir schon dran. Sonst noch was?"

Ja, ich hatte noch ein ganz bestimmtes Objekt im Kopf, klein und abgelegen. Der schlechte Handyempfang hätte dazu gepasst. Ich sah Maren noch einmal zusammen mit dem dicken Müller auf dem Pausenhof in zerfledderten Pornoheften blättern, hörte sie eine Verabredung fürs Wochenende treffen. „Mein Vater hat ein kleines Haus in der Eifel, in der Nähe von Nideggen."

Aber mir war nicht danach, das zu erwähnen. Nach der Aktion auf Koskas Grundstück hatte ich nicht mehr allzu viel Vertrauen in den Einfluss meines geschätzten Kollegen. Es sah zwar momentan so aus, als hielte Grovian das Heft in der Hand. Aber vielleicht war Schmitz nur zu müde, um kalten Kaffee zu trinken und sich am Gespräch zu beteiligen. Oder er genierte sich, über eine Fehleinschätzung zu plaudern. Maren war schließlich immer noch bei Godberg.

Mit Grovian hätte ich unter vier Augen auf der Stelle über das Wochenendhaus in der Eifel gesprochen. Aber nicht, solange der für solche Fälle geschulte Spezialist dabeisaß. Auch denen gingen mal die Pferde durch. Das hatte Schmitz mit der nächtlichen Aktion bewiesen. Ich hätte geschworen, dass er zu neuem Leben erwachte, wenn ich den nächsten Einsatzort nannte.

Grovian sah wohl an meinem Blick, dass mir etwas durch den Kopf ging. Er hakte jedoch nicht nach, nickte nur und schloss: „Ja, das war's dann erst mal."

Wir verließen den Besprechungsraum gemeinsam. Auf dem Korridor sagte Grovian: „Ich hab noch nicht gefrühstückt, sehe jetzt erst mal zu, dass ich was in den Magen bekomme. Wenn ich hungrig bin, kann ich nicht denken. Was ist mit dir?"

Ich hatte zum Frühstück nur einen Kaffee getrunken, weil mir Hanne wie ein Stein im Magen lag. „Könnte ich eigentlich auch", sagte ich, obwohl ich keinen Appetit hatte. Aber ich hatte auch keine Lust, den ganzen Vormittag wie abgeschnitten in meinem Büro zu sitzen.

Wir suchten uns ein kleines Café, wo wir ungestört waren. Grovian stellte sich eine Mahlzeit zusammen, die für den ganzen Tag reichte. Ich begnügte mich mit einem Toast.

„Wo ist Jochen Becker?", fragte ich, nachdem wir die Bestellung aufgegeben hatten.

„Schläft wahrscheinlich noch", sagte Grovian. „Er war bis sechs im Einsatz. Es reicht, wenn er um vier kommt. Dann kann er Posten bei Godbergs Nachbarn beziehen. Schmitz ist überzeugt, dass die Koska sich heute eine Spritztour nach Köln genehmigt."

„Woraus zieht er die Gewissheit denn diesmal?" Blöde Frage. Sie hatte doch gestern vehement mit Alex übers Auto verhandelt.

Grovian grinste. „Aus ihrem Hormonhaushalt, nehme ich an. Sie kocht seit Sonntag auf Sparflamme und wird sich wohl noch ein Weilchen gedulden müssen, ehe sie Odenwalds Nähe genießen darf. Deshalb erscheint es auch mir logisch, dass sie es heute noch mal bei dir probiert. Ich hoffe sogar inständig, dass sie es tut. Sobald sie aus dem Haus ist, schick ich Becker rein. Schmitz passt das nicht, aber einen anderen akzeptiert Godberg ja nicht. Und man muss an das Kind denken, das könnte zum Problem werden, wenn ein fremdes Gesicht auftaucht. Becker kann noch mal als Grossert auftreten und zur Not eine Kleinigkeit kaufen. Und Godberg braucht ein bisschen Aufmunterung. Schmitz versucht das Geld aufzutreiben."

„Im Ernst?", fragte ich. „Er war doch dagegen, Erpressern nachzugeben. Wo will er denn eine Viertelmillion hernehmen?

„Aus der Asservatenkammer", sagte Grovian und ließ einen vernehmlichen Atemzug folgen. „Sie haben neulich eine größere Summe sichergestellt. Blüten, sollen aber gut gemacht sein. Schmitz will zusehen, dass er die lockermachen kann. Wird nicht leicht, denke ich. Da sind garantiert drei Dutzend Anträge auszufüllen. Aber das ist nicht mein Bier."

Er ließ sich Zeit, plauderte minutenlang über seine Ansicht, dass Maren wahrscheinlich nicht halb so blutrünstig war, wie Godberg uns glauben machen wollte, und über die Tatsache, dass Schmitz bei all seiner Psychologie den Bluthund nicht verleugnen könne. „Diese Jungs meinen immer, wenn sie auf der Bildfläche erscheinen, müsste das wie am Schnürchen laufen. Aber was willst du machen in einem so untypischen Fall? Wenn wir früher eingeschaltet worden wären, ich meine, ehe Odenwald sich mit der ersten Million absetzen konnte."

Die Spekulationen, wie es dann hätte ablaufen können, ersparte er mir. Erst nach seinem Rührei lehnte er sich zurück und kam zum Kernpunkt. Die halbe Stunde Abschalten und Atemholen war vorbei. Eine Aufforderung kam nicht, nur ein Blick.

„Keine große Aktion", begann ich. „Ein oder zwei Leute höchstens und die auch nur als Spaziergänger."

Grovian nickte bedächtig. „Wo sollen sie spazieren gehen?"

Wenn ich es nur genau gewusst hätte. Ich war nie in das Wochenendhaus des alten Koska eingeladen worden. Den dicken Müller zu fragen war ein Unding. Möglicherweise telefonierte Maren auch jetzt noch hin und wieder mit ihm. Aber wozu gab es Ämter? Manchmal ist deutsche Gründlichkeit und Bürokratie ein Segen. Als wir zur Dienststelle zurückfuhren, war mir etwas wohler.

„In spätestens einer Stunde wissen wir, wo das Haus ist", meinte Grovian. „Ich schicke Werner Hoß und Helga Beske hin, die gehen garantiert kein Risiko ein."

Er klopfte mir auf die Schulter, riet noch: „Denk nur an das, was Frau Godberg heut früh zu ihrem Sohn gesagt hat. Es geht ihr gut. Wir unternehmen nichts, um das zu ändern."

Dann ging er, um seine Pflicht zu tun. Und ich saß wieder in meinem Büro wie bestellt und nicht abgeholt. Am Vormittag gab es keine Ablenkung. Sie waren alle zu beschäftigt, um mir Gesellschaft zu leisten. Ich wollte auch nicht unnötig herumlaufen und den Eindruck erwecken, ich sei auf Informationssuche, um Frau Koska auch in anderer Weise zufriedenstellen zu können, nachdem ich ihren Hormonhaushalt ausgeglichen hatte.

Grovian kam um die Mittagszeit noch einmal, nur um rasch zu sagen, dass Koskas Wochenendhaus in der Eifel nicht mehr existierte. Es hatte nie eine Baugenehmigung dafür gegeben. Vor zehn Jahren war das Haus abgerissen worden. An der Stelle befand sich jetzt eine Fichtenschonung. Dort suchten Werner Hoß und Helga Beske jetzt nach frischen Grabspuren und einem aus der Erde ragenden Rohr.

„Nur zur Sicherheit", sagte Grovian. „Falls Frau Godberg doch in einer Kiste vergraben sein sollte, was wir nicht völlig ausschließen sollten, könnte sie nach der kurzen Unterhaltung mit ihrem Sohn heute Morgen gleich wieder weggesperrt worden sein. So was hat es schon mehr als einmal gegeben. Aber dann müsste Odenwald heut Früh ebenfalls dort gewesen sein. Und dann könnte sich auch der Doktor dort irgendwo aufhalten. Zu Odenwald passt es nicht, dass er einen Spaten in die Hand nimmt."

Zur Sicherheit ließ er die Umgebung der Fichtenschonung überprüfen, weil dem alten Koska ein größeres Stück Wald gehört hatte und die Möglichkeit bestand, dass er an anderer Stelle ein neues Häuschen ohne Genehmigung gebaut hatte.

Jochen kam schon um zwei Uhr zum Dienst, schaute mal kurz bei mir herein und wollte wissen: „Was Neues?"

„Ein Lebenszeichen von Ella Godberg", sagte ich.

„Gott sei Dank." Er kam näher und dämpfte die Stimme, als gäbe es Wanzen in meinem Büro. „Hat Grovian mit dir über die Bedingung gesprochen, die Godberg gestellt hat?"

„Welche Bedingung?", fragte ich.

„Wenn wir für ihn den Kreditgeber spielen, will er, dass du ihm das Geld bringst. Du und kein anderer."

„Warum ausgerechnet ich? Bisher war er auf dich fixiert."

„Frag mich was Leichteres", sagte Jochen. „Er hat's mir nicht erklärt. Vielleicht will er dir bei der Gelegenheit ein paar Sachen über eine Sau erzählen, von denen er meint, dass du sie nicht weißt, aber wissen solltest. Du hättest dich nicht als Konni outen dürfen. Das hat ihn ziemlich aus der Bahn geworfen. Aber er ist nicht in der Position, Bedingungen zu stellen. Er soll froh sein, wenn er das Geld bekommt."

Da Grovian dieses Thema weder bei der Besprechung noch beim Frühstück angesprochen hatte, ging ich davon aus, dass sie mit Godbergs Bedingung nicht einverstanden waren. Dabei hatte Grovian mir das Gefühl vermittelt, ich säße mit im Boot. Vielleicht war das ein nur einen Trick gewesen. So tun, als hätten sie grenzenloses Vertrauen zu mir, um mich besser unter Kontrolle zu halten. Ich kannte ihn nicht gut genug, um das auszuschließen.

„Noch haben sie die Viertelmillion ja nicht", sagte Jochen und brach auf, um seinen Posten bei den Nachbarn zu beziehen.

Kurz nach ihm kam Schmitz zu mir, ehe er nach Düsseldorf fuhr, um die drei Dutzend Anträge auszufüllen. Nervös war er und gab sich keine Mühe, es zu verbergen, als er mir den Zweck seines Besuchs erläuterte. Maren war dabei, sich für einen Ausflug vorzubereiten. Wie ich mich entschieden hatte, fragte Schmitz nicht, betrachtete mich nur nachdenklich und erkundigte sich: „Sind Sie sicher, dass Sie die Situation unter Kontrolle behalten? Wenn Frau Koska stutzig wird ..."

„Keine Sorge", unterbrach ich ihn. „Ich bin voll einsatzfähig und weiß genau, was von meinem Verhalten abhängt. Ich fühle mich zwar beschissen. Aber wenn es darauf ankommt, lasse ich weder den Kopf noch sonst etwas hängen."

Völlig überzeugt schien er von meiner Behauptung nicht, das war ich selbst auch nicht. Er gab mir noch ein paar gute Ratschläge, die ich auch ohne seine Empfehlung beherzigt hätte. „Geben Sie sich völlig ahnungslos. Keine Fragen nach Rex oder seinem derzeitigen Aufenthaltsort. Und erwähnen Sie auf gar keinen Fall den Namen Odenwald."

Dann war auch Schmitz wieder weg. Und eine knappe Viertelstunde später kam jemand mit der Botschaft: „Frau Koska hat das Haus gerade verlassen. Sie ist auf dem Weg nach Köln."

Und dabei dieser wissende Blick. Ich kam mir vor wie ein seltenes Tier oder der Hauptdarsteller in einem Pornostreifen. Es schien sich in der gesamten Dienststelle herumgesprochen zu haben, dass Kollege Metzner eine besondere Verwendung hatte. Der James Bond im Westentaschenformat, unter Einsatz von Leib und Leben und Potenz.

Angerufen hatte Maren mich noch nicht. Das tat sie auch in der nächsten Stunde nicht. Ich saß wie auf heißen Kohlen, das Warten machte mich ganz konfus. Und mit jeder Minute, die verging, festigte sich meine Überzeugung, dass Schmitz sich bei den Berechnungen ihres Hormonhaushalts verkalkuliert hatte. Hatte er aber nicht. Kurz vor fünf geschah endlich, worauf alle außer mir sehnlichst warteten.

Später bildet man sich ein, man hätte dieses oder jenes gedacht. So versuche ich heute noch zu glauben, ich hätte mir während der Fahrt nach Köln eingeredet, ich sei dienstlich unterwegs und nicht, um mit Maren zu schlafen. Der Witz an der Sache ist, dass es den Nagel auf den Kopf traf. Es war dienstlich. Und geschlafen hatte ich in all den Jahren nie mit ihr, nicht ein einziges Mal. Es ging doch immer nur um das Eine. Aber das anders zu bezeichnen, der Gedanke war mir noch nie gekommen.

Das war schon früher so gewesen, reine Erziehungssache. Mutter hatte den Straßenjargon nach besten Kräften von uns ferngehalten. Meine Brüder und ich hatten uns große Mühe gegeben, sie nicht zu enttäuschen. Nur nicht aus der Reihe tanzen, ein ordentliches Leben führen. Vielleicht ein paar winzige Dellen im Lack, aber die Sprache geschliffen.

Und wahrscheinlich dachte ich während der Fahrt überhaupt nicht. Nicht an Ella Godberg, nicht an Hanne, nicht an Olli, nicht an Rudolf Grovian. Und ganz bestimmt nicht an Schmitz und meinen Auftrag, so weiterzumachen wie bisher und um Gottes willen nichts zu tun, was Maren stutzig machen könnte.

Ich sah nur Bilder, aufregende, erregende Bilder. Ihr nackter Körper, vollendete Formen, Gier und Raserei. Ein Teil von mir war überzeugt, dass diese Bilder der Vergangenheit angehörten. Dass ich bei Schmitz nur geprotzt hatte und sich überhaupt nichts mehr rühren konnte. Ich hielt mich doch für einen gesitteten Menschen.

Und ein gesitteter Mensch, der nicht auf jede bürgerliche Moral pfiff, konnte weder seine Finger noch sonst etwas in eine Frau schieben, von der er wusste, dass sie ihre Finger nach einem blutigen Gipsverband ausgestreckt hatte.

Aber es kam, wie es immer gekommen war. Ordnung, Gesetz, Anstand, Sitte und Moral flutschten mir zu den Ohren hinaus, verkrochen sich unter dem Läufer, der zwischen Tisch und Bett im Hotelzimmer lag, gurgelten mit dem Wasser der Dusche den Abfluss hinunter, verschwanden zwischen den Laken und Decken auf dem Bett. Noch einmal zum Abschied. Und diesmal wirklich und wahrhaftig zum allerletzten Mal.

Vielleicht war es nur das, das erdrückende Bewusstsein von Endgültigkeit. Das Verlangen, Maren irgendwie und irgendwo in Sicherheit zu bringen, unerreichbar für den langen Arm des Gesetzes, unerreichbar auch für Helmut Odenwald und die Ratte.

Beschützerinstinkt. Vielleicht war es das immer gewesen. Das Bedürfnis, etwas Reines zu bewahren. Sex hat etwas Reines. Er verwischt die Unterschiede, macht alle Menschen gleich, macht sie wieder zu Kindern, die in aller Unschuld nichts anderes suchen als ihr Vergnügen, ihren Vorteil. Und Maren war reiner Sex.

Schon als ich das Hotelzimmer betrat, rückten in meinem Hirn die Dinge wieder in die richtige Position. Sie lag ausgestreckt auf dem Bett. Und es war eben Maren, die auf dem Bett lag. Es war kein verkommenes, sadistisches Weibsstück, das sich an den Qualen anderer Geschöpfe weiden konnte. Es war ausschließlich Maren, neugierig, experimentierfreudig, erotisch, die personifizierte Sinnlichkeit und verrückt nach mir.

Sie war vollständig bekleidet mit einem dunkelblauen Rock und einer hellgrauen Bluse, die gut mit ihrem Haar harmonierte. Nur ihre Schuhe standen auf dem Fußboden. In der rechten Hand hielt sie die unvermeidliche Zigarette, in der linken einen Aschenbecher. Auf ihrem Gesicht erschien das vertraute, erwartungsvolle Lächeln, als ich die Tür hinter mir schloss. „Hallo, Konni.“

Ich musste nicht schauspielern, mich zu nichts zwingen, fühlte mich von den eigenen Empfindungen überrumpelt und war ein bisschen glücklich dabei. Ich war vor allem deshalb glücklich, weil mich ihr bloßer Anblick den ganzen Dreck und mögliche Wanzen irgendwo im Zimmer vergessen ließ. Ich konnte gar nicht tief genug in sie hineinkommen.

Und mit jedem Millimeter tiefer rutschte ich ein Stück weiter zurück in die Vergangenheit, neun Jahre, zwanzig Jahre, zweiundzwanzig Jahre, alles noch voller Ungeduld und Entdeckerfreude. Jedes lustvolle Aufbäumen, jeder Seufzer, jedes zittrige „Konni“ und das nachfolgende, langgezogene Stöhnen hatten etwas vom Flair des Einzigartigen.

Daneben verloren eine halbtote Katze und der komplizierte Armbruch einer angeschossenen Frau, der in einem dreckstarrenden Keller der Gipsverband abgenommen worden war, ihre Bedeutung. Ich konnte es vergessen, konnte es zumindest so weit von mir wegschieben, dass es fast nicht mehr wahr war.

Auf dem Bett im Hotelzimmer gab es nur eine Wahrheit. Dass der alte Koska und meine Eltern niemals Scharfrichter hätten spielen dürfen. Nicht das Schwert zwischen zwei Körper treiben, die doch nur eines wollten, Liebe und Lust in ihrer urtümlichsten Form. Ich hatte Maren damals geliebt mit der gesamten Inbrunst meiner achtzehn Jahre. Vielleicht hätte ich sie überzeugen können, dass auch ein spießbürgerliches Leben seine Reize haben kann.

Aber irgendwann klangen wieder Stimmen auf, ziemlich leise zu Anfang, kämpften sie sich hartnäckig und bohrend durch den Lärm, den mein Herzschlag verursachte, an die Oberfläche. Schmitz mit seinen Instruktionen und Olli mit seinem Hinweis: „Tante Ella hat geweint."

Was Schmitz anging, hatte ich meine Sache gut gemacht und nicht einmal viel dazu beitragen müssen. Maren lag mit leicht verschwitzter Stirn und entspanntem Gesichtsausdruck auf dem Laken. Einen Arm hatte sie über meine Brust gelegt, in der anderen Hand hielt sie eine Zigarette. Einen kleinen Aschenbecher hatte sie auf meinem Nabel deponiert.

Und was Olli und Tante Ella betraf: Konni hatte sich austoben dürfen. Jetzt meldete sich Konrad zu Wort mit seinem Polizistenverstand und dem quälenden Gefühl von Scham. Eine weit tiefere Scham als am Morgen nach dem Klassentreffen. Da hatte ich mich im Prinzip gar nicht geschämt, nur ein entsetzlich schlechtes Gewissen gehabt. Das hatte ich jetzt nicht. Stattdessen hatte ich Angst und das Gefühl, etwas äußerst Zerbrechliches in meinen Händen zu halten. Ella Godbergs Leben.

Sieh zu, dass du hier rauskommst, ehe du einen Fehler machst, dachte ich. Du kannst nicht einfach abhauen, da wird sie vielleicht misstrauisch, widersprach mein Verstand. Sprich lieber mit ihr.

Aber worüber? Bisher hatte immer sie zu sprechen begonnen. Jetzt schwieg sie, schien darauf zu warten, dass ich etwas sagte. Was denn, zum Teufel? Etwas Unverfängliches, etwas völlig Harmloses. „Wie lange wirst du noch hier sein?"

Das war harmlos und unverfänglich, fand ich. Es war die bange Frage eines Mannes, der den besten Sex seines Lebens schwinden sieht. Sie drehte mir das Gesicht zu, betrachtete mich mit einem undefinierbaren Blick, einem winzigen, wehmütigen Lächeln und Schweigen.

„Ich frage nur, weil ich wissen möchte, ob ich meinem Sohn für Sonntag einen Besuch im Zoo versprechen kann", sagte ich. „Bisher habe ich Versprechen immer halten können. Aber wenn du am Sonntag Zeit hast …"

Ich dachte, auf Olli würde sie anspringen, tat sie aber nicht. Sie zog den Arm von meiner Brust zurück. Ihre Hand mit der Zigarette schwebte über meinem Bauch, senkte sich und verfehlte den Aschenbecher. Die Glut strich schmerzhaft über meine Haut. Sie lächelte immer noch wehmütig, richtete sich auf, stützte den Oberkörper mit einem Ellenbogen ab und schaute auf mich hinunter. „Ich weiß nicht genau, wie lange ich noch hier bin. Das hängt nicht von mir ab."

„Kann ich mir denken", sagte ich. „Aber letzten Sonntag hat dein Mann dich nicht am Herd festgebunden. Da dachte ich …"

„Es hängt auch nicht von Rex ab", unterbrach sie mich.

„Von wem dann?" In meinen Ohren klang das nur neugierig.

Jetzt grinste sie endlich, sehr flüchtig und sehr überheblich. „Von Alex, aber das weißt du doch längst, Konni. Er behauptete jedenfalls am Mittwochabend, er hätte dir gesagt, dass er das Geld noch nicht beisammenhat."

Es war wie ein Schlag in die Magengrube. Ich spürte Übelkeit aufsteigen. Am Mittwochabend hatte es noch kein Richtmikrophon in der Küche der Nachbarn gegeben. Niemand hatte gehört, was in der Nacht zwischen ihr und Alex vorgegangen war. Wir hatten uns auf unseren Eindruck verlassen und gehofft, dass Alex nicht die Nerven verlor und keine verräterische Bemerkung machte.

Sie lachte, so leicht und hell und widerlich böse. „Der Mann hat einfach keine Nerven. Tagelang kriecht er durchs Haus wie ein Duckmäuser, zwanzigmal pro Stunde bietet er mir frischen

Kaffee an, hat das Feuerzeug in der Hand, wenn ich noch gar nicht an eine Zigarette denke. Natürlich hat er sich auch jeden Abend davon überzeugt, dass ich es auf der Couch bequem habe. Und plötzlich muckt er auf, wird richtig energisch und verlangt, ich soll mir mein Bett gefälligst selber machen. Rex war derselben Meinung wie ich, dass sich unser braver Alex nämlich plötzlich mit tatkräftiger Unterstützung konfrontiert sah."

Ihr spöttischer Ton schlug unvermittelt um und wurde klirrend wie Eiswürfel in einem Glas. „Wir mussten ihn noch einmal eindringlich daran erinnern, dass ihm ein Begräbnis ins Haus steht, wenn er sich nicht an die Vereinbarungen hält. Den Arm seiner Frau konnte ich ihm zwar nicht bringen, obwohl wir ihm das versprochen hatten für den Fall, dass Polizei ins Spiel kommt. Aber der Doktor weigerte sich, eine Amputation vorzunehmen. Er macht nicht gerne etwas kaputt, was er gerade mühsam zusammengeflickt hat. Zur Ermahnung täten es auch ein paar Schnitzereien, meinte er, hat ihr ein hübsches Muster in den Bauch geritzt. Alex durfte zuhören."

Darauf hatte Schmitz mich nicht vorbereitet. Ehe mir bewusst wurde, was ich anrichtete, hatte ich ihr mit aller Kraft ins Gesicht geschlagen. Auf ihrer Wange zeichneten sich augenblicklich die Abdrücke meiner Finger ab. Ihr Grinsen erlosch. Mit einem Mal war ihr Gesicht so nackt und kalt wie ihre Stimme. Sie schwang die Beine aus dem Bett, blieb noch einen Moment auf der Kante sitzen und schaute über die Schulter auf mich hinunter.

„Darf ich daraus schließen, dass du immer noch privat hier bist?", erkundigte sie sich. „Einem Bullen ist Gewaltanwendung doch untersagt, oder hat sich da in letzter Zeit etwas geändert? Wenn ihr neuerdings mit Foltermethoden arbeiten dürft, solltest du jetzt besser jemanden herrufen, der davon mehr versteht als du."

Sie stand auf und ging zum Fenster. Vom Bett aus betrachtete ich den Strang ihrer Wirbel und spürte das unbändige Verlangen, sie mit einem mächtigen Hieb niederzustrecken. Sie mit gebrochenem Rückgrat am Boden zu sehen, so hilflos und wehrlos wie die kleine Katze damals. Vielleicht hätte mir das in dem Moment geholfen.

Erst nach ein paar Sekunden wurde mir klar, dass sie gelogen hatte. *Alex durfte zuhören.* Davon hätte er Jochen gestern garantiert erzählt. Dass Alex kein Wort darüber verloren hatte, konnte nur bedeuten, dass Maren nicht mehr getan hatte, als mich herauszufordern. Und ich war darauf hereingefallen.

„Ich verstehe genug davon", sagte ich. „Und wenn ich mir etwas davon versprechen würde, würde ich dir das auf der Stelle beweisen. Aber ich kann nichts aus dir herausprügeln, was du nicht weißt. Für deine Kumpane bist du nur eine dumme Kuh, dämlich genug, den Kopf hinzuhalten, und durchaus entbehrlich."

Ich hätte in dem Moment gerne ihr Gesicht gesehen. Nur tat sie mir nicht den Gefallen, sich umzudrehen. Sie lachte leise. „Ach, Konni. Dumme Kuh. Es hat doch schon mit dem Stroh im Kopf nicht funktioniert. Mach dir keine Hoffnungen."

„Tu ich nicht", sagte ich. „Du solltest dir allerdings auch keine machen. Du kommst nicht lebend aus dieser Sache raus. Wenn Rex oder der Doktor dich nicht erledigen, tu ich es."

Mit immer noch abgewandtem Gesicht gab sie ein paar amüsierte Schnalzlaute von sich: „Sollte sich deine Einstellung zu Recht und Gesetz derart dramatisch verändert haben? Das kann ich mir aber nicht vorstellen, Konni. Du wärst deinen heißgeliebten Job los, wenn du dermaßen über die Stränge schlägst."

„Du übersiehst dabei, dass mich mein Job gelehrt hat, wie man so etwas angeht, ohne Spuren zu hinterlassen", konterte ich und stand endlich vom Bett auf.

Als ich begann, mich anzuziehen, drehte sie sich um und bat: „Nein, geh noch nicht." Sie klang wieder so, wie ich es von ihr gewohnt war, ein bisschen heiser und erregend selbst bei einfachen Aussagen wie einem Satz über das Wetter.

„Es ist nichts passiert, Konni", versicherte sie. „Ella Godberg geht es den Umständen entsprechend gut. Ich weiß, dass Alex sich an unsere Bedingungen gehalten hat. Dein Sohn hat dich auf den Plan gerufen. Ich glaube sogar, dass Alex dir gesagt hat, du sollst dich raushalten und ihn in Ruhe lassen."

Offenbar hatte Godberg noch so viel Vernunft besessen, nur von mir zu sprechen. Dass Rudolf Grovian am Mittwochabend dabei gewesen war und dass er sich gestern Nachmittag mit Jochen getroffen hatte, schien sie nicht zu wissen.

„Aber mir persönlich ist es egal, was Alex will und ob du seinen Willen akzeptiert", fuhr sie fort. „Ich mag nur nicht länger mit dir Katz und Maus spielen. Dass du heftig reagierst, kann ich verkraften. Da bin ich wirklich anderes gewohnt."

Ja, man sah es noch. Die Hämatome auf ihrer Brust schillerten fast unverändert in verschiedenen lila Tönen. An den Rändern waren sie seit Sonntag aber schon gelblich grün verblasst. In der rechten Hand hielt sie immer noch die Zigarette. Es war nur noch ein winziger Rest über dem Filterstück. Sie nahm einen letzten Zug und drückte die Glut auf der Fensterbank aus.

Dann sprach sie weiter: „Das hier geht nur uns beide etwas an, Konni. Rex war verständlicherweise nicht begeistert, als er erfuhr, dass ich jemanden treffe, während er in der Gegend herumfährt. Aber er hat keine Ahnung, wer du bist und was du beruflich machst. Dass Alex noch einmal petzt, habe ich unterbunden. Sonst sähe die Sache vielleicht anders aus. Und dann solltest du dir eher Gedanken um deine Haut machen als um meine."

Sie lachte, billig und verlegen, wie mir schien. „Ich verstehe ja, dass ich für Alex ein rotes Tuch bin. Aber er ist leicht einzuschüchtern. Und du müsstest doch theoretisch wissen, wie das in solchen Fällen ist. Man droht mit allen nur denkbaren

Schweinereien. Ich musste ihm nur begreiflich machen, dass es für seine Frau bekömmlicher ist, wenn er sich gut mit mir stellt. Aber um sie brauchst du dir wirklich keine Sorgen zu machen. Der Doktor macht rein äußerlich nicht den besten Eindruck. Er darf auch nicht offiziell praktizieren, hilft nur Leuten, die nicht so ohne weiteres in ein Krankenhaus gebracht werden können."

„Mit anderen Worten, ein Spezialist für Schussverletzungen?", fragte ich.

„Von gebrochenen Knochen und Messerstichen versteht er auch eine Menge", ergänzte sie. „Schade, dass du nie die Gelegenheit bekommen wirst, dir sein Meisterwerk anzuschauen. Rex war letztes Jahr in einem Zustand, dass niemand mehr einen Pfennig für sein Leben gegeben hätte. Er hatte ein paar äußerst unangenehmen Zeitgenossen die Stirn geboten und mächtig was dafür einstecken müssen. Jetzt ist er wieder topfit, nur nicht mehr so schön wie vorher."

Wieder lachte sie so billig. „Von plastischer Chirurgie versteht der Doktor leider nicht viel. Aber Ella Godberg braucht kein neues Gesicht und ist bei ihm in den besten Händen."

„Natürlich", sagte ich. „Deshalb wurde sie ja auch im Kohlekeller operiert, in eine Kiste gesteckt und irgendwo vergraben."

Es gab keinen Grund mehr, Versteck zu spielen. Ich durfte immerhin wissen, was ich von Alex erfahren hatte, erzählte ihr auch von meinem Alleingang nach dem Gespräch mit ihm am vergangenen Mittwochabend, um festzustellen, ob sie wusste, wer ihrem Elternhaus nach mir noch einen Besuch abgestattet hatte.

„Ella Godberg war nie in einer Kiste und auch nie im Keller", behauptete sie. „Was du da möglicherweise auf dem Boden gesehen hast, war mein Blut. Ich habe nach meiner Rückkehr aus Köln am Freitagabend zuerst einen Klaps auf die Nase bekommen, zum Glück hat er sie mir nicht gebrochen. Rex schlägt immer zuerst ins Gesicht. Erst wenn ihm bewusstwird, dass man Ware nicht offensichtlich beschädigen sollte, konzentriert er sich auf andere Stellen."

„Da lagen auch Gipskrümel", sagte ich.

Sie seufzte, als hätte sie ein begriffsstutziges Kind vor sich. „Ja, Konni, weil Rex mir den Verband vor die Füße beziehungsweise an den Kopf geworfen hat und ich auf dem Boden lag. Ich sollte aufräumen, den Gips, Handtücher und anderen Kram in die Heizung stecken. Sie haben rumgesaut wie die Vandalen, und ich bin, verdammt noch mal, nicht die Putzfrau. Mich prügelt man immer nur einmal, danach gibt es die Rechnung. Wem ich das zu verdanken hatte, lag auf der Hand. Als ich wieder auf die Beine kam, habe ich den Gips mitgenommen. Der lag schon im Auto, als du am Samstag das Buch abgeholt hast. Ich wollte ihn Alex eigentlich gleich am Freitagabend zeigen, aber mir war speiübel. Ich brauchte beide Hände, um mich selbst ins Haus zu schleppen."

Mit der Erinnerung an den halboffenen Torflügel der Garage, der es mir erlaubt hatte, einen Blick auf den Insignia zu werfen, klang das glaubhaft.

„Es wird keinem etwas passieren, wenn alles nach Plan läuft, Konni", versicherte sie.

„Es läuft nie alles nach Plan", sagte ich, betastete mit dem linken Daumen vorsichtig die rote Stelle neben meinem Nabel und betrachtete meine rechte Hand. Der Handteller hatte sich von dem Schlag ebenso gerötet wie ihre Wange.

„Doch, Konni", widersprach sie. „Man muss nur Notfallpläne haben und schnell umdisponieren können. Das habe ich getan. Wozu soll ich dir noch etwas vormachen, nachdem Alex dir so viel erzählt hat? Du weißt, dass ich auf diese Sache nicht eingerichtet war. Ich will mich nicht rausreden und brauche nicht deine Hilfe, keine Kronzeugenregelung oder so was. Ich will nur, dass du verstehst und dir keine unnötigen Sorgen machst oder mit deinem Gewissen nicht klarkommst."

Als sie weitersprach, schien mir ihr Gesicht ehrlich und ihre Stimme aufrichtig. Doch auf meine Eindrücke wollte ich mich lieber nicht mehr verlassen. Ich fand auch, dass sie sich selbst widersprach. Rex sei im Grunde seines Herzens kein übler Kerl, behauptete sie. Manchmal aufbrausend und dann eben gewalttätig. Aber er habe auch sehr viel Pech gehabt im Leben, womit sich manches erklären ließe.

Was sie erzählte, deckte sich nur bedingt mit den Auskünften, die Andreas Nießen von dem auskunftsfreudigen LKA-Mitarbeiter in Hamburg erhalten hatte. Laut Maren hatte der Saunaclub, in dem Odenwald als Geschäftsführer gearbeitet haben sollte, ursprünglich ihm gehört. Ich tendierte dazu, eher dem LKA zu vertrauen, auch wenn sich nicht mehr hatte feststellen lassen, mit wem unser Andy telefoniert hatte. Der Pförtner war es vermutlich nicht gewesen.

„Als ich ihn kennenlernte, hat er mich umgehauen, Konni", begann Maren und fügte nach einem beinahe zärtlichen Lachen hinzu: „Aber nicht mit den Fäusten. Ich hatte eine wirklich tolle Zeit mit ihm, bis diese Russen auftauchten. Er hatte eine Menge Arbeit und Energie in seinen Club gesteckt, und sie wollten sich den für ein Trinkgeld unter den Nagel reißen. Als er ablehnte, einen Übernahmevertrag zu unterschreiben, wurde er beinahe umgebracht und zur Unterschrift gezwungen. Danach war er nicht mehr der Alte. Kein Elan mehr, kein Geld, stattdessen Angst. Männer wie er verkraften es nicht, wenn sie an ihre Grenzen stoßen. Ich dachte, ich könnte ihn wieder aufrichten. Er müsste nur eine neue Aufgabe bekommen. Und hier war eine. Geschäft ist Geschäft, dachte ich, ob man nun Unterhaltung verkauft oder Autos. Aber er lungerte nur herum, holte nach ein paar Wochen den Doktor her, damit er Gesellschaft hatte oder einen, der ihm half, seine Wunden zu lecken. Wenn ich am Wochenende herkam, sah es aus wie in einem Saustall."

Sie zuckte mit den Achseln und kam auf die Einladung zum Klassentreffen zu sprechen. „Zuerst wollte ich nicht kommen. Willibald sagte am Telefon, du wärst nicht dabei. Und ich hatte keine Lust mehr, sonntags die Putzfrau für zwei Ferkel spielen. Aber dann, es muss so eine Art sechster Sinn gewesen sein, der mir sagte, schau wenigstens mal vorbei, vielleicht kommt Konni ja doch. Lass dir von ihm noch einmal zeigen, was ein Mann ist, und wirf die beiden Faulpelze raus. Irgendwann muss die Liebe ein Ende haben. Und da erzählte Rex mir, er hätte sich letzte Woche in Köln ein Lokal angeschaut und am Montag einen Termin bei einem privaten Geldgeber. Das habe ich ihm nicht geglaubt. Deshalb habe ich darauf bestanden, ihn zu begleiten. Ich wollte mich überzeugen und konnte beim privaten Geldgeber nur noch gute Miene zum bösen Spiel machen, als ich begriff, was Rex tatsächlich vorhatte."

„Alex hat dir ein Angebot gemacht, das hättest du annehmen oder mich anrufen können", sagte ich.

Noch so ein Achselzucken. „Ich habe mich auf deinen Sohn verlassen. Ich dachte, es dauert keine halbe Stunde, dann steht Konni hier vor der Tür. War aber nicht so. Und jetzt stecke ich bis zum Hals drin und kann nur versuchen, das Beste daraus zu machen. Dass ich meine Zelte in Hamburg abbrechen muss, ist mir sehr wohl bewusst. Also brauche ich etwas Startkapital für einen neuen Anfang irgendwo."

„Du hast doch genug geerbt", sagte ich.

Sie lächelte. „Daran kann Alex sich schadlos halten. Ich komme bestimmt nicht mehr an meine Konten heran und gehe davon aus, dass er Schadensersatz will, wenn seine Frau wieder bei ihm ist. Du siehst, Konni, ich habe wirklich an alles gedacht, hatte in den letzten Tagen Zeit genug. Von mir aus können wir beide uns das Vergnügen noch ein paarmal gönnen. Wenn du nicht mehr willst, weil es sich nicht mit deinem Polizeigewissen vereinbart, auch gut. Heute hat es noch mal funktioniert, vielleicht tut es das beim nächsten Mal wieder. Ich will nicht wissen, ob du deine Kollegen eingeweiht hast und womit sie sich beschäftigen. Und du erfährst von mir nichts über meine Pläne."

Als ich ihr nicht sofort antwortete, fragte sie: „Hat es Sinn, dich noch einmal anzurufen?"

„Probier es einfach", sagte ich.

„Und du wirst alleine kommen?"

Ich glaube, ich brachte ein Grinsen zustande. „Bin ich doch heute auch. Mir liegt nichts an Zuschauern. Das warst immer du, die das besonders anregend fand. Meine Kollegen muss ich nicht mitbringen. Wenn ich dir die auf den Hals hetzen wollte, hätte ich sie längst zu Alex geschickt."

Als ich kurz darauf das Hotelzimmer verließ, war ich überzeugt, dass ich meine Sache gut gemacht hatte. Sie stand noch oder wieder am Fenster, war nur kurz im Bad gewesen, um ein Handtuch zu holen. Das hatte um ihre Hüften geschlungen. Sie schaute hinaus, drehte sich nicht um, sagte auch nichts mehr. Das Letzte, was ich von ihr sah, waren ihr makelloser Rücken, die perfekten Schultern unter dem weißblonden Haar, ihre Hände auf der Fensterbank und ihre schlanken Beine unter dem Handtuch.

KAUM NOCH HOFFNUNG

Ich fuhr zurück zur Dienststelle, so schnell der Verkehr es zuließ. Es war acht Uhr vorbei. Schmitz war noch nicht aus Düsseldorf zurück. Grovian saß an seinem Platz, wartete auf mich und ein Dutzend anderer, auf Berichte, Ergebnisse, auf alles und nichts. Er hörte mir schweigend zu. Einen Kommentar zu Marens Verhalten und ihren Äußerungen gab er nicht ab. Erst als ich zum Ende kam, murmelte er: „Ich hätte ihm mehr Verstand zugetraut."

Gemeint war Alex Godberg. Selbstbeherrschung wäre treffender gewesen, fand ich.

„Hat Jochen von ihm noch etwas von Bedeutung erfahren?", fragte ich. „Oder hat sich sonst etwas getan?"

Grovian seufzte. „Eine Menge, aber nichts, was ich gerne gehört hätte. Wir können im Prinzip nur hoffen, dass die Kerle mit Frau Godberg in Hamburg sind. Die Koska hat dort um die dreißig Objekte im Angebot. Von der Nobelvilla bis zur Hundehütte ist alles vertreten. Die Kollegen sind schon dabei, sich vorsichtig umzuschauen."

„Die sind nicht in einem Haus", sagte ich. „Zumindest Rex fährt in der Gegend herum." Den Satz hatte Maren so beiläufig fallenlassen, dass ich meinte, dieser Hinweis wäre ihr ohne einen Hintergedanken herausgerutscht.

Grovian winkte ab. „Ich gebe nicht viel auf das, was die sagt. Die hat keine Ahnung, auf wen sie sich eingelassen hat. Wir reden morgen früh über alles. Ich muss das erst mal mit Schmitz durchkauen. Fahr nach Hause, ich mach auch Feierabend, wenn Schmitz zurückkommt. Er übernimmt die Nachtschicht."

Hanne saß mit Olli auf der Couch, las ihm etwas vor und brach ab, als ich hereinkam. Wieder dieser Blick. Wie sieht's aus? Ich konnte ihr nicht ins Gesicht schauen, schüttelte nur den Kopf, um ihr zu bedeuten, dass wir noch keinen Schritt weiter waren. Olli trug bereits seinen Schlafanzug, hatte auch schon die Zähne geputzt, nur noch auf mich gewartet.

„Sag Papa gute Nacht", verlangte Hanne.

„Kann Papa mich nicht ins Bett bringen?", fragte er.

„Papa ist müde", behauptete Hanne.

Das war ich auch, müde auf eine Art, die ich noch gar nicht kannte. Aber meinen Sohn ins Bett zu bringen, ihm vielleicht ebenfalls noch ein oder zwei Seiten vorzulesen, das hätte ich wohl noch geschafft. Nur ließ Hanne das nicht zu. Sie blieb noch ein paar Minuten bei Olli im Kinderzimmer, zurück kam sie nicht mehr, ging gleich ins Bad und dann ins Bett. Wenigstens legte sie sich nicht wieder auf die Couch.

Um sechs Uhr klingelte mein Wecker. Hanne kümmerte sich nicht darum. Ich verzichtete darauf, mir einen Kaffee zu machen, ging nur unter die Dusche, dann zum Auto und um sieben in die erste Besprechung. Volle Besetzung, niemand dachte an Wochenende oder Freizeit. Der Besprechungsraum füllte sich mit Kaffeedunst und Nervosität. Ich spürte förmlich das Prickeln zwischen den Schulterblättern der anderen.

Die Stimmung war gedrückt, weil sie nun wussten, wer die Ratte alias der Doktor war. Interpol hatte ein Dossier über ihn. Unter

Zuhilfenahme der Phantomzeichnung, die nach Ollis Angaben entstanden war, hatte man ihn identifizieren können. Kleines Kompliment von Schmitz am Rande. Ein aufgewecktes Kerlchen hatte ich mit Hannes tatkräftiger Unterstützung in die Welt gesetzt. „Richten Sie Ihrem Sohn aus, er hat uns sehr geholfen."

Die Ratte hieß Marek Bronko und war siebenundvierzig Jahre alt. Er stammte aus Kroatien, seine Eltern waren Anfang der 1990er-Jahre in die Bundesrepublik umgesiedelt und lebten in der Nähe von Augsburg. An der dortigen Universität hatte Bronko tatsächlich ein paar Semester Medizin studiert. Dann hatte er an einer Kommilitonin eine Abtreibung vorgenommen. Die Frau war verblutet und er schnellstmöglich zurück nach Kroatien gekehrt. Dort hatte er sich eine Zeitlang als Kellner durchgeschlagen.

Dreimal waren in der Nähe seine Arbeitsplätze Touristinnen auf bestialische Weise umgebracht worden. Bronko war in Verdacht geraten und hatte sich vermutlich in die Bundesrepublik abgesetzt, ehe man ihn festnehmen konnte.

Wie er Bekanntschaft mit Odenwald geschlossen und wo er gewohnt hatte, wusste niemand. Fest stand seit dem vergangenen Abend nur, dass Bronko in dem Saunaclub, in dem Odenwald als Geschäftsführer gearbeitet hatte, für die Reinigung der Sanitäranlagen zuständig gewesen war.

„Der Klomann", sagte Schmitz.

Ab Mitte April war Bronko nicht mehr zur Arbeit erschienen, großartig vermisst hatte ihn niemand.

Schmitz war überzeugt, dass Bronko in Hamburg die junge Russin Tamara getötet hatte, die Odenwalds Betrügereien an die Clubbetreiber verraten haben sollte.

„Bronko ist ein sadistisch veranlagter Triebtäter und Odenwald dem Anschein nach hündisch ergeben", erklärte Schmitz. „Möglicherweise gehen noch mehr Opfer auf sein Konto. Ich könnte mir vorstellen, dass Odenwald ihm hin und wieder eine der illegal ins Land gebrachten Frauen überlassen hat, damit er sich abreagieren konnte. Das LKA Hamburg prüft derzeit zwei weitere ungeklärte Mordfälle mit starken Übereinstimmungen zum Fall Tamara. Die Opfer waren höchstens Anfang zwanzig und sind bislang nicht identifiziert."

Zu Hundefutter verarbeitet, hatte es im Fall Tamara geheißen. Mit Ironie, besser gesagt mit rabenschwarzem Sarkasmus konnte man das auch als Geschlechtsumwandlung bezeichnen. Dass die jungen Frauen dabei unter Vollnarkose gestanden hatten, war allerdings auszuschließen.

Maren war dabei gewesen, als Odenwald bei Godberg über die besonderen Fähigkeiten seines Handlangers gesprochen hatte. Das warf für Schmitz die Fragen auf, ob Frau Koska wusste, welch große Gefahr von Bronko ausging? Und ob sie in ihm eine Gefahr für sich sah.

„Das glaube ich eher nicht", gab Schmitz sich die Antwort selbst. „Frau Koska urteilt nach Äußerlichkeiten. In ihren Augen ist Bronko ein Schmutzfink, ein Stinktier, ein Niemand, der Klomann eben, der bei Frauen allgemein nicht gut ankommt. So einer protzt womöglich mit Scheußlichkeiten, um zu beweisen, dass er mit einer Frau alles machen kann. Aber nicht Bronko, sondern Odenwald hat bei Godberg die Scheußlichkeiten angeführt. Frau Koska hat das vermutlich nur für den Versuch gehalten, Godberg einzuschüchtern."

Nach dieser Einleitung ergriff Grovian das Wort. Die Spurensicherung auf Koskas Grundstück hatte bis weit in den gestrigen Nachmittag gedauert und noch eine Zeugenaussage eingebracht. Ein älterer Herr mit Hund hatte aus respektvoller Entfernung zugeschaut. Erst als unsere Leute wieder abrücken wollten, hatte er sich herangewagt und gefragt, was es mit dieser Aktion auf sich habe. So was sah man ja normalerweise nur im Fernsehen. Ob da eine Belohnung auf irgendwen ausgesetzt sei, hatte er wissen wollen und gemeint, er könne sachdienliche Angaben machen.

Er ging seit Jahren mit seinem Hund spazieren, morgens, mittags und am späten Abend immer an Koskas Grundstück vorbei. Und am 28. Mai, das war der Mittwoch nach Ella Godbergs Entführung gewesen, hatte abends ein grauer Kleintransporter mit offenen Hecktüren vor dem Haus gestanden.

Sein Hund war wie üblich aufs Gelände gelaufen, um zwischen den rostenden Maschinen sein Geschäft zu verrichten und ein bisschen zu schnüffeln, wie Hunde das eben so taten. Die beiden Männer, die sich in Koskas Haus einquartiert hatten, mussten das schon häufig gesehen haben, hatten sich aber bisher nicht darum gekümmert oder gar darüber aufgeregt, kein Gezeter angefangen, wie andere das taten, wenn ein Hund sich in ihren Vorgarten verirrte. Der Große mit dem Vollbart hatte den Hund Ende März sogar mal am Hals gekrault und ein paar freundliche Worte mit Herrchen gewechselt.

An dem Mittwochabend jedoch … Also der Hund war zu dem offenen Kleintransporter gelaufen, Hunde waren nun mal neugierig. Er hatte geschnüffelt, gebellt, war in den Laderaum gesprungen. Und im nächsten Moment war er jaulend und mit blutiger Schnauze im hohen Bogen wieder herausgeflogen. Es musste ihn jemand fürchterlich getreten haben.

Der ältere Herr hatte sich nicht näher herangewagt, um festzustellen, wer der Tierquäler gewesen war. Er hatte sich auch erst mal um seinen Hund kümmern müssen und festgestellt, dass das Tier keine blutenden Wunden davongetragen hatte. Das Kennzeichen des Transporters hatte er den Leuten vom Erkennungsdienst leider nicht verraten können.

„Für die Fahndung ist das zu wenig", sagte Grovian. „Aber höchstwahrscheinlich wurde Frau Godberg an dem Mittwochabend in dem Fahrzeug weggeschafft."

Dann kam er zu Maren. Sie war am vergangenen Nachmittag observiert worden und nicht auf direktem Weg zum Hotel gefahren. Zuerst hatte sie einen Abstecher zu dem Parkhaus gemacht, in dem der rote Golf sichergestellt worden war. Natürlich hatte sie gesehen, dass der Golf verschwunden war, sich aber offenbar deswegen keine Gedanken gemacht.

Sie war zum Kaufhof geschlendert, hatte dort Unterwäsche, einen dunkelblauen Rock und die silbrige Bluse gekauft und zweimal telefoniert. Ihr Schatten war nicht nahe genug herangekommen, um zu verstehen, mit wem und worüber sie sprach. Er hatte nur gesehen, dass sie vor dem zweiten Anruf ein kleines Kästchen aus der Handtasche nahm. Was sie mit dem Kästchen machte, war nicht eindeutig zu erkennen gewesen, weil sie es mit ihrem Körper verdeckte.

Den ersten Anruf hatte ich entgegengenommen. Der zweite war bei Godberg eingegangen, auf dem überwachten Hausanschluss. Jochen Becker hatte noch bei Alex gesessen und ihn mit der Aussicht auf die fehlende Viertelmillion dazu gebracht, den Fragenkatalog auszufüllen, den Schmitz zusammengestellt hatte.

Dabei hatte sich herausgestellt, dass Alex nur am 27. Mai, also dem Dienstag unmittelbar nach der Entführung, ein längeres Gespräch mit Ella hatte führen dürfen. Länger bedeutete, dass sie mit schwacher Stimme drei Sätze von sich gegeben hatte. Danach hatte er bei keinem Anruf mehr von Ella gehört, als dass es ihr gut gehe. Maren hatte ihm nicht erlaubt, eine Frage zu stellen, auf die Ella spontan hätte antworten müssen. Alex hatte es mehrfach versucht, jedes Mal hatte Maren ihm das Handy abgenommen.

Nur ein läppischer Satz. „Es geht mir gut, Schatz."

Dieselben Worte, die auch der kleine Sven gestern Früh von seiner Mutter gehört hatte. Vermutlich war dieser Satz schon seit Tagen von einem Aufnahmegerät gekommen. Schmitz war überzeugt, dass Maren gestern Nachmittag solch ein Gerät ans Handy gehalten hatte.

Zuerst ein paar launige Worte von Odenwald. Dann der Satz von Ella, dann noch mal Odenwald, der gerne „seine Frau" gesprochen hätte und kommentarlos aufgelegt hatte, als er erfuhr, Maren sei unterwegs, um Einkäufe fürs Wochenende zu machen.

Niemand sprach es aus, aber es war von allen Gesichtern abzulesen. Kaum noch Hoffnung für Ella Godberg. Der vermeintliche Arzt ein sadistischer Mörder. Wahrscheinlich hatte Bronko sie bloß in die Lage versetzt, den Satz auf Band oder in ein Diktiergerät zu sprechen.

Grovian schloss die Besprechung mit den Worten: „Wir gehen vorerst weiter davon aus, dass Frau Godberg lebt. Aber wir gehen ab sofort etwas schneller."

Einige nickten. Die meisten verließen den Raum. Kurze Diskussion unter den Zurückgebliebenen, ob Frau Koska nun festgenommen werden sollte. Schmitz entschied dagegen. Er wollte unbedingt die beiden Männer und bezweifelte, dass Maren deren Aufenthaltsort kannte.

„Sie hat sich schon nach kurzer Zeit als unzuverlässig erwiesen", erklärte er mit bezeichnendem Blick auf mich. „Ich gehe davon aus, dass Odenwald und Bronko deshalb am 28. Mai ihr Quartier gewechselt haben. Vermutlich haben sie mehrere Handys zur Verfügung. Frau Koska kann Kontakt aufnehmen oder wird angerufen, erfährt aber nicht, wo die beiden Männer sich befinden."

Er ging mir auf die Nerven mit seinem Geschwafel. Vielleicht, vermutlich und: „Ich gehe davon aus." Feststehende Tatsachen waren das nicht.

Und nach allem, was Maren am vergangenen Nachmittag im Hotel gesagt hatte ... Wenn sie auch nur die Hälfte davon glaubte, mit anderen Worten, wenn sie tatsächlich nicht wusste, mit wem sie sich eingelassen hatte ...

„Wenn ab sofort wir das Tempo bestimmen, lassen Sie mich feststellen, was Frau Koska weiß", schlug ich vor. „Vielleicht kann ich sie überzeugen, dass es für sie gesünder ist, ihre Komplizen auszuliefern. Selbst wenn sie den derzeitigen Aufenthaltsort nicht kennt, müsste sie zumindest wissen, wo sie die zweite Hälfte des Lösegelds abliefern soll. Und noch glaubt sie, ich wäre alleine involviert. Ich kann das nach persönlichem Interesse an ihrem Wohlergehen aussehen lassen."

Schmitz tauschte einen langen Blick mit Grovian. Was halten Sie von diesem Vorschlag? Aussprechen musste er das nicht. Grovian zeigte den Ansatz eines Achselzuckens. „Wir müssen jedenfalls nicht mehr darauf warten, dass Frau Koska sich bei Herrn Metzner meldet", meinte er.

Wir mussten auch nicht befürchten, dass sie nicht abhob, wenn auf Godbergs Telefon meine Büronummer erschien. Grovian sorgte dafür, dass mein Apparat für die Übertragung freigeschaltet wurde. Schmitz schob mir ein längeres Fax aus Hamburg zu. „Möchten Sie zuvor einen Blick in den Obduktionsbefund der Russin werfen, um zu sehen, was der Frau angetan wurde?"

„Nein, vielen Dank", sagte ich. „Das schaffe ich auch so."

„Gut", meinte er und mahnte: „Aber reden Sie Frau Koska nicht ins Gewissen. Appellieren Sie nicht an ihr Mitgefühl. Betonen Sie nur Ihre Sorge, wie eben besprochen."

Als ich den Telefonhörer aufnahm, erschien mir noch gut und richtig, was ich tat. Doch als ich dann ihre Stimme hörte, kamen mir Zweifel, ob es wirklich so eine gute Idee war. Maren klang nicht erstaunt, nicht misstrauisch, nicht einmal neugierig.

„Du hältst dich nicht an die Spielregeln, Konni", sagte sie und klang dabei einfach nur gleichgültig. „Was treibt dich zu so einer Eigeninitiative? Erzähl mir nicht, es sei die Sehnsucht."

Schmitz lauschte mit angespannter Miene.

„Ich bin gestern nicht dazu gekommen, dir ausführlich zu erklären, warum ich der Überzeugung bin, dass du nicht lebend aus dieser Sache rauskommst", begann ich.

Sie lachte. „Nicht? Ich meine, du wärst sehr ausführlich gewesen. Du willst mich erledigen, wenn Rex oder der Doktor es nicht tun. Aber mach dir um mich keine Sorgen, Konni."

„Tu ich aber", sagte ich. „Ich hatte schon im April ein bisschen recherchiert, als Peter Bergmann sagte, du wärst verheiratet. Das konnte ich mir nicht vorstellen. Und wenn einen Zweifel quälen, hat mein Job unbestreitbare Vorteile. Man kann bei Standesämtern nachfragen oder hält einem entlassenen Geschäftsführer den Dienstausweis hin. So bin ich zu einem Namen gekommen. Helmut Odenwald. Und dazu haben mir die Hamburger Kollegen eine blutrünstige Geschichte erzählt."

„Glaube ich dir nicht, Konni", sagte sie. „Die Geschichte habe ich dir gestern erzählt. Die Hamburger Polizei hat davon überhaupt nichts mitbekommen. Rex wollte nicht in ein Krankenhaus, weil er panische Angst hatte, dass die russischen Mistkerle ihn da aufspüren und ihm den Rest geben."

„In meiner Geschichte heißt das Opfer nicht Odenwald oder Rex, sondern Tamara", sagte ich. „Vielleicht hast du den Namen mal gehört. Sie war Prostituierte und hat in dem Saunaclub gearbeitet, der angeblich deinem Rex gehörte, bis die Russen kamen. Die Hamburger Kollegen meinen jedoch, er wäre immer nur der Geschäftsführer gewesen. Auf jeden Fall hat er die Russen bei den Abrechnungen kräftig beschissen. Tamara hat ihn verpfiffen. Ihre Einzelteile wurden im November aus der Elbe gefischt. Der Klomann aus dem Saunaclub hatte sie zerlegt. Was er vorher als Kellner in Kroatien mit drei Touristinnen getan hatte. Er heißt übrigens Marek Bronko."

Grovian nickte anerkennend. Schmitz signalisierte mit erhobenem Daumen, dass ich in seinem Sinne gesprochen hatte.

334

Aus dem Lautsprecher kam etwas wie ein verblüffter Laut. Auf Tamara oder Bronko ging Maren nicht ein, wiederholte bloß: „Nur der Geschäftsführer? Warum hast du das gestern mit keiner Silbe erwähnt oder wenigstens angedeutet?" Es klang, als höre sie das zum ersten Mal.

„Weil mir deine Geschichte die Sprache verschlagen hat", sagte ich. „Seitdem frage ich mich, wie dumm eine Frau eigentlich sein muss, um auf so einen Aufschneider hereinzufallen und sich von ihm ausnehmen zu lassen. Das hat er doch die ganzen Monate getan, nicht wahr? Und nun hat er dich richtig in die Scheiße geritten. Gestern hast du gesagt, du willst meine Hilfe nicht. Lass uns wenigstens einmal darüber reden, was ich tun könnte, um zu verhindern, dass es dir so ergeht wie Tamara und den anderen Frauen, an denen Bronko sich ausgetobt hat."

Sekundenlang war es still in der Leitung, als denke sie über meinen Vorschlag nach. Dann meinte sie: „Das ist aber kein Thema fürs Telefon, Konni. Kannst du ins Hotel kommen? Oder musst du den ganzen Tag arbeiten? Wieso arbeitest du heute überhaupt? Ist doch Wochenende."

Schmitz kritzelte eilig etwas auf einen Zettel. „Anderer Treffpunkt", las ich und sagte: „Ich arbeite nicht, aber zuhause kann ich nicht ungestört telefonieren."

„Dann bis gleich", sagte sie. „Ich fahre in ein paar Minuten los und kümmere mich von unterwegs um ein Zimmer. Aber ich muss noch ein paar Einkäufe machen, es kann also etwas dauern, ehe ich im Hotel bin. Frag an der Rezeption nach der Zimmernummer."

„So viel Aufwand muss doch nicht sein", sagte ich, weil Schmitz vehement mit einem Finger auf seine Kritzelei verwies. „Wir können uns woanders treffen. Wie wäre es zur Abwechslung mal mit einem netten Café oder einem Restaurant? Wir gehen essen, das haben wir noch nie getan. Ich lade dich ein."

„Essen können wir im Hotel", sagte sie. „Wir lassen uns etwas aufs Zimmer kommen. Dann können wir in Ruhe reden."

Damit legte sie auf. Grovian äußerte sich nicht. Er schaute nur abwartend zu Schmitz hin. Der wiederum sah mich an und wollte wissen: „Was für ein Gefühl haben Sie?"

Ich hatte gar keins. Fünf Sekunden Stille, dann wandte Schmitz sich an Grovian. „Dass der Club nicht Odenwald gehörte, schien sie zu überraschen."

„Hörte sich jedenfalls so an", stimmte Grovian zu.

Demnach war ich nicht der Einzige, dem das aufgefallen war.

„Auch wenn nichts dabei herauskommt, einen Versuch ist es wert. Zu verlieren haben wir nichts", entschied Schmitz.

Das war ein Irrtum. Ich hatte eine Menge zu verlieren, Hanne, mit der ich alt werden wollte, und Oliver, der mir alles bedeutete.

Da Maren sich nicht zu einem anderen Treffpunkt hatte überreden lassen und niemand ein Risiko eingehen wollte, wurden einige Vorsichtsmaßnahmen zu meiner Sicherheit angeordnet. Wer wusste denn, wie innig sie Odenwald verbunden war? Sie musste in den vergangenen Monaten eine Menge für ihn getan haben. Vielleicht war sie bereit, noch mehr zu tun. Vielleicht beabsichtigte sie, ihn oder Bronko ins Hotel zu schicken.

Schmitz meinte, ich hätte mich ein wenig im Ton vergriffen und sie beleidigt. So etwas stecke sie nicht einfach weg. Was das anging, machte ich mir keine Sorgen, hatte ihr schließlich schon ganz andere Dinge an den Kopf geworfen.

In meinem Auto durfte ich nicht fahren, bekam einen Zivilwagen der Fahrbereitschaft mit Funk und für unterwegs sogar noch den äußerst treffsicheren Kollegen Hassler aus Köln als Leibwache zugeteilt. Hassler machte es sich im Fond gemütlich. Sollte ich auf dem Weg zum Hotel gestoppt und angegriffen werden, könnte er wie ein Männlein aus der Kiste auftauchen. Gebrauch der Schusswaffe vom LKA abgesegnet.

Darüber hinaus ordnete Schmitz die Überwachung der näheren Umgebung und des Hoteleingangs an. Keine Festnahme, nur umgehende Verständigung, falls einer der beiden Herren auftauchen sollte, deren Außenansichten schon übermittelt worden waren. Er sprach auch persönlich mit dem Hotelmanager und sorgte dafür, dass Frau Koska nicht irgendein Zimmer bekam. Sein anschließendes Telefongespräch mit einem Untersuchungsrichter führte er vergebens. Das Hotelzimmer auf die Schnelle mit diversen Überwachungsgeräten auszustatten wurde nicht genehmigt.

Dann brachen Hassler und ich auf. Maren hatte den weiteren Weg und verließ Godbergs Haus nur ein paar Minuten später. Auch sie fuhr in Begleitung eines Kollegen aus Köln, ich glaube, er hieß Bechtel und saß natürlich in einem anderen Auto als sie.

Sie fuhr nicht auf direktem Weg zur Autobahn, machte einen Umweg zu einem öffentlichen Fernsprecher. Bechtel hatte den Eindruck, dass sie zwei Gespräche führte. Ein kurzes, wahrscheinlich mit dem Hotel. Das zweite war entschieden länger und schien sie zu erheitern, jedenfalls lachte sie ein paarmal.

Als ich diese Meldung erhielt, wurde mir doch ziemlich mulmig. Ich fragte mich, warum sie nicht ihr Handy benutzt hatte. War sie sich doch darüber im Klaren, dass sie mehr als einen Polizisten mit privaten Interessen im Nacken hatte?

Nachdem sie das heitere Telefonat beendet hatte, steuerte sie Richtung Autobahn, kam allerdings nicht schnell voran. Am späten Samstagvormittag fuhren viele Leute nach Köln, um einzukaufen. Aber eilig hatte Maren es offenbar nicht. Als sie das Stadtzentrum erreichte, hörten Hassler und ich schon seit fast einer halben Stunde nur noch dem Funkverkehr zu.

Maren stellte Godbergs Insignia wieder in dem Parkhaus ab, in dem man den Golf entdeckt hatte. Anschließend schlenderte sie durch ein paar kleinere Läden. Ihr Schatten folgte diskret und gab über Funk durch, was er so mitbekam. In einer Parfümerie erstand sie diverse Kleinigkeiten, spazierte in aller Gemütsruhe zum Kaufhof hinüber.

„Sie hält ständig Ausschau nach Verfolgern", gab Bechtel durch. „Ich kann nicht zu dicht aufschließen."

„Soll ich mich ebenfalls ranhängen?", fragte Hassler, der eigentlich zu meinem Schutz auf der Rückbank lag, sich aber gerne mal die Beine vertreten hätte. Vielleicht hoffte er, er bekäme eine Ratte vor die Flinte. Während der Fahrt hatte er mir erklärt, mit Typen wie Bronko müsse man kurzen Prozess machen, auch wenn das vom Gesetzgeber nicht so vorgesehen war. Aber sonst käme doch nur ein Psychologe und diagnostiziere eine schwere Kindheit sowie irgendwelche Traumata. Und in ein paar Jahren wäre so ein Psychopath als geheilt wieder auf freiem Fuß.

Ich hatte nichts dagegen, dass Hassler sich umschaute. Das sei sinnvoller, als nutzlos in der Gegend herumzukurven, dachte ich, setzte ihn beim Eingang zum Kaufhof-Parkhaus ab und fuhr weiter, eine Einbahnstraße rauf, die nächste runter.

Inzwischen war Maren im Kaufhof bereits auf dem Weg in die oberen Etagen. Ein kurzer Abstecher zur Damenoberkleidung, dann wieder zur Rolltreppe. Ich hörte mir die Verständigung meiner Rückendeckung mit ihrem Schatten an.

„Wo ist sie jetzt?", fragte Hassler.

„Ganz oben", antwortete Bechtel. „Ich glaube, sie weiß Bescheid. Eben hat sie mir zugelächelt."

„Grins zurück und geh weiter", empfahl Hassler, demnach war er mit Bechtel per Du. „Ich bin gleich da."

Doch bevor er da war, steuerte Maren auf einen Mann zu, der ein Prachtexemplar von Plasmabildschirm bewunderte. Bechtel hatte sich bis zu den Staubsaugern zurückgezogen, konnte aus der Entfernung das Gesicht des Mannes nicht sehen. Der Rest passte zu Bronko. Schmächtig, kaum eins sechzig groß, dunkles Haar, Lederblouson mit Emblem auf einem Arm und Beschriftung auf dem Rücken.

Maren sprach ein paar Worte mit ihm, ging weiter. Der Schmächtige strebte in die andere Richtung. Das sah nach Absprache aus. Etwa in der Art: „Ich werde verfolgt, schaff mir den Kerl vom Hals."

Bechtel war ziemlich sicher, dass sie genau das gesagt hatte, und vertrat die Überzeugung: „Wir brauchen Verstärkung."

„Quatsch", meinte Hassler. „Bis Verstärkung hier ist, sind die beide weg. Das schaffen wir auch allein. Behalt Lederjacke im Auge, aber geh nicht zu dicht ran, und hör auf zu quatschen, bevor es auffällt. Ich übernehme ihn."

Zwei Sekunden später schlich Hassler etwas ratlos zwischen Staubsaugern, Kaffeemaschinen und Plasmabildschirmen umher. Von Lederjacke und Bechtel keine Spur, von Maren auch nicht. „Scheiße, jetzt ist das Weib weg. Wo ist Lederjacke?"

„Den hab ich im Auge", gab Bechtel durch.

Hassler erkundigte sich noch bei mir, ob ich einverstanden sei, wenn er ebenfalls dem Schmächtigen in der Lederjacke folge. Bronko könne man nicht einem Mann allein überlassen und bestimmt keinem Trottel wie Bechtel. „Die Frau ist uns leider durch die Lappen gegangen."

Regt euch nicht auf, Jungs, dachte ich. Sie wird auf dem Weg ins Hotel sein. Und ich sollte mich ebenfalls dorthin bequemen.

Es waren nur ein paar Minuten Fahrt, in der Zeit bekam ich noch mit, dass wir uns klug entschieden hatten. Gar keine Frage, Bechtel und Hassler hatten ihre Zielperson vor sich.

Lederjacke telefonierte auf dem Weg ins Freie und ließ Hassler so nahe an sich herankommen, dass er gut mithören konnte. Der vermeintliche Bronko erkundigte sich bei einer gewissen Mona, ob sie allein mit Benni essen wolle oder ob er mitessen dürfe.

Auf so was fällt natürlich kein erfahrener Polizist herein.

Ich hätte zu dem Zeitpunkt einen Eid geleistet, dass Mona in Wirklichkeit Helmut hieß und auch auf den Namen Rex hörte. Dass sie mir den Decknamen Benni verpasst hatten und dass die Ratte es gerne übernommen hätte, Hundefutter aus mir zu machen. Aber Rex war damit offenbar nicht einverstanden und wollte ihn nur am Dessert teilnehmen lassen. Lederjacke hauchte nämlich ein wenig enttäuscht in sein Handy. „Klar versteh ich das. Dann esse ich eben eine Kleinigkeit bei Mäckes und bringe ein Eis mit. Ist das okay?"

Dann begab Lederjacke sich ins Erdgeschoss, weiter ins Freie, schlenderte zweimal deprimiert um den Brunnen herum und endlich Richtung Domplatte. Hassler blieb ihm dicht auf den Fersen, was im Gedränge auf der Hohe Straße relativ einfach war. Bechtel hielt etwas mehr Abstand und meiner Rückendeckung den Rücken frei. Ich hatte derweil einen Parkplatz gefunden, stieg aus und war damit vom Funkverkehr abgeschnitten.

Ein kurzer Anruf in der Dienststelle. Alles klar, ich durfte rein. Die mit der Überwachung des Hotels betrauten Kölner Kollegen hatten weder Odenwald noch Bronko erblickt. Sie meinten auch, Frau Koska sei noch nicht eingetroffen. Doch als ich mich an der Rezeption nach Zimmernummer und Schlüssel erkundigte, hörte ich von einer freundlichen jungen Dame, der Schlüssel sei bereits ausgehändigt worden. Herr Koska müsse im Zimmer sein.

„Soll ich Sie anmelden?"

„Nicht nötig", sagte ich und nahm die Treppen. Den Hinweis auf Herrn Koska hielt ich dabei noch für einen Versprecher. Aufs Anklopfen verzichtete ich, das hatte ich auch bei meinen bisherigen Besuchen getan. Maren mochte es offenbar, wenn ich so reinplatzte. Bisher war noch keine Tür verschlossen gewesen.

Ich drückte die Klinke und erwartete, sie auf dem Bett liegen oder am Fenster stehen zu sehen. Doch den Geräuschen nach zu urteilen, stand sie unter der Dusche. Die Tür zum Bad war offen, heraus drangen Wasserdampf und geräuschvolles Plätschern.

Für einen Moment sah ich mich zu ihr in die Duschkabine steigen, wirklich nur für einen sehr flüchtigen Moment. Dann wurden mir der Mund trocken und die Hände feucht. Es stand oder lag nichts herum, was bezeugt hätte, dass Maren in der Nähe war. Keine Handtasche, keine Schuhe, kein Kleidungsstück. Nur der Zimmerschlüssel auf dem Tisch. Und diese Geräusche aus dem Bad, da planschte jemand tüchtig herum. Das war nicht ihre Art.

Herr Koska war wohl doch kein Versprecher gewesen. Ich streifte die Schuhe ab, um geräuschlos aufzutreten. Zuerst schlich ich zum Kleiderschrank, um sicherzustellen, dass niemand drin war, der mir den Garaus machen wollte. Dann strebte ich in geduckter Haltung der Dampfquelle entgegen.

In der Duschkabine tummelte sich ein mächtiger Brocken, schemenhaft zu erkennen durch die geriffelte und beschlagene Glastür. Vor dem Klo lag ein Kleiderhäufchen. Hose, Hemd, Socken, ein paar Schuhe mittlerer Größe und eine Unterhose wie ein Zweimannzelt.

Ich schlich zurück zum Tisch, nahm den Zimmerschlüssel und schloss ab, für den Fall, dass Bronko doch an der Hauptmahlzeit teilnehmen wollte. Natürlich hätte ich auch die Tür von außen abschließen, runtergehen, die Kölner Kollegen suchen und als Unterstützung mit zurücknehmen können. Aber wozu?

Ich brauchte keine Unterstützung, bestimmt nicht von zwei Blinden. Wie hatten sie den Brocken übersehen können? Hatten sie sich auf Bartträger konzentriert und nicht bedacht, dass ein

Mann sich auch mal rasieren konnte? Den Bart schien Rex abgenommen zu haben. Ich hatte zwar nicht viel von ihm erkennen können hinter der vom Dampf milchweißen Kabinentür, aber sein Gesicht war mir wie ein heller Fleck erschienen.

So früh hatte er mich offenbar nicht zum Essen erwartet und vor dem Schlachtfest erst noch Körperpflege betreiben wollen. Ein reinlicher Schweinehund. Vielleicht fuhr er doch in der Gegend herum, wie Maren so beiläufig erwähnt hatte. Und vielleicht waren ihm die Duschen auf Rastplätzen nicht hygienisch genug.

Zwei, drei Sekunden lang schaute ich ihm noch beim Duschen zu, machte hinter der Glastür ruckartige Armbewegungen aus. Es schien, dass er ein Problem hatte, sich den Rücken richtig zu schrubben. Das könnte ich gleich übernehmen, nahm ich mir vor, am besten mit der Klobürste. Damit wollte ich ihm anschließend auch die Zähne putzen.

Endlich brachte ich meine Waffe in Anschlag. Meine Stimme wollte auf Anhieb nicht so, wie es mir lieb gewesen wäre. Zuerst musste ich mich räuspern. Dann forderte ich: „Kommen Sie raus, Odenwald. Und schön die Hände nach oben."

Das war nicht die Standardformel, aber ich hatte ziemlich laut gesprochen. Das Prusten und Schnaufen unter der Dusche wurde kurzzeitig von einem Quieken abgelöst. Hinter der Glastür fuhren zwei Arme nach oben. Das konnte ich unscharf erkennen.

„Raus da!", wiederholte ich.

Einer der Arme kam vorsichtig wieder herunter. Einen Verdacht hatte ich zu dem Zeitpunkt wirklich noch nicht. Selbst als die Glastür ein Stückchen weit zur Seite geschoben wurde von einer weißen, gut gepolsterten Hand, dachte ich nur an Rex und nicht an Schweinchen Dick. Aber dann stand es leibhaftig vor mir.

Es war ein anderer Anblick als der, der sich mir vor rund sechs Jahren auf dem neuen Dreisitzer in unserem Wohnzimmer geboten hatte. Eine von üppigen Fettpolstern unterlegte und vom prasselnden Duschwasser leicht gerötete Brust. Ein schneeweißer, schwabbeliger und vor Angst zitternder Bauch, der ihm bis auf die massigen Oberschenkel hing und gnädig den kleinen Unterschied zwischen Frau und Mann verdeckte. Willibald Müller in Lebensgröße, wabbernd, bibbernd, mit flatternden Augenlidern und schreckstarrem Blick, nur ganz allmählich begreifend, wer ihn aus seinen wilden Illusionen riss und ihm den Tag versaute.

„Konrad." Mit der Erkenntnis erwachte sein Schamgefühl. Er senkte den linken Arm und legte sich die Hand schützend auf den Bereich seiner Wampe, hinter dem sich seine Männlichkeit versteckte. „Hast du 'n Knall? Was soll der Quatsch?"

Vielleicht war es Ekel, der meine Stimme kippen ließ. Aber mehr war es Enttäuschung, gepaart mit dem Bedürfnis zu lachen. „Zieh dich an", befahl ich. „Und setz dich. Ich bin gleich wieder da."

In seiner Gegenwart wollte ich nicht telefonieren, ging hinaus auf den Korridor und verschloss zur Sicherheit die Zimmertür, als Porky in seine Unterhosen stieg. Als ich zurückkam, saß er völlig bekleidet am Tisch und schaute trübsinnig zum Fenster.

Ich setzte mich ihm gegenüber und begann: „Bevor meine Kollegen hier sind, solltest du versuchen, mir eine plausible Erklärung für deine Anwesenheit hier zu bieten. Vielleicht kann ich dann etwas für dich tun."

Ich hatte in der Dienststelle angerufen, kurz erklärt, womit Hassler und Bechtel sich zurzeit beschäftigten, und damit eine leichte Hysterie ausgelöst. Nun hatten wir etwas Zeit, es kam auf den Verkehr an. Werner Hoß sollte herkommen und mir meinen Fang abnehmen.

Wenn Hoß erst einmal hier war, kam ich kaum noch zum Zuge. Dass von Müller großartig etwas zu erfahren war, glaubte ich zwar nicht. Ihn hier unter der Dusche zu finden war wohl nur ein Scherz. Oder der Beweis, dass Maren sich von niemandem austricksen oder für dumm verkaufen ließ.

Müller starrte mich feindselig an und schwieg.

„Ich höre", machte ich den zweiten Versuch.

Statt Auskunft zu geben, fordert er mürrisch: „Sag mir erst mal, was du hier willst?"

„Einen Entführer festnehmen", sagte ich. „Einen hundsgemeinen Dreckskerl, der sein Opfer laut eigener Auskunft irgendwo lebendig begraben hat. Also lass dir lieber etwas einfallen, was deiner Anwesenheit hier einen harmlosen Anstrich verleiht. Ich glaube nicht, dass meine Kollegen sehr geduldig sind. Sie wollen das Opfer so schnell wie möglich befreien. In der Hoffnung, dass es noch nicht erstickt ist, wie du dir vielleicht vorstellen kannst."

Müller glaubte mir kein Wort, tippte sich bezeichnend an die Stirn. „Erzähl doch keinen Stuss. Für eine Festnahme kommst du nicht allein. Ich bin hier mit Maren verabredet. Sie muss jeden Moment eintreffen."

„Glaube ich nicht", sagte ich. „Maren hat uns nämlich den Tipp gegeben, wo wir den Kerl finden können, den wir suchen. Sie wird sich hier bestimmt nicht blicken lassen."

Müller zeigte mir noch einen Vogel. „Das glaubst du morgen selber noch. Woher soll Maren denn was von einer Entführung wissen?"

„Sie ist daran beteiligt und baut auf unser Zeugenschutzprogramm", erklärte ich. „Ihre Mittäter wollen sie nämlich über die Klinge springen lassen. Das weiß sie. Die haben bereits eine Frau in sämtliche Einzelteile zerlegt. Dass mit ihrem Mann nicht zu spaßen ist, müsstest du doch eigentlich besser wissen als ich. Oder welche Veranlassung hattest du, mich vor ihm zu warnen?"

Ich mochte mich täuschen, aber ich meinte, er wäre etwas blasser geworden. Überzeugt war er jedoch nicht, bemühte sich, eine lässige Haltung einzunehmen, was ihm nicht gelang. Seine Beine ließen sich nicht mehr übereinanderschlagen. Er stellte sie wieder nebeneinander und sagte: „Wenn du mich hier festhalten willst, bitte schön. Ich warte gerne auf deine Kollegen. Die nehmen die Sache bestimmt nicht persönlich."

Dabei grinste er über sein ganzes, aufgeschwemmtes Gesicht. Aber er irrte sich gewaltig.

Sie kamen zu dritt. Werner Hoß, gefolgt von zwei uniformierten Kollegen in einem Streifenwagen. Auf die Handschellen konnten sie verzichten, Müller hielt seine Hände auch so reglos im Schoß. Es sah fast aus, als bete er. Und ab mit ihm Richtung Heimat. Ich fuhr hinterher, weil nicht davon auszugehen war, dass Maren noch auftauchte, um das Zimmer zu bezahlen.

Die Vernehmung übernahmen Grovian und Hoß in bewährter Schwarzmalerei. Du siehst die Welt bis an dein Lebensende nur noch durch Gitterstäbe, wenn du nicht sofort dein Maul aufmachst. Du kannst allenfalls auf Milde hoffen, wenn du uns verrätst, wo deine Komplizen sind und wo ihr das Opfer verscharrt habt.

Natürlich duzten sie Müller nicht, formulierten auch nicht gar so drastisch. Aber so klang es. Müller erkannte endlich den Ernst seiner Lage, bibberte erneut und stammelte, als stehe er vor dem Erschießungskommando.

Schmitz und ich saßen nur dabei und hörten zu. Und ich empfand nicht einen Funken Schadenfreude. Nach einer halben Stunde wurde es mir unerträglich, mir Müllers Winseln noch länger anzuhören. Ich wusste, dass er die Wahrheit sagte. Mit einem Blick holte ich mir Grovians Einverständnis, erhob mich und wollte zur Tür. Hinter mir erklang ein jämmerliches Flehen.

„Konrad, Mensch, lass mich doch nicht hängen. Ich hab mit der Sache nichts zu tun. Du kennst mich doch. Und du weißt auch, wie Maren ist. Sie hat mich da hinbestellt. Sie sagte, wenn sie noch nicht da sein sollte, bekäme ich den Schlüssel an der Rezeption. Ich bräuchte mich nur als ihr Mann auszugeben."

Ich drehte mich noch einmal zu ihm um. Er wollte vom Stuhl hoch. Schmitz legte ihm beinahe sanft die Hand in den Nacken und drückte ihn wieder hinunter.

„Sie hat dich doch nicht einfach so in ein Hotel bestellt", sagte ich. „Sie muss dir eine Begründung genannt haben."

Müller nickte heftig. „Ja, klar, sie wollte mir das Auto zurückgeben und sich bedanken."

„Welches Auto?", übernahm Schmitz. „Und wann haben Sie Frau Koska das Fahrzeug zur Verfügung gestellt?"

Müller geriet erneut ins Stammeln. „Letzte Woche. Mittwoch. Sie wollte mit ihrem Mann ein paar Tage Urlaub machen. Und ich brauche den Wagen im Moment nicht selbst. Aber ich hab ihn nicht ihr übergeben. Da kam einer aus der Firma, der hat ihn abgeholt, so ein Kleiner, ein Mechaniker, glaube ich, er hatte ziemlich schmutzige Finger. Ich hab ihm noch gesagt, er soll lieber was auf den Sitz legen, ehe er einsteigt."

Der graue Kleintransporter, den der ältere Hundefreund auf Koskas Grundstück gesehen hatte, war ein VW-Bus gewesen. Umgebaut zu einem primitiven Campingwagen, ausgerüstet mit Chemieklo, Luftmatratze, Propangaskocher und Wassertank auf dem Dach. Und sie fuhren doch in der Gegend herum. Ob gemeinsam oder nur einer, ob mit oder ohne Ella Godberg, konnte Willibald Müller uns nicht sagen.

Der VW-Bus wurde umgehend in die Fahndung gegeben mit der strikten Anweisung, nur eine Standortmeldung durchzugeben. Müller durfte gehen. Ich bekam die Anweisung, ihn als Entschädigung für den Schock zurück nach Köln zu fahren, wo sein Auto stand. Danach durfte ich dann nach Hause.

Was anschließend in der Dienststelle besprochen wurde, erfuhr ich erst später. Die Kölner Kollegen, die das Hotel überwacht hatten, waren sauer. Sie hatten Müllers Abtransport mitbekommen und meinten, man hätte ihnen die falschen Bilder geschickt. Natürlich hatten sie den Fettwanst das Hotel betreten sehen. Aber der sah weder Helmut Odenwald noch Marek Bronko ähnlich. Grovian beschwichtigte sie mit dem Hinweis, dass wir von Frau Koska aufs Kreuz gelegt worden waren. Man bricht sich keinen Zacken aus der Krone, wenn man so etwas zugibt.

Der von Hassler und Bechtel verfolgte Mann in der Lederjacke war natürlich nicht Bronko gewesen. Das hatte sich in einem McDonald's Restaurant rausgestellt, wo der Verdächtige einen Cheeseburger mit Fritten verzehrt und drei McFlurry zum Mitnehmen erstanden hatte. Beim Aushändigen der Eisbecher hatte die Bedienung ihn mit Namen angesprochen: „Ist das nicht ein bisschen viel für dich, Berti?" Das gesamte Personal bei McDonald's kannte Berti seit geraumer Zeit, weil er sich täglich bei ihnen verpflegte. Seine Frau hatte ihn rausgeworfen.

Über diesen Irrtum und die Überraschung, die Maren mir geboten hatte, konnte man noch schmunzeln. Über den Rest nicht. Und ich bin immer noch geneigt zu sagen: „Dieser Trottel."

Wer genau der Trottel war, habe ich nie erfahren. Der Kollege eben, der an diesem Vormittag in Kremers Küche Wache schob. Wie jeder von uns wusste er, dass Maren über die Einnahmen der Woche verfügte. Etwas mehr als achthunderttausend Euro. Er hatte gesehen, dass sie Godbergs Haus mit einer recht großen Umhängetasche und in einem weit geschnittenen Kleid verlassen hatte. Es hätte fast wie ein Umstandskleid ausgesehen, soll er bei seiner Rechtfertigung gesagt haben. Rechtzeitig durchgegeben hatte er das aber nicht.

Bechtel hatte Marens Verfolgung von einer Querstraße aus aufgenommen und sie nur im Insignia sitzen sehen. Als sie im

Parkhaus ausgestiegen war, hatte ein Gürtel um die Taille die Weite des Kleides aufgegangen. Da war sie rank und schlank wie immer gewesen. Sie hatte auch keine recht große Umhängetasche mit auf ihren Bummel genommen.

Zu dem Zeitpunkt müssen die mehr als achthunderttausend im Insignia gelegen haben. Dann war Maren entwischt. Nachdem sich die Sache mit dem falschen Bronko geklärt hatte, legten Bechtel und Hassler sich im Parkhaus auf die Lauer. Der Insignia stand unverändert auf seinem Platz. Und da stand er, bis er Tage später zur KTU gebracht wurde. Da war natürlich kein Geld drin.

Kriminaldirektor Eckert meinte, die Polizei habe in diesem untypischen Fall überhaupt keine Chance gehabt. Es sei keinem damit geholfen, Anschuldigungen zu erheben und einen Mann zum Sündenbock zu stempeln. Aber einer musste den Kopf hinhalten. Grovian nahm es auf seine Kappe, er hatte die Leute eingeteilt. Schmitz übernahm die Verantwortung für den Fehlschlag in Köln. Den hatte er gutgeheißen.

Aber der Vorschlag war von mir gekommen. Man hätte Maren nicht aus den Augen lassen dürfen, mich auch nicht. Da hatten sie mir nun einen zuverlässigen Mann mitgegeben, von dem sie ganz sicher wussten, dass er zu mir keine persönliche Beziehung pflegte. Hassler konnte nicht nur gut schießen. Er hätte auch gut aufpassen sollen, dass ich nicht das Weite suchte. Und ich hatte ihn mir elegant vom Hals geschafft.

Wer wusste denn, was ich getan hatte, nachdem er aus dem Auto gestiegen war? Wer wollte seine Hand ins Feuer legen, dass ich dem Insignia keinen kurzen Besuch abgestattet und eine große Umhängetasche mit achthunderttausend Euro an einen sicheren Platz geschafft hatte?

Ich konnte am vergangenen Nachmittag mit Maren alle möglichen und unmöglichen Absprachen getroffen haben, um ihr die Flucht zu ermöglichen. Vielleicht wollte ich mich anschließen, wenn die fehlende Viertelmillion übergeben war. Ich hatte schließlich vor neun Jahren auch meine Ehe ruiniert und gekündigt, weil ich mit Frau Koska ein neues Leben beginnen wollte. Nun war meine langjährige Beziehung mit Frau Neubauer ruiniert.

So sah Schmitz die Sache. Er muss stinksauer gewesen sein und analysierte nun nicht mehr das egozentrische Kind mit dem Hang zu verbotenem Spielzeug, sondern den auf den ersten Blick kooperativ erscheinenden Leiter des KK 13, dessen Sohn bei der Familie des Opfers ein und aus gegangen war, der sich nach dem Einbruch in Godbergs Haus mit eigenen Augen davon hatte überzeugen dürfen, welche Schätze dort lagerten.

Wie Jochen es mir Anfang der Woche prophezeit hatte, ging Schmitz nun davon aus, ich hätte von Anfang an meine Finger im Spiel gehabt. Schlimmer noch, ich hätte die ganze Sache dirigiert. Meiner Jugendliebe, die über entsprechende Kontakte zur Durchführung verfügte, einen heißen Tipp und mir selbst die größte Mühe gegeben, Ermittlungen zu verhindern. Erst als Kollege Becker stutzig wurde, sah ich mich gezwungen, die Flucht nach vorne anzutreten, behielt aber weiter die Fäden in der Hand.

Die wollte Schmitz mir nun entreißen und um die Handgelenke wickeln, mit Hilfe der Viertelmillion aus der Asservatenkammer des LKA. Dass Grovian bei unserem Frühstück am Freitagvormittag ausgeplaudert hatte, dass es sich um Blüten handelte, wusste Schmitz nicht. Grovian mochte ihm das auch nicht sagen, weil er nicht glaubte, was Schmitz sich da zurechtstrickte.

So gut, dass er beide Hände für mich ins Feuer gelegt hätte, kannten wir uns zwar nicht. Aber es gab auch den sogenannten Kameradschaftsgeist. Wenn übergeordnete Dienststellen bei den untergeordneten einen Sündenbock an die Wand nageln wollten, fanden sie so schnell keinen, der ihnen den Hammer reichte. Beim LKA dagegen legte man großzügig die Nägel bereit.

Solange Schmitz für Ella Godbergs Leben um die Viertelmillion gebettelt hatte, war nichts zu machen gewesen. Blüten wollten sie nicht in Umlauf bringen, sie waren ja froh, die aus dem Verkehr gezogen zu haben. Und wenn bei der Geldübergabe etwas schiefging, wenn die Entführer mit Falschgeld entkamen, nein, das Risiko war ihnen viel zu groß gewesen.

Doch als Schmitz nun zum Telefon griff und die neue Lage schilderte, hieß es, am nächsten Morgen träfe das Geld bei der Kreispolizeibehörde ein. Anschließend mühte Schmitz sich eine halbe Stunde lang am Telefon ab, Alex Godberg von einer sinnvollen Maßnahme zu überzeugen.

Helga Beske und ein Kölner Kollege sollten Posten bei ihm beziehen. Helga Beske hätte sich um Sven kümmern und der Kölner Kollege beratend eingreifen können, wenn Maren oder sonst wer anrief, um Bedingungen für die Geldübergabe zu nennen.

Alex Godberg lehnte ab. Nein! Nein und noch mal nein! Er hatte seine Instruktionen bekommen, gespickt mit Warnungen. Keine Polizei, nur Konni.

Deshalb rief Grovian dann mich an, was eigentlich überflüssig war. Ich wäre auch ohne besondere Aufforderung am Sonntagmorgen zum Dienst erschienen, weil ich keine Ahnung hatte, was sich über meinem Kopf zusammenbraute.

Hanne hatte sich gewundert, dass ich schon am Nachmittag nach Hause gekommen war, wo wir doch mit Ellas Entführung alle Hände voll zu tun hatten und jeder Kopf gebraucht wurde. Wir tranken Kaffee, aßen ein paar Kekse, wechselten ein paar Sätze, nur belangloses Zeug, kein Wort über Ella oder Maren. Auch nach Grovians Anruf fragte Hanne nicht, wie es aussähe.

Ich spielte eine halbe Stunde mit Olli Memory, wobei er mich regelmäßig schlug. Nach dem Abendessen bewunderte ich seinen neuen Schlafanzug. Weil ich am Vormittag in der Dienststelle gewesen war, hatte er ausnahmsweise mit Mama einkaufen müssen, fand das aber praktisch, weil er außer dem Schlafanzug mit den Bärchen auf der Jacke auch neue Sandalen, eine martialisch aussehende Plastikfigur und ein Eis bekommen hatte. Den Schlafanzug wollte er unbedingt anziehen, obwohl Hanne meinte, der müsse zuerst gewaschen werden.

„Aber er ist doch nicht schmutzig, Mama."

„Neue Sachen wäscht man immer, bevor man sie anzieht. Wer weiß, wer die angefasst hat."

„Er war doch eingepackt, Mama."

„Von mir aus, zieh ihn an", seufzte Hanne.

Sie machte einen erschöpften und geistesabwesenden Eindruck, war nicht einmal imstande, mit einem Fünfjährigen über Schadstoffe in Textilien zu diskutieren, geschweige denn mit mir über irgendetwas anderes.

Ich brachte Olli ins Bett. Hanne schaltete den Fernseher ein, dann saßen wir da und schwiegen uns an, bis es Zeit wurde, ebenfalls ins Bett zu gehen.

Früh um halb sechs am Sonntagmorgen klingelte mein Wecker. Aufstehen, duschen, Kaffee machen und wenigstens mal in ein Brot beißen. Hanne kam ebenfalls in die Küche, trank eine Tasse Kaffee und rauchte eine Zigarette auf nüchternen Magen.

Zwei Minuten bevor ich gehen musste, begann sie zu sprechen: „Ich habe noch mal über alles nachgedacht, Konrad. Es tut mir leid, was ich am Donnerstag gesagt habe. Ich meine, du hast es ja wahrscheinlich nicht so gemeint, wie ich es aufgefasst habe."

Ich wusste nicht einmal, was sie meinte oder was ich am Donnerstag gemeint haben könnte. Sie fuhr fort: „Ich will nicht, dass unsere Beziehung an dieser Sache kaputtgeht. Ich wusste ja, was passieren kann, wenn Maren dir noch mal über den Weg läuft. Daraus hast du nie einen Hehl gemacht. Ich hab nur nicht damit gerechnet, dass es noch mal passiert. Aber so was kann jedem passieren, nicht wahr. Mir auch. Mir könnte auch eines Tages ein Mann begegnen, bei dem ich schwach werde. Und letztendlich ist es ja nur das. Ich meine, du hast doch nicht vom ersten Moment an gewusst, was sie mit Ella gemacht ...“

Als ich nickte und mich erhob, brach sie mitten im Satz ab.

„Wir reden heute Abend“, sagte ich. „Ich muss jetzt los.“

Hanne nickte flüchtig, schaute in ihren Kaffeebecher. „Hast du sie noch mal getroffen?“

„Sieht so aus, als wäre sie weg“, sagte ich.

Hanne riss erstaunt und entsetzt die Augen auf. „Und Ella?“

„Ich weiß es nicht.“

Als ich die Küche verließ, begann sie zu weinen.

Keine neuen Erkenntnisse, jedenfalls keine, die man mit mir besprechen wollte. Ich fragte, ob Frau Koska sich schon bei Herrn Godberg gemeldet habe, um die Modalitäten der Geldübergabe mitzuteilen, weil ich davon ausging, dass Maren ihn deswegen kontaktieren würde. Grovian schüttelte den Kopf.

Schmitz erklärte in durchaus freundlichem Ton, was ich schon wusste: „Herr Godberg besteht darauf, dass Sie ihm das Geld bringen.“

Kurz nach neun traf die Sendung aus Düsseldorf ein. Ein Stahlkoffer mit abgegriffen wirkenden Geldscheinen. Ich nahm an, dass irgendwo im oder am Koffer ein Sender steckte, vielleicht im Griff. Zu sehen war nichts. Und alleine durfte ich damit nicht losfahren. Unter dem Deckmäntelchen der Besorgnis um mein Wohlergehen bekam ich eine Eskorte und einen Mann ins Auto gesetzt. Die Wahl fiel auf Werner Hoß, bei ihm schien Schmitz sicher, dass er sich von mir nicht übertölpeln ließ.

Eine halbe Stunde später stand ich mit dem Koffer vor Godbergs Haustür. Ich hatte ihn am Mittwoch der Vorwoche zuletzt gesehen und hätte ihn fast nicht wiedererkannt. Er schien sich seit Tagen nicht mehr gewaschen, gekämmt oder umgezogen zu haben, sah aus wie ein Penner, war grau im Gesicht und dem Wahnsinn näher war als allem anderen. Offenbar hatte er nur hin und wieder ein Deo benutzt. Ihn umgab eine Wolke aus Schweißgeruch und Zedernduft mit einem Hauch von Limette.

Zuerst starrte er mich an, dann den Koffer, dann über meine Schulter auf unser Auto. Werner Hoß saß noch drin.

„Sind Sie wahnsinnig?", fuhr er mich an und trat ins Freie. Sein Kopf flog nach rechts und links. Aber da war sonst niemand. Ich durfte reinkommen. Als er die Haustür schloss, murmelte er: „Das wünsche ich meinem schlimmsten Feind nicht."

Ich wollte mich nicht auf eine längere Unterhaltung mit ihm einlassen, weil es dabei zwangsläufig Scherben geben musste. Schön cool und sachlich bleiben, nahm ich mir vor und fragte so neutral wie nur möglich: „Hat Frau Koska sich schon bei Ihnen gemeldet?"

Er schüttelte den Kopf. „Wird sie auch nicht tun. Die will Sie anrufen. Sie sollen ihr das Geld bringen."

„Seit wann wissen Sie das?", fragte ich.

„Hat sie gestern noch aufgeschrieben, ehe sie abgehauen ist", erklärte er. „Ich habe den Zettel erst heute Morgen gefunden, sonst hätte ich es diesem Schmitz gesagt. Sie hatte den Wisch in den Mülleimer gelegt, einfach so oben auf die Abfälle. Damit ich, wenn ich ihn finde, deutlich vor Augen habe, wie meine Frau endet, wenn nicht alles so läuft, wie sie es will. Das hat sie dazugeschrieben. Ich hab den Zettel in einen Frischhaltebeutel gepackt, macht man doch so mit Beweismitteln."

„Sie kann mich nicht anrufen", erklärte ich. „Sie kennt nur die Nummer der Dienststelle."

„Hannes Nummer kennt sie auch", sagte er. „Da will sie anrufen, steht alles auf dem Zettel. Aber garantiert wartet sie bis auf die allerletzte Minute. Wenn man gar nicht mehr ein noch aus weiß und sich vor Angst in die Hosen macht, das genießt sie."

Wir standen noch in der Diele, sein Blick schweifte kurz zur Treppe und wieder zurück zu mir. „Sven hat jeden Morgen das Bett nass. Er schämt sich, obwohl ich ihm sage, es ist nicht schlimm. Er wagt sich nicht mehr aus seinem Zimmer, kommt nicht mal zum Essen herunter, steht den ganzen Tag am Fenster. Steht einfach nur da. Er weint nicht. Wissen Sie, was das heißt, wenn ein Kind nicht mehr weinen kann? Nein, das wissen Sie nicht. Sie wissen ja auch nicht, was für eine Sau dieses Weib ist. Sonst hätten Sie sich nicht mit ihr einlassen können. Die ist nicht menschlich. Wenn sie anruft, sorgen Sie bloß dafür, dass Ihre Kollegen sich nicht einmischen. Wenn die einen Polizisten wittert, wird sie abhauen, dann sehe ich Ella nie wieder. Sie wollen Ella elend verrecken lassen, hat sie alles aufgeschrieben."

Der Posten bei Kremers hatte mitgehört und die Dienststelle bereits informiert. Werner Hoß wusste bereits Bescheid, als ich mit dem Koffer und dem Frischhaltebeutel wieder ins Freie trat. Er hatte die Anweisung, mich umgehend nach Hause zu fahren und irgendwo in der Nähe Posten zu beziehen.

Dann saß ich im Wohnzimmer, in Griffnähe zum Telefon. Ich hatte Anweisung, mich umgehend zu melden, sobald Frau Koska mich kontaktiert hatte und ich die Details der Übergabe kannte. Vorerst hörte ich nichts von Maren. Wie Alex gesagt hatte, sie konnte sich Zeit lassen. Den anderen gingen die Nerven durch.

Am Nachmittag hielt Hanne die Warterei nicht mehr aus und ging mit Oliver zur Eisdiele. Nach einer Stunde kamen sie zurück.

„Immer noch nichts?"

Ich schüttelte den Kopf.

„Unten sitzen zwei im Auto vor dem Haus", sagte Hanne.

Demnach hatte Werner Hoß Gesellschaft bekommen und musste sich draußen nicht mehr die Beine in den Bauch stehen.

„Ist nicht verkehrt", sagte ich. „Wir haben viel Geld in der Wohnung und keinen Tresor."

„Meinst du nicht, dass das auffällt, wenn hier stundenlang ein Auto mit zwei Männern steht, die sich nicht von der Stelle rühren?"

„Dann müsste einer der Täter in der Nähe sein und das Haus beobachten", sagte ich.

„Könnt ihr das ausschließen?", fragte Hanne.

Das konnte niemand ausschließen, aber das behielt ich lieber für mich.

Um sieben aßen wir zu Abend. Um acht wurde Oliver ins Bett gebracht. Hanne las ihm noch etwas vor und verhaspelte sich ständig, was Olli jedes Mal korrigierte. Nachdem er endlich eingeschlafen war, kam sie ins Wohnzimmer und nahm sich ein Buch. Ich glaube, es war der dicke Schmöker, in dem es seitenweise um Sex gehen sollte. Ob sie wirklich darin las, weiß ich nicht. Ich war ihr dankbar, dass sie die Warterei nicht nutzte, um erneut unsere persönliche Situation anzusprechen.

Gegen neun rief Grovian mich auf dem Diensthandy an. Er klang nervös, was ich von ihm nicht kannte. „Immer noch nichts?"

Ich gab wieder, was Alex Godberg prophezeit hatte.

Um zehn ging Hanne ins Bad. Und als hätte sie es gerochen, rief Maren ein paar Minuten später an.

Sie fasste sich kurz. „Morgen früh um halb sechs am Kölner Hauptbahnhof, Gleis sieben, Abschnitt B. Im Abfallbehälter für Papier liegt ein Handy. Du wirst alleine kommen, Konni. Wenn das Handy weg ist, ehe du eintriffst, oder wenn du nicht alleine bist, kannst du Alex das Geld zurückgeben. Anderenfalls wird Ella Godberg freigelassen, sobald ich durchgebe, dass ich die Viertelmillion habe."

Die Verbindung war unterbrochen, ehe ich auch nur den Mund aufmachen konnte.

Ich informierte die Dienststelle und wurde mitsamt dem Koffer umgehend nach Hürth beordert. Nach Olli schaute ich nicht mehr, ehe ich die Wohnung verließ. Ich ging nur noch kurz ins Bad. Hanne kniete in der Wanne, spülte mit der Handbrause den Schaum von ihrem Rücken und lächelte schwach, als ich sagte: „Morgen haben wir es bestimmt überstanden."

Werner Hoß und Hassler fuhren hinter mir her, um aufzupassen, dass ich mich nicht mit einer Viertelmillion aus dem Staub machte. Um Hanne und Oliver machte sich niemand Sorgen. Ich ehrlich gesagt auch nicht. Ich sorgte mich nur, dass bei der Geldübergabe etwas schiefgehen könnte, weil Schmitz mich das auf gar keinen Fall alleine regeln lassen wollte.

Schon unmittelbar nach meinem Anruf waren einige Kollegen aufgebrochen, wie viele insgesamt, weiß ich nicht. Aber gut die Hälfte der Personen, die sich ab dem späten Sonntagabend im Kölner Hauptbahnhof herumtrieben, bestand aus Polizeibeamten. Einige wechselten sich ab, den betreffenden Bereich des Bahnsteigs im Auge zu behalten, was gar nicht so einfach war.

Es herrschte nicht mehr viel Verkehr in der Nacht. Nach Mitternacht tauchten nur noch ein paar Leute auf, die unbedingt irgendwohin mussten oder nach Hause wollten. Das waren nicht viele.

Gähnende Leere auf allen Bahnsteigen. Sodass man einerseits von Gleis drei oder elf noch jeden sah, der dem dreigeteilten Sammelbehälter für wiederverwertbaren und anderen Müll im Abschnitt B an Gleis sieben zu nahe kam, andererseits auch selbst auffiel, wenn man nicht in den nächsten Zug stieg, der einfuhr.

Sie nahmen an, dass Maren das Handy erst kurz vor der genannten Zeit deponieren wollte, damit es nicht einem Junkie in die Hände fiel.

Aber Maren erschien nicht in der Nacht. Es kam auch sonst niemand, um Papier oder ein Handy wegzuwerfen.

OLIVER

Geschlafen habe ich nicht in der Nacht, das weiß ich mit Sicherheit. Ich war auch nicht müde. Im Gegenteil, ich fühlte mich so wach wie nie zuvor. So fühlt man sich wohl, wenn man unter Strom steht. Schon um halb fünf in der Früh wurde ich nach Köln geschickt. Zu früh auf Gleis sieben durfte ich allerdings nicht erscheinen. Und als ich pünktlich um halb sechs den betreffenden Behälter inspizierte, lag das Handy drin, in einer zerdrückten, mit Tomatenketchup und Senf beschmierten Schachtel von McDonald's. Maren hatte es wohl schon vor ihrem Anruf deponiert.

Ich fand es nur, weil es kurz klingelte. Es war eine SMS eingegangen. Ich sollte zur Raststätte Frechen fahren, Richtung Aachen. Dass sie mich dort erwartete, glaubte ich nicht. Wie alle anderen ging ich davon aus, dass sie mich kreuz und quer über Land schicken wollte, bis sie völlig sicher sein durfte, dass ich alleine war.

Als ich zum Auto lief, schlossen sich einige Kollegen an. Nur mit Mühe gelang es mir, sie davon abzuhalten, mir zu folgen. Ich nannte ihnen das Ziel, da konnten sie von mir aus einige Wagen hinschicken. Wenn sie nur Maren nicht aufhielten.

Während der Fahrt setzte ich Grovian in Kenntnis, und er versicherte: „Keine Sorge, sie wird nur observiert."

Etwa zwanzig Minuten später, ich war noch nicht am Ziel, klingelte das Handy erneut. Diesmal ging ein Gespräch ein. Maren saß offenbar ebenfalls in einem Auto und war sehr schnell unterwegs. Das Fahrgeräusch überlagerte ihre Stimme und zerhackte sie ein wenig.

Nach dem Geld fragte sie nicht, erkundigte sich auch nicht, wo ich war. Sie klang atemlos und gehetzt. „Es tut mir leid, Konni. Ich wusste nicht, was die Schweine vorhatten. Das musst du mir glauben. Ich wusste es wirklich nicht. Aber ich ..." Darauf folgten ein Krachen und ein Geräusch wie das Reißen von Blech.

„Was ist passiert?", fragte ich, bekam darauf aber keine Antwort mehr. Ich hörte nur noch zwei oder drei Sekunden lang dieses nervtötende Reißen, dann war die Leitung tot.

Ein Unfall, was sollte es sonst gewesen sein? Telefonieren während der Fahrt war nicht umsonst verboten. Im Geist sah ich ein Autowrack und Maren darin, eingeklemmt, verletzt oder tot.

Was ich in den Sekunden empfand, weiß ich nicht mehr. Es kommt mir heute so vor, als wäre ich innerlich einfach nur leer gewesen. Trotzdem funktionierte ich, rief erneut in der Dienststelle an, setzte Grovian in Kenntnis und fuhr weiter zur Raststätte, weil ich nicht gewusst hätte, wohin ich sonst fahren sollte.

Dann wartete ich dort, bis um neun. Zu dem Zeitpunkt war auch Grovian nachdenklich geworden, was meine Zuverlässigkeit anging. Und Schmitz war es endgültig leid. Niemand außer mir hatte diese Geräusche gehört. Niemand glaubte mir, dass Maren während des Telefonats verunfallt wäre. Bis um neun hatten sie sämtliche Dienststellen im Umkreis von fünfzig oder sechzig Kilometern abgefragt. Fehlanzeige.

Zwei Kölner Kollegen nahmen mir den Koffer, das Handy und meinen Autoschlüssel weg. Ich wurde abgeführt, nicht ganz in der Art, in der Willibald Müller festgenommen worden war. Trotzdem war es eine Erfahrung, auf deren Wiederholung ich keinen Wert lege. Zwei Stunden lang setzten sie mir anschließend zu. Und wenn ich aus heutiger Sicht darüber nachdenke: Ich hätte Maren ja wirklich während der Fahrt warnen können: „Pfeif auf die Viertelmillion, hau lieber ab, hier wimmelt es von Polizei."

Erst als ich nachdrücklich darauf bestand, einen Anwalt anzurufen, brach Schmitz das Verhör ab. Ich durfte nach Hause fahren, aber nicht allein. Die beiden Kölner fuhren hinter mir her, um erneut Posten vor dem Haus zu beziehen und dafür zu sorgen, dass ich nicht spontan verreiste.

Dass mir schon während der Heimfahrt der Gedanke gekommen wäre, Maren habe womöglich nur ein Aufnahmegerät mit Unfallgeräuschen eingesetzt und meinen Untergang diesmal entschieden gründlicher betrieben als vor neun Jahren, darf ich nicht behaupten. Der Gedanke kam mir nicht einmal sofort, als ich die Wohnung betrat. Ich hatte immer noch das Reißen und Knirschen und diesen Rumms zu Anfang im Ohr. Daran hatte das Verhör durch einen psychologisch geschulten Experten des LKA nichts geändert.

Alle Türen standen offen. Die erste führte ins Kinderzimmer, das erwähnte ich ja schon mal. Ollis Bett war leer. Natürlich, es war ja schon fast Mittag. Er hätte bei meinen Eltern sein können. Kann sein, dass ich in den ersten zehn Sekunden sogar dachte, Hanne hätte ihn hingebracht, damit wir beide ohne Rücksicht auf ihn über uns reden konnten.

Sein Bettzeug war nicht abgeräumt, wie Hanne das sonst immer tat, weil er die Matratze gelegentlich als Rennbahn für seine Matchbox-Autos nutzte. Statt im Bettkasten lagen das Kissen und die Decke auf dem Boden, das Laken war weg. Sein neuer Schlafanzug, der irgendwo hätte liegen müssen, war nicht zu sehen. Seine Pantoffeln, die nachts immer vor dem Bett standen, lagen in der Ecke bei der Tür, als hätte sie jemand dahin getreten.

Wahrscheinlich war es der Blick ins Kinderzimmer, der die Unfallgeräusche in meinem Hinterkopf abrupt zum Verstummen brachte. Stattdessen hörte ich ein Summen und Pochen, und mein Herzschlag verengte mir die Kehle dermaßen, dass ich Mühe hatte zu atmen.

Was darauf folgte, muss etwas gewesen sein wie ein Blackout. Ich weiß nicht, wie lange ich bei der Tür zum Kinderzimmer stand und zwischen den Pantoffeln und dem Kopfkissen hin- und herschaute. Ich weiß nicht, wann ich endlich die paar Schritte bis zum Schlafzimmer ging. Ich bin nur ziemlich sicher, dass ich nicht nach Hanne gerufen habe, weil ich instinktiv wusste, dass sie mir nicht antworten konnte.

Sie lag in ihrem Bett, zugedeckt bis zum Hals, die Beine unter der Decke angewinkelt und gespreizt, den Kopf zur Seite gedreht. Ihr Slip lag auf meinem Kopfkissen. Auf dem Nachttisch stand ein leeres Glas. Ich weiß auch nicht, wie lange ich neben ihr stand, unfähig, die Decke fortzuziehen. Nach ihrem Puls tasten musste ich nicht. Dass sie lebte, was offensichtlich. Ihre Brust hob und senkte die Decke in flachen Atemzügen.

Irgendwann begann ich, mit leichten Schlägen gegen ihre Wangen zu klopfen und zog gleichzeitig die Decke weg. Auf den ersten Blick sah ich keine Verletzungen, nur einen feuchten Fleck auf dem Laken zwischen ihren gespreizten Beinen. Sie bewegte den Kopf zu mir herüber und murmelte etwas Unverständliches.

Ich ließ sie in Ruhe, ging wieder ins Kinderzimmer, setzte mich auf die buntbedruckte Matratze und legte die Hände vors Gesicht. Durch die Finger sah ich die Figuren auf dem Bettbezug. Ein Hase mit Schlappohren, ein Nilpferd, ein Elefant mit erhobenem Rüssel, als wolle er etwas in die Welt hinausposaunen.

Und kein Olli. Dass er weggelaufen sein könnte, glaubte ich keine Sekunde lang. Er wäre nicht ohne Pantoffeln aus der Wohnung gerannt. Er hätte bei den Nachbarn geklingelt und verlangt, dass sie den Notruf wählen oder Opa anrufen.

Man sollte meinen, ich hätte genau gewusst, was zu tun sei. Aber ich war nur ganz lahm, nicht einmal fähig, zu denken. Ich konnte mich nur erinnern. Olli war drei Monate alt gewesen, als Hannes Eltern wieder mal tüchtig Zoff hatten, so schlimm, dass Bärbel drohte, sich umzubringen. Hanne fuhr hin und blieb eine volle Woche bei ihrer Mutter. Ich nahm Urlaub und blieb mit Olli allein. Bis dahin hatte ich ihm hin und wieder ein Fläschchen gegeben, auch mal eine feuchte Windel gewechselt. Nun war er völlig auf mich angewiesen.

Die erste richtig volle Windel, beschissen bis an den Nabel und den halben Rücken hinauf. Da half es nicht, mit spitzen Fingern hinzufassen. Er ließ mich nicht aus den Augen, als ich ihn wusch. Ich glaube, so fing es an, dieses Vertrauensverhältnis. Papa, der starke Mann, der alle Hindernisse aus dem Weg räumte und dafür sorgte, dass man sich wieder rundherum wohl und sicher fühlte.

„Mein Papa ist Polizist."

Das hatte er immer mit so viel Inbrunst gesagt. Und als er einen Polizisten gebraucht hätte, war Papa nicht dagewesen.

Ich war so hohl im Innern, hatte statt Herz und Lunge ein schwarzes Loch in der Brust, aus dem nackte Panik aufstieg. Ich versuchte mich zusammenreißen. Das Vordringlichste zuerst in Angriff nehmen. Nein, nicht runtergehen und die Kölner Kollegen informieren, auch nicht ans Telefon und Grovian oder sonst wen. Zurück ins Schlafzimmer und Hanne fragen, was passiert war, obwohl ich das eigentlich wusste.

Als ich erneut damit begann, gegen ihre Wangen zu klopfen, öffnete Hanne kurz die Augen, blinzelte mich verständnislos an, senkte die Lider wieder und lallte, als wäre sie sturzbetrunken: „Überhaupt kein Unterschied, wirklich nicht."

„Was haben sie mit dir gemacht?"

Keine Reaktion, nur ein endlos langer Seufzer. Ich wiederholte meine Frage, wieder und wieder, bis Hanne endlich begriff, wer neben dem Bett stand. „Nur das Übliche", murmelte sie. Punkt und Schluss. Ein Messer in den Eingeweiden hätte nicht schlimmer sein können. Ihr Kopf fiel wieder zur Seite. Sie hatten ihr etwas eingeflößt, davon zeugte das Glas auf dem Nachttisch.

Ich dachte daran, den Rettungsdienst zu rufen und sie ins nächste Krankenhaus schaffen zu lassen. Hätte ja sein können, dass nicht nur irgendein Betäubungsmittel in dem Glas gewesen war. Aber stattdessen ging ich in die Küche und setzte mich an den Tisch.

Nur das Übliche!

Im Prinzip nichts anderes als das, was ich mit Maren gemacht hatte. Wie lange ich noch am Küchentisch saß, keine Ahnung. Dass ich die Wohnung verließ, registrierte ich auch nicht wirklich. Irgendwann stand ich neben dem Wagen der Kölner Kollegen, als hätte ich mich hin gebeamt.

„Sie haben meinen Sohn", sagte ich. Und als ich es aussprach, begriff ich es auch.

Sie hatten Olli.

Ich ging zurück zu Hanne, die beiden Kollegen waren mir dicht auf den Fersen. Hanne schlief immer noch. Doch als ich sie nun an der Schulter rüttelte, reagierte sie sofort, schlug die Augen auf und schaute mich an mit einem Blick, der von sehr weit herkam. Sie ließ sich in eine sitzende Position helfen und verlangte einen starken Kaffee. Die beiden Kopfkissen als Stütze im Rücken, die Decke vor die Brust zusammengerafft, saß sie da, als einer der beiden, Mertens hieß er, ihr die ersten Fragen stellte.

Sie erfasste noch gar nicht, was vorging. Ausgerechnet sie, die bisher in jeder Situation einen kühlen Kopf bewahrt hatte. Es tat so verdammt weh. Und nicht einmal dieser Schmerz füllte das Loch in meinem Innern vollständig aus.

Als ich ihr den Kaffee brachte, schaute sie zum Fenster.

„Es wird einem doch oft geraten, man soll keine Angst zeigen und kein Theater machen", sagte sie. „Also hab ich keins gemacht. Er war nicht brutal. Im Gegenteil. Er sagte, wenn es mir nichts ausmacht, würde er gerne einmal feststellen, wie groß der Unterschied zwischen ihm und dir ist. Weil er nicht begreift, warum seine Frau so gerne mit dir fickt."

„Sie ist nicht seine Frau", sagte ich.

„Ich bin ja auch nicht deine", hielt Hanne dagegen. „Aber wie soll man das sonst ausdrücken? Man lebt mit einem Menschen und sagt, mein Mann oder meine Frau, weil es ab einem gewissen Alter blöd klingt, meine Freundin oder mein Freund zu sagen. Und Partnerin oder Partner klingt so geschäftlich."

Sie sprach leise, aber durchaus verständlich, ruhig, gefasst und ausschließlich zu mir. Um Mertens, der am Fußende des Bettes stand, kümmerte sie sich nicht. Den Blick immer noch auf das Fenster gerichtet, hielt sie den Kaffeebecher mit beiden Händen, führte ihn bedächtig zum Mund, trank einen kleinen Schluck, sprach weiter.

„Jochen rief an. Er hatte in der Dienststelle etwas aufgeschnappt und wollte vorbeikommen, um mit mir zu reden, sobald er sich loseisen könnte, sagte er. Als es klingelte, dachte ich, das wäre Jochen."

Noch ein Schluck Kaffee. Sie sprach, als müsse sie sich für etwas entschuldigen. „Ich hab aufgedrückt und nur gefragt, ob unten offen ist. Das war leichtsinnig, ich weiß, ich hätte fragen müssen, ob es wirklich Jochen ist. Dann hab ich hier oben die Tür aufgemacht, damit Oliver nicht aufwacht, wenn Jochen klopfen muss. Erst als ich mir den Bademantel geholt hatte, hab ich gesehen, dass es nicht Jochen war."

Ich strich ihr behutsam über den Arm. Sie schüttelte meine Hand ab, atmete vernehmlich ein und aus. „Sie waren zu zweit, Rex und so ein widerlicher Knilch. Das war wohl der kleine Mann. Der ist wirklich klein. Rex hat ihn zu Oliver geschickt. Er sollte aufpassen, dass Oliver nicht aufwacht, damit ich … ungestört genießen kann. Genauso hat er's gesagt. Er war so entsetzlich fürsorglich und besorgt, es könnte mir nicht gefallen. Er war so furchtbar zärtlich. Ich … ich konnte gar nichts dagegen tun, es passierte irgendwie von allein."

Sie drehte mir das Gesicht zu, die Augen wie Steine. „Er hat sich wirklich sehr viel Mühe gegeben. Rein technisch gesehen war da kein großer Unterschied. Das habe ich ihm auch gesagt. Er war sehr zufrieden und meinte, dann müsse es wohl andere Gründe haben, die wir beide nicht beeinflussen können."

Ihr Blick schweifte zum Nachtisch, für ein, zwei Sekunden breitete sich auf ihrer Miene etwas wie Verwunderung aus. Offenbar setzte die Erinnerung an die schlimmsten Momente erst ein, als sie das Glas sah. Sie tastete mit einer Hand über der Decke ihren Leib ab, lächelte erleichtert, sprach weiter: „Dann brachte er mir das Glas und verlangte, dass ich austrinke. Es wäre besser für mich, wenn ich fest schlafe, während der Doktor sich seinen Spaß gönnt, sagte er. Der könne nämlich nicht normal mit einer Frau, er könne nur mit einem Messer. Und dann sagte er ..."

Der Becher in ihren Händen kippte, ein Rest Kaffee ergoss sich über die Decke. Ihr Körper versteifte sich, die Stimme erstarb zu einem heiseren Flüstern: „Wo ist Oliver?"

„Machen Sie sich keine Sorgen um Ihren Sohn", versuchte Mertens sie zu beruhigen. „Es wird bereits nach ihm gesucht. Wahrscheinlich ist er nur weggelaufen."

„Nein!", wisperte Hanne. In ihren Augen flackerte Irrsinn. Sie heftete den Blick auf mich und sprach etwas lauter weiter: „Rex sagte, er muss ihn mitnehmen, seine Frau will den Verräter eigenhändig bestrafen. Aber sie wird ihn zurückschicken … in drei oder vier Stücken."

Ich konnte, nein, ich wollte das nicht glauben, alles, aber das nicht. Nicht mit Marens gehetzter Stimme im Ohr. Nicht mit ihrer Entschuldigung. „Es tut mir leid, Konni. Ich wusste nicht, was die Schweine vorhatten." Ich war überzeugt, sie hätte davon erst in den zwanzig Minuten erfahren, die zwischen ihrer SMS und ihrem Anruf vergangen waren.

Unsere Wohnung füllte sich schnell. Das ganze Haus füllte sich. Die Nachbarn wurden befragt. Niemand hatte etwas gehört oder gesehen. Ein paarmal hörte ich eine Stimme über Megaphon. Kollegen der örtlichen Wache fuhren durch die Straßen und baten die Bevölkerung um Aufmerksamkeit. „Gesucht wird der fünf-jährige Oliver Neubauer. Er ist bekleidet mit einem Schlafanzug, blaue Hose, helle Jacke mit Bärchen."

Niemand glaubte, dass etwas dabei herauskäme, jedenfalls nichts Lebendiges. Aber man durfte nicht völlig ausschließen, dass Oliver eine winzige Chance zur Flucht bekommen und ge-nutzt hatte, dass er kopflos und panisch in der Stadt umherirrte oder sich irgendwo versteckte.

In den ersten Stunden dachte ich, dass ich den Verstand ver-liere. Das Geräusch von reißendem Blech, das ich durchs Handy gehört hatte, klang mir im Kopf wie ein Hammer, der alles ka-puttschlug. Wenn Maren unterwegs gewesen war, um meinen Sohn zu retten, konnte der Unfall überall passiert sein.

Ich war der Einzige, der das in Betracht zog, weil ich alles an-dere nicht ausgehalten hätte. Ich hatte am Freitag noch mit ihr geschlafen. Ich hatte sie geliebt, auch wenn ich sie oft gehasst und verabscheut hatte. Ich hätte sie zeitweise totprügeln oder erwürgen können. Aber ich hatte den Gedanken nicht ausgehal-ten, dass sie für ihre Komplizen entbehrliches Hundefutter sein könnte.

Ich lief in der Wohnung herum, von einem Zimmer ins andere, immer wieder an Olivers leeres Bett. Denken konnte ich nicht, weil jeder Gedanke aus blutigen Fetzen bestand. Mein Olli.

Kleiner Gauner, hatte ich ihn manchmal genannt. Er war ja wahrhaftig keiner von der stillen Sorte gewesen. War! Gewesen! Eine grauenhafte Vorstellung. Den Verräter eigenhändig bestrafen. Ihn zurückschicken. In drei oder vier Stücken. Das konnte Maren ihm nicht antun und mir auch nicht.

Hanne wollte das Bett nicht verlassen. Die Spurensicherung hätte das Bettzeug gerne abgezogen und mitgenommen. Mit Verhandlungen war da nichts zu machen, und mit Gewalt wollte man sie nicht rausziehen. Es blieb nur abwarten, bis sie mal zur Toilette musste.

Der Arzt, den Mertens anforderte, weil er meinte, es müsse ein Abstrich gemacht werden, musste unverrichteter Dinge wieder abziehen. Hanne wollte sich nicht untersuchen lassen. „Wozu denn? Ich bin nicht verletzt worden." Ein Beruhigungsmittel brauchte sie erst recht nicht, auch nichts, um einen Schock abzumildern. „Ich stehe nicht unter Schock!" Und damit basta.

Wie eine lebensgroße Puppe saß sie zwischen den Kissen. So beantwortete sie auch Fragen.

Gekommen waren die beiden Kerle kurz nach elf am vergangenen Abend. Wann sie die Wohnung wieder verlassen hatten, wusste Hanne nicht. Da war sie bereits bewusstlos gewesen.

Grovian und Schmitz kamen erst nach Mittag. Ab dem Zeitpunkt hörte ich wiederholt einen Hubschrauber kreisen. Grovian versuchte ruhig und besonnen, Hanne aufzurichten. Man dürfe nicht ernst nehmen, was Odenwald von sich gegeben habe. Sie sei doch auch nicht mit einem Messer verletzt worden. Hanne schaute nur zum Fenster hin. Sie machte sich nicht einmal die Mühe, den Kopf zu schütteln, als Grovian fragte, ob sie lieber mit einer Frau reden möchte.

Hanne wollte gar nicht reden. Und ich konnte nicht, bestimmt nicht mit meinen Eltern. Mutter rief mehrmals an, aufgeschreckt von den Lautsprecherdurchsagen. Weil jedes Mal ein

Kölner Polizist am Telefon war und keine Auskunft gab, kamen sie schließlich beide. Ich hörte Mutter im Hausflur lamentieren: „Konrad! Wo ist der Kleine? Konrad! Hab ich dir nicht immer gesagt …"

Grovian wimmelte sie ab und bemühte sich weiter um Hanne. Unser Telefon wurde präpariert für den Fall, dass Odenwald oder Maren versuchen sollten, die Viertelmillion noch zu bekommen. Sie mussten doch davon ausgehen, dass ich sie hätte. Der Koffer mit den Blüten lag in Hürth.

Wahrscheinlich ginge es nur darum, meinte Grovian. Sie hätten Oliver nur mitgenommen, um ein weiteres Druckmittel zu haben. Oder ein neues. Von Ella Godberg war kein Lebenszeichen mehr eingegangen, seit Maren sich abgesetzt hatte. Aber dass es vorher Lebenszeichen gegeben hatte, abgesehen vom ersten Anruf daheim, glaubte keiner mehr.

Grovian wollte dafür sorgen, dass ich beim nächsten Mal ohne Begleitung, Peilsender oder sonst etwas fahren durfte. Dabei konnte er nicht einmal verhindern, dass die Medien eingeschaltet wurden. Schmitz war das Schuldbewusstsein in Person und dabei knallhart. Er hatte gewusst, dass Maren sich für Olli interessierte. Stundenlange Aufzeichnungen mit ihren Aufforderungen an Sven hatte er sich angehört.

„Erzähl doch mal von deinem Freund. Kennst du seinen Papa gut? Hat er seinen Papa sehr lieb? Meinst du, sein Papa wäre sehr traurig, wenn Oliver etwas zustößt?"

Nun verlangte Schmitz mir das jüngste Foto von Olli ab. Ob Hanne und ich einverstanden waren, fragte er nicht. „Wir müssen an die Öffentlichkeit. Wenn wir noch länger Rücksichten nehmen, verschaffen wir den Tätern nur die Zeit, sich ins Ausland abzusetzen, falls sie das nicht bereits getan haben."

Er überlegte sogar, mich ins Fernsehen zu bringen, um an Marens Gewissen zu appellieren. Um unserer gemeinsamen Kindheit und Jugend willen, gib mir mein Kind zurück. Dabei hatte er mir doch lang und breit erklärt, dass Maren kein Gewissen hatte.

„Wenn ich überzeugt wäre, dass sie meinen Sohn umbringen will, würde ich an die Öffentlichkeit gehen", sagte ich. „Aber sie hat Oliver nicht in ihrer Gewalt, da bin ich sicher. Und den beiden Kerlen werde ich nicht die Genugtuung geben, sie anzubetteln."

So wurden ab dem Nachmittag bundesweit nur in sämtlichen Nachrichtensendungen Olivers Foto, eine Aufnahme von Ella Godberg und Phantombilder von Odenwald, Bronko und Maren gezeigt. Die Fotos aus Hamburg, auf denen Odenwald zu sehen sein sollte, waren nicht brauchbar. Hanne erkannte ihn auf keinem dieser Fotos.

Im Rundfunk wurden Berichte und Suchmeldungen lediglich mit Personenbeschreibungen ausgestrahlt und mit der Bitte um sachdienliche Hinweise an jede Polizeidienststelle.

Koskas Grundstück wurde noch einmal durchsucht, obwohl niemand erwartete, dass die Täter sich dort aufhielten oder noch einmal dorthin zurückkämen. Aber wenn es um Rache gegangen war, wäre das Grundstück der richtige Platz gewesen, um den Beweis dort abzulegen. Aber dort lag nichts.

Eine Hundertschaft, unterstützt von Freiwilligen, durchkämmte mit Suchhunden die Umgebung. Der Hubschrauber kreiste, bis es zu dunkel wurde. Schmitz bemühte sich sogar um militärische Unterstützung. Die Bundeswehr verfügte über Geräte, mit denen aus der Luft auch Leichen in dichtem Unterholz aufzuspüren waren. Niemand sprach aus, was alle dachten, dass nun wahrscheinlich uns ein Begräbnis ins Haus stand.

In der Nacht zum Dienstag schlief ich nicht. Ich hätte mich nicht neben Hanne ins Bett legen können. Das hatte nichts mit dem zu tun, was Helmut Odenwald ihr angetan hatte. Ich wertete das als meine Schuld und wollte ihr meine Nähe nicht zumuten. Bis zum frühen Morgen waren auch noch Grovian und Helga Beske da. Frau Beske saß bei Hanne, Grovian bemühte sich bei mir um Optimismus.

„Deinem Kleinen passiert bestimmt nichts", sagte er ein übers andere Mal. „Die wollen nur das Geld, Konrad."

Dass bisher niemand wegen der Viertelmillion angerufen hatte, dazu meinte er: „Die werden abwarten, bis es ruhiger wird. Solange ihre Visagen durch die Medien gehen, können sie sich nicht mal an einer Frittenbude blicken lassen. In zwei, drei Tagen gibt es andere Katastrophen. Dann trauen die sich wieder aus ihren Löchern, du wirst sehen."

Ob er davon selbst so überzeugt war, wie er vorgab, bezweifelte ich. Die Aufrufe in sämtlichen Medien konnten Rex und die Ratte auch veranlasst haben, sich Oliver schnellstmöglich vom Hals zu schaffen, wenn sie das nicht ohnehin sofort getan hatten.

Die Suchaktion in der Umgebung wurde mit Tagesanbruch wieder aufgenommen. Um sechs Uhr in der Früh kamen zwei Kollegen aus Köln. Rudolf Grovian und Helga Beske fuhren zurück nach Hürth – waschen, umziehen, mal hören, wie die Dinge standen. Mit den Kölner Kollegen ins Gespräch zu kommen war mir nicht möglich. Hanne saß immer noch, vielmehr wieder im Bett. Zwischendurch war sie mal im Bad gewesen. Mit ihr konnte ich auch nicht reden und fühlte mich wie abschnitten vom Leben.

Schon um acht kam Helga Beske zurück. Sie musste hundemüde sein, ließ sich das aber nicht anmerken, brühte mehrere Kannen Kaffee auf und setzte sich mit einer zu Hanne ins Schlafzimmer. Und während sie in ihrer unnachahmlichen Art die nette Tante spielte und Hanne ein Märchen nach dem anderen erzählte, sortierten Schmitz und Grovian in der Dienststelle die Hiobsbotschaften.

Am vergangenen Abend war in einem Wald bei Osnabrück Willibald Müllers VW-Bus entdeckt worden. Ella Godbergs sterbliche Überreste lagen nicht weit davon entfernt im Unterholz, notdürftig mit Laub und etwas Erde abgedeckt. Der ersten Schätzung eines Gerichtsmediziners nach konnte sie nach ihrer Entführung im Höchstfall noch zwei Tage gelebt haben.

Von Oliver, Odenwald und Bronko gab es noch keine Spur. Bisher aus der Bevölkerung eingegangene Hinweise bezogen sich nur auf Maren.

Bei der Kölner Polizei hatte sich eine ältere Dame gemeldet. Sie hatte am 27. Mai, dem Dienstag, als ich zum ersten Mal ins Hotel zitiert worden war, den gut erhaltenen, dunkelblauen Mercedes ihres verstorbenen Mannes an Maren verkauft. Maren hatte versprochen, sich beim Straßenverkehrsamt um die Abmeldung des Wagens zu kümmern. Das hatte sie natürlich nicht getan. Wo sie den Mercedes bis zum vergangenen Samstag abgestellt hatte, ließ sich nicht klären. Nun stand er mit arg ramponierter Fahrerseite in einem Parkhaus am Flughafen Köln-Bonn.

Schmitz ging davon aus, dass Maren am vergangenen Morgen in einen Flieger gestiegen war. Er ließ alle Flüge überprüfen, Fehlanzeige. Unter ihrem eigenen Namen hatte sie sich demnach nicht abgesetzt. Aber es war davon auszugehen, dass sie längst falsche Papiere hatte.

Die belgische Polizei in Eupen gab die Aussage eines Tankstellenpächters durch, bei dem Maren gestern in aller Herrgottsfrühe getankt hatte. Da war der Mercedes noch nicht beschädigt gewesen.

Ein Krankenpfleger auf dem Weg ins Klinikum Aachen hatte beobachtet, wie der Mercedes mit einer Frau am Steuer, die per Handy telefonierte, aus Richtung der belgischen Grenze kommend in rasanter Geschwindigkeit auf der Überholspur von der Fahrbahn abkam, die Mittelleitplanke touchierte und ins Schleudern geriet. Die Frau – zweifellos Maren – hatte den Wagen jedoch wieder unter Kontrolle und zum Stehen gebracht. Der

Krankenpfleger hatte ebenfalls angehalten und sich erkundigt, ob sie Hilfe brauche. Nein, brauchte sie nicht.

Davon erfuhren wir in unserer Wohnung erst einmal nichts. Am frühen Abend wurden die Kölner Kollegen abgelöst. Ihre Namen habe ich mir nicht merken können, obwohl sie den ganzen Tag da waren. Helga Beske verabschiedete sich ebenfalls.

Die Nacht zum Mittwoch verbrachte ich auf der Couch im Wohnzimmer. Hanne wollte allein sein. Als es in der Früh zu dämmern begann, erschien sie in der Tür. Den alten Bademantel hielt sie mit beiden Händen vor der Brust zusammen. Eine der Ablösungen aus Köln war im Sessel eingenickt, der zweite döste neben dem Telefon.

„Wenn ihr alle schlaft, kann das Telefon ja noch hundertmal klingeln", fauchte Hanne.

Das Telefon hatte nicht geklingelt, aber Hanne ließ sich das nicht ausreden. Sie ging kurz aufs Klo, danach wurde sie energisch. „Ich pass jetzt hier auf."

Der Mittwoch: Man lebt automatisch weiter, isst etwas, trinkt Unmengen Kaffee und schläft trotzdem ein, wenn die Erschöpfung überhandnimmt. Man wacht auf voll Entsetzen wie Hanne, weil man glaubt, nein, weil man fest überzeugt ist, gerade hätte das Telefon geklingelt.

Es klingelte nicht. Und es kam ein Punkt, da hätte ich Rex die Füße geküsst und mich bei ihm bedankt, weil er so rücksichtsvoll mit Hanne umgegangen war.

Ich konnte nachvollziehen, was in Alex Godberg vorgegangen war, als er fragte: „Wer soll sie denn hetzen, wenn Sie sich nicht einmischen?" Ich hätte dasselbe gesagt. „Lasst die Kerle um Gottes willen in Ruhe. Wie sollen sie mir meinen Sohn denn lebend zurückgeben, wenn ihr sie jagt?"

Um die Mittagszeit erschien die Ablösung für die beiden Beamten, deren Namen ich mir auch nicht gemerkt habe. Jochen

Becker und Werner Hoß kamen. Es wurde etwas persönlicher. Helga Beske stieß am frühen Nachmittag wieder zu uns, weil sie nach Hanne schauen und dafür sorgen wollte, dass wir alle etwas in den Magen bekamen.

Werner Hoß, der über den Stand der Dinge informiert war, gab ein wenig preis. Der bisherigen Spurenauswertung zufolge musste Marek Bronko etliche Tage in Müllers Campingwagen unterwegs gewesen sein, hatte ihn vermutlich erst Ende vergangener Woche in dem Wald bei Osnabrück abgestellt.

Es gab auch ausreichend Beweise, dass Ella Godberg tagelang im Bus transportiert und getötet worden war. „Was die Frau durchgemacht hat, stelle ich mir lieber nicht vor", sagte Hoß.

Jochen spekulierte über Marens Verbleib und sprach aus, was ich nicht denken wollte. „Die hat nur nachgeholt, was sie vor neun Jahren nicht geschafft hat. Und diesmal richtig."

Hanne sprang auf und rannte ins Bad. Sie blieb zehn Minuten, und obwohl wir uns im Wohnzimmer unterhielten, obwohl in der Küche die verkalkte Kaffeemaschine mit beträchtlichem Lärm vor sich hin blubberte, hörte ich Hanne würgen und schluchzen.

Ich wollte ebenfalls ins Bad. Helga Beske hielt mich zurück und funkelte Jochen wütend an. „Du Trottel! Denk nach, ehe du den Mund aufmachst."

Am frühen Donnerstagnachmittag war es vorbei. Es geschah, worauf wir alle warteten, was wir gleichzeitig fürchteten, weil vielleicht jemand anrief, um mitzuteilen, man habe Olivers Leiche gefunden. Grovian hatte versprochen, uns so schnell wie möglich zu benachrichtigen. Deshalb saß Helga Beske neben dem Telefon. Zweimal ließ sie es klingeln. Ihre rechte Hand schwebte zitternd über dem Hörer. Sie schloss die Augen, nahm ab und meldete sich mit einem zögernden: „Neubauer."

Zu mehr kam sie nicht. Hanne riss ihr den Hörer aus der Hand. Als ich sah, wie sie zusammenzuckte, wurde mir übel.

OLIVER

Ich weiß eine Menge über die schlimmste Nacht seines jungen Lebens. Ich weiß sogar, wie es ihm erging in den Tagen, während wir um ihn zitterten und bangten und dachten, dass wir den Verstand verlieren. Ich zumindest dachte das.

Der kleine Mann hatte ihm den Mund mit einem breiten Streifen Klebeband verschlossen und ihn ermahnt, nicht zu weinen, weil dann seine Nase zuschwellen und er ersticken würde. Mit demselben Klebeband hatte Bronko ihm auch Hand- und Fußgelenke umwickelt. So hatte er gefesselt und geknebelt auf seinem Bett ausharren müssen, bis Rex mit Hanne fertig war.

Dann hatte einer der beiden das Laken von der Matratze gezerrt und ihn darin eingewickelt. Wie einen Sack hatten sie ihn aus der Wohnung nach unten getragen und draußen in einen Kofferraum gelegt. Dann waren sie gefahren, stundenlang. Sie hatten ihn zu einem freistehenden Haus gebracht und in ein stickiges Zimmer eingesperrt.

Das Haus, genauer gesagt eine alte Villa, lag etwas außerhalb von Rendsburg in Schleswig-Holstein, rund hundert Kilometer von Hamburg entfernt. Die Besitzerin war im Frühjahr 2008 verstorben, eine Erbengemeinschaft, bestehend aus Nichten und Neffen, von denen einige in Hamburg lebten, hatte Maren Koska beauftragt, einen Käufer zu finden. Das war ihr nicht gelungen, weil die Erben eine unrealistische Preisvorstellung hatten.

Seit Oktober des vergangenen Jahres war die Villa an eine fiktive Firma vermietet. Deshalb tauchte sie nicht mehr bei den Objekten auf, die von der Hamburger Polizei überprüft worden waren. Es rechnete auch niemand damit, dass Maren so weit außerhalb als Maklerin tätig gewesen war.

Auf ihren Konten gab es keine Spur, die nach Rendsburg führte. Natürlich hatte die fiktive Firma eine Bankverbindung, es war für die Geschäftsführerin sogar eine Kreditkarte ausgestellt, allerdings nicht auf den Namen Maren Koska. Vermutlich hatte sie schon seit geraumer Zeit falsche Papiere: einen Führerschein und einen türkischen Pass auf den Namen Elif Özdemir, damit niemand über sie an Helmut Odenwald herankam.

Aus dem Grund hob sie wohl auch die kompletten Einnahmen aus den Mietshäusern ihres Vaters in bar von ihrem Konto ab und zahlte sie auf das Konto der fiktiven Firma ein.

In der alten Villa waren zwei Räume für Odenwald hergerichtet, Küche und Schlafzimmer. Dem Anschein nach hatte er sich bis Anfang März dort aufgehalten, war dann eine Zeitlang verschwunden und Anfang Juni zurückgekehrt, wahrscheinlich mit der ersten Hälfte des Lösegelds für Ella Godberg.

Odenwald verfügte ebenfalls über falsche Papiere, die Marek Bronko ihm in Polen beschafft hatte. Von dort stammte auch der Wagen, in dessen Kofferraum Oliver transportiert worden war. Ein unauffälliger, beigefarbener Mazda.

Das Zimmer, in das sie ihn brachten, lag unmittelbar neben der Küche. Es war das ehemalige Esszimmer, in dem es eine Durchreiche gab, die mit einer Holzklappe verschlossen war. Zu Anfang war es nebenan still. Vermutlich legten Odenwald und Bronko sich nach ihrer Ankunft hin und schliefen etliche Stunden.

Oliver war nicht müde, viel zu aufgeregt, viel zu besorgt, weil er nicht wusste, was der Rex mit Mama gemacht hatte. Er wartete auf Papa, hatte keine Vorstellung von der Entfernung, die ein Auto in stundenlanger Fahrt zurücklegte, war überzeugt, dass Papa ihn suchen und bald finden würde.

In den Filmen, die er mit Opa gesehen hatten, waren Polizisten immer schnell gekommen, spätestens am Schluss. Sie hatten die Verbrecher verhaftet oder totgeschossen und die Leute befreit, ihnen Decken um die Schultern gelegt. Das brauchte bei ihm niemand zu tun, er hatte ja sein Laken.

Die Wartezeit vertrieb er sich damit, seine Fesseln loszuwerden. Beim Mund war das leicht, weil seine Hände nicht auf dem Rücken zusammengeklebt waren. Er konnte das Klebeband an einer Ecke lösen und abreißen. Dann machte er sich mit den Zähnen über die Umwicklung der Handgelenke her. Das dauerte eine Weile, aber er schaffte es, bekam eine winzige Ecke des Klebestreifens zu packen, riss und zerrte unter heftigen Kopfbewegungen wie ein junger Hund, bis seine Handgelenke frei waren. Bei den Füßen war es danach nicht mehr schwer.

Rundum war es immer noch still, in dem Zimmer sehr warm und stockdunkel. Sein Mund war trocken, und er wusste schließlich aus Stephen Kings „Cujo", wie gefährlich es war, wenn kleine Jungs nichts zu trinken bekamen. Zwar hielt er sich nicht mehr für klein, war auch nicht in einem brütend heißen Auto gefangen, ein paar Sorgen machte er sich trotzdem.

Vorsichtig begann er, seine unmittelbare Umgebung zu erkunden, kroch tastend über den Boden, um nicht über irgendetwas zu stolpern, hinzufallen und den Rex oder den kleinen Mann mit Gepolter aufzuwecken.

Auf dem Boden war nur Staub, an den Wänden nur die Durchreiche zur Küche und eine Glastür, aber kein Wasserhahn. Neben der Glastür befand sich ein Gurt. Er zog einmal feste daran und schaffte so ein paar Schlitze im herabgelassenen Rollladen. Nun fiel ein bisschen Tageslicht ein.

Er sah die Tür, durch die er hereingetragen worden war. Die war abgeschlossen, das wusste er, hatte gehört, wie der Schlüssel gedreht wurde, und wollte lieber nicht daran rütteln oder rufen.

Da er weiter nichts tun konnte, als auf Papa zu warten, setzte er sich auf sein Laken, zeichnete mit einem Finger ein großes U-Boot in den Staub und tauchte für ein Weilchen mit *Roter Oktober* durch die Weltmeere. Er war Kapitän Ramius und flüsterte: „Geben Sie mir ein Ping, Vasili, und bitte nur ein einziges."

Irgendwann hörte er Stimmen und Schritte. Die Männer waren aufgewacht, gingen in die Küche, schalteten einen Fernseher ein und unterhielten sich. Er verstand jedes Wort, hörte sogar seinen Namen. Dann fuhr einer weg, um etwas zu essen zu holen. Rex wollte eine große Pizza mit viel Schinken und Schampus, was immer das sein mochte. Er hatte auch Hunger und schrecklichen Durst. Aber er wagte es nicht, sich bemerkbar zu machen.

Der Fernseher lief die ganze Zeit und erlaubte ihm, die Stunden zu verfolgen. Es war ein Nachrichtensender eingeschaltet. Zwischen fünfzehn und sechzehn Uhr hörte er ein Auto kommen und anhalten. Das musste Papa sein.

Er wartete darauf, das Brechen einer Tür zu hören und Papas Stimme: „Hände hoch, jeder Widerstand ist zwecklos."

Stattdessen fragte Rex: „Wo hast du dich herumgetrieben? Noch ein Nümmerchen eingeschoben?"

Und die böse Frau antwortete: „Sei froh, dass ich es überhaupt noch geschafft habe. Mir ist ein Blödmann ins Auto gefahren, ich musste mir ein neues besorgen. Mit dem restlichen Geld hat es auch nicht geklappt. Ich habe dir gleich gesagt, so funktioniert das nicht. Wahrscheinlich hat sich ein Junkie die Schachtel geschnappt. Als ich anrief, hatte ich so einen bekifften Typen dran."

„Scheiß drauf", sagte Rex. „Es reicht für den Anfang."

„Wo ist der Junge?", fragte die Frau.

Darauf bekam sie keine Antwort, wahrscheinlich zeigte nur einer zum Nebenraum. Dann kam sie zu ihm. Er wickelte sich das Laken fest um die Schultern und drückte sich in die Ecke. Das half ihm nicht, unsichtbar zu werden, weil durch die Schlitze im Rollladen immer noch etwas Tageslicht einfiel. Abgesehen davon hing an der Decke eine Glühbirne, und sie schaltete das Licht ein.

Sie hatte eine Dose Cola und ein Stück Pizza in den Händen. Die Dose nahm er, schlürfte gierig den Rest und fand es lecker. Cola hatte er bei Mama und Oma noch nie trinken dürfen. Das Pizzastück lehnte er ab, obwohl er großen Hunger hatte. Aber er hatte seinen Stolz, von dem Stück hatte jemand abgebissen.

„Ich esse nichts, was schon einer gegessen hat", sagte er.

„Pech für dich", erwiderte die Frau, ließ das Stück einfach auf den Boden fallen und ging zurück zur Tür. „Dann stirbst du eben mit leerem Bauch."

„Frau!", rief er ihr nach, wusste ja nicht, wie sie hieß. „Du darfst mir nix tun. Mein Papa ist Polizist. Wenn du mich totmachst, sperrt er dich ganz lange ein. Oder er schießt euch alle tot."

Sie drehte sich wieder um. „Ehrlich?", fragte sie. „Du willst mir doch nur Bange machen, oder?"

„Nein", sagte er. „Ganz ehrlich. Mein Papa ist sogar bei der Kriminalpolizei."

Mit dieser Auskunft hatte er sie tüchtig erschreckt. Sie schlug sich förmlich eine Hand vor den Mund und sagte: „Wenn ich das vorher gewusst hätte. Was machen wir denn jetzt mit dir?"

„Wenn du mir was anderes zu essen bringst und noch mehr zu trinken, sag ich meinem Papa, dass du lieb zu mir warst", schlug er vor. „Dann tut er dir bestimmt nix."

„Was willst du denn essen?", fragte sie.

„Ein Butterbrot mit Leberwurst", sagte er. „Und Kakao."

Sie schüttelte bedauernd den Kopf. „Tut mir leid, Kleiner. Ich weiß nicht, wo ich jetzt ein Leberwurstbrot oder Kakao hernehmen soll. Dann wird wohl nichts aus unserem Deal."

Nebenan brüllte Rex: „Mach nicht so lange rum, drück ihm die Gurgel zu. Darum ging's dir doch."

„Nicht so hastig", rief die Frau zurück. „Du hattest deinen Spaß. Jetzt darf ich mich amüsieren. Wir haben Zeit en masse, in den nächsten Tagen können wir nicht weg."

Dann ging sie, kam aber noch einmal zurück mit einer vollen Dose Cola und einem Teller, auf dem ein paar Pizzareste lagen, von denen sie die Bissspuren abgeschnitten hatte. Diesmal sagte sie nichts, stellte nur den Teller und die Dose vor ihn hin, ging wieder und schloss die Tür hinter sich ab.

Nachdem er seinen Durst gelöscht hatte und halbwegs satt war, musste er Pipi und rief nach ihr: „Frau, lass mich mal raus, ich muss aufs Klo!"

Antwort bekam er nicht, hörte sie nur nebenan lachen. Da er nicht in die Hose machen wollte, suchte er sich die Zimmerecke aus, die am weitesten von seinem Laken entfernt war, und erledigte das dort. Dann rollte er sich auf seinem Laken zusammen und hörte der Unterhaltung in der Küche zu.

Der kleine Mann trug nichts dazu bei. Rex sagte auch nicht viel, meist sprach die Frau. Sie fand es lustig, dass sie alle im Fernsehen waren. „Hätte ich mir nie träumen lassen, dass ich mal so prominent werde", sagte sie und verlangte: „Hey, schlaf nicht ein, Schätzchen, trink noch einen Schluck. Ist noch was in der Flasche? Ich mache noch eine auf, das muss gefeiert werden."

Schlafen wollte er auf gar keinen Fall, um nicht den Moment zu verpassen, wenn Papa kam. Aber es kam niemand mehr zu ihm, nebenan wurde es still. Irgendwann fielen ihm die Augen von alleine zu, kein Wunder nach einem aufregenden Tag und einer schlaflosen Nacht, in der er im Kofferraum tüchtig durchgeschüttelt worden war.

Er wachte wieder auf, als ihm ein Stück Stoff zwischen Lippen und Zähne geschoben wurde. Ehe er sich's versah, war das Laken um ihn gewickelt. Er wurde hochgehoben, weggetragen und erneut in einen Kofferraum gelegt, in dem schon eine große Tasche stand. Über ihm schlug der Deckel zu, noch ehe er richtig erfasst hatte, was geschehen war.

Zuerst rollte das Auto nur langsam, als wäre der Motor kaputt und es müsste geschoben werden. Das bot ihm die Gelegenheit, sich aus dem Laken zu befreien, den Stoff aus seinem Mund zu ziehen und den Kofferraum zu erkunden. Doch außer der Tasche war nichts drin, womit sich etwas anfangen ließ. Und in der Tasche war nur dünnes Papier. Er räumte sie aus bis auf den Boden.

Das Auto blieb kurz stehen. Der Kofferraum wurde nicht aufgemacht, der Motor sprang an, dann fuhr es richtig. Und wie, wahnsinnig schnell. Er wurde heftiger hin und her geworfen als in der Nacht zuvor, stieß sich den Kopf an einem Radkasten und die Schulter an der Tasche.

Wieder war es eine sehr lange Fahrt. Ihm wurde furchtbar übel von der Rüttelei. Er konnte nicht anders, musste die Pizzareste und die Cola wieder ausspucken.

Als das Auto endlich anhielt, stand es in einem Parkhaus. Das sah er, weil die böse Frau den Kofferraumdeckel öffnete. Draußen war es hell. Sie hatte sich verkleidet, ein Tuch um den Kopf und ihr halbes Gesicht gebunden und einen langen, blauen Mantel an. Wahrscheinlich wollte sie nur etwas Geld nehmen, das nun im ganzen Kofferraum verteilt und mit Erbrochenen beschmiert war. Sie schaute ihn wütend an, rümpfte angeekelt die Nase und schimpfte. „Was ist denn das für eine Sauerei, du Ferkel?"

„Ich konnte nix dafür", verteidigte er sich. „Wenn ich vorne mitfahre, wird mir nie schlecht. Darf ich jetzt vorne sitzen?"

Sie antwortete nicht, suchte ein paar Geldscheine zusammen, die nicht beschmiert waren, verlangte noch: „Mach bloß keinen Krawall", und wollte den Deckel wieder schließen.

Er stemmte beide Hände dagegen. „Wo gehst du denn hin?"

„Frühstücken", sagte sie. „Keine Sorge, ich bringe dir etwas mit, auch einen Kakao, aber nur, wenn du absolut still bist." Dann schlug sie den Deckel zu.

Er war still, geraume Zeit, mucksmäuschenstill. Er hörte Motoren und Menschen, hätte sich bemerkbar machen können. Es hätte ihn mit Sicherheit jemand befreit. Aber er rührte sich nicht, vertraute darauf, dass er ein Frühstück bekäme. Erst als der Wagen sich wieder in Bewegung setzte, schlug er mit seinen kleinen Fäusten gegen das Blech und schrie: „Lass mich raus, Frau! Du hast es versprochen. Lass mich raus! Ich will auch was essen."

Das tat sie erst auf einem einsamen, kleinen Rastplatz am Rande einer Landstraße. Er bekam ein Hörnchen mit Nutella und einen Tetrapack Kakao, wurde zum Pipimachen und für ein großes Geschäft, das er sich bis dahin verkniffen hatte, in die Büsche geschickt. Währenddessen säuberte sie mit feuchten Reinigungstüchern notdürftig die Geldscheine und den Kofferraum.

Als er zurückkam, nahm sie eine Plastiktüte von der Rückbank. Sie hatte für ihn eingekauft, zwei Hosen, ein paar T-Shirts, zwei Garnituren Unterwäsche und ein paar Sandalen, nicht ganz seine Größe, an Strümpfe hatte sie nicht gedacht. Sie half ihm, den verdreckten Schlafanzug und die Unterhose auszuziehen, obwohl er dabei keine Hilfe gebraucht hätte. Dann säuberte sie mit feuchten Tüchern seine Hände und sein Gesicht. Wischte ihm auch einmal übers Hinterteil. „Jetzt kann man dich wieder unter Menschen lassen, Konni", sagte sie anschließend.

„So heiße ich nicht", erklärte er.

„Ich weiß", sagte sie. „Aber so siehst du aus." Dann öffnete sie eine der hinteren Wagentüren. Auf der Rückbank lagen noch mehr Plastiktüten. Aus einer zog sie ein grünes Plüschtier, einen Dinosaurier. Es war noch ein zweiter in der Tüte.

„Sven hat mir erzählt, dass du Dinos magst. Meinst du, er freut sich, wenn er auch einen bekommt? Du musst ihm ja nicht verraten, dass ich ihn gekauft habe. Von mir nimmt er bestimmt nichts."

„Warum nicht?", fragte er. Angesichts des Plüschtiers und der anderen Wohltaten fand er sie gar nicht mehr böse.

„Weil seine Mama nicht wiederkommt", sagte sie.

Sonderlich überrascht oder schockiert war er von der Auskunft nicht, hatte nur ein schlechtes Gewissen. Der Papa von Sven hatte ihn schließlich gewarnt, was passieren würde, wenn er nicht den Mund hielt.

„Hat der Rex Tante Ella totgemacht, weil ich es meinem Papa erzählt habe?", fragte er.

Sie schüttelte den Kopf. „Deshalb bestimmt nicht. Er hat es auch bestimmt nicht selbst getan. Die Drecksarbeit überlässt die feige Sau dem Doktor. Mir erzählt dieser verlogene Hund, es ginge ihr gut. Die Aufnahmen seien eine reine Vorsichtsmaßnahme, damit sie nicht verrät, wo sie ist, wenn sie mit Alex spricht. Das habe ich ihm geglaubt. Nur wird mir niemand glauben, fürchte ich."

„Haben die meiner Mama auch was getan?", fragte er.

„Glaube ich nicht", sagte sie. „In den Nachrichten reden sie nur von Ella Godberg und dir. Die Arschlöcher haben das ganze Land in den Ausnahmezustand versetzt. Eine gottverfluchte Scheiße ist das." Dann strich sie ihm mit einer Hand über den Kopf, als wolle sie ihn mit ihren Fingern kämmen.

„Na, jedenfalls sind wir beide erst mal raus aus dieser Scheiße", sagte sie dabei. „Jetzt müssen wir nur zusehen, dass wir nicht in die nächste geraten. Hops hinten rein, und mach dich ganz klein."

„Bringst du mich nach Hause?"

„Nein."

„Warum nicht?"

„Weil da der Teufel los ist", sagte sie. „Und jetzt gib Ruhe, sonst musst du wieder in den Kofferraum." Sie vergewisserte sich, dass er auf der Rückbank von draußen nicht zu sehen war, und setzte sich wieder hinters Steuer.

Warum sie ihn nicht auf dem Rastplatz zurückließ, wusste sie wohl selbst nicht. Er hätte den nächsten Autofahrer, der anhielt, ansprechen können und wäre in Sicherheit gewesen. Aber sie meinte, ein sicheres Plätzchen zu haben, ein kleines Haus in Eupen, wo sie die letzten Tage als Elif Özdemir verbracht hatte. Dass Odenwald von diesem Häuschen wusste, betrachtete sie nicht als Risiko. Sie war überzeugt, eine Spur gelegt zu haben, die bald zu seiner Festnahme führen müsste.

Am vergangenen Morgen hatte sie am Flughafen Köln-Bonn einen Leihwagen genommen, ihren regulären Führerschein und eine auf ihren Namen ausgestellte Kreditkarte vorgelegt. Allerdings hatte sie nicht ihre Hamburger Adresse angegeben, sondern die der alten Villa in Rendsburg.

Bei dem Saufgelage am vergangenen Abend hatte sie den Männern ein rasch und nachhaltig wirkendes Betäubungsmittel in die Getränke gemischt. Zudem hatte sie vor ihrem Aufbruch alle vier Reifen des Leihwagens zerstochen. Nun war sie unterwegs mit dem gesamten, noch vorhandenen Lösegeld in dem unauffälligen, beigefarbenen Mazda, nach dem niemand suchte.

Der Leihwagen hätte an diesem Dienstagmorgen zurückgegeben werden müssen. Als das nicht geschah, kümmerte sich jedoch nicht sofort jemand um den Verbleib des Fahrzeugs, wie Maren es wohl einkalkuliert hatte. Man hatte ja die Kreditkartennummer und zog nur die Leihgebühr für einen weiteren Tag ein. Niemandem fiel auf, dass der Wagen an eine Frau übergeben worden war, deren Name und Gesicht seit dem vergangenen Nachmittag durch sämtliche Medien ging.

Während der Weiterfahrt erzählte sie Oliver davon. „Zugegeben", sagte sie, „die Idee ist mir erst gekommen, nachdem ich die Leitplanke geküsst hatte. Aber sie ist mir gekommen, das zählt. Ich wusste nicht, ob Rex mir die Nummer abnimmt. Ob ich es schaffe, uns beide mit heiler Haut da rauszubringen. Ich dachte, wenn die Sache schiefgeht, tut sie das schnell. Dann muss es mich nicht mehr stören, wenn jemand auftaucht, um zu sehen, wo der Mietwagen bleibt. Dann bekommen wir beide wenigstens ein anständiges Begräbnis."

Sie lachte, fröhlich klang es nicht. „So weit denkt Rex garantiert nicht. Er wird es auch nicht riskieren, einen Fuß vor die Tür zu setzen, solange seine Visage über die Bildschirme flimmert. Dass seine Anschrift hinterlegt wurde, kann er ja nicht ahnen. Dieser undankbare Arsch. Alte Autos verkaufen war unter seiner Würde. Da ist es nur recht und billig, wenn jetzt ein Autoverleiher dafür sorgt, dass er hinter Gitter wandert."

Dass ihre Rechnung nicht aufging, erfuhr sie nicht. Es gab zwar ein Autoradio in dem Mazda, aber sie verließ den Sendebereich. Dem Kölner Raum kam sie nicht zu nahe, fuhr durch die Niederlande zurück nach Eupen und legte etliche hundert Kilometer zurück. Zweimal musste sie tanken, besorgte bei diesen Gelegenheiten etwas zu essen, Süßigkeiten und Getränke. Irgendwann am Nachmittag trafen sie in Eupen ein. Sie war erschöpft, Oliver ebenfalls, sodass sie sich bald schlafen legten.

Mittwochs fuhr sie wieder stundenlang mit Oliver herum, zurück in die Niederlande, ein Stück weit auf einer Straße, die übers Meer führte, möglicherweise nach Vlissingen. Es ist anzunehmen, dass sie sich nach Fährverbindungen erkundigte. Auf der Rückfahrt fragte sie: „Warum sind deine Eltern eigentlich nicht verheiratet?"

„Damit sie sich nicht scheiden lassen können", sagte er.

„Das ist ein Argument", meinte sie und wollte noch wissen, ob seine Mama den Papa sehr liebhabe.

„Ja", sagte er. „Aber manchmal zanken sie sich auch."

Er fand es nicht übel, stundenlang mit ihr in einem Auto ohne Kindersitz zu fahren. Sie war lustig, sprach mit ihm wie mit einem Erwachsenen, erzählte ihm Dinge von Papa, die ihm sonst bestimmt niemand erzählt hätte. Abends durfte er lange aufbleiben. Und am Donnerstag durfte er sich wünschen, was er gerne machen wollte.

Papa anrufen.

„Das geht nicht", sagte sie.

„Warum nicht?"

„Mein Telefon ist kaputt."

„Du hast doch viel Geld", sagte er. „Du kannst dir ein neues kaufen."

„Warum sollte ich?", fragte sie. „Deinem Papa schadet es nichts, wenn er ein bisschen schmort. Dir geht es doch gut, oder?"

Ja, eigentlich schon, aber er hatte Sehnsucht nach Mama und Papa. Da er nicht wusste, was er sonst noch gerne machen wollte, ließ sie sich etwas einfallen. Mittags führte sie ihn in ein kleines Restaurant, kochen konnte sie ja nicht. Nachmittags fuhr sie mit ihm zu einem Café, wo er einen großen Schokoeisbecher mit Sahne bekam. Den konnte er leider nicht mehr aufessen, weil sie plötzlich sagte: „Scheiße, Konni. Wir müssen hier weg, sonst werden wir beide zu Hackfleisch verarbeitet."

Mit den Worten zerrte sie ihn vom Stuhl zu einem Hinterausgang. Der beigefarbene Mazda stand ein Stück entfernt am Straßenrand. Im Freien begann sie zu rennen und riss ihn mit. Er hatte Mühe, seinen Plüsch-Rex festzuhalten, den er auf Schritt und Tritt mit sich trug. Und er begriff nicht, warum sie mit einem Mal so anders war. Sie schob ihn ins Auto, warf sich hinters Steuer, brauste los und stieß ellenlange Flüche auf Trantüten aus.

Damit war vermutlich die Leihwagenfirma gemeint.

Ob sie verfolgt wurden, konnte Oliver nicht feststellen, auch nicht, wie lange sie fuhr. Im Vergleich mit den Fahrten der vergangenen Tage nicht sehr lange. Sie fuhr Autobahn und blieb auf der Überholspur, das sah er wohl. Dass sie sich nicht um Geschwindigkeitsbeschränkungen scherte, fühlte er. Und sie fluchte unentwegt auf die Bullen, die immer nur dann zur Stelle waren, wenn man sie nicht brauchte.

Irgendwann scherte sie dicht vor einem Kühllaster ein, trat auf die Bremse und zwang den Fahrer des Kühllasters damit ebenfalls zum Halt. Sie warf Oliver förmlich aus dem Wagen. „Steig in den Laster, Konni, und sag deinem Papa – ach, vergiss es."

Dann war sie weg.

Der Anruf, der Hanne zusammenzucken ließ, kam von einer Polizeiwache in Düren. Dort hatte der Fahrer des Kühllasters ihn abgeliefert. Als Hanne aufschluchzte, nahm Helga Beske ihr den Hörer wieder aus der Hand, sprach ein paar Worte mit dem Kollegen und reichte an mich weiter.

Ich hatte gleich sein Stimmchen im Ohr, atemlos, überschäumend, begierig, das wahnsinnige Abenteuer zu schildern, in allen Einzelheiten, sofort, auf der Stelle. „Boah, Papa, du glaubst nicht, wie schnell die Frau Auto fahren konnte."

Während Hanne ins Bad lief, sich ungeachtet der beiden Männer in unserem Wohnzimmer halb schluchzend, halb lachend noch im Flur den Bademantel von den Schultern riss, erklärte Olli: „Weißt du, was sie immer zu mir gesagt hat, Papa? Konni, hat sie gesagt. Sie kannte dich nämlich schon, als du noch klein warst. Sie hat mir auch was geschenkt, rate mal. Einen

Rex. Für Sven hatte sie auch einen gekauft, aber den hatte ich nicht mitgenommen, als wir ein Eis gegessen haben. Und dann mussten wir ganz schnell wegfahren, ich konnte ihn nicht mehr holen."

Eine knappe Stunde später hatten wir ihn wieder. Nie im Leben werde ich den Anblick vergessen, wie er da am Schreibtisch eines älteren Polizisten saß. Das grüne Plüschtier im Arm, löffelte er genüsslich einen Schokopudding mit Sahne aus einem Plastikbecher. Hanne riss ihn vom Stuhl in ihre Arme und küsste ihn ab, bis ihm das vor all den Zuschauern peinlich wurde.

Bis zum Freitagabend hatte Oliver genug Hinweise auf die Spur gegeben, die Maren gelegt hatte. Schmitz hatte empfohlen, Olivers Aussagen von höchstens zwei fremden Personen in seiner gewohnten Umgebung aufnehmen zu lassen. Damit sollte ihm die Belastung einer Befragung in einem Richterzimmer oder gar durch Anwälte in der Verhandlung erspart bleiben.

Dass mein Kleiner es als Belastung empfunden hätte, die aufregende Geschichte vor Publikum in einem Gerichtssaal zu erzählen, wage ich zu bezweifeln. Wahrscheinlich hätte es ihm gut gefallen, wenn ihm mehr als nur zwei fremde Leute zugehört hätten. Rudolf Grovian und Helga Beske wechselten sich dabei ab.

Hanne ermahnte ihn zwischendurch immer wieder. Keine Übertreibungen, keine ausschmückenden Schlenker, nur die Wahrheit, die reine Wahrheit. Aber so eine Wahrheit gab es für Olli nicht. Immerhin wuchsen Rex keine Drachenflügel.

Um die alte Villa bei Rendsburg aufzuspüren, brauchten die Kollegen in Norddeutschland bis zum Montag. Niemand glaubte, dass sich dort noch jemand aufhielt. Es sollten nur Spuren gesichert werden. Aber Odenwald und Bronko waren dorthin zurückgekehrt, weil sie sich in dem Haus sicher fühlten. Bronko lieferte sich einen Schusswechsel mit der Polizei und zog den

Kürzeren. Nach dem Tod seines Erfüllungsgehilfen ließ Odenwald sich ohne weiteren Widerstand festnehmen.

Maren fand man im Keller. Sie lebte noch, aber nicht mehr lange genug, um die Ankunft eines eilig herbeigerufenen Notarztes zu erleben.

Odenwald kam in U-Haft. Weil er in Köln vor Gericht gestellt werden sollte, brachte man ihn in die JVA Ossendorf. Ihn erleichterte das ungemein. Er glaubte, in Ossendorf sicher vor den Russen zu sein, die er in Hamburg gegen sich aufgebracht hatte.

Mir graute vor dem Prozess, in dem alles noch einmal aufgewühlt und meine Rolle in diesem von Grausamkeit und Unmenschlichkeit strotzenden Drama vor der Öffentlichkeit breitgewalzt werden würde.

Wenn es so weit war, wollte Hanne Urlaub nehmen, mit Oliver für ein paar Wochen zu ihrer Mutter nach Hannover fahren. Um dem Rummel zu entgehen, sagte sie. Zurück kam sie nur noch einmal – allein für drei Tage, um zu packen und mir eine Besuchsregelung vorzuschlagen, die unsere Trennung für Oliver einigermaßen erträglich machte.

Was gibt es noch zu sagen?

Alex Godberg bekam einen Großteil des Geldes zurück, das sie ihm abgepresst hatten. Es hat ihn nicht interessiert. Für ihn zählte nur, dass die Sau geschlachtet und die Ratte erschossen worden war. Odenwald kam verhältnismäßig glimpflich davon. Acht Jahre, weil man ihm keine Beteiligung an dem nachweisen konnte, was Ella Godberg und Maren angetan worden war.

Rudolf Grovian hat Fotos gesehen und die Obduktionsberichte gelesen. Er wechselte ein Jahr später vom KK 11 zur Kriminalprävention. „Mit der Zeit wird man dünnhäutiger", sagte er. „Und wenn man so etwas sieht …"

Ich habe nichts gesehen. Ich will mir auch nicht vorstellen, wie Maren zugerichtet war, als sie gefunden wurde.

Wenn ich heute an sie denke, was hin und wieder passiert, auch wenn ich nicht will, sehe ich sie vor mir wie bei unserem letzten Treffen im Hotel. Den makellosen Rücken, die Schultern unter dem weißblonden Haar, die perfekt geformten Beine unter dem Handtuch. Und dann höre sie sagen: „Schau dir das alles noch einmal genau an, Konni. Das sind Dinge, die du nie wieder anfassen wirst. Nie wieder."

ENDE